中公文庫

夢声戦中日記

徳川夢声

中央公論新社

目次

まえがき 6
昭和十六年 9
昭和十七年 13
昭和十八年 143
昭和十九年 241
昭和二十年 409
解説 濵田研吾 472

本書は、『夢声戦争日記』（全五巻、一九六〇年、中央公論社刊）を底本として、昭和十六年十二月より同二十年三月までの日記から主要記事を抜粋し再編集したものです。

夢声戦中日記

まえがき

これは昭和十六年十二月八日から、同二十年八月十五日に到る、私の日記である。この間私は休みなくつけていたわけではない。ところどころ欠けている。その部分は、当時書いた随筆などで、適当にアナをうめた。いよいよ戦争が緊迫してから、終戦に到るまでは、殆んど一日も欠かさず、こくめいにつけてある。

勿論、日記というものは、他日印刷して人に見せよう、などと思ってつけるものではない。だから文章なども、ひどくお粗末な部分が多い。それはそのままオソマツなりに発表さしてもらう。ただし、現在生きている知人に、どうも迷惑だろう、と思われる部分は少しく修正した。

第一巻は、開戦の十二月八日から、翌昭和十七年の十二月三十一日まで。第二巻は昭和十八年一杯。第三巻は昭和十九年某月某日まで。第四巻はそれから後、昭和二十年某月某日まで。第五巻はそれから後、終戦の年の十二月あたりまで。大体こういう予定である（編集部註——巻末解説参照）。

ところで、いきなり第一巻の開戦当日から読むと、私という人間が大そう勇ましく、大そう戦争好きに思われるかもしれない。が、事実は御承知の方も多かろうが、私は決して勇ましくない男で、そして戦争などはあまり好きでない男だ。それは第二巻、第三巻と読み進まれると、よくお分りであろう。

私は日清戦争の始まった明治二十七年に生れ、十年後の日露戦争、更に十年後の第一次世界大戦、それから満洲事変、日華事変と経て、第二次世界大戦というわけで、戦争の表も裏もうんざりするほど、見せられてきたのである。

もしも第三次世界大戦なるものが始まるとすれば、それは全地球人類の破滅を意味するものと私は考えている。まともな人間ならば、それは絶対に避けなくてはならない、と思うであろう。

人類の滅亡、という言葉はずいぶん昔から、いいふるされている。が、核兵器が現実に使用されるまでは〝人類の滅亡〟も、宗教家か文学者の空想の域を出なかった。それが今日ではもう、単なるコトバでなくなった。鼻さきにブラ下っている事実なのである。

私の戦争日記も、緒戦のしばらくは、戦勝に酔った記述になってるが、間もなく形勢が悪くなって悲観的となり、それからドーデモナレという虚無的な気もちとなり、いよいよ、広島の原爆に到って〝人類の滅亡〟という文字が、日記に出てくる。

十二月八日の四日前、昭和十六年十二月四日の日記には、

――日米会談、相変らず危機、ＡＢＣＤ包囲陣益々強化、早く始まってくれ。

と書いてある。Ａ（米）Ｂ（英）Ｃ（華）Ｄ（蘭）がぐるりと日本の周囲をかためて、息の根がとまりそうであった。当時の新聞はその年の一月に公布された「新聞紙等掲載制限令」なるもので、政府に都合の悪いような記事は、私たちの目にふれないことになっていた。昭和七年の五・一五事件、昭和八年の神兵隊事件、昭和九年の十一月事件（陸軍青年将校のクーデター計

画)、昭和十年の相沢中佐が、永田軍務局長を刺殺した事件、昭和十一年の二・二六事件というふうに、毎年何かしら日本の将来を暗示するような事件が、相次いで起っていた。

昭和十二年の日華事変、日独伊防共協定、翌十三年国家総動員法成立、翌十四年国民徴用令公布、ノモンハン事件、翌十五年大政翼賛会成立、この間においてヨーロッパは風雲急をつげ、昭和十四年には第二次世界大戦が始まっている。

まったく一日として神経の休まる日はないのであった。私たちは今の言葉でいう、ノイローゼになっていた。これ以上、こんな緊張の日々が続くのは堪えられない。そこへもってって十二月八日の太平洋戦争だ。なにはとまれ、これでどっちかへ片づく。ヤレヤレという気もちであった。

戦争の記録も、現在までに各方面の人々によって、いろいろと出た。もう沢山だと云えないでもない。そんなところへ、私の日記など無駄も甚だしい、と世間様から云われそうである。しかし、大政治家や大軍人の書いたもの、各大学者、文学者の書いたものはあっても、一般俗人の書いた記録はあんまりないようである。一般俗人が実は国民の正体なので、その意味においてこの日記は、読む人によっては最も注目すべき内容なのかもしれない。

戦争日記とは云え、終始一貫し、ムキになって戦争と直面してる記述でない。ひどく呑気千万なことも書いてある。当時、こんなことを書いたら忽ち非国民と罵られるであろうことも書いてある。

昭和三十五年夏

徳川夢声

昭和十六年

昭和17年の南方慰問の際、夢声が持参した自身のブロマイド（『夢声自伝・昭和篇Ⅱ　守るも攻めるも』より）

十二月

八日（月曜　晴　温）

岸井君が、部屋の扉を半開きにしたまま、対英米宣戦のニュースを知らせてくれる。そら来た。果して来た。コックリさんの予言と二日違い。

帳場のところで、東条首相の全国民に告ぐる放送を聴く。言葉が難かしすぎてどうかと思うが、とにかく歴史的の放送。身体がキューッとなる感じで、隣りに立ってる若坊が抱きしめたくなる。

表へ出る。昨日までの神戸と別物のような感じだ。途から見える温室の、シクラメンや西洋館まで違って見える。

阪急会館は客席ガラ空き、そこでジャズの音楽など、甚だ妙テケレンだ。花月劇場も昼夜ともいけない。夜は芝居の途中から停電となる。客に演説みたいなことをして賛成を得、蠟燭の火で演り終る。

街は警戒管制で暗い。ホテルに帰り、今日の戦果を聴き、ただ呆れる。

註　岸井明君は阪急会館に映画「川中島」のアトラクションで、谷口又士の楽団と出演。私は若原春江嬢と共に「隣組鉄条網」という軽喜劇で湊川新開地の花月劇場へ出演。「斯うなると敵性の唄なんか具合が悪いですよ」と岸井君はこぼしていた。コックリさんは十二月十日頃米国と戦争が始まると予言していた、と私は誰れかに聴いていた。

九日（火曜　雨）

いつになく早く床を離れ、新聞を片はしから読む。米国の戦艦二隻撃沈。四隻大破。大型巡洋艦四隻大破。航空母艦一隻撃沈。あんまり物凄い戦果であるのでピッタリ来ない。日本海軍は魔法を使ったとしか思えない。いくら万歳を叫んでも追っつかない。万歳なんて言葉では物足りない。

日米戦のお蔭で始めてホテルの朝定食を喰べる。

註　これまで寝坊して時間過ぎとなり、喰いはぐれていたのである。

風呂に入り、また床に横わり、窓を眺める。窓一杯に枝を張って見える樟樹に、細雨が粛々とそそいでいる。私という個人と、日米戦との関係をいろいろと考える。今度のこの大戦果に私という個人が、どういう役目をなしているか？　それとも全然何の役目もなしていないか？閉場後、穴の開いた番傘を借りて、暗い街を石田守衛君に案内され、酒場シルバー・ダラーに行く。ジョン・ヘイグを目の前で抜いてくれ、チーズとサーディンをのせた黒パンの美味いのが出る。但し税共に三十幾円。

註　大そうその時は高いと思ったが、舶来一流のウィスキーが一杯税共五円だったのだから、今日から考えると恐ろしく安かったと言える。

十三日（土曜　晴）

昨日、吾家にかかった放送局の電話が不得要領なので、午刻過ぎ内幸町へ出かける。明夜、吉川英治氏の太閤記のうち「桶狭間」の条を放送してくれという。実に突然の註文で、しかも

「桶狭間」は、つい先だって放送したばかりである。これからは斯ういう突然の放送が時々あるそうだ。

日比谷運動場で、国民大会が催されていた。マイクの演説が電車通りまで聴えてくる。マイクがあるので、政治家の演説も、声が楽になったと思う。

神田へ出て古本を買う。文房堂で帳面式の日記を五冊買う。分量の定った日記帳は不自由でいけない。大いに文学の如き日記をつけることにしよう。

軍人会館五階の、帝大文科卒業生送別祝賀会に行く。教授先生たちの卓子スピーチ、あまり感服出来ない。但し辰野博士の挨拶のみは、気が利いていた。私の話も途中で挫折を来し、醜態である。生徒合唱は仲々巧い、殊に始めて聴いた正式の〝海ゆかば〟は、大いに感動させられた。

昭和十七年

昭和17年7月、珊瑚座の旗挙げ公演プログラム（濵田研吾氏提供）

一月

元日（木曜）

八時起。水道の若水で洗顔。神棚と、仏壇とに若水をあげる。家内中揃ったところで、御蠟の灯を点ける。

皆々、礼拝、拍手、合掌、黙禱。

妻静枝三十九歳、長女俊子二十三歳、三女高子十八歳（編集部註――次女は早世）、四女明子十八歳、長男一雄六歳、それに阿野女史（妻の友人）、ふみ（女中）と、主人の私で計八名。

二脚並べた食卓を囲む。

主人たる私は愈々、人生五十の一ツ前の新春だ。まことに目出たい。

昨秋、伊勢大神宮から頂いて来た、素焼の盃で、坊やから順に屠蘇を飲む。

げにや、この元旦！

この元旦こそ未曽有の元旦である。新聞の見出しだけ読んでも、胸がふくらむ。

――日章旗は進む西南太平洋
――全マレー制空
――皇軍比島に猛追撃戦
――マニラ総攻撃態勢・精鋭南北より猛進包囲部隊の連絡成る。

――荒鷲星港を蹂躙・五回に亘る夜間爆撃
――星港今や死の街・全市に戒厳令
――クァンタンを痛撃
――湿地に豪州軍包囲・東西両岸に進撃
――敗戦に豪州戦々兢々
――米英苦悶の会談も敗戦挽回に無効
――シンガポール陥落せば・英の心臓印度は揺ぐ・日独南方の握手実現
――ビルマ公路停止状態・蘭貢猛爆で諸施設壊滅
――米の敗報糊塗喜劇
――米比軍と決戦の火蓋・マニラ北方パンパンガ地区
――三十六時間の激戦敵を制圧

右は、私の家で採っている、「都」「読売」「日日」「朝日」四新聞の中から、ざっと拾った文字である。

こんな素晴らしい文字に満ちた元旦の新聞が、今までに有ったであろうか。

牡丹亭（岩田豊雄氏）来、二月堂膳に白布をかけ、サント十二年を開けて酌む。

石田（私の芸能支配人）年賀に来、共に「日劇名人会」に行く。

今度、日劇の五階のホールで、始めての試みとしてやる名人会である。今まで此ホールでは映画の古物を上映していたらしい。

顔ぶれは、一路、突破（漫才）、鏡味小仙（太神楽）、桂文楽（落語）、柳家小さん（落語）、一竜斎貞山（講談）、三遊亭金馬（落語）、赤坂小梅（歌謡曲）、柳家権太楼（落語）。私は小梅と権太楼の間に出る。これは番組の始まりに日本ニュースを見せて、入場料は税共一円八十銭。定員が少ないので、満員になっても、この顔ぶれでは儲からないそうだ。

ホールは正面甚だ浅く、横徒らに広く、いやに演り難くい。客は二百数十名。一人々々重役用の安楽椅子に納まっていた。

昼の部は「シンガポールの話」をする。

石田と有楽座のロッパ一座の楽屋を訪問する。「四十七士忠臣蔵」を開幕中――山野一郎の平右衛門が、杉寛の司会者に叱られて、盛んに客席を笑わせていた。

次に東宝名人会の楽屋を訪問。こっちには出てくれないのかと、森暁紅老からニヤニヤ笑いのイヤ味を言われる。

夜の部は「客席に一人しかいない話」をする。

十二日（月曜　曇　寒）

坊やが、百日咳の如くせくので早く起きる。坊やの枕元にサーベルあり、坊やは何よりもまず、そのサーベルを得意で見せる。

九時半ごろ鈴木慶雲君（一中時代の同級生、高村光雲の門弟）訪ね来る。すっかり白髪になってる。顔は昔の通り。二階で大いに語る。中学卒業後、三十年ぶりの対面だが、時のへだたりを感じない。彼の仕事は能面の彫刻らしい。音楽、絵画、彫刻、演劇、能などのこと語るうち、彼曰く「君が喜んで収めてくれるような彫刻ができたら、僕は死んでも好いのさ」と、淡々然たり。私は買いかぶられている。慶雲君の顔は、よく見ると大分私と似てる。

泉虎夫君、今日は自宅に来りヤミ業。

花月劇場、一回終りて弁当、塩鮭、こんにゃく、梅干。「吉江喬松全集」第六巻、飛び飛びに読む。二回目終り、顔を落して大勝館のアルヘンチナ女史の踊り映画を見る。女史のダンスは神品なり。女史いささか愚妻に似たり。

劇場終りて、雪ふる中を雷門へ。地下鉄で帰る。

みね子危篤の急報来る。静枝どうしても見舞に行かねばなるまい。

註　みね子は愚妻の妹にして、大阪の毎日新聞社員に嫁した。

三十日（金曜　晴）

八時半起。入浴。朝食、名古屋の味噌漬大根美味し。風轟々。朝刊、徳山璉死に驚く。四十歳とは意外に若かったような気がする。今日は色々楽屋からもってくる品があるので、大ボストンをぶらさげて出る。凄い風である。

一回の終り釜さん（藤原釜足）来、沢村国太郎と提けい、劇団旗上げの話。岩田豊雄に紹介を依頼される。すし立喰、ひらめ、こはだ、えび。海老甚だ堂々たるもの、天ぷらにしたらばと想う。

第二回の終り大勝館にて「荒天飛行」を見る。ウーファ映画にしては甚だ愚作。一寸親英映画の如し。無論今回の独英戦以前の作品ならん。

「転職日記」第三十四回目を終了、やれやれである。女給さん依頼の色紙四枚に黄門様の図。石田、舟木、それから名前が想い出せない男、来楽。石田、吉本に交渉次興行から値上。

この話を妻にすると至極あたりまえの顔なのであまり稼ぐのは無意味と思う。

二月

十三日（金曜　晴　曇　酷寒）

芝居へ出かけようとしている所へ、東日から、みね子ちゃん危篤の電話がかかって来る。柿木坂、頭山共に行かず。静枝一人よりも私と二人行った方が、義理の上よろしかろう。人が死にかかってるのに芝居見物も気になるが仕方がない。

羽左衛門めっきり萎びたり。権九郎のカッポレなど見ていて気の毒になる。あとで聴くと、この権九郎がアメリカ国旗を踏んづける仕草があり、それで警視庁から叱られたのだそうだ。寒い。恐ろしく寒い。静枝と談譚事務所に行く。私は放送の都合で行くのを止め、静枝だけ一等寝台で行くことになる。税金共約五十円也。一等しかないのだから止むを得ない。東日へ行き電話の礼を述べる。

放送読合せすみ、汐見洋、江川宇礼雄、関口二郎など、デマ交換。東京駅で静枝に会おうとしたがダメ。

十四日（土曜　晴　温）

坊や快活に起きる。母ちゃんがいない方が静かで宜しい。好天気だ。この二月中に身体をよくしたいもんだ。禁酒も考えている。四ツ谷駅前の坂が、腰もかるく上れるのが嬉しかった。

国民新劇場「黄塵」見物、三輪さん指定席をくれる。意外に芝居は面白い。昨日の歌舞伎座よりも劇的感激がある。休憩時、石島生馬氏から能の見物をすすめられる。

駿河台の名倉分院、立派なのに驚いた。橋村氏はスキーで足の骨を折ったのである。

インチキウィスキーを十二年につめて、坊やが寝室に運ぶ。ほろよいの頃大阪から電話あり、みね子ちゃん夕方の七時に死んだそうだ。香奠百円にしなさいと言うと、静枝がハイと答える。このハイは近来になき好きハイであった。坊や話をせがんでいたが催眠術の真似をするとくるりと向うを向いて眠って了った。

十八日（水曜　晴）

明菓宣伝誌「スウィート」の原稿「源氏巻」を書く。津和野のこと書くのは楽しい。数枚の原稿だが百科事典、写真帖など参照。

梅ほんの少しチラついている。

俊子の焼いてくれた餅二ツを喰って家を出る。赤坂見附の椿は霜にいためられつ咲いている。錦城出版社の広ガラス窓の部屋は、とても寒くてやりきれない。この寒い中で畑氏と碁をうつ、一勝一敗。「五ツの海」三千部分の印税を受けとる。

大東亜戦争第一次祝賀会。桜田門から日比谷、宮城前へかけて大変な人出、みな手に日の丸の旗。青少年団の楽隊は、近眼鏡をかけた、小さな少年が頬をふくらませラッパを吹く、いじらしくあわれである。二重橋前の人がまた大変である。なにとはなしに私の胸も一杯になる。

四時四十分着の列車は正に見届けたが静枝とは遇わず。二等車と思いきや、三等車で来たのと、二人の地下道が反対になってしまったのだ。

昨日、拾円札二枚何処かのポケットに入れたのだが、今日いくら探してもない。何処で落したものか。いつもながら困ったものだ。

二十日（金曜　晴　寒）

淀橋の爺さん馬けつに鮒を入れて持って来た。今年度初訪問。二尾の大きい鮒は見事であった。潑剌として輝くようだ。早速池へ放して貰う。芝の方のお菓子製造所に夜番として勤めるようになった由。結構である。土産に持って来た菓子、ルルに二つペロリとやられる。

今日の午前中は新聞の綴込みで潰して了った。斯ういうことは面白くて堪らない。大東亜戦争の始まりからシンガポール陥落まで一冊にしたのである。あまり手際よくは行かない。

「ますらお」の記者来、関東軍の兵隊さんを慰めるような原稿を書いてくれという。

二時半頃畑氏来。碁を二番打つ、一勝一敗。俊子をつれて三人で「桃山」に行く。相変らずの豪華版で、畑氏大いに喜ぶ。三人の所へ四人前とったのだから、喰い切れなかった。

十時頃、静枝柿木坂から帰る。

二十六日（木曜　曇　激寒）

切手で買物をしようとした夢を始めて見る。実施後二十六日目で夢に出て来た訳だ。見切れ品の一円のショールか何かだったが、切手を八枚もとられては合わないから止めた、という夢である。

七時半風呂沸くのを待って起床。八時四十分頃家出。省電の中で足の先の冷たいこと甚し。「白鯨」を読みつづける。型破りの小説である。面白し。

コロムビア着、早すぎて地下室でレモンティー。十一時頃から吹込み。霧島昇と何とか女史の唄「さうだその意気」に私のゲキレイ演説みたいな言葉が入る新型式のもの。伴奏は仁木指揮のコロムビア楽団。音楽とアナウンスとに巧く間を合せるのが厄介だ。テスト版を聴いて、自分の声が甚だ好ましくないのに苦笑。歯切れも悪い。年齢のせいか、アル中のせいか分らない。地下室で、ナイフとフォークだけ揃った定食。

放送局へ行く。南江、丸山、坂本氏など、二月一日放送の「輝く満州国」の打ち合せ。四時半頃までかかる。新橋駅から省電で帰る。トンカツの夕食美味く、入浴して床に入り「白鯨」上読了。もう無いものと諦めてると、茶の間で気になるもの音。さては？　と想ってると果せるかな静枝がニヤニヤ笑いながら十二年のぬいたのをもって枕元に来た。これで愈々無い由。

三月

一日（日曜　晴　温）

妙な型の敵飛行機が悠々と、餌を喰う魚のような運動をして、充分偵察した上、盛んに空爆をやる。私は胸がドキドキ。場所は日劇の辺、私は或るビルの窓から眺め、日本の空軍は何をしてるのかと思った。爆発の音はトーキーの爆発の音だった。次にカフェーでウィスキーを飲み、勘定が二百四十円で、蟇口に玩具の紙幣しかなかった。以上暁の夢。

放送局音楽部から、昨夜速達で、作詞二曲を注文して来た。大いに気をよくして、午前中三、四十分の間と思われる間に、左記の四節が出来た。大得意で茶の間の静枝に読んできかせた。

十二月八日はちの日

八紘一宇
門は開きぬ八文字
十二月八日はちの日
八咫烏飛ぶ
天津東亜の八方へ
十二月八日はちの日
八百万神
討たせ給うや八虐を
十二月八日はちの日
八十綱かけて
引きて寄せなん八十島を

自分ながら巧いので驚いた。神の加護かなとも思った。暫くすると、それほどの傑作でもないや、という気もちになる。
日本棋院に行って見ると、私が第一着であった。第二着が川端康成氏、始めての対局、私が先で一敗一勝。逆上気味でよく見えない。五時放送局行、録音をきき取捨する。七時よりテスト。九時十五分より満州国十周年慶祝放送。巧く行ったようだ。局員から盛に礼を言われる。
二十日（金曜　麗日　温）
昨夜のウィスキー上等のせいか、今朝は比較的快よし。陽のあたる池に、鮒と鯉と浮いている。緋鯉は丸々と肥え、鮒は少々弱りて見ゆ。試みにフをやる。始め知らん顔をしていたが、一尾の鮒が食いつくと、俄かに他の魚ども活気をていす。睡蓮の葉、早くも一枚水面にあり。

静枝、子供らをつれて多摩墓地詣り。山路君（山野一郎令弟）自著の序文をとりにくる。金になる仕事はロクな仕事でない、という話を長々としたあとで、ホイこれはこの前この男に話したわい、と気がついてくさる。モーロクしたのであるか！

今暁、愚教師（静枝の先夫なり）の生きてる夢を見た。静枝の曰く「今日は、愚教師の祥月命日故、滝野川へ行ってくれ」と。彼女は先妻の墓に詣で、私は先夫の墓に詣でる、これもよろしい。

即ち、桃の花を中心にして、鈴成り水仙と金盞花を根〆めとした花束を、妙行寺の墓前に供え、二人で墓石に水をかける。

註　この日パリックパパン地区占領作戦完了。

二十五日（水曜　晴　温）

暁方こんな夢を見た——私の留守中に倹子ゴリラの子二匹を買い、これを室内で飼い、私が危険だと注意したが、ソーカシラと一向に平気である。

八時起床。石田迎えに来り、十時十五分上野駅着。一列に並んで待つこと一時間半。売店で「中央公論」「改造」「日本評論」を買う。

佃十吉（一中同級生）同車、前額禿げあがりて老人となる。越後の方に役所の任をおびて、雪の視察に行くという。熊谷で弁当を買う。米はよろしいが、副食物が大変なしろもの。佃君にも弁当一折呈上。彼はお返しとして握り飯を一個くれる。この方が素晴らしく美味い。

陽のあたる側に席をしめて、暑いこと夥だしい。沼田を過ぎるあたりから、農家の梅が美しい。自然に成長したままの枝に、梅の満開は、いかにも若き春を思わせる。清水トンネルを越えると、俄然、空は曇り、地上の雪は一尺もあり、汚れて赤い雪。

午後八時二十分新潟着。鉄道局員に迎えられ、駅長室で茶を飲み、信濃川のほとりの「志のだ」という宿に泊る。鉄道の人、ちゃんと一升用意していてくれたのは有難い。

二十六日（木曜　烈風　寒）

部屋には寺崎広業が明治三十八年に、この宿の手拭下画に描いた蔦の画が掲げてある。客扱い丁寧で、清潔で、いとも感じがよろしい。

朝早くメイコちゃん〔編集部註――中村メイコ〕一行到着、それから虎丸一行、丸山君という順で着く。メイコちゃんに物凄いパイプを貰う。サビタの木。風の中を一人町へ出る。明治屋でニッカのブランデー二本にありつく。時計屋で五十三円の腕時計を買う。この時計もあまり信用出来ない。スイッツルものでベナールと記してある。買ってすぐ後悔する。いや始めから後悔しながら買う。私は一種の精神病者なのであるか。

公会堂昼の客、老人子供たち多く話など全然ダメ。然しダメでももう以前のようにクサラない。芝居絵版画三枚つづき二組を買う。団十郎、菊五郎、田之助など、芸題は分らない。

夜、虎丸君からきいたお稲荷さんの話は、とても面白かった。少々気味が悪いくらい。宿へ帰って丸山と石田にその話をしていると、ひょっこり虎丸君が姿を現わした。何かお告げがあったような事を言っていた。日本酒四本コップで飲んで寝る。

四月

一日（水曜　曇　寒）

本日より吾家が隣組組長である。自然のなりゆきでそうなった。なった以上は出来るだけのことをするつもり。もっとも実務は静枝が一切やる。彼女がつまり組長である。

正午《ひる》頃、花月に行く。前の軽喜劇の舞台稽古をやっていた。それがのびて、結局吾が方は道具調べだけで、いきなり本舞台という事になる。例の如しだ。

さぐりさぐりの第一回、することがなくて、無意味に何度も舞台を往ったり来たりする。作者の阿木君も客席から見ていて、随分ヒヤヒヤしたという。全体としての出来は、満更でなかったらしく、阿木君も満足の態で、いろいろとダメなど出す。

お弁当美味し。

第二回目も同じような出来。今日は二回でお終い、七時頃身体が空いて帰る。

映画街は、今日から統制番組、帝国・富士・大勝と三軒並んで「緑の大地」をやっている。三軒とも閑散を極めている。同じ文字の看板が片側にズラリズラリ並んだところ、前代未見の珍景である。反対側の電気（館）だけが松竹作品「父ありき」で、この方はツッカケ大いによろし。悪夢のような印象であった。

註　浅草も愈々喰うもの不自由と見てとって、この日始めての自家製弁当である。容器はアルマイトの小判型。

五日（日曜　晴　風強　温）

今朝、坊やの初登園（？）。一足さきに出た私が、ふり返って見ると、坊やは元気よく、草履袋をさげて、踊るように玄関前から歩道に出て、あとをふり向かずに、私と反対の方に行く。三間ほどおくれて静枝がついて行く。めでたしめでたし。

〇

花月第五日、今日は流石に大入り、第二回第三回はぎっしり。第四回目、作者の阿木君が見に来て、私のために何か書きたい、と言っていた。

第三回の終り、表へ出る。例のすし屋に招待券を届ける。恐ろしく混んでいたので、私は喰うのを遠慮して、当てもなく歩き、とあるすし屋の暖簾をくぐる。おろしたてのあわびは美味かった。歯の悪くなったのが残念。その店の筋向うの古本屋で「名士と犬」「黛」と二冊買う。蟇口の中には帰りの電車賃だけとなる。

花屋敷の前から、観音堂の裏へ出る。境内に林立する銀杏の樹が、一斉に芽を吹き出し、何とも言えない快よさである。

噴水の池は、カラカラに干《かわい》て、金属類はみな取除かれ、ただ竜神だかの銅像のみが残っている。鳩が一羽、その竜神様の下にいて、何かつついている。時々、首をあげて私の方を見る。ベンチに男と女がいた。男は安物のパイプで煙草を喫い、女は欠伸をしていた。

黄昏の中に並んでいる石碑の文字を探った。山東京伝の碑があった。稲荷堂の旗が、風に鳴っていた。

三社様にも、観音様にもお詣りせず、銀杏樹に見とれながら、瓢箪池の方へ戻る。茶店の裏の山吹が満開で、水に映っていた。雨が、ポツリ、ポツリ降り出した。

六日（月曜　曇　小雨　寒）

昨夜の雨風で、庭の桜は一遍に散り失せた。海棠は却って咲き始める。藤の蕾《つぼみ》もふくらむ。坊やは、ねむくてねむくてたまらないのを起される。盛んにぐずっている。小さなワイシャツをきせられ、大きなネクタイをつけられ、どうやら服をととのえると、やや元気になる。先生の名前は？　と静枝がきくと、坊や答えて曰く、モッタイナイヤ、と。

二階で内田百閒氏、小笠原澄隆君などへ手紙を書いていると、坊やが幼稚園の通信簿を持って来て見せる。一日出席する毎に、チューリップの紙製花びらを貼りつける趣向。

文春社より贈られた、バイコフの「ざわめく密林」を電車中で読む。大変面白い。斯ういう短篇小説を、一冊分で好いから一生のうちに書きたいものだ。訳文も好い。

国策劇をやるのもいいが、ふと自分の柄にない台辞を言う時、舞台でひるむので困る。二回目の終り、外へ出て古物映画「黒鯨亭」を見る。ヤニングスの演技、大して巧いとも思えない。然し、映画全体として見るとき、やっぱり敵わないと思う。文学座の「ファニー」はこれを見て影響されているらしい。

十八日（土曜　晴　温）

空襲警報を聴く。――ははア愈々お出でなすったな！　と思ったが、少しもピンと来ない。

静枝も俊子も、姐やもモンペ姿となり、それぞれの配置についたが、どうも本当のような気がしない。私は寝衣の上に、どてらという例の恰好で、なんとなくモソモソしていた。静枝が池の水を汲んでは、門の前の樽に運んでいる。私は昨日来、朦朧となったままの頭脳で、キールで買った大双眼鏡を出し、時々、空に爆音が聴えると、レンズを向ける。機は仲々、レンズに捕まらない。空は晴れ、白い雲が点々として、庭の八重桜は満開少し過ぎで絢爛を極めている。八重山吹の花も今が盛りである。

高射砲の音が、時々響いてくるが、いかにも間のぬけた感じだ。尾久の方がやられたという噂がある。

私は二階の西の窓から、物干台で空を見上げながら洗濯物を干している俊子に、

「一体、本当なのかねえ」

と大声で訊ねた。そんな暢気な声を、近所に聴かれては困る、と妻に叱られる。本来なら私も直ちに防空活動をしなければならないのだが、さしせまった原稿があるのと、防空演習は女たちばかりで今までやっていたので、表へ飛び出して麻胡ついていてもいけない、と引込んでいる訳だ。

講談社から電話があり、

「只今、本社の上空をスレスレに通り、早稲田方面に爆弾を落しているのが、よく見えましたよ。如何でしょう。明晩の座談会は？　斯んな場合ですから中止にしましょうか？」

と問い合せて来た。斯んな場合こそ、悠々と座談会をやる必要があるでしょう、と私は答えた。

——やっぱり本当だったのか！

と、ようやく承知出来たものの、空襲というものが、斯んなに穏やかなものだとは、今日まで予想しなかったことだ。女たちも皆、一向平気、子供たちは街路で暢気に遊んでいる。

やがて警報解除のサイレンが鳴り、なんのこったという感じであった。

註　これがそもそも敵機の帝都初空襲であった。その時の正直の感想はこの日記の通りである。私は「オール読物」に送る小説を書きかけていたが、空襲の最中、急に想いついてその光景をとり入れ、本邦最初の被空襲文学を書いたつもりで得意になっていた。すると数日して、今回の空襲に触れた文字は、一切誌上に載せることまかりならぬと命令が出て、私の小説はゲラ刷りまで廻ってから没になって了った。

十九日（日曜　晴　温）

午前一時頃、空襲警報が響く。静枝は早速支度をして表へ出る。俊子は青山へ泊りに行って居ない。他の者は寝たままだ。私は、どてらのままで、真っ暗な表へ出て見る。空には夥だしい星である。空が馬鹿に低くなり、星の点々々々々点が、頭の上に被さるようだ。

飛行機などは一つもやって来ない。酷く寒さを感じる。隣家の風呂屋の御亭主が、私たち隣組の防空班長として、鉄かぶと防空服という身ごしらえだ。高谷さんの御主人が珍らしく家に泊っていて、これもどてら姿で出てくる。その話によると、五反田方面の病院は、昨日の空襲による負傷者で一杯だと言う。それでは空襲はたしかに本物だったのだ。

四時頃解除になる。

朝刊を見ると、敵機九機撃墜となっているが、なんだか眉つばものという感じだ。具体的な被害状況が、一行も出ていないのも可笑しい。

夜、灯火管制の中を、日比谷松本楼へ行く。婦人倶楽部主催の、渋沢秀雄、サトウ・ハチロー、私の鼎談会である。今朝私は湯殿で血を吐いたのであるが、構わずウィスキーをやる――少々脳貧血の気味だ。

註　この日の新聞には「帝都空襲の敵機撃退」という見出しで、東部軍司令部昨日午後一時五十七分発表。「午後零時卅分頃敵機数方向ヨリ京浜地方ニ来襲セルモ吾ガ空、地両部隊ノ反撃ヲ受ケ、逐次退散中ナリ、現在マデニ判明セル撃墜機九機ニシテ吾方ノ損害ハ軽微ナル模様ナリ、云々」と出ている。そしてかえり見て他を言う如く、ビルマ戦線綜合戦果などを大本営発表についてデカデカと扱い、空襲のことはそれきり口をつぐんでいる。どうも可笑しいという気がする。

この空襲もしかすると八百長じゃないか？　そんな気さえしたのである。話に聴くと、あまりに不発弾が多く、帝都目ぬきの所は極力避けて、成るべく生徒のいない土曜日の午後の学校など狙っている、という風に邪推された。国民が近来、少々だらけ気味なので、活を入れるため空襲の真似をして脅かしたのではあるまいか、などと馬鹿な想像をしたものである。

平出〔編集部註――英夫。戦時中大本営発表を担当〕大佐は、敵機など帝都には一機も寄せつけませんと某席上で豪語したことがあるが、それがあんなにヌケヌケと帝都に入れるものなのであろうか。

廿一日の新聞には、敵航空母艦三隻がやって来て、三方から飛ばしたのだと発表されたが、航母が三隻もかかって、たったあれっきりの僅かな数しか飛ばさないというのが、益々腑に落ちないのであった〔編集部註――米軍が初めて日本本土を空襲した、いわゆるドゥーリットル空襲。ドゥーリットル少将率いる米陸軍爆撃機十六機が空母エンタープライズから飛び立ち、東京、川崎、横須賀、古屋、四日市、神戸の各市を爆撃、中国大陸に着陸した。軍事施設が目標だったが、早稲田中学を誤爆し、生徒一人が死亡している〕。

二十五日（土曜）

津久井竜雄氏を推薦するハガキ百枚を、大馬力で書きあげる。所書きと宛名を記し、ゴム印を押し、更に毛筆で署名、なかなかの手数である。

夜、東京駅より石見に向って発つ。

イヨウと声をかけられ、見ると久保田万太郎、伊藤喜朔、阿木翁助、真船豊の諸氏、即ち満州行の一団である。みんな酔っていて大した元気。私も自宅で飲んできたインチキウィスキーで酔っている。ナニヨ言ッテヤガンダと、久保田傘雨宗匠の酔うと出る口癖が、さかんに連発される。宗匠はジョニーオーカーの黒かなんか、風呂敷に包んだのを見せびらかして子供みたい。

私は食堂車に行き、日本酒をとり大コップにあけて、これに持参のインチキウィスキーを五勺ほど注いで、ハム・エッグスを肴にグッと飲んだ。どうも実に物凄い香り。サービスがとても好かったので、チップをはずみ、再び満州組の寝台車を訪問。ビールが抜かれていて、私も無理に飲まされる。真船豊氏に向って「あなたの〝見知らぬ人〟の主人公は、私も自信があるから」など大言を吐く。よろしい、いつでも僕の脚本を使って下さい、と真船氏も快諾する。それから傘雨宗匠に噛りつき、クダをまいた。

註　馬鹿な行きがかりで、私はついに白川氏の応援演説に出かけることに相成ったのであった。氏の泣きおとし戦術で、叔父の天野を紹介したところ、叔父は、「三日でも好いからお前もやってこい、俺一人なら断わるぞ」と言うので、やむなく出かけることになった。何よりも、この所謂〝翼賛選挙〟において、白川氏が島根県下の非推薦候補であるというところに、私は同情したのであったが、これが実にバカバカしいことになったのである。

二十七日（月曜　風　雨　寒）

朝九時頃の列車で、今市町発。十時半頃大田駅着。

駅へ着いたは好いが、誰れ一人出迎が無い。宿屋は何所なのか、会場は何所なのか、さっぱり分らない。人を無理に呼んでおいて、馬鹿にしていると思った。まったく途方にくれて了った。いっそ、このまま東京へ帰りたくなった。

重い鞄をぶら下げて、全然あてもなく、駅前の通りを歩き出したところで、叔父から声をかけられた。叔父は反対の方向から来て、殆んど同時に駅へ着いたらしい。

ガタ馬車に揺られて約五分、橋のたもとの宿へ着く。叔父は馴染の家らしい。鶴の間というに通される。

窓から見ると、三瓶山が正面やや右手寄りに見える。叔父がいろいろ説明してくれる。山葵の名所だそうだ。俄かに空模様が悪くなり、三瓶山は霧に隠れ、近くの山々だけが残る。

窓のすぐ左手には、川が一直線に前方から走って来る。堤には桜の並木があり、その中八重桜はまだ少し咲き残っていた。

窓の右方は、川と平行した街道の裏側で、野菜畑などがあり、牡丹の大きな株が見事な花を持っていた。紫色の大輪が、痛々しく風にもまれていた。

時々、雨蛙が鳴く。

昼飯、中々の御馳走であった。

叔父と二人、待てども待てども、誰れも何とも言って来ない。一体、演説会なんて、有るのか無いのか？

会場は、あの学校じゃそうだ、と叔父は川の向うの方を指さした。

とにかく、行って見ようではないか、という事になり、二人で雨の中を、傘もささず、川沿いに歩いて行った。

校門の所に行って見たが、立看板もなにも出ていない。益々心細い。

叔父が、生徒の一人をつかまえて、今日演説会のあるのは此所か？　と訊ねたら、そうだと答えた。やれやれである。

奥の方の会場に行って見ると、板の間に薄縁を敷き、老人が数名あぐらをかいていた。これが聴衆らしい。

会場にも、候補者関係の者は一人も来ていない。無論、ビラ一枚貼っては無い。

ポツリポツリと、聴衆のオッさんたちが集ってくる。立会の警官も臨席した。

定刻が来た。叔父と甥とは顔見合せ、何にが何んでも開会しようではないか、と相談一決した。

叔父は演壇に上る前に、物馴れた調子で、国民儀礼を執行した。

――宮城遥拝

——英霊ニ感謝黙禱
——皇軍将兵ノ武運長久ヲ黙禱

偉いもので、これが済むと、すっかり演説会の気分が整って来た。叔父の国民儀礼執行ぶりに、聴衆一同はすっかり信頼の念を持ったらしい。

叔父の堂々たる演説が始まった。この堂々たる演説の最中に、候補者とその一党が乗り込んで来て、演壇のビラを貼るやら、ごたごたとすること夥だしい。どうも、無神経な一党である——叔父が気の毒でならなかった。

意外に多数の聴衆が来た。警官の話によると、この前々日あたり行われたT候補の演説会の数倍の盛況であると言う。この町はT候補の本城なのである。私は、聊か気を好くした。

さて、私の演説は、八紘一宇の精神を語り、大東亜戦争の意義を論じ、これまた堂々たるが如きものであった。結論は、斯の如く全地球上に大変革の行われる時日本の議会にも当然、内容的に一大革新の行わるべき筈である、——それには過去に於て諸々の汚点を有する、政友、民政の亜流は此際閉め出しを喰わせ、新人を選ぶべしである、——而してその新人こそ即ちこの候補者である、まあそう言ったようなものであった。

八紘一宇という文字を解説するにあたり、私は、日本人こそ、人類の始祖であり、太古に於ては世界史即日本史であったという説を述べた。これは数日前に読んだばかりの、藤沢親雄氏の論文を受売りした次第である。無論、これこれの受売りであるという事を、聴衆に断っておいての話だ。

候補者の演説、話術としては及第であるが、内容がさっぱりいけない。第一、立候補の最大理由が甚だ不純である。この前の選挙で酷い選挙干渉を受け、未決へ放り込まれている中に、選挙が進行して了って、代議士になれなかったのは、実に実に残念無念であるから、今度こそ男の意地で是非、代議士になりたい、――これが彼の演説中最大力点を置かれた所であった。そして、無神経にいろいろの自慢話を述べたてるので、私など気恥かしくて居たたまれない態のものであった。

もう一人の弁士は、候補者の子分格の三十男で、市会議員の落選候補だそうであるが、これは大道のテキ屋みたいな口調で、ユダヤ人の世界覆滅の陰謀を説いて「諸君、彼等はこの恐るべきタバコを以って、日本人を皆バカにしちまおうとしたのでありますゾ。まったく油断も隙もなりません。然るに、神の国日本には、昔から味噌汁という有難いものがある。このミソシルこそ、ニコチンの害毒を防ぎ、お蔭を以って、日本人はバカにならずにすんだのでありますす」てな事を仰言る。

叔父の演説は、実際、立派なもので、勿体ないくらいのものである。

〇

宿へ帰り、晩食、またも御馳走。ミソシル先生は一列車先きに行って、会場の用意をし、前座を勤める事になり、私たちは七時頃の列車で、温泉津《ゆのつ》という町へ行く。小さい船着場で、温泉のある所だ。

この小さい町に、今夜は二ヵ所演説会があり、競争の形となった。相手方は、これも途中から急に立った非推薦某氏で、帰還将校であり、しかも彼の仕えた部隊長少将閣下の応援出演と来る。この前、某所でやはりこの一座と競争になった結果、こちらは散々の敗北を喫したという話だ。

会場は、如何にも田舎の漁師町にありそうな、狭い横町を突き当った所に在る恐ろしく汚ならしい劇場であった。大入満員である。私が真打で十一時頃までやる。間諜の報告によると、敵方は惨澹たる入りで、まさしく雪辱の大勝利であった。

宿へつき、一杯飲んで夜食をしたが、候補者の女中を叱りつける言葉に、こっちが参って了った。この候補者は、宿に泊る度に、少くとも十票ぐらいずつ、自分の票を減らすよと、叔父が言ったが、成る程である。女中が怒り、主人が怒り、それを聴いた出入の人が怒り、という事になれば、小さい宿屋でもすぐ十票は影響しよう。

大変な候補者である。飛んだ人物の応援に乗り出したもんだ。

二十九日（水曜　晴　薄暑）

昨夜はオチオチ眠れなかった。正午ごろ津和野町、和田屋旅館で休息。この宿は、これで私は三回目だ。

後二時頃、会場の高女講堂へ行って見ると、まだ叔父の演説が始まったばかり、そこで津和野大橋の方へ、ブラブラと歩いて行った。絶好の天長節日和、こんな佳き日に、こんな選挙演説など愚劣の極み也と思った。

周囲の山々には、濃淡さまざまの新緑、――今は亡き私の生母が、娘のころ眺めたであろう、山々であり若葉の色である。

役場の前の清き小流に、青々と田芹が盛り上っている。

紅い一尺ほどの鯉が悠々と狭い水の中を泳いでいる。芹も鯉も、誰れ一人獲りてがない長閑な町である。

演説会は甚だ不況。この前の選挙で、町の有力者が殆んど全部、選挙違反で引っ張られた経験があるので、非推薦候補の演説会など恐れをなして来ないらしい。私の演説中老人が一人ブツブツ言っていて困った。

夕六時頃、――益田駅着。駅前の安宿で粗末な食事、それでも肴は新しかった。

黄昏の街を散歩、――私の生れた町である。これが二度目の訪問だ。町の家並を見ていると、胸が迫ってくる。私の家も町家でお菓子屋だったのである。灯の暗い田舎町、ここで私は生れたんだ、と何度も思う。

一側の町並を右へ入ると、もう田圃だ。蛙が鳴いている。正面から黄色い月が上る。堪らなく、やるせなき感じがして、私は会場の方へ引き返す。こんな演説などするため生れた町にやって来た私が、此上もなくあわれで、肩身の狭い想いだった。

もう金輪際こんな事を引き受けてはならぬぞ、と繰り返し繰り返し自分に言い聞かせた。向うに会場の、候補者の名を書いた、大提灯が化物じみて見える。一歩々々それに近づいて行くのが、厭でならなかった。

演説会は大入の盛況であったが、浜田市の失敗があるので、臨席の警官の眼が気になっていけない。斯んな度胸のない事では、政談演説など全然やる資格なしであろう。

叔父と私とは、この夜、津和野町泊りと定めていたので汽車の都合上、候補者に真打をやって貰い、私たちは逃げるように会場を出て了った。月明の夜である。

九時四十八分発の列車が、二十分も遅れて十時発となる。津和野駅へ着くまでに、その二十分を取り戻していたには感心した。

車窓から眺めた、月の夜の郷土風景——農家の屋根が、列車の進行につれて、ギラリギラリと蛍光色に輝やく。昼間見ると、紅い瓦の屋根なのであるが、瓦の表面に薬が塗ってあり、タイルのように滑々しているので、月光を美しく反射する。

黒ずんだ森や、林の中に、霧が白くまつわり動いている所がある。昔此地にいたと言う、柿本人丸〔編集部註——人麻呂〕の歌から想い出して、

「あの辺に、川があるの？」

と叔父に訊ねた。

「うむ、高津川の上流じゃ」

と叔父が答えた。

五月

四日（月曜　晴　薄暑）

何かまた大きな食物の土産があるといけないというので、今度は大ケース（ロンドン行、北支満洲行の時使用せるもの）に欲ばって大ボストンバッグをその中に納め出発。姐やが駅まで持って行く。少し遅れ、静枝、俊子に送られて家を出る。この少し前警戒警報が発令されていた。ほんの少々不安と言えば不安、みな朗らかである。留守中吾家に爆弾が落ちるなど想って

見ても一向ピンと来ない。

前十時廿分の東京発。一行、丸山章治、中村メイコ、チエコ、清水ミサ子。沼津ニテ弁当、茶。メイコちゃんのお蔭で塩せんべい、キャラメル、アップルパイなどに有付。パイ殊にウマし。夕食は強飯を分けて貰う。

荻窪駅でふと俳句が作りたくなり、今日は一日中作句した。大津へ着くまでに百句近く――俳句になってるかどうかは別として――近来の記録である。今頃の車窓風景は青さがだらしなく氾濫して、とりとめもない感じだ。発狂の不安が起るような景色である。紅も黄も色あせて、ただ青がのさばっている。

午後八時、始めて食堂に行く。日本酒一本に小さき小さきコロッケ。銀の瓶に入れたウィスキーと両方で好い心もちとなる。大阪駅のあたりで床につく。

荻　窪
焼酎を積みたる貨車や青嵐
東中野
毒だみの燃ゆる中なる躑躅《つつじ》かな
新　宿
屋上のかそけき土に草萌ゆる
代々木
若葉青葉山手中央別れけり
信濃町

からたちの刺忘れたる若葉かな
　四ツ谷
雨の中テニスやりをる若葉かな
　市ヶ谷
藻の若葉外濠狭く見ゆるかな
　水道橋
廃屋の煉瓦造りや青嵐
　御茶ノ水
聖堂の屋根新緑に反りゐたり
　神　田
銀杏若葉より直角に楓若葉
　東　京
五月雨のある日メイコと旅に出づ
宮城より銀杏若葉の打ち続き
　新　橋
駅近き屋根赤錆びて若葉かな
　浜松町
工場に焔赤々五月雨るる
　神奈川

老松の枯れなんとして青嵐

プラタナス坊主になりて若葉かな
　横　浜

ガスタンク迷彩くすみ薔薇咲けり
　保土ヶ谷

遊廓の山頂にある若葉かな
　戸　塚

葉桜の三里続きて五月雨るる
　大　船

五月雨や未完の大仏撫肩哉
　小田原

悔ゆることみな愚かなり桐の花
　根府川

曇り日の浪白々と竹の秋
　湯河原

峡谷に一際碧し何の若葉
　熱　海

葉桜にバスの煙のまつはれる
丹那トンネル

足見せて少女眠るや車窓涼し

三　島

怪異なる山連りて麦の秋

鯉幟だらりと下りゐたりけり

沼　津

竹の秋鉄管工事はかどらず

清　水

貨車に積む巨材の苔も芽ぐみをり

静　岡

黙々と茶を摘みゐたり爺と婆

ワニ足の日傘ぶら下げワンピース

堀の内

埒もなき平野紫雲英の色あせて

大井川以東

大樟に万灯灯す藤の花

茶畠に大根の花呆げけり

愚かなる男恋しぬ桐の花

戦闘帽型の茶畠若葉かな

茶畠は芋虫並ぶ大人国

虎杖《いたどり》や広き河原に鳥二羽

浜　松

自家製の鯉幟かや蜂に似る

駅売りの声なくなりし若葉かな

舞　阪

山躑躅吾れ寒駅の駅長たらん

松林も人も黒しや麦の秋

黄金の麦緑青の麦畑

弁天島

弁天島ただ寂として躑躅咲く

戸を閉めし家の廂の菖蒲かな

浜名湖の杭点々と五月晴れ

新《あら》居《ゐ》

白髪の翁耕す独りかな

双《ふた》川《がは》

山躑躅ヒョロヒョロながら咲きにけり

松の花山頂に立つ観世音

豊　橋

小鼻怒《いか》る田舎乙女の薄暑《はくしょ》かな

構内の線路錆びたり花菖蒲

蒲　郡

桑若葉アメリカ娘の足を想ふ
寺の屋根一筋の青萌え上る
小島見え松の林を追ひ来る

岡　崎

文化とは何ぞ自転車桑若葉
生き継ぎて虱も人も同年なる
鉄線花《てつせんくわ》御難《ごなん》を食ひし町なりき

大　垣

柿羊羹と看板のみぞ柿若葉
鬱然と菜種《たね》畑の種みのる

関ヶ原

桐の芽も今出たばかり伊吹見ゆ
踏切番牡丹づくりや関ヶ原
県境の杭打ちこめし杉菜かな

米　原

近江路は大根の花に暮れ残る

五日（火曜　晴）

朝六時五十分下関着。連絡船に乗る。メイコちゃん（作家中村正常氏令嬢。当時人気の子役）の大キューピー（セルロイド人形に着物がきせてある。顔はメイコちゃんより大きいくらい）船客の視線を集める。

海中に黄色い水母《くらげ》。

はて、幾度私はこの連絡船に乗ったろう、と思う。続いて、あと何遍この船に乗るであろうか、と想う。

門司駅の歩廊では、バナナを売り、牛乳を売っていた。どちらも東京では、仲々手に入らないものだ。

あんまり混むので、メイコちゃんたちのため一汽車遅れて乗る。然しこれも満員となる。私たちは、やっと席にありつく。

朝鮮人の若い母が、男の児を一人抱き、赤ン坊を背につけて、必死と乗り込んで来た。どうも三等客らしく想われる。男の児は、凄い目つきをして、恨めし気に泣いている。乗客の一人が見かねて席を譲る。母親は礼も言わず男の児をそこへ掛けさせる。すっかり上気していて、礼を言う余裕もないらしい。男の児は尚も暴君の如く泣く。母親は風呂敷包みから、パンの屑みたいなものと、明太魚の丸干六寸ばかりのを、出して当てがう。これで暴君の方は納まりかけると、今度は背中の赤ン坊が泣き出す。くるりとそのまま廻して乳房を吸わせる。この手際には感心した――なるほど、腰に低くおんぶしているのは、斯ういう便利があるわい！　色の黒い醜くい女である。然し、精一杯に行動している態を見ると、誰れしも圧倒される。或る駅に着いた。彼女は丸山君に何か早口に話しかけた。丸山君は分らないので、苦笑して手を振った。すると彼女は、猛烈な勢いで他の乗客を押し分け、車を出て行った。出て行く時に腰から横にはみ出した赤ン坊の頭が人にぶつかり、座席の角にぶつかる。赤ン坊の赤い頭は、軟かい章魚《たこ》坊主のように見えたが、あれでは脳味噌が目茶々々に、混交して了うであろうと想われた。男の児は残されて、再び恨めし気に、老人のような声で泣き出した。発車する。母親はまた、赤ン坊の頭で方々打ちながら帰って来た。誰れかが注意したのか、そこへ列車給仕が来て、検札すると果して赤い切符であった。しかも驚いた事に東京行の切符なのである。まるで反対の方向だ。給仕も言葉が通じないので閉口していると、私たちより三ツか四ツ前方の席に、朝鮮語の達者な女房がいて、これが大きな声で通訳をやる。朝鮮の母親も、自分の間違いを知ったらしい。途方にくれている様だ。さき程、彼女が車外へ出たのは、どうも弁当を買うつもりだったらしい、と私たちは結論した。そこで、みさ子嬢が自分の汽車弁当を一重ね差し出して、失礼ですがどうぞ、と叮嚀に御辞儀をして言った。反射的にそれを受け取った彼女は、暫くポカンとしていたが、急にベソをかいて了った。今にもわッと泣き出しそうなので、私たちは視線をそらせた。

「まったく、母親ってものは、大変なものだなあ!」

と私は感動して言った。私たち一行は皆、涙ぐんでいたのである。恐らく亭主は東京の土木工事場か何かで、汗みずくで稼いで、やっと妻子を故郷から呼び寄せる所まで、こぎつけたのであろう。貧しいながら、子供たちにも晴着をきせて彼女の心はもう、永い間離れていた亭主の所へ行ってるに違いない。それが九州くんだりで、途方にくれている気もちは、並大抵ではあるまい。

○

午前九時頃、川丈旅館に着く。

〇丸山君と散歩に出る。身体がだるくてやりきれない。糖尿が来ているらしい。さっきの剃刀の創《きず》が（左の薬指）、歩いているうちに、パッカリ口を開いて、血を吹き出した。血糖のため創が癒りにくいのであろう。

夕六時から観光ホテルで、福岡の名士たちと会食。やっと散会になる。疲れきっているので、すぐにも宿へ帰って寝たいところだが、Sさんという某会社重役の人が、是非とも一献《こん》さしあげたいと言う。好意もだし難く、某料亭に行く。弘中、脇山の両君同行。飲む程に談論風発。厚生車にガタンゴトンと揺られて帰宿。

註　博多川丈座で、五月六日より一週間、軽演劇「馬と将軍」を演った。配役は、中村メイコ（将軍の孫娘）、丸山章治（将軍の息）、清水みさ子（将軍の嫁）で、あとは川丈座専属の俳優二人に応援して貰った。川丈座と川丈旅館は接した建物で、宿を楽屋みたいに使えるのが便利である。

弘中広志君は福岡工業学校校長、脇山惟君は不動銀行福岡支店主事、共に私の中学同級生である。

六日（水曜　晴　曇　雨　温）

大衆浴場（川丈経営にて旅館より廊下伝いに行ける）へ行き、そそくさと汗を流す。他人の入った風呂場は苦手也。

午前十一時頃、簡単な舞台稽古、道具は未だ出来ていない。吾々も衣裳をつけず。

鬘《かつら》を審べる、どうやらよろしい。

衣裳部に適当な衣裳なく、丸山君もメイコちゃんも自前の服で演る事にする。髭が来たが、これをつけると、漫画の将軍になって了う。それにニス（髭つけ用）も無い。私は迂闊千万にも、化粧道具を忘れて来たのである。仕方がないから、昨日、玉屋百貨店で、白粉、化粧鉛筆、パフ、グリスペイント、コールドクリームなど買ったが、とても間に合わない。

みさ子嬢のドーランを借りて、いろいろ苦心する。髭は口元から顎にかけて、黒い点々をうち、その上に白いドーランの点を描いて見た。意外に面白い無精髭が出来上った。先日、「笑の王国」の楽屋で見た、山野君の化粧法を真似た訳である。

昼の部、七分の入り。芝居は大いに受ける。メイコちゃん、列車中で台辞を暗記していたが、実によく覚えたもの。

三階の部屋に帰って休む。雨が降り出した。すぐ階下の部屋で、若い男女の悪ふざけをする声が姦しい。

雨の中ゲラゲラ笑ひ馬鹿笑ひ
　神よ人類をあはれみてあれ
そのあした人生佳しと祝ひつつ
　ゆふべ総てを呪ふ吾れはも
春も秋も雨音きけば安らけし
　吾れは蛙の血統なるかや

安宿の赤き瓦に初夏の雨
　しとどに降りて今日暮るるなり

夜の部、満員。メイコちゃんさえ出れば大受けなので、実に私は楽々である。窓に黒い幕を閉し、煮豆と鯨の刺身（これは生れて始めて也）で、酒三本。メイコちゃん、トースト・パンを一片、持って来てくれる。御苦労様。

八日（金曜　雨　曇　寒）

寝汗をかかなかったので、今朝は入浴しない、――大衆風呂が億劫なせいもある。

脇山君エンサエンサという風で、宿へ訪ねて来る。私が沈黙しているので、彼は一人で取止めもなく喋る。私が来ると福岡が賑やかになるというが、どうかと思う。永井柳太郎と中野正剛の比較論なども出る、――銀行屋の友から政談演説の話を聴くなど珍らしい。

今日は、すし屋以外の料理屋が全部休業とあって、芝居の客は女が多い。実によく受ける、張合が無いほど受ける。

終日、外出せず、芝居をしてる間だけ、人生を考えないで済む。

昨夜の酒のせいもあろうがなんとも今日は頼りない心もちがしていけない。

人生に何一つすることが無くなったような感じである。

対米英戦争という、素晴らしい事が始まって、私も一員として大いに有意義な仕事（銃後の慰安娯楽）に参加している訳なのであるが、この頼りなさは何所から来るか？　自分の仕事に対する自信――この仕事は立派な仕事であるという自信――それが無いからなのであろうか？

自分では、この戦争の意義を充分に知り、この時代の日本に生れた幸福を、たしかに痛感したつもりなのであるが、ほんものではなかったのかもしれない。まだまだ、所謂、自由主義の亡霊に、いくらかイカれているせいなのであるか？

　小市民的幸福というもの――小金を貯め、小さな別荘でも持ち、小綺麗な調度に囲まれ、小庭に小花壇をつくり、小静かに読書でもして、――これが私の最近までの理想境だった。実に愚かや愚か、と自分でも思う。

　娘たちに、それぞれよき夫を持たせ、平和な家庭をつくらせ、坊やには少しの財を残しておいて、私が死んでも大学卒業が出来るように――斯ういう願いも総てアヤフヤになって了った。愚かや愚かである。

　トクガワムセイという空名を、如何に何う売ったところで、それが何んだ。金を貯めるという事は、国家の為という以外は、今や意味のないものである。名や、金に、拘わるのがそもそも愚かの始まりである。

　要するに、私の憂鬱は、私が本当の生活をしていない所から来るらしい。好い加減な生き方をしている所から来るのである。

　妻に対して好い加減な夫であり、子に対しては好い加減な父であり、芸術に対しては好い加減な俳優・漫談家・著述家なのである。どれもこれも好い加減だ。

　何とかして、この好い加減状態を革めなければなるまい。

　量見を根本的に、据え替えるべし。

○

　今日の新聞にはコレヒドール陥落の記事が出ている。香港陥落、マニラ陥落、昭南陥落の頃はただ大喜びに喜んで記事を読む事が出来たのであるが、今日はそうでなかった。読んで行くうちに、自分はこれでいいのか、考えて来てどうにもならない。

十一日（月曜　晴　薄暑）

昨日散歩の途次、英霊の家と大きく記した家が、方々にあるのを見たが、英霊の「英」は英国の英と同じ字であるのを思い、妙な気がした。英人の霊がつまり英霊みたいである。今朝新聞を見ると「独機がマルタ島を空襲して英機を撃砕した」とある。英機は東条首相の名ではないか。首相が撃砕されては困る。英、米、独、仏、など何んとか字を変えるべきであろう。独語はヒトリゴト、仏語はホトケノ言葉みたいだ。いつかの新聞に「米輸送困難に落入る」という見出しがあったが、ベイ国が輸送困難になったのか、コメの輸送が困難になったのか分らない。

○

宿の部屋から、他家の物干台が見え、そこに毎日おしめが干され、鯉幟が一流だけ飾られている。毎日見ていると、この鯉に親愛の情を感じてくる。長さ六尺あまり、黒い鯉で、鰓のところが朱色、眼玉の囲りが黄色という、安っぽい代物だが、これが或る日は悠々と泳ぎ、或る日はダラリと下っている。

見ているうちに、何かしらこの布製の魚に、一種の魂が籠っているような気がする。

男の児の祝いに、斯ういう物を考え出した、私たちの祖先を、まったく好ましく思う。

○

脇山君から頼まれた、五十枚ほどの短冊を書くため、筆の必要を感じ、文房具店を求めて街を歩くうち、鳩居堂を発見、筆を数本と、ついでに大きな墨と小さな硯とを買う。墨の方は、吾家にある大支那硯用として、小硯の方は、旅の携帯用としてである。

東京にも在る物を、旅先で買うのは馬鹿げているが、同じ品でも旅の思い出の絡《まつ》わる物の方が面白かろう。

新茶五十銭也を買い、茶も筆墨も、その店に預けておいて、今日も西公園に行く。メイコちゃんとの約束もあり、昨日行けなかった奥の方まで行って見ようと思ったからだ。

見晴し台で、飛行機の猛訓練を見惚れていると、メイコちゃん一行と出遇った。

帰途、先刻の銘茶店に寄ると、茶と菓子が出て、その代り色紙を書かされた。若い主人が無暗に喜んで、礼として玉露（？）を一杯入れた瀬戸物の渋い茶壺をくれた。六角型の高さ五寸ばかりの品で、先刻私が買おうか、買うまいかと手にしたものであった。色紙を書いて、店の欲しい品が貰えるなら、大いに書きたいものだ。

〇

二回目の終り、川丈主人の御馳走で、私たち一行五人、魚すきを喰う。これほど美味い魚すき鍋は、始めてであるような気がする。車エビは生きていた。煮えたつ鍋に入れると、オパールの様に半透明で美しいのが、忽ち真紅になる。少し惨酷の感があって困るが、美味いことはまた格別だ。鯛もコリコリした新鮮な身を、惜気なく桜色のブツ切りである。

〇

私がヴァイオリンやピアノを弾く真似をしたり、セロを構えて見たり、楽長にもなったりして、口でオーケストラをやる。曲目は「ダニューブ・ワルツ」「ドリゴ・セレナーデ」「カルメン」「椿姫」など。無論、譜面通りではない。勝手に編曲した出鱈目音楽である。

所が、この音楽に合して、メイコちゃんが即興的に舞踊をやる。これが傑作続出で、時々珍妙極まる姿態《ポーズ》があるかと思うと、また実にそれらしい見事な振りも飛び出す。

面白いので、次から次へ私が演奏すると、メイコちゃんも大喜びで、次から次へ天才舞踊をやる。

「こんな面白いことないワ！」

と、メイコちゃんはセイセイ息を切らしながら、もっともっとと言う。

二十日（水曜　風雨　冷）

横しぶきの雨の中を、四谷本塩町、丸山定夫君の家に行く。例の劇団に関する会合である。事実私は、この劇団について別に大して乗り気ではない。少々面倒だとさえ時々思う。然し、主意は悪くない、だから反対はしない、結構ですと言うばかりだ。一番熱心なのは発起人の八田尚之氏とその助手ともいうべき玉腰君の二人であろう。所で約束の時間に行って見ると、一番不熱心な私が第一着である。丸山ガンさんは、二階の座敷に机を四台置き、机上は用箋と鉛筆がそれぞれ用意され、物々しく道具だてができている。参加を疑われていた丸山君がどうやら本腰になったらしい。ガンさんはカットグラスのコップに日本酒をつぎ、南京豆を出してすすめた。暫くして、藤原鶏太〔編集部註――藤原釜足。戦事中改名〕君と宮腰君とが同時にやって来た。八田氏は中々見えない。薄田研二君は撮影で京都に出張してるので不参。その代り熱心な手紙が来ている。ガンさんとカマさんとは将棋を始めた。丁度好い取組らしい。宮腰君が焦々《いらいら》して、自動車で八田氏を迎えに行った。将棋は一勝一敗で二番済んだ。やっと八田氏が来る。電報の手違いとかで遅れたのだそうだ。劇団の目的、経営、劇団名などについて相談が出たが、私はすっかりダレてしまった。三時から私の家で遇う約束の人があるのである。四時に私だけ失敬して、あたふたと帰宅して見ると、応接室で待っていた人物は、これがまた別の劇団関係者であった。七月の旗あげ興行に出演して貰いたいという話。

二十五日（月曜　晴曇）

今日の撮影は、両断されたふくべを傍にして一カット。

床山（男子結髪部）の部屋で、昨日は長谷川一夫を見、今日は大河内伝次郎を見た。東宝の二大スター長谷川は、実質上の最大スターであり、大河内は位置における最大スターである。長谷川は大河内を甘ったるく兄さん兄さんと呼ぶ。

昨日はこの部屋の外に向った窓には、女学生が密集していた。長谷川を見るためであろう。十六七の少女たちなので、あまりエゲツない感じはしない。ただもう呆然として、この偶像を見とれているという態。あわれにもいじらしい。成熟した女どもの、斯うした場合の犇《ひし》めきはドギツくって見ていられないが、そんな浅間しさは比較的稀薄である。長谷川一夫は、それを意識しているが、全然、相手にしない様子を見せていた。それでいて、湯殿から出て来ると、上半身を裸体にして、むっちりと肥った乳のあたりを、堂々と見せていた。大サービスである。少女たちは、恐らく一生涯、このまぼろしに捕えられてしまうであろう。孔雀が羽根を拡げて見せた訳だ。

今日は、私の隣の椅子で大河内伝次郎が、梅里先生（水戸黄門）になるべく、頭をいじられている。この人の顔がもう一寸縦と横に拡がっていたら、身体との吊合が破れて到底大スターになれなかったろう。小男の小面であったのがたまたま映画では助かったのである。梅里先生は、例のつつましい口調で方丈さんのような声で、嵐山に建てた家の話をしている。特別風致区域ではあるが、京都府から特別に許されて、目障りになる樹はどしどし切りとってしまうという豪快な話。彼の付人であるショーやんの話によると三十万円からかけた家だそうで、鎌倉時代風の建築、座敷にあって京都の街が一目に眺められるそうだ。京都は石が豊富で宜しいですな、と私は声をかけた。すると梅里先生は、何とかいう山の石を残らず庭にひかせた話をした。私は自家の庭の乏しい石を想い、少しく羨やましい気がした。一方は天下の女どもに騒がれ、一方は豪壮邸宅に納まり、双方とも莫大なる給金——ところでこの二人は何の程度に幸福なのであるか。

十一時頃に顔をおとし、食堂で弁当を喰う。お菜はトンカツ。よくそんなものがありますねえ、と矢倉監督が言う。

バスで渋谷へ、渋谷から市電、神宮参道前下車。ポリドール吹込所へ行く。「二百三十億貯蓄」宣伝のレコードを吹きこむ。大蔵省の依頼で電通の扱いである。

帰宅、入浴、髭剃。

五時半四谷丸山家へ行く。五時半の集りだから晩飯が出るのだろうと想っていたら、主人の丸山君が外へ出ていて、すき腹に渋茶を二杯のんだきりであった。座名その他につき相談。

二十八日（木曜　晴　薄暑）

結髪室で仙人のこしらえをして貰っていると、真白に塗った顔が鏡に映る。長谷川一夫だ。真白々のコテ塗りで、眼がパッチリと黒い。素顔の目より小さく見え、それが浮世絵みたいに艶めかしい。さっきから部屋の一隅で、岸田翼賛会文化部長に似た髪師が、もっさりとゆたかに造った島田を手入れしていたが、それをこの顔に乗せて、少し離れて見たら、ぞっとするような美女が出来よう。品に欠けるところがあっても、妖しき美しさは正に悩殺ものであろう。男性長谷川一夫について、私は異様なる考察をめぐらす。鏡に映る私の顔は、あまり通力のなさそうな仙人であった。

昨夜の撮影はエノケン〔編集部註——榎本健一〕君大とらであったという話。台辞がレロレロで、やむなく録音係りのNGという態にして、もう一度やったら尚更レロレロ、あきらめて始めのレロレロをOKにした、と絢ちゃんは言う。ウィスキー、それも焼とり屋のウエスケを三本百円でエノケンは買わされたそうだ。彼はウィスキーの味などよく分らないらしい。幸福と言えば幸福だが、気の毒である。岡田敬君と最初に仕事をした時、エノケン君は大いに岡田君が気に入ったというので、三百五十円で買った短刀を岡田君に贈った。岡田君は刃物が嫌いであるし、それに金にも困った時なので、それを然るべき店に売りに行ったら、三円ぐらいなら買いましょうと言われたそうだ。年中、エノケン君は人の悪いやつらにだまされて高いものを売りつけられているらしい。

或る夜の撮影には酔っぱらって、大道具、照明、スチル係りなどに四百円ぐらいバラまいたそうだ。貴族富豪の息子なら、こんな真似はしないと思う。無暗にザクザクと金が入って来るので、使い方が分らなくなっているらしい。だれか、しっかりした番頭秘書みたいなものがついてやらないと危っかしくていけない。好人物だけに気の毒である。

長谷川一夫といい、エノケンといい、物凄い収入があるようだが、金が無暗にとれるという事、よく考えてみる必要がある。金は、金魚の鼻先の棒であるかもしれない。

本日「水滸伝」撮影終り。

二十九日（金曜　晴　薄暑）

睡蓮の初蕾、咲きそうで今日は咲かず。錦城出版社より印税五千部代小切手送り来る。静枝昨日来着の「爆雷社長」再版検印三千個を押し、送る。

前十一時半大東亜会館芸能文化連盟理事会に出席。渋沢、山本、小林（喜）、藤間寛斎などと遇う。

「外来語辞典」、谷崎訳ポーの小説買う。

後三時より四時まで昼寝。

鰺の焼いたので夕食。

阿野さん洋傘十本ほど持参。そのうち五本吾家で買う。

六時半頃八田尚之氏来、あとは丸山定夫氏が来るだけなので、張合のない会合となった。この三人ではもう、言うべきこともない。いささかだれ気味で、セイロン土産「木の葉虫」を出して見せたりする。この虫の完全なるギタイぶりから、日本精神の話となる。日本精神とは日本人の有する本能的なものであり、説明の要なきものであるというような話となる。井目《せいもく》おかせて碁をうつ。終盤、私の方が二十目ばかり悪い形勢のところへ、意外にも薄田研二氏が来る。本日午後電話あり、氏は来られないとのことであった。御殿場のロケ先からかけつけたとは御苦労様であった。一番遅れて丸山氏来、こう四人揃えば、まず今夜の会合も無意味でない。紅茶を出そうとしたら、丸山氏の反対で、日本茶を出すことになる、薄田氏も日本茶であった。

うさぎ屋の生菓子を出す。皆珍らしがっていたようだ。先日来のむし返しみたいな話が一通り論議され、座名の相談となる。薄田氏は「喜楽座」というのをもち出す。私は横浜にそういう小屋があったし、安待合の名に多くある文字だからあまり賛成しない。先日の「芝生座」も議題に出る。「楽々座」「創造座」「燕座」「原始座」「希望座」などいろいろ出たが結局「苦楽座」というのが一番の有力候補となった。以前「苦楽」という雑誌があり、気の利いたものであったに拘らず、売れ行き思わしくなかった事実があるので、少し気になるけれど、座員一同苦楽を共にする、番組として喜劇も悲劇もやるという意もあり、悪くないようだ。お茶だけでは、どうも物足りないので、配給のビール二本を出し、若布《わかめ》の焼いたのを添える。私はコップに半分飲んだきりで控えたが、どうも二本だけというのは気の毒でならなかった。そうかといって、なけなしのウィスキーを出す気にもなれない。このへんが私のケチなところである。田村秋子、原節子、徳大寺伸、佐分利信など口説く話も出る。宵のうちは暑かったが夜更くるに従い冷え冷えとして来る。十一時頃三人は帰る。私たち夫婦と通りまで出て送る。満月のように円い月が美しく中天にかかっていた。

註　一般市場では洋傘なし。

六月

十三日（土曜）

放送局大島氏から電話あり、南の方へ行ってくれまいかという相談、よろしいと引きうける。静枝曰く、遺言状を書いてって頂だい。うん書くよと、私も答える。冗談でもあり、真面目でもある。今度出る単行本は、本屋（或いは情報局）の意見で「吾家の過去帖」という題になったり、自分で装幀をひきうけ、扉に石仏の画を書いたり、昨日はまた白木屋の観音様へ奉納する行灯の画に、法隆寺土産の瓦の仏像を書いた。しかもその画の賛が「雲の峯再び見ればなかりけり」である。もし万一の事があると、周囲の者は、ああやっぱり虫が知らしていたんだねえてな事を言うであろう。

劇団珊瑚座の角氏来、脚本愈々出来、本日、その討議の集りありと報告。

畑氏から電話があったので、赤坂見附の錦城出版社に行く。印税の残りを受取る。その室にも仏像があった。中にも赤っ茶けたもの、女仏の首は気になった。肉感的である。壁にかけた国宝の模写らしい女仏の顔は丸ポチャで、此家の女主人に似ている。自分で似ていると思ってかけたのかもしれない。

放送局に行き、高橋邦さんにアンコール・トム寺の話をきく。大きな石に刻った首ばかりの仏像の話、――大きに今年の契約期限が来ると、私は東宝からクビになるのかもしれない。武蔵野館をクビになる直前の三月三日に飾るお雛様は、皆クビがぬけていたという前例もある。

大島氏に遇って話を聞くと、私は来月中旬、仏、印、泰、マレー、昭南、ジャバへ向けて出発という訳。珊瑚座には出られなくなった。

田村町の金物屋で、大岡氏にあったら一昨夜の放送大好評とのことまず安心である。

今夜の放送はわずかに十分間、支那、南洋向け。

新宿大劇の稽古、今日から高梨老の代りに小島洋々氏、この方が宜しい。メイコちゃん始めて稽古に来る。セリフがないので失望したようだ。

今度其筋のお達しで子役を広告で売物に出来なくなったそうだ。

大劇の「パストゥール」の稽古を終り、石田、三木の二人とぶらぶら新宿駅の方へ歩いていると、ふとある骨董屋の千手観音が目についた。チャチなお人形ケースに入っているが、中々の名作と思えた。税共百五十円、割に安いような気がした。千も手がある、――この像は二十四本しかないが、――という点が、私には魅力である。何事にも手を出して、全部成功致しますよう、と私は買う気になった。金がないので五円だけ手金をおいて来ようとすると、意外や意外三木マア公が、先生お金ならありますよと、手の切れそうな百円札を二枚貸してくれた。

帰宅して、値ぶみさせると、静枝は五十円ぐらいかと言い、阿野さんは百円くらいかと言う。静枝はツクヅク眺めて、中々別嬪さんだよ、と感心していた。

註　吾軍ニコバル群島占領。
戦後間もなく私は「夢声懺悔録」なるものを書いた。その冒頭に六月十三日の放送局電話の件が詳しく記してあるので、それを載せる。

《懺悔録より》
昭和十七年六月十三日、放送局のO氏から電話があり、南の方へ行ってもらえないか、という話だ。
名目は、皇軍慰問であるが、私にはもう一つ重大な使命がある。即ち、シンガポール（当時は日本が勝手に昭南と称していた）を中心にして、ビルマのラングーン、ジャバの首都、タイのバンコック、仏印のサイゴンなど、到るところから日本内地向け現地報告の放送をする。

——なるほど、それなら遥々と出かける甲斐がある。

私は感動して、引き受けた。そういう仕事なら、恐らく日本中で、私など最適任の一人だろうと考えた。まア、自惚れと言えば自惚れ、自信と言えば自信、とにかくそう考えたのであった。

当時の日本は、未だ緒戦のバカ景気に酔っていた最中で皇軍の占領地域たるや、北はアリューシャンから、南はニューギニア、西はビルマに到る、広大無辺なものであった。それら占領地域から、それぞれ所謂現地報告はもたらされ、ニュース映画としても公表されているが、国民としては、あまりの華々しさに、なんだか夢を見ているようで、どうも事実としてピッタリ来ない憾みがあった。

そういう際に、かねてラジオで国民諸君に御馴染のムセイが、それら占領地域の重なる場所から、御馴染の声、御馴染の口調で、面白可笑しく現地報告をしたら、

——なるほど、やっぱり本当だ！

という感じが強くなるであろう。同時に、大東亜共栄圏の盟主国民としての、高邁なる気宇を養うことが出来るだろう。

——これは、実に容易ならぬ戦争である。俺たちも余程しっかりしなければならない。

そういう覚悟も、この放送により、国民の胸に生ずるであろう。

だとすると、私の使命は甚だ素晴らしいものとなる。開戦以来、大本営発表の大戦果を聴く

毎に、連日の赫々たる皇軍の武勲を新聞で読む毎に、一芸能人たる私は、自己の不甲斐なさを情けなく思っていたのだ。それが、この使命を果すことにより、銃剣以外の道で、国家に直接貢献することが出来る訳だ。

「分りました！　喜んで参りましょう」

と私は、相当興奮して快諾した。

尚、O氏は次のように言った。

「御一緒に行かれる人たちもですなア、みな斯界第一流の芸術家ばかりでありまして、この点、先生に恥をお掻かせするようなことは絶対にありません。名前は、出発する時まで秘密ということになっておりますので、残念ながら申上げられませんが、とにかく全部一流の方々であることだけは御請合しておきます」

無論、私としても、どうせ同行するからには、二流三流より一流の方が有難い。

「遺言状を書いてって頂戴よ」

と妻は、私の報告を聴いて言った。

「うん、書いとく」

と私は答えた。二人とも半分は冗談で、半分は本気であった。

というのは、そのころ、アメリカの潜水艦が、愈々本格の活動を開始し、名の知れた船が、片端しから沈められ出した時であったからだ。

殊に、当時、私たちがショックを受けたのは、例の大洋丸の惨事であって、日本出発後間もなく、待ってましたという風にやられ、船客の大部分が藻屑となった。三井・三菱の有能な技術者が、多数に犠牲となり、取り返しのつかない人的損害を受けたと言う話だ。

――もしかすると、今度の南方行で、俺は御陀仏かもしれない、そう私は思った。

気にすれば、そのころ出ることになっていた私の随筆集の表題が「吾家の過去帖」であったなども、イヤであった。また、前日、日本橋白木屋の観音御開帳のため、掛行灯の絹地に描いたのが、三尊の如来像であったなども、ムシが知らしたと言えないこともない。その日私は、放送局に行き、O氏といろいろ打合せをしたが、その時高橋邦太郎氏に遇って、アンコール・トムの仏跡の話を聴いた。その夜、新宿大劇場で「パストゥール」劇の稽古をして、その帰り道、骨董店で、千手観音の像を買った。恐ろしく、ホトケ様に縁のあった日である。

所で、私は幸か不幸か、御陀仏にもならず、今日斯様な一文を書いてる仕儀だが、実はこの時、日本そのものが御陀仏になる第一歩を、既に踏み入れていたのであった。

十四日（日曜　雨　曇風　温）
風が強くガラス戸が五月蠅いので、南面の雨戸を閉める。うっかり戸を走らせていて指を挟んだ。それから階下へ降りて、姐やに湯を沸かさせ、新茶を入れ、お盆にのせ二階へもって行く。その姿が自分ながら見えるようで、少しわびしい。西の空は雲が切れかかり凄い白光である。子供たちは高砂館に行き静枝は階下でうたたね、――風は八釜しいが、嘘のような静けさがある。藤棚の盛り上る葉も、茂りきった柿の葉も、昨日更に枝を少なくしたノッポの吉野桜も、揺れ揺れている。青嵐である。
今日こそ撮影があると思っていたのに、なんとも言って来ないので、中途半端な気もちがしていけない。午前中に珊瑚座の菊岡、角の両君に宛て出演不可能の速達を出した。あの芝居は是非やりたいようなものであった。断ってほっとした事は確かだ。南方行も是非行きたいような、億劫なような気もちである。何事に対しても、とりかかるまで酷く億劫なのは、性分だと見える。甚だ日本精神的でないようだ。千手観音を、人形ケースから出して、二階の分類戸棚の上におく。空になったケースには、フランス人形に同居していた、支那の女形人形を入れ、ピアノの上におく。ずっと上物に見えてくる。一方観音様の方は、紫檀の巻煙草入れを逆にして台座とする。グラグラするのが気になるが、これで有難味が加わった。よく見ると指の欠けたところがあるが、仕方がない、気にしないことだ。顔の出来を見ると成る程支那の物と分る。加藤咄堂著の「観音信仰史」を見ると、元来カンノン様は男である、とあるには少々がっかりした。然し、工人が女体として作ったのだからやはりこの千手観音は女性であると思って拝しよう。

文芸報国会の小説部と、評論随筆部と両方に申込みの書を出した。先方の指定通りにした訳だ。この申込書に、出来て未だ使用した事のない水牛の印を押す。印税が沢山入りますように呵々。

昨日も電話で催促された「防諜の唄」ふと作る気になり、ふと出来た。少し通俗味が多すぎるようだが、まアこれで出して了おう。明日も撮影がないとすると、あの映画には出演出来ない事になるんだが、私が気をもんだところで始まらない。ここまで書いて、冷めた新茶を飲んだが、とても美味い。

防諜の唄

おつと危ない

1

いやおはやうよ　今朝の新聞
あれ本当か？　イヤ実はこれには
おつと危ない！　さア知らないね

2

まア暫くで　お宅の旦那
只今どちら？　ハア実は南支の
おつと危ない！　さア何処でせう

3

よう今日は　君の近所の
工場は何んだ？　ウン実は軍需の
おつと危ない！　さア何かねえ

4

あら珍らしい　斯うい ふ噂を
御存じですか？　イエ実はそれなら
おつと危ない！　さア知らないわ

5

おや今晩は　君の会社は
今引けたのか？　ウン実は時局で

おつと危ない！　さア何時だね

さて御用心　聞くな流言
のぞくな軍機　ソオ然し実はだ
おつと危ない！　さア黙りませう

十九日（金曜　晴曇）

すんで了えば何でもない、殊に食卓にサントリーの十年を一本みた時には、疲れもなにもすっ飛んで了ったが、それは午後十時のことだ。午前六時半頃に、床を出る時の情けない気もちといったらなかった。やれやれ今日は、撮影と舞台で一日中追い廻されるのか、こんな事が二日も続いたら、倒れるかもしれないと思った。まず何よりも、腹の工合が未だ治らないのが閉口だ。定期的にキューッと痛んで来る。撮影所からは七時集合の八時開始と言って来ているが、縁側にしゃがんで腹の痛みを味わっているうち、もう七時を過ぎて了った。ズダ袋に握り飯を入れ、重い足を引きずって、喜多見に行くと、今日の仕事は東京発声の方だと言う。またバスに揺られ、フラフラと砂利の上を歩く。まったくやりきれない気もちだ。幸にして島津監督、私のところだけ攻めて、午前十一時にはあげてくれた。これで明日はもう来なくてもよくなった。気分が余程かるくなる。職人監督と評する者もあるが、斯ういう時に芸術家の監督は、人殺しである。

原節子の顔をしみじみと見る。これが目下東宝随一の申分のない美人という定評であり、私もそれを認めるものであるが、なんと少しの魅力もないのは妙だ。誠にととのった顔、目つき鼻つき口元などいずれも結構だが、ただそれだけである。それに日本人の顔でないのが強味でもあり弱味でもある。マシュマロという御菓子を連想させられる。こっちが老人なので、彼女も魅力を発散させないのかとも思うが、本当の美人なら枯木のような男でも、何かしらそそられるものがなければならない。然し、疲れきった、腹のシクシク痛い、目前に昼夜の「パストゥール」を控えている私に、罪があるのでもあろう。やがて、木炭タクシーが来る。会社の費用で大劇まで送ってくれるのだ。御苑の裏門前を通る時見ると、丸山君が少年とキャッチボールをしていた。羨ましい元気である。私は遠慮して劇場の向う側で自動車を降り、楽屋入りをすると、仰向けに寝込んで了った。「パストゥール」の昼夜とは返す返すも無理であった、とまた同じことを考える。潜水艦々々と時々思い出すのであるが、現実の疲れは中々そんなおまじないでは治らない。今朝の「都新聞」には、楽屋の写真が出ていて、私の潜水艦の述懐も尤もらしく出ているのだが。

七月

十一日（土曜　晴曇　暑）

苦楽座創立の俳優の一人として、私は丸山定夫家に午前九時出かける。門には達筆に「苦楽座事ム所」と書いてある。玄関には先日私の書いた拙い字の「苦楽座事ム所」が掲げてある。十八日の披露会に対する返事が、十八通来ている、そのうち十三通は出席である。この割合で出席されると苦楽座は披露会だけで破産すると皆大笑いである。辰野隆、宇野浩二などの大家の出席は幸先よろしい。俳優として招ばれ東和商事の試写室でフランス映画「旅路の果て」を見る。これは俳優のみを収容する養老院の物語である。これを見物するもの丸山定夫、藤原鶏太、沢村貞子、森雅之夫妻、御橋公、鉄一郎、嵯峨善兵、戸川弓子、英百合子、遠藤慎吾など俳優が殆んど全部。老いたる名優、一生付役ばかりで一度も舞台に出なかったという大根役者、若い頃はさこそと思われる婆さん女優、ドン・ファンを気どって発狂する人気俳優など、自分も俳優なりと思って見物すると、身につまされる点が多い。嘗てジゴマに扮し大人気であったアルキリエールがつまらない守衛の役に扮してるのも、俳優のはかなさを如実に語るものだ。見終ってヘンリー小谷君に久しぶりで会う。ヘンリー曰く、君が俳優になるとは思わなかったよ、と。まったく、私だって思わなかった。肉が無いので痩せたよ、というから、見るとなるほどヘンリー君、昔のがっちりした面影がなくなっている。嘗て彼はアメリカで十大カメラマンの一人だった。俳優の運命とカメラマンの運命、似たようなものか。但しカメラマンは養老院に行くリツが少ないであろう。日本でも養老院の入院者のリツを審べて見ると、俳優と新聞記者が一番多いという。それから有楽座へ行く。新生新派の連中がロッパ劇「道修町」の総見をするので、その仲間に入れて貰ったのである。廊下で伊志井寛、瀬戸英一の諸氏に会う。久保田氏も見え私に向って曰く「どうしたんですかあなたは、まるで新劇のミズテン稼ぎですね」と。なるほど、珊瑚座といい苦楽座といい、そう見られても無理はない。さて、俳優として「道修町」を見物。ロッパ君の大阪弁には感激、芝居も進境見るべし。轟夕起子の花嫁姿は立派である。腹がへったが、私は何も喰わず「古事記の新解釈」を買い、三時頃帰宅した。

後四時頃山路君来り、随筆は五千部することになった代り、一千部だけの印税を貰えないかという。これは山路君の意志でなく、書房の連中の希望である。無論承知する。
今夜でウィスキーは終り、明夜配給の日本酒三合をのむと、それで当分禁酒である。

十三日（月曜　曇　小暑）

床の中で、坊やのことを随筆に書くことを考えてると、坊やがクスンクスンと泣いてるようだ。起きて見ると、坊やは握飯を喰いつつ漫画本を見ている。坊やの泣声と聞いたは、俎に庖丁の当る音であった。

向日葵の花益々見事である。花が真横に風車の如く向いているのは、妙である。太陽の方を向くなら日中は斜めに向いていなければなるまい。

俊子と時々話したい気もちがある。支那の漫画映画（鉄扇公主）の話をして、ふと、今日の試写を誘ってみる。大へん嬉しそうに彼女は応じた。私も胸がふくらむおもいである。いそいそと彼女は支度する。俊子と二人きりで出るなどと言うことは、何年にも無いことのような気がする。やがて私は、和装の彼女と門を出る。私は一足さきに、さっさと駅の方へ行く。近所の人々に並んで行くのを見られたくない。電車の中では隣り合って腰をかける。俊子は母の性質よりも、私の性質を多分にうけているようだ。娘として見ると、それは随分損な性質ではないかと思われる。それだけに私は気の毒である。東和商事に行くと、ワーナー試写室の方が涼しいというので、タクシーでフィルム九巻と共にそちらに行く。八戒が蛙に化ける。牛魔王が孫悟空に化ける。俊子の笑い声が聴える。私は画面と、台本を見ながら、絶えず俊子の方へ注意を向けていた。俊子が喜ぶと私も大へん嬉しかった。もっと私が、日常生活で、娘たちに対する愛情を、露骨に表わせると好いのだが。せいぜい朝の食卓で、若布を焼いて黙って彼女たちの前へ出してやるぐらいのところだ。やはり、静枝に多少遠慮しているのであろう。それもいくらか無いとは言えない。下らないと言えば下らない。とにかく、今日は好かった。

坊やのことを書いた随筆、あと一枚という所で静枝が帰り傍へ来た。静枝の悪口みたいな文句もあるので、私は読んできかせた。いくらか賞めたような所もあるから、彼女は別に抗議も申し出なかった。普通の細君だと怒るに違いない文句も、彼女は苦笑してうけ入れる。これは愚妻の美点である。声をあげて自分の原稿を妻に読みきかせるなんて、甚だ三枚目である。読んでる最中そんな気がして少し困った。樽井藤吉が「太陽」に出ている自分の国有銀行論を愛人に読みきかせる景があるが、それも影響したのか。アドミラルを開け、白魚入大根おろしでのむ。

十五日（水曜　曇　涼）

雨蛙は相変らず椿の木にいる。先日の黄昏、この蛙の存在を忘れて、私は大鋏で我武者羅に椿の刈り込みをやった。うっかり胴切りにでもしやしなかったかと心配したが、先生健在なので安心した。今日は、姐やが教えてくれて、椿の東南側の方にいるのを見た。どうした訳か今日は葉の上でなく、細い枝の交ったようになってるところに、危っかしく乗っていた。例の如く鮮かな碧で、一寸見ると小さな若葉が枝についてるようだ。坊やに知らせると、とってくれと言ってせがむから、坊やには内証の事だ。妻もこの蛙には敬意を表して、私が指すと、手を振って坊やに知らせるなと信号する。雨蛙の存在に注意していて、嬉しそうに報告する姐やにも好意がもてた。私はこの雨蛙を主人公にして、可愛い随筆を書きたいと思う。

この夜私は「いとう句会」に出席して、十一時半頃帰宅した。阿野さんと妻とが玄関に迎えた。何故寝ないのかと言うと、それどころではないというような事を言った。「あなた、一寸驚くような事があるのよ」と、応接室で妻が言う。その表情を見ると、相当の事が起ったらしい。私は少し不安になって、とっさに色々と考えた。大々的悲劇でないらしいことは妻の顔から読みとれる。坊やの事か？　ルルの事か？「俊子の事かい？」ときいた。「いいえ、フミが万引をしたのよ」と妻が言った。

これは正しく意外である。何処かの呉服屋の店で、夏帯をちょろまかそうとして捕ったのだそうだ。買物バッグの中へ入っていたのを、店員にとがめられると、誰れかが知らない内に入れといたんだと強情を張ったそうだ。警察側の言うところでは、彼女の態度から見ると、とても初犯ではない常習犯であるそうだ。二十五円の給料をとり、今月はボーナスとして別に二十五円もやり、出入りの人から中元も貰っているのに、何だってそんなつまらない事をしたのか分らない。先夜、彼女はうちの娘たちに、蟇口を沢山並べて見せたと言う。みな新しい品である。チョイチョイやっていたものであろうか。近頃、朝早く起きるようになり、不思議だ不思議だと思っていたが、これなども万引と関連した早起きなのであろうか。可哀そうでもあり、可笑しくもなるのである。今朝、私に雨蛙の居所を教えてくれた彼女を考えると、あわれでならない。それにしても昨夜、警察に頼まれて「防犯」の講演をしたばかりとは。

二十一日（火曜　晴　暑）

珊瑚座「大東合邦論」四谷クラブで稽古。

豊島園不二スタジオで記録映画「昭南島」試写を見る。

二十二日（水曜）

自著「五ツの海」の一部、海外放送。

珊瑚座舞台稽古、築地国民新劇場にて。

二十三日（木曜　晴　大暑）

珊瑚座初日。六分の入りか？　長髪の仮髪をつけ、髭をつけ、身体にはメリヤスの肉をつけ、紋付で袴という明治初年の壮士姿で、女に惚れられる役は、いささかきまりが悪い。相手役の戸崎恵美子嬢が、大真面目でつきあってくれるから、どうやらテレないですむ。両人とも老年となり宮城道雄の「さくら変奏曲」のレコードに合せて、思い入れよろしくあって泣くところなど、なかなかの大芝居。しかし、まだ押しが足りないようだ。

二十八日（火曜　晴　大暑）

今日はいろいろと佳いことがあり、どうも私はやっぱり運の神様が護っていてくれるのではないかと思われた。昨日の秦社長との会見で、憂鬱になっていたのが一遍に消し飛んで了った。新宿大劇の経営者から、使者として大石君が来り、小夜福子の芝居を助けてくれるようにという話。苦楽座を興行さしてくれるのか、金を出さしてくれるのか、どちらでも好いから意見を聴かせてくれという話。まるで芝居の筋書みたいに昨日の今日である。苦楽座の同人も、女優が無いので困り、小夜福子あたりは如何にと見当をつけていたところだ。それが何んとおあつらえ向きに、彼女を交えての仕事を向うから申込んで来たのである。この話が、うまく運べば、普通の場合は稼ぎが出来、私たちの苦楽座の場合は損をせずに済むという、実に巧すぎるくらいのウマイ話である。まったくバンザイだ。

珊瑚座最終日。終了後、舞台で記念写真を撮ったが（撮られたが）私の右隣りへ長谷川伸氏が腰をかけていた。そして私に囁いて曰く「今迄君は道草を喰っていたんだね、ここへ来るべき人だったんだ」長谷川氏は恐らく始めて私の芝居を見たのだと思うが、大いに感服してくれたらしい。「君は舞台で遊んでいるところが巧いから本物だよ」と賞めてくれた。そして中村歌右ヱ門の話をしてくれた。歌右ヱ門の子だったか弟子だったかが花道の出で、教えたところより、教えないところが巧いのを見て、あれは不思議な役者だよ、と言った話。「何しろ四十幾つから始めたんですからねえ」と私が言うと、長谷川氏は中年から名人になった人々の話を始めた。「長谷川さん、では大いにやりますが、保証してくれますか」と言うと「ああ、保証するとも」と言う。私はマグネシュームのパッと光るのを見ながらとても嬉しかった。

横光利一氏が、昨日と今日と二日続けて見に来てくれたのも嬉しかった。俊子が見に来ていて、帰り途に私に囁いて曰く「お父さんが一番巧かったワ」と。これは素人芝居めいて少し妙だが、これも嬉しく思った。俊子は賞め方を知らないのである。彼女は精一杯に賞めたのである。所で、今日の三幕目は、白い髭の代りに、間違えて黒い髭で出て了い、おまけに衣裳を間違えて、丸山君の浴衣を着て出て了った。

帰宅すると「放送研究」七月号が届いていて、それに私の物語を激賞してあった。キナテツブドー酒の酔いも、こうなると陶然たりだ。

八月

一日（土曜　曇）

今朝の「東日」に、多彩なる新劇団結成云々の記事が出ている。苦楽座のことが「まず第一」にと出ているのは好い。珊瑚座のことも出ている。顧問の名として頭山秀三、長谷川伸、菊池寛など名がでている。秀三氏の名が文壇の大家より上位にあるのを見て面白いと思った。新聞社が斯う並べたのか、珊瑚座側の印刷物にそうなっていたのか知らないが、とにかく世の中の人々が、頭山秀三と菊池寛といずれを上位に見るかと言うところに私の興味がある。私に言わせると、秀三氏の名より菊池寛の名が遥かに上である。然し、私がもし秀三氏と親せきでなかったら、どちらを上位に考えるか疑問である。菊池寛の名が、東条英機より上位にあって可笑しくないような世の中は来ないものだろうか。芸術家の地位がいつも社会的に小役人以下であるのは情けない。そんな事は問題でないと言えばそれまでであるけれど。

里見弴作「よろしく」物語放送。

漫談道場出演。

七日（金曜）大阪へ出発。新大阪ホテル投宿。

註　この日ガダルカナル島へアメリカ軍上陸。第一次ソロモン海戦。

八日（土曜）大阪朝日会館第一日。

出演者、雪江、五郎、柳家三亀松、梅中軒鶯童、後藤市丸。

九日（日曜）朝日会館、第二日。

十日（月曜）　名古屋へ出発。愛生旅館投宿。

十一日（火曜）吉本興行経営「赤門劇場」第一日。東海林太郎も特別出演。

十五日（土曜）赤門劇場第五日。

十八日（火曜）赤門劇場第八日。東海林太郎は昨日まで、本日より松原アコージョン・バンドに代る。

二十日（木曜）赤門劇場最終日。夜、大阪へ出発。

二十一日（金曜）深夜、新大阪ホテル投宿。

南街「花月劇場」初日出演。私の出し物は獅子文六原作「馬と将軍」の将軍。清水金一（シミキン）一座の南洋軍事喜劇をやっている。

三十一日（月曜）花月劇場最終日。夜行で東京へ帰る。

九月

一日（火曜）　朝、帰宅。

二日（水曜）「息子」放送す。

五日（土曜）漫談道場、第一日。理研文化映画吹込み。

七日（月曜）　目黒伝研に行き、予防注射第一回。

註　南方への出発が、九月十七日と確定したので、コレラ、ペスト、腸チブス、赤痢、マラリアなどの注射をうつのであるが、一度にやると健康を損ねるので、三回に分けてやる。

十日（木曜）　伝研注射第二回。

十三日（日曜）　伝研注射第三回はペスト也。注射後気分悪し。共に注射を受けた前田璣君の家に行き、大いに飲む。

十四日（月曜）コロムビア社に行き、軍事援護会用命のレコード吹込み。古い日記帳の整理をする。あんまり醜態な記事は残したくない。

十五日（火曜）大東亜会館で、放送局主催、吾ら慰問団一行の壮行会あり。

放送局第一スタジオで、一行の演芸番組練習あり。

十六日（水曜）市ヶ谷陸軍省行、将官佐官などエラ方に慰問団演芸の手見世。

十七日（木曜）　またまた出発のびる。

註　八月六日から九月二十六日まで、私の「当用日記」は殆んどブランクである。小説なら、最も書くべきことの多かるべき五十日間である。が、日記というものはとかく、大事件のあった時は、事件に圧倒されて、日記などつけている余裕がなくなりがちだ。この五十日間などまさに然り。

ひとつにはこの間においても、相変らず仕事は次々に襲いかかり、身体が病的にまで参ってしまったことも、私に日記をつける余力を残さなかったのでもあるが、もっと大きな原因は、南方に行けばもう生きて帰れないのかもしれない、という心細さが「間もなく死ぬのに日記なんかつけても始まらない」という気がしていたからである。

ところで、この九月十七日のことを、再び日記を始めた九月二十六日に、雑誌「文芸世紀」のため随筆として書いているので、その全文を次にのせる。

走馬灯

今日こそ、愈々出発の日である。

殊によると、今日が、生きて吾家に有る最後の日になるのかもしれない。

これが吾家の味噌汁の、味い了いかもしれない、と思って私は、あまり美味くない味噌汁を、懐しく啜った。

これが、吾家の庭の見納めになるかもしれないと、思って私は、毛虫に荒された椿の樹を眺め、黄色い土用芽を懐しく見た。

で、今日の予定は、これから氏神様に参拝し、先祖代々の墓所に詣うで、夕刻から家族の者どもと、これが最後の晩餐になるかもしれない卓を囲み、無論門出の祝盃をあげて、では行ってくると元気よく別れをつげ、午後〇時〇〇分東京発で、南方へという訳だ。

万一の覚悟は、出来てるような、出来てないような、その点甚だ自分ながら頼りない。まったく好い年齢をして情ない奴だと自嘲せざるを得ない。ともすれば、敵潜水艦に襲われて、まさに海底の藻屑たらんとする自分自身が、あらゆる気の毒な状態で、頭の中をかすめたり、眼前にちらついたりするのである。何しろ私と来た日には、てんで泳ぎというものを知らないのだから心細い。

今更、いくら心細がっても始まらない。という事もよく解っている。人間一度は死ぬものだよ、生者必滅、色即是空——言われる迄もない。よく考えて見ると、今度の旅にしても、京都や大阪への旅にしても、危険率から言えば、そこに大して逕庭《けいてい》は無いのである。

まあ、時間が解決してくれる。時間にまかせておくに限る。時間が私を列車に乗せ、船に乗せ、時間が無事目的地に運んでくれるであろう。また、時には時間がふとした気紛れで、私を海底に訪問させる場合もあるであろう。考えたって、考えなくたって同じだ。

いや、そいつは卑怯であろう。汝、真の日本人ならば、考えるだけ考え、而して後、従容たるものあるべし。正に然りである。

頭の中は、走馬灯の如く、ぐるぐる回るには回るが、走馬灯の事だから、いつまでたっても同じところが出るばかり、一向進展もなく解決もない。

要するに、私は英雄でもないし、聖者でもないし、勇士にも非ず、出来た人物にも非ず、という事実を、毎度ながら確認せられるだけの事である。そして、毎度ながら、新しき愛情を以て、自分を情けない男だと思う。幸か不幸か。これだけはなかなか麻痺する事のない感覚である。

さて、頭の中の何所かで、或いは胸の底の何所かで、愚かなる走馬灯は、明滅しながら、回転しているのであるが、表面の私は、まず落ちつき払っている態に見えてるつもりだ。どうかすると、走馬灯の存在を全然忘れている時もある。

玄関に人が来た。出て見ると近所のA堂という文具及び玩具の店の主人である。

——この度は御苦労様で御座います。

と、白髪の頭を丁寧に下げて、折畳用日章旗を七張、餞別としてさし出した。

――これは何より結構なものを、そうだ、土人の王様へでも土産にしましょう。

と私は礼を述べながら、ボルネオやスマトラの地図を、脳の映写幕に浮べた。

義妹が、坊やを連れて、お別れにやって来た。彼女は相変らず美しく、相変らず若々しい。愚妻とあまり年齢が違わない筈なのに、一体全体愚妻はなんだってあんなに――と、此際どうでも好いことを、ちらと思って苦笑する。

氏神様へ是非、お参りしておけとかねて妻に言われているので、家の坊やと義妹の坊やとを連れて出かける。出かける前に、ちゃんと禊をした。ゴムの管に如露の頭をつけたやつで、頭から水道を浴びる――これでも私の心ではミソギである。

丁度氏神様は、秋祭の最中であって、大らかに太鼓は響き、鳥居のあたりには、子供相手の露店が左右に五軒ぐらいずつ出ていた。鳥居から、十五歩ほど行くと、もう社殿である。

私は奮発して、五十銭紙幣を、賽銭箱に入れたが、斜めになった板の上に乗ったままで、中へ落ちないのは気になった。改めて桟木の間に手をさしこみ、紙幣を押し落すのも妙なもので、それを気にしながら、拍子をうち、

――どうぞ、家内の者を御護り下さい。

と、小声に言って祈った。

二人の坊やは、手に手に、アルミの一銭玉を五、六枚持参して投げ込んだ。

それから、露天の玩具屋で、太刀と、日章旗と、ブリキ細工の鶩鳥とを二ツずつ買わされた。義妹の坊やは、その代りに竹製の機銃を買った。家の坊やは、そんな機銃はもう卒業したのか、

それともオヤジに遠慮したのか、欲しがらなかった。

家へ帰ると、私は早速、仏壇の蠟燭を半分に折って、火を点じ、鵞鳥の簡単な機関にさし込んだ。

ポポポポポポポ、ポポポポポポポ。

洗面器の湖を、モーター・ボートは、ゆるゆると回る。

——いや、これは傑作！

子供たちは大喜びであったが、大人の連中も大感心であった。間もなく子供たちは飽きて了ったが、私は新しい客があると、またもや蠟燭を折って、このブリキの玩具を動かし、大得意であった。

それから私は、ただ一人で多摩墓地へ出かけた。

四坪の地所。正面に在る将棋の駒型の石は、一歳で死んだ娘〔編集部註——次女〕の墓だ。第一着である為に、中央を占めている。その年に植えた百日紅は、子供の腕ほどの幹だったが、今は子供の胴中ほどになって、咲き残りの花が、ちらほらしている。

向って左に、普通の形の累代の墓が、やや高く聳えている。この下には、父が眠っている。向って右に、円い自然石の墓がある。鏡のように磨かれた面には、未だ一字も彫ってない。この下には先妻が眠っている。

三人とも土葬である。

六束の線香から立ちのぼる煙が、今供えたばかりの、グラジオラス、豆菊、虎の尾、などの間をゆらめいた。

上々の秋日和だ。

――やがて俺も此所へ来る。殊によると、近々に来るかもしれない。

そう思って、少し可笑しかった。

帰り途はぶらぶらと、無数の墓を見物しながら、裏門の方へぬけた。百日紅が到るところに咲いている。盛りを過ぎて、花がまばらになり、反って色が冴えて美しい。或る墓前では、雁来紅が大木の如く成長して、その美しさが暫時私を釘づけにした。


所で、帰宅すると間もなく放送局から電話である。

――今日の出発は延期になりました。どのくらい延期か、今のところ分りません。

私は、実にヘンテコな気もちとなり、この晩は溜めておいた配給の酒をガブガブと飲み、義妹が持って来たウィスキーを一瓶あけて了ったのである。酒の相手は、嘗て応召して即日帰還の憂目に遭った経験のある、私の弟である。

「兄さん、分る分る」

と、弟は私に酌をするのであった。

何しろ、昨日は陸軍省で、壮行会を兼ねた大演芸会があり、報道班長から、

――では、元気で行っていらっしゃい。

と訓示を受けて来たばかりなのだ。

アルコールをぶっかけたら走馬灯の灯が消えて了った。

十八日（金曜）終日酒びたり。

十九日（土曜　大豪雨）放送局小林演芸部長来宅。目下、アメリカ潜水艦の活躍しきりなので、慰問団員に万一の事ありてはと、軍は当分出発見合せの由報告。妻は終日、床につきいたり。

二十三日（水曜）坊やと散歩する。

二十四日（木曜）坊やをつれて動物園行。庭に大根と蕪の種蒔き。お月見。

二十五日（金曜）木犀咲き匂う。ススキの葉で指に傷をする。東宝撮影所行。

二十六日（土曜）

約五十日というもの、日記を怠っていた。いろいろと訳がある。

1、仕事が忙しかった事

2、身体の調子が悪かった事

3、酒を飲み過ぎた事

4、死ぬのが恐ろしかった事

まず1から言うと、八月八日、九日の両日「大阪朝日会館」出演、八月十一日より二十日まで十日間「名古屋赤門劇場」出演、八月二十一日より三十一日まで十一日間「大阪花月劇場」出演、九月二日放送物語「息子」、九月五、六両日「日比谷漫談道場」出演、九月五日理研文化映画吹込、九月十四日コロムビア・レコード吹込、九月十六日陸軍省試演会出演、殊に八月は随分忙がしかったには違いないが、然し、これだけで五十日間日記が書けなかった理由にはならない。

2、名古屋、大阪の二十一日間は暑い盛りで、殊に名古屋の暑さは凄く、道路のアスファルトが溶けて、靴底に吸いついた。身体がうだりぬいて了った。南方行のため、コレラ、ペスト、腸チブス、天然痘の四種を、九月七、十、十三の三回に亘り、伝研へ行って注射して貰った。——これも身体の調子を好くする事でない。就中ペストはいけなかったようだ。そんなこんなで、ペンを持つ気にはなれなかった。

3、少しぐらいの飲み過ぎなら珍らしくないが、九月十七日から二十二日まで、全く酒びたりとなっていた。十五日には大東亜会館で、放送局主催の「南方行慰問団壮行会」があり、十六日には陸軍省に行き大講堂で出発の御挨拶演芸会をやり、報道部長の訓戒激励の辞を聴き、愈々十七日夜は出発という訳で、当日は坊やを連れて氏神様へ御詣りをし、親戚の者も別れの挨拶にやって来たり、近所の人から餞別の品を貰ったりして、すっかり応召気分になってる、その絶頂にである——突如（？）放送局から電話があって、今日の出発は無期延期となった、と言って来た。

——嗚呼無期延期！　これで二度目だ！

そこで飲まざるを得ない仕儀となった。

万歳！　の声に送られて出て行った勇士が、即日帰還で面目なく、自殺でもしかねない気分で帰宅する、——私も一寸それに似た心境であった。飲んだ飲んだ、船中の用意にウィスキーを二本鞄の中に入れておいたが、それも引っ張り出して飲んだ。

4、今度の南方行で、もしかしたら死ぬかもしれないという危惧の念、——潜水艦のドカンバチャン、空中からの機銃掃射、マラリアその他の熱帯病、いろいろ材料がある、——さて問もなく死ぬものとしたら、日記など少々馬鹿げている、――天気だろうと雨だろうと、味噌汁の実が大根だろうと油揚だろうと、そんな事は何うでも好いではないか、という気がしたのである。自分ながら実になっていないと思う。要するに、死に対する覚悟が、少しも出来ていない証拠である。

十七日からの酒びたりが、二十日頃はやや下火となり、本を読む気になった、――というより急性アル中の精神不安状態で、何か読んででもいないと気が狂いそうなのだ、――そこで書庫から村上知行著「三国志」を出して来て、無理に読み始めた。この本は、もう何年も以前、発売されると同時に買ったものだが、今日まで読む気になれなかったものだ。買った時、始めの数頁を読んで厭になり、それきり書庫に積まれていたものだ。

我慢して段々読むうち、段々面白くなって来た。脳の状態は甚だ不良で、時々眩暈《めまい》がしたり、時々眼がかすんで来たりしたが、構わず読み続けた。そう堪らないという程面白くはないけれど読むに従って私は圧迫を感じて来た。実に驚くべき書である。支那人という人種は、余程エライ人種だと思わせられる。

二巻目の地図の付録がついていたので、今度は地図と首っぴきで読む。支那の茶館や、大道講釈で、今日でも「三国志」が全盛を極めているのは、尤もであると思った。さしずめ日本の講釈師がこれを読むとしたら、何ヵ月で読みきるであろうか想像もつかない。

とにかく、「三国志」三巻を、一気に読了する事が出来たのは、今回の酒びたりの収穫であった。十七日、あのまま出発していたら、私は一生涯この一大奇書を読まずに終ったかもしれない。

も一つこの度の収穫がある。それは風呂焚きの趣味が出来た事だ。頭がモヤモヤして、どうも落ちつけない時、これに限る。

まず釜の下の灰を落して、薪を工夫しながら積み、その上に紙屑を置いて、マッチの火を点ける。巧く一遍で燃えつく時もあるが、途中で消える時もある。消えかかった時、腰の折れたボロ団扇でパタパタやるうち、またパッと燃え出すのも愉快である。

故田中貢太郎氏は、どんな機嫌の悪い時でも、庭で焚火をすると機嫌が好くなったという話であり、故人の日記を見ても、よく焚火をする所が記されている。火を燃やして機嫌が直るという事、読んだだけでも多少分る気がするが、実際にやって見ると、成る程これは精神のこりをほごすには、もっとも有効な方法であると会得する。

妻が一言のもとに、それはダメだと宣告した、大きな材木を釜にさしこみ、あれこれと細い薪をあしらって、この難物をボーッと燃やした時は、バンザイと言いたかった。

以来引き続いて、毎日焚いた。朝と夕と二度とも自分で焚く時もある。

自分で沸かした風呂に、静かにつかる気もちは、亦格別である。

一昨々日の夜は、坊やと散歩、――久しぶりの外出、――帰りに大根と蕪の種を買った。一昨日は、坊やを連れて上野動物園へ行き、象の曲芸を見て帰宅、庭へ出て坊やと種まきをやった。夜は十五夜のお月見で、庭の赤芒穂を青磁の瓶に生け、娘たちとお団子を喰べた。

昨日は、撮影所に行き給料を受取り、帰宅して木犀がいつの間にか咲いているのを発見して、嬉しく驚いた。

右の如く、日増しに健康的になって今日に至ったのである。

今日は、「文芸世紀」誌に送る原稿を書き、ハガキ十数枚と封書一通を書き、晩飯後この日記をつけ始めた。日記がつけられるようなら、精神状態も健康になりつつある証拠だ。それに、ウィスキーも今夜でいよいよ終りである。明日から当分禁酒という事になれば、益々精神も常態となろう。もっとも妻が例の如く、何所からか手品のようにウィスキーをとり出したら、やっぱり飲むことになるであろう。

今この日記を書いていると、万年筆を持つ指先が妙にギゴチない。中気の前兆かも知れない。今日も或る席で一竜斎貞山と、さんざん中気の話をしたが、これだけは御免蒙りたいものだ。中気で寝込むくらいなら、ドカンバチャンの方が、遥かに増しである。

とにかく、もう少し長生きをして、初孫の顔というものを見たい、戦争の成行も見たいものだ。今日の新聞には大西洋に吾が潜艦活躍という記事が出ている。

十月

八日（木曜　晴）

私の居間であり、仕事部屋である二階を片づけた。本は全部、階下の書庫へ納め、書簡類も然るべく処置する。

乱雑を極めていた部屋が、すっきりとなる。古手紙など戸棚から引き出し、焼くべきものは焼いた。焼くべくして焼くのも惜しくそのまま戸棚へ蔵い込んだのも幾通かある。――万一のことがあれば生きて帰らぬかもしれない、というこのマンイチが、物事をキッパリさせないのである。死ぬに定っていたら、勿論、躊躇なく燃やしたであろう。

ハガキで、風呂を焚きつける。

――もしかするとこれが、吾家の風呂の焚き終いかもしれない。

庭の柿の樹、今年は大した豊作で、この日までに家内中で随分喰いもし、近所にも分けたりしたが、未だ半分以上残っていると憶う。霜が未だ来ないので、柿に本当の甘味が出ていない。私が居なくなってから、定めし美味くなるだろうと想うと、ちょっと残念であった。

神棚と仏壇に、お灯をあげ、今日の出発を告げた。

家内中揃った食卓に、私はウィスキーを飲み、もしかするとこれが最後の、と例の如く考えた。然し、賑やかな和気あいあいたる晩餐である。妻は栗飯を炊いた。

　栗飯のいとうまかりし別れかな
いよいよ吾家の門を出る。玄関に一人うずくまって見送る妻――無論悲しそうな顔などしてはくれない。いつも大阪へ発つ時とあまり変らない表情、電灯が彼女の直上にあるので顔は暗かったけれど、まず適当な見送りのさまであろう。――俊子、高子、明子、一雄四人の子供たち、これに私の旅行鞄を下げた姐やのフミ、一同大いに意気込んで玄関前の大通を斜めに行く。ルル公までが、馬鹿にはしゃいで、長胴短足の身に波うたせ、矢のような黒き流れとなって、私たちの間を縫い廻った。

駅前で、郵便局員が出張し、弾丸切手の店を出していた。私は、ふと思いついて、五枚買い見送りの皆に一枚ずつ渡した。

——もしかすると、これが最後の贈り物となるかも知れない。

皆、ニコニコと嬉しそうに受取った。

「きっと当るぜ、こいつは」

と私が言うと、皆、声をたてて笑った。アタルという言葉が、私の頭の中で、微かな魚雷を飛ばした。

「父ちゃん。象買って来てね、忘れないでね」

と、坊やが念を押した。象なんて駄目だよ、と此場合言えなかった。私はウンとあやふやに言って、駅の階段を上った。

車窓から見ると、子供たちは駅の木柵のところへ来て、手を振っていた。少し、出征軍人のような気分がした。

東京駅には、一行見送りの、放送局関係、蓄音機会社関係の人など大勢来ていた。私のためには、石田(私の支配人)、虎爾(私の弟)などが来ていた。

改札口を通ると、私はそのまま後をふり向かず、——石田や弟の視線を背中に感じながら——さっさと歩いて行った。この前、弟が応召して麻布の聯隊に入営する時、見送りの私たちを一度も振り向かず、さっさと営門を入って行った事を思い出した。

然し、同じ振り向かない、という動作も、真の勇士豪傑の場合と私の場合とでは、大分心境が異るようである。私の場合は、いさぎよしというより、寧ろ小心だったからであろう。見送る弟の表情を見るのが、恐ろしかったに違いない。

乗り込む箱の前に、私たちの一行は整列し、河元大佐の送別の辞を聴いた。大佐は自ら持参した一升瓶を傾けて、一人々々に茶碗酒を酌せられた。とても好い酒で、私は大佐にすすめられて茶碗に三杯頂いた。

秋の夜の冷酒に、私は陶然となった。

さア、魚雷でも、爆弾でも、もって来いという気分になった事である。

十四日（水曜　晴）

船へ乗り込む、東京を出て六日目である。船は楽洋丸。一万噸ぐらい、私たちの船艙は、後方から二番目、私の部屋は右舷、平和の時のトクサン（特別三等）というものらしい。

この部屋に、男十人、女四人が配置される。寝台は上下二段になっていて、私は入口から一番奥の下段を指定された。寝台の割当には当事者も相当苦心したようである。いざという時を考慮して、女と老人連を下段に、また、風俗という点を考慮して、私という男性を、女性たちと同列に並べる、――つまり私の人格が大いに認められた次第デアリマス。その代り逃げ出す時は、私が一番入口から遠いぐらいの事は、蓋しジンカク者として当然の税ならんか。

枕を船尾の方向にして、私のすぐ隣りが奥山彩子嬢、――寝台と寝台の間隔、約二尺あるかなし、――彩子嬢と同じ寝台に豊島珠江嬢、その隣りが藤原千多歌嬢で、その隣りが石井みどり女史である、――女史の寝台は舷の鉄壁に接している。

四人とも然るべき美人である。このシカルベキ四美人が、目刺の如く並んでる寝姿を、私の寝台からは否応なく見なければならんのである。げにげに人格者にはなっておくもんである。

私の上の段には、万沢君。女性たちの上の段には前田、久岡、古関、松島の諸君が目刺と相成る。私と頭を相対して、梅中軒氏の寝台、その上が波岡君。その寝台と直角に接して、小林団長。その上が内田君、この二人だけが船の方向と横になって寝る訳だ。部屋の床は赤錆びた鉄板、舷窓はただ一ヵ所、入口に近くあるだけ。

○

この夜の会話。
×「今夜はまだ安心して寝られる訳だな」
△「大きに此所まで敵さんが潜り込んでいたってね」
×「まさか。よしんばドカンバチャンと来たって、ここは瀬戸内海だよ。島だらけだもの何所かへ泳ぎつくよ」

私「所が、てんで泳げないんだよ、僕は」

小林「瀬戸内海はおろか、私しゃ隅田川でもいけないねえ。ハハハ」

私「隅田川はおろか、赤坂見附でもいけない」

寝台のカーテンから、クスクス笑う声が洩れて聴える。彩子嬢である。

——泳ぎだけは習って置くんだった。

今度の旅が定まってから、既に百回も思った事を、この時もまた思うのであった。

十五日（木曜）

四時半頃、目がさめて一時間ほど床の中に、もそもそと物想い、日本の風景をよく見ておこうという気持もあって、甲板へ出る。若き、軍属と覚しき人たちが大勢、やはり日本見納めという趣《おもむ》きで、左舷右舷に三々五々、語り合っていた。

左舷から見ると、空は黄金色、海は蒼く、島々は黒い。右舷から見ると、空は紫金色、海は赤く、島々の樹々暗緑に、地は白い、もう間もなく太陽が左舷後方に顔を出すであろう。

朝食後、顔を洗う、手順が逆であるが、私は人がたてこんでいると、そこへ割り込んで何かする気になれない——朝の洗面時と来たら、慰問団三十余名、香港行の女の一行約十名、下士官の一隊十数名、これらが一時にごった返すのである。

「これでドカンバチャンさえなければ、好い旅なんだがなア」

と、洗面所の鏡に向って、頭髪を梳りながら内田君が言った。

気の合った仲間が大勢いて、旅費の心配全然無しで、これから昭南、マレイ、ビルマ、タイ、仏印、ジャバ、都合によってはスマトラ、ボルネオあたりまで行くかもしれない、というのだから素晴らしいではないか。

——ジャバへ行ったら、バリー島は一またぎ、あすこの唄と踊りを満喫して来る。

——仏印と泰との国境近くにある、アンコール・トムの仏蹟、こいつは是非自動車を飛ばして訪れるべし。

敵産のウィスキーが、所によっては山ほどあるという話、これも有難い。

——熱帯植物を今度こそ大いに研究し、熱帯の果物を片端しから味うんだ。

右のような期待が、まだ他にも無数あるのであった（これは私のことだ）。

無論、あらゆる場合の、辛さ苦しさは予期した上の話である。物見遊山の旅でない事は百も承知、二百も合点である。然し、それ故にこそ、いろいろ楽しき夢を持ちたくなるのである。

十時、私は生れて始めて、救命具なるものをつけて、右舷甲板七号端艇の前に立つ。若い船員が私たちに向って、簡単に遭難の場合の心得を説き、すわという時には、

「皆さんは此所から、此の端艇に乗って下さい」

と、あたりまえの顔つきで言う。

どうも、大丈夫助かりそうだ、という気がして来た。

皆の顔が明るくなったようだ。

一旦、船室へ帰り、再び甲板に呼び集められて、今度は四十年配の高級船員（私はその時機関長かと思っていたが、あとで一等運転手らしいと分った）が、更に詳しく心得を説いた。

「この船は、御覧の通り、一万噸からの大きな船でありますから、万一、敵の魚雷が命中しても、一発や二発ならば、――アー、二十分乃至、イー、三十分ぐらいは、アー、沈まん、――筈であります」

はて、何県のナマリだろうと私は考えた。茨城か、栃木か、それとも島根か、――私の知人に出雲国出の雑誌編輯長がいるが、その人の口調と同じようである。いや、これは口調だけでなく顔もよく似ていれば、声から身体つき、表情まで似ている事に気がついた。きっと、この人は出雲人に違いないと私は定めて了った。

かねて私は、顔が似ていれば声も似るもの也、という持論を持っているが、確かにそいつは真理である、と彼の訓示を聴きながら思った。

訓示の要点は次の如くであった。
1　退船用意の場合は、汽笛が短く六回鳴らされる。
2　最悪の場合でも、五分ぐらいは余裕があるものである、――五分あれば充分に仕度は出来る。然し、そんな五分なんて事は、滅多にない事である。狼狽てるのが一番不可。

3　救命具は、背後の紐を先にして、しっかりコマ結びにする。ゆるく結んであると、海へ飛び込んだ時、救命具だけ浮いて、人間は見えなくなる例がある。
4　敵襲の最も多いのは、暁方と日没、それから月の夜。最初の一発を受けると、原則として、電灯は消えて了うから、真暗やみの中で何でも出来る練習をしておく。
5　避難する時、帽子をかむり手拭などで確と結びおく、——上から筏その他の物が落ちた時、怪我を大きくせぬ為である。
6　避難する時、手袋（それも軍テが一番よろし）をする、——綱へつかまり滑り降りる時、掌の皮を剝かない為である。
7　避難する時、靴を必ず履いている、——長時間水中に在ると、皮膚がフヤケて、岩の上などに裸足で上ると、足の裏がペロリと剝げて了う。
8　懐中電灯は、水に漬るとダメになるから、氷嚢とかゴム袋とかで包む。
9　水中に在って、体温を保つためには、毛のシャツ上下二枚ぐらいを重ねて着けるが宜し。
10　細引縄を用意する、——長時間水中にある時は、力も弱り、眠くもなり、気絶もするもの故、自分の身体を、筏なり漂流物なりに結びつけおく必要がある。
11　乾パン、ビスケット、鰹節など食物の用意をする、——喰う喰わぬに拘らず、食物が有るという事が、長時間の漂流中は、強く精神的に影響する。
12　水筒の用意、——いくら咽喉が干いても海水は絶対に飲んではならない。ウィスキー、ブランデーなどもチビリチビリやっていれば、体温の放出を防ぐ特効がある。
13　漂流中は、波のまにまに身をまかせ、泳がぬこと、——水泳に自信ある人が反って助からぬ事が多い。
14 海中に飛込んだら、犬かきでも何でも宜しいから船より凡そ百米ぐらい離れること——船が海底に没する際、大渦巻が起り、それに吸い込まれる恐れがある故。
15 南方の海には鱶が多いから、なるべく長い布を用意する、——これを自分の腰のあたりから、水中に流しておくと、鱶《ふか》が近寄らぬそうだ。効き目の程、確とは受合いかねるが、古老の言う事であるから採用する方が無事ならん。

大体、右の如き条々であった、主として端艇に乗れなかった場合、もしくは端艇が転覆した場合の注意のようである。

女の中には、この注意を聴きつつ、指で涙を拭う人もあった。

「何か質問はありませんか？」

と、ニコニコしながら、その高級船員は皆を見廻した。私たちの仲間から次のような質問が出た。

「あの、ドカンと来た時に、船が斯う、（と手つきで示して）傾いた場合、その、こっち側のボートは何うなりましょうか？」

「ハハ、これは仲々玄人っぽい質問が出ましたな。どうも質問が出た以上は、正直にお答えせん訳には行かんですが、その場合はですなア、——その場合は、——片側のボートは全部ダメになります」

「ははア、ダメですかなア！」

なんだか、妙に可笑しくて、皆笑い出して了った。

――魚雷が命中しても、一発や二発ならば、二十分や三十分は沈まない。

この言葉が、私たちにとっては、何より心丈夫な感を与えたのである。

――二十分あれば、どんな仕事でも出来る訳だ。

と、各々いささか朗らかであった。

所が、午後になると、某嬢が某準船員から、遭難談を聴いて来て、

「五分ぐらいしか、もたないんですって、あたし悲観しちゃった」

と、半ベソで半ニヤで言った。二十分の金城鉄壁が、忽ち崩壊して了ったのである。

「わシャ、モー駄目じゃア！」

と、大袈裟に足元をふらつかせて、前田君が部屋に入って来た。半冗談の半真剣である。

「どうしたの？」

「どうも斯うもないよ。船団の必ず狙われるのは、二番船じゃそうだ。わし等はその二番船ジャよッ！」

これを聴くと、また一層ヘンな気持となったのである。

私の手帳には次のように記してある。

(覚書) 一寸シタ言葉デ自信ガ出来タリ、スグアタアタトナッタリ、凡人ナンテ困ッタモンダ。

〝凡人〟とは私自身である。

この日の昼食は、二等であった。――慰問団員は、船の好意で、三日に一日ぐらいの割で、交代に一等食堂、二等食堂に行く事になったのである。

食卓の真白き敷布の上に、菊花とポンポンダリアを生けた、青磁の壺が置いてある。

バナナ。スープ。スチュウ。スパゲティー。ライスカレー（純綿）。紅茶。

万事トクサンとは、格段の相違である。然し、三等客の癖に、二等の食事をするということ、私はやましい気がしていけなかった。顔を知られている稼業だけに、尚更いけないのである。

十五時、門司港外碇泊。

船尾の方に、五、六寸の針魚《さより》が、無数に泳いでいた。美しく半透明に見えた。

数名の工員風の男が、艫《とも》から釣糸を垂れていた。これらの釣道具もやはり、遭難に備えたものであろう、——冒険譚のような漂流をする場合、釣道具は食物を得る一つの方法である。

「うわア、章魚だ章魚だッ！」

一人の親爺が、溶けた飴細工のような小章魚を釣り上げて、大得意だった。

十六日（金曜）

だんだんと船全体の様子が分ってくると、面白くない点がポツポツ出てくる。私たち慰問団員の特別三等は、それで結構として、高等官五等以上は一等船室、それ以下は二等船室、軍に応募した女性タイピストたちも、みな二等船室を与えられている。つまり私たちは所謂下士官待遇だ。タイピスト以下の扱いなのである。どうも割りきれない。情けなさを感ずる。

更に情けない気がしたのは、慰安婦としての田舎芸妓たちが、私どもと同じく特別三等であることだ。軍が、私ども慰問団を、慰安の売笑婦たちと同じように見ているということ、いや、軍の本音を聞くことができるとすると、どうも演芸なんかする奴らよりも、性的満足を与える彼女たちの方を、大切に思ってるのかもしれない。

なるほど、それもそうだろう、という気がしないでもない。が、まざまざとそういうものを、具体的に見せられては、やっぱり私としては愉快でない。

――でも、兵隊さんたちは生命がけで戦っているんだ。芸人風情のわれわれが、待遇をとやこう言うべきでない。

と自分自身をたしなめる。とにかく、もうここまできてしまっては、なんとも仕方がない。用意してきたウィスキーなど飲んで、私はベッドにもぐりこむ。

心の中では、みんなどう思ってるかしらないが、表面に不平の色を出す者は、私たちの部屋には一人もいない。一等食堂と二等食堂の番に当った連中は嬉々として部屋を飛び出して行く。

みんなお互いに慎しみ合って、できるだけ紳士的に淑女的に話そうという気になり、昨日からタバコについても罰金制度をもうけた。タバコは必ず灰皿のあるところで喫うこと、吸殻を床に捨てないこと、てなあんばいである。今朝、八時四十分、私はベッドに寝たまま、タバコの灰をポンポンと指で弾いたのを見つかり、罰金十円とられた。

十一月

二日（月曜　雨後晴　暑）

ハッチで蟋蟀さかんに鳴く。エンマコーロギである。虫の声とも鳥の声とも、判断のつかない鳴声がする。研究の結果、扇風機が頭を振って、ある角度にくると鳴き出すことが分る。

今日は上陸できるというので、みんな七時頃から起きて仕度。殊に女連の仕度はいとも念入り。彩子はルイ王朝時代の頭をつくり、千多歌は長き眉を引く。

八時半頃事務長来り「只今、手旗信号で、御厚意ハ深謝スルモ御断リ、と言って来ました」と言う（慰問団上陸して慰問したいが、ドーカという申入れをした返事である）。とたんに万沢君はワッハッハと笑い出した。私も笑って、それもよかろうと寝たまま。梅中軒鶯童氏大いにフンガイして、

「あんな町焼けてしまえッ、コレラで死に絶えちまえッ！」

と叫んだのは、可笑しかった。誰かが、ヤケにトロンボンを吹き鳴らす。

十時ごろ、司令部の人来り、上陸したいものだけ上陸させるという。俄かにみな元気となる。雨ふりやまず、波荒く、タラップからランチに乗りうつるのが危い。ランチから波止場に飛びうつるのは一層危険である。船は右にかたむき、ひっくり返りそう。私はハラハラするが、平気で右側の舷によりかかっている連中が憎らしい。ここで転ぶくしたら、私は助かる見込なし、魚雷の方がまだしもであろう。

林家正蔵君、世にもあわれな顔でベソをかいていたが、一歩上陸したら俄然元気になって踊り出した。

部隊司令部で、十数人の将校相手に慰問演芸。粗末な木造建築。粗末な日本茶が、粗末な茶碗で出たが、これは美味かった。梅中軒大先生も三味線なしで「柳生二階笠」の一節を唸る。

海岸通りを散歩する、一寸好いところである。

「これやったら、コレラはあまり流行らせんとおきましょ」

と、梅中軒仰言る。

仏印サン・ジャックというところ、仏蘭西人たちの避暑地だそうで、今は流石に海浜の豪華ホテルも閑散である。戸外の踊り場には空しく落葉が散っていた。日本の柏のような葉で、あれより滑らかで、細長くて、まるで紅漆を塗った細工物のような、美しいのが路にも散っていた。あんまり綺麗な葉なので、日本へ土産にしようかと思った程だ。

太陽の光を受けながら、紫のネオン、赤のネオンをつけたような熱帯花が、日本の新緑みたいな水々しい葉の繁みに灯り、明るい水彩画のようであった。

町を歩く。戸数は知れたものだが、いかにも清潔で、気が利いた風景である。

安南人の店に入り食事をする。怪しき英語でどうやら通じる。

ビール……50銭

ビーフサラダ……45銭

コールポーク……45銭

チャアハン……40銭

みな安くて、美味い。

私たちが食事をしてると、大柄な日本女が二人、浴衣を着て吾々を見物に来た。何所か山の手辺の奥さんみたいに落ちついている。例の慰安婦という人たちであろう。

——あたしたちも、戦争遂行に、身を以って協力しているんだ。

という自信があるせいか、少しも悪びれた所が見えないには感服した。

御化粧も至極あっさりして、健康的に見えた。

町を見物する。

天人掌の生垣、緑の柱が整列している。

森の道で、安南巡査（或いは兵？）と、髪ふり乱した女が、格闘していた。格闘と言っても、専ら相手を殴ろうとしているのは女の方で、巡査の方は専ら手を押さえて消極的戦法に出ていた。

恐ろしくモダンな、白堊の教会がある。セセッション風とでも言うか？　直線が多く、曲線は殆んどない。

堂に入って見ると、誰れもいない。立派な木製ベンチが並んでいる。正面に石膏像のキリストがいて、その右側に三色版のマドンナが掲げてある。キリストの足下に、赤い光を放つ豆ランプが置いてあった。

教会を出ると、先刻の格闘警官に遇った。私は生垣に咲いてる赤い花の名を英語で訊ねた。愛想よく答えてくれたが、何のことだか分らない。彼は、何んとなく人懐っこい風で私たちと意味なく歩いていた。

すると大変だ！　先刻の髪ふり乱した女が、横町から豹の如く現われて、その警官の帽子を奪り上げ、喰いつくやら引っ掻くやら、言語道断である。然し、警官は決して女をやっつけず、閉口しながら防戦していた。

「何だいありゃ、だらしがないね」

「あの女、あの先生の嬶アかもしれないよ。さもなければねえ」

と私たちは語り合い、大格闘をそのままに、海岸の方へ出た。

「御老体、とにかくこれを見んという法はない、是非見ときなさい」

と、内田栄一君が無理矢理に、私の手を引っ張るようにして甲板へ連れ出した。成る程成る程、コレヲ見ントイウ法ハナイご尤もである。

実に見事な夜光虫現象！

美しいを通り越して、無気味ですらある。

船首に起る波は、青光りの竜となって、次から次へ休みなく出現、次から次へ休みなく消える、消えんとしてはまた光り、なんとも言えない奇観である。

船腹の何という名称か知らないが、一抱えもある水が轟轟と落ちるところなどは、打たれる海が光り、飛沫という飛沫が光り、まるで其所だけ、重点照明をしたようだ。

　黄泉《よみ》の国の海の如しや夜光虫

「船尾の方が、また美しいから来て御覧なさい。足許を注意して、さ、僕の手に捉まんなさい」

と内田君は私の手をとって、真暗な甲板の道をぬける。

「なアるほど！」

更に大感嘆である。船尾から、芝居の花道の雪布みたいに、遥かに遥かに一条の燐光の道が走っている。

お互いの顔が、青白いフットライトを浴びたように、はっきり見える。試みに手をさしのべて見ると、下に向いた掌は光り、甲の方は真黒々である。もしかしたら、雲にかくれた月の光でも洩れてるのではないかと、疑ったからだ。

　夜光虫たなごころにぞ映し見る

月の出の夜毎におそし夜光虫
星はみなにじみてゐたり夜光虫

「あれを御覧なさい」

と、内田君の指さす方に私は眼をやる。

「ほら、うしろから来る船の、舳先のところが光って見えるでしょう?」

「ああ! あれコロムビア丸ですか?」

と私は夜光虫の凄い威力に、呆れて了ったのである。

一千米ほど後方からやってくるコロムビア丸のあるあたり、横に青く光った棒状のものが見える。それは時々微かになるが、時々またアッというほど明るくなる。

夜光虫後続の船ネオンなす

明晩は私たち一行に、隣室の少尉、見習士官など大勢で、運座をやることになってるが、ひとつ夜光虫の句で稼ごうと思った。

四日(水曜 晴 暑)

今日の楽洋丸甲板は、まことに豪華版である。即ち、英国東洋艦隊のプリンス・オブ・ウェールス号とレパルス号とを撃沈した、カンタン沖を通過する。

そこで、管絃楽団十二人が甲板において、

「英国東洋艦隊撃滅の唄」を演奏、内田栄一と波岡惣一郎の両君が、その両艦の沈んでるあたりに向いて、独唱と合唱をやる。しかもその作曲者の古関裕而氏が指揮するのである。勇ましいとも何とも、形容の言葉に絶する。まさに大日本帝国は、天下無敵であるという気分になった。

が、このあたりこそ、最も危険な水域であるそうだ。なんでも、マレイ半島の岩壁の上に、敵のスパイがいて、アメリカ潜水艦に無電で通信しているという。

舷側から見ると、海流の上に無数の円いビスケットみたいなものが浮いている。海蛇の卵だという。午後のこと、

「左舷前方に怪しきもの見ゆ！」

という伝令があって、忽ち大緊張。一列に行進していた船団が、右左に分れる。だんだん接近してみたらなんのことだ。それは大きな流木に海草の絡みついたものであった。

五日（木曜　雲　涼）

朝、昭南港着。しばらく甲板に立って、港内を見まわした。なんとなく荒れ果てた、不景気な感じ。桟橋より遥かに離れたところに碇泊してるのだが、昭和十二年に軍艦「足柄」で来た時のような、華やかさがない。ユニオン・ジャックの代りに、日の丸の旗が方々にゆらいでいる。沈没した船が、斜めに四分の一ほど船体を見せている。

雨がポツリポツリ降り出す。いつまでたっても上陸の気配がないので、私は船室のベッドにもぐりこんだ。なんだかどうもロクなことはなさそうな気がした。雨はとうとう本降りになる。

さてようやく桟橋に上ったは好いが、どういう頭の悪い連絡だったのか、待てども待てども、慰問団を迎えに来る者がない。他の軍人、軍属たちはそれぞれ迎えが来て、一人残らず姿を消して了ったのに、吾々だけ長い間、倉庫みたいなところで待たされた。

夕方になって、やっと昭南放送局の人が来て、私たちは駅ホテルの三階に案内された。

広い部屋に、急製の粗末な寝台が並び、そこに私たち特三同室の人全部と、他に数名が泊るのである。正直のところ、このホテルにも失望した。私はラッフルス・ホテルその他立派な大ホテルが有ることを知っている。

――ふム、どこまでも下士官なみか！

浴室なんて気の利いたものはなく、僅かに、汚ない便所の傍にシャワーを浴びる設備があるだけだ。でも、その水浴びで、私は久しぶりにサッパリすることが出来た。

食事は案外、悪くないようだ。船の献立に優ること数等らしい。

寝台には、例のダッチワイフ（竹夫人）という、長い枕の化物みたいな物が、一体ずつ備えてあったのは、親切と言える。

（あとで考えると、このホテルは、なかなか佳いところがあった。ホテルの経営者は、宿屋のオヤジみたいでなく、普通の紳士であるのも好かった。後に私が病気になった時、この紳士は実に親切にしてくれた。今想い出しても素晴らしきは、このホテルのコーヒーである。もっとも、此所に限らずマライ半島で飲んだコーヒーは、全部大したものであった。ジャバが近いせいであったのだろう。色、香、味、三絶の逸品で、砂糖は入れ放題で、しかも代金たった金十銭だった。昭和二十二年現在の日本では、百円出しても飲めない豪華コーヒーである。）

六日（金曜　晴　暑）

朝、食堂に行って見ると、みんな尉官級ばかりだ。随分爺さんの大尉などいる。得体の知れない半パンツの男が、逞ましく定食を食っている。軍属だろう。窓の外近くに、ビンロージ椰子が扇子をひろげていた。

私たち（団長、副団長などと共に）は、昭南放送局長宝田氏に連れられ、総軍司令部と二十五軍司令部とに、挨拶に行った。

総軍司令部は、植物園の近くの大学の建物にあり、二十五軍司令部はフォート・カニングの丘にあった。

宝田氏の話によると、このアイサツ廻りが相当の難物だそうだ。うっかりすると、旋毛《つむじ》を曲げられて、往生させられると言う。

あとで段々分ったことだが、総軍と二十五軍とは、甚だ仲が悪く、コトゴトに角突き合っていたのである。

——苟クモ、南方軍最高総司令寺内大将ヲ頭ニ戴ダク総軍デアル。二十五軍ナド唯々トシテソノ命ニ服スベキダ。

と総軍の方では考える。

——何ヲ言ットルカ。吾々現地軍ノ力デ占領シタ土地デハナイカ。吾々ガ血ヲ流シテ得タ半島ダ。戦闘行為ガ終ッテカラ、何ノ苦労モセズ乗リ込ンデ来テ、大キナ面ヲシテ、何ヲ命令スルト言ウカ。ソンナモノハ、吾々ハ眼中ニ無イ。

と、二十五軍の方では考える。

同じ陸軍でありながら、この両者は犬猿もタダならざる間柄とある。だから、うっかり一方だけにアイサツなどして、一方の顔をツブしたというような場合は、それこそ慰問団だろうと、三井三菱だろうと、大司政官だろうと酷い目に遭わされるのだそうだ。

——はてな、こういうことで一体、戦争は巧く行くものなのだろうか？

と私はへんな気がした。陸軍と海軍とが、到る所で喧嘩をすることは、私も昔から知っていた。が、陸軍と陸軍がこんな風であろうとは聊か呆気にとられたのである。が、そのくらい軍人というものは、強気であればこそ、戦争に勝てるのかも知れない、と私は善意に解釈しても見た。

直接、慰問団を扱うのは、恤兵部《じゅっぺい》の仕事であるが、次に関係の深いのは報道部、宣伝部である。総軍の方では報道部と言い、同じ職務を二十五軍の方では宣伝部と言っていた。これにも私たちは出頭、敬意を表させられた。

所で、宣伝部の方へ伺って、宣伝部長なる軍人に遇ったら、これは意外、私と中学が同窓同級の大久保弘一君であった。例の「今カラデモ遅クハナイ」という名文を、二・二六事件の時書いた男である。お互いに顔が合った瞬間、いよう、イヨウという訳で、

「こちらは、僕と友人の大久保大佐です」

と私は得意になって、小林団長に紹介したのであったが、――何しろ二・二六の時に中佐だったのだから、当然大佐になってるものとばかり思った（実は、まだ中佐のままであったことが、あとで分った）。

然し、中佐だろうと大佐だろうと、とにかく部長殿が大久保君であったことは、当時として私には、所謂、地獄デ仏である。私は、その日、急に前途が明るくなったような気がした。

中学同窓と言えば、私の二級上に寺内毅雄という学生がいた。成績はあまり香んばしくないが、野球が巧かった。私は運動場で、彼がゴムマリを殆んど垂直に空高く投げ上げるのを見たが、球がキュッと小さくなって上昇し、暫らく空中に止ってる感じで、またキュッキュッと大

きくなり、落下してくるのを見て、頗る感服したことがある。悪友どもは彼を〝のッたけ〟と呼んでいた。即ち背が高いノッポの毅（タケ）雄だからだ。

──あいつのオヤジが、寺内ビリケンなんだぜ。

と誰れかが私に教えてくれた。

中学を出ると彼は、陸士に入り、そこはオヤジの七光で、無事卒業して、忽ち羽振りの好い士官となった。陸軍に野球を取り入れたのは彼である。

何所まで出世するかと、羨望にたえなかったのであるが、たしか大尉ぐらいで死んで了った。するとき美しき未亡人が、アトを追うて見事な自殺を遂げた。モノノフのツマはカクコソアレと、当時の新聞は讃美した。

南方軍総司令の寺内寿一大将は、この毅雄君の兄である。

──実は、御令弟と中学が同窓でアリマシテ。

などと、もし大将に遇う機会があったら、私は親しく語りたいと考えていた。大将も定めし喜ばれて、それがため私も、いろいろトクをするだろう、などとムシの好いことも思ったのである。

五年前、私が来た時フォート・カニングの丘には、マスト高くユニオン・ジャックが翻っていた。今度来て見ると、同じマストに日章旗が、クッキリ碧空に翻っている。

カセイビル（兵隊たちは昭南の十二階と呼んでいた）を始め、大きなビルというビルにヘンペン、ホンポンたりや、日の丸の旗である。日本もまったく大したもんだ！

七日（土曜　晴　暑）

今日から慰問の仕事始まる。あらかじめ番組を打合せておく。昼は海軍病院で、夜は陸軍病院だからである。藤原千多歌嬢、昼は「純情月夜」で夜は「椿咲く島」、奥山彩子嬢、昼は「海の進軍」で夜は「蘇州夜曲」。内田栄一氏、昼は「英国東洋艦隊撃滅」で夜は「マレー半島制圧」、も一つ昼は「月月火水木金々」で夜は「そうだその意気」。なかなか気をつかう。

この日の慰問は、昼も夜も巧く行った。海軍病院の慰問は、これまでにも大抵感じよくやれるのであったが、陸軍病院は女が出ると、奇声を発して下卑ていてイヤであった。それが、この夜は大変好かった。

陸軍病院部隊長（院長ト言ワズ、此所ハ部隊長ト呼ンデル）は、少将閣下で、山下奉文型の偉丈夫。この閣下が列席して聴いていたので、皆御行儀が好かったのかもしれない。夜は、番組の中途からポツポツ雨となり、内田君の唄の時はドシャ降りとなった。会場は病院の建物が四方を取り巻いている野天である。雨に濡れつつ聴き、雨に濡れつつ唄った。最後に部隊長閣下が、私たち一同を感激せしめた感謝激励の辞を述べられた。

海軍病院の院長は大佐で、温厚な紳士であった。相当なる酒豪らしく、私にウィスキーを二瓶くれた。平べったい瓶の、濠州産ライ・ウィスキーであった。

十一日（水曜　暁雨後晴　酷暑）

暁の雨、よく降る。人生寒む寒むし。

屋守、キキキキと鳴く。

死んでも生きても、どうでも好い感じ。

腹にダッチワイフを乗せる。下痢止めのつもり。

朝食、嚙むうち吐きたくなる。

船舶司令部の舞台開き。

その近くの不二屋という店で、昼食の親子丼。

カンカン照りの客席。トタン塀の向うから英捕虜も眺む。

状袋入りの茶、湯を貰って入れる。久しぶりの日本茶。

四時頃、偕行社行。

凄いプール。若き士官クロールを競う。

椰子の木のあるトタン塀。英虜を乗せたトラック通る。感想如何？

珠江、彩子プール入り。珠江は青の上下の水着、彩子は上赤、下紫の水着。両人とも平泳。

総参謀長に、あいさつ。

演習終りて大宴会。

私は二号卓子、少将と同席。

日本酒大和部隊の酌。

ビールの乾杯。

前田ヴァイオリン、万沢ギターで、歌手たち唄う。

私も、鯨のサクラ・サクラ。

ウィスキーが出る。グイとあける。

さて、それからの記憶がない。

註　次に御覧を願う一文は、日記ではない。昭和二十二年の夏、一種の懺悔録として書いたものである。

十一月十一日夜の飲みツブレを境として、私は、完全に陸軍を慰問する熱意を失った。もう、我慢がならなくなったのである。

偕行社のある建物は、恐らく英軍のスウィミング・クラブ（水泳倶楽部）であったのだろう。それを日本陸軍が接収したもの。女の水泳着まで用意してあったのは、英軍士官の家族たちのためであったのだろう。彩、珠の両君はそれを借りて泳いだ。

まア一言にして言えば、日本軍には勿体ないという感じの施設であった。

所で、これから私は、どうして慰問の熱意を失ったかを、次々に記したいと思う。

前記〝大和部隊〟なるものだけでも、私は軍が厭になった。これは若き大和撫子の部隊であった。彼女たちは、皆ダマされて斯んなところへ拉致されたのである。

――若キ愛国ノ女性大募集

――南方ニ行キ、皇軍に協力セントスルノ純情ナル乙女ヲ求ム

――大和撫子ヨ、常夏ノ国ニ咲ケ

というような、勇ましく美しい文句に誘われて、気の毒な彼女たちは、軍を背景に持つゼゲン共の口車に乗せられ、高らかな理想と、燃ゆるが如き愛国の熱情と、絢爛たる七彩の夢を抱いて遥るばると来たのである。

軍当事者とゼゲン師どもは、オクメンもなく、娘たちの身元を調査し、美醜を選び、立派な花嫁たるの資格ある処女たちを、煙草や酒を前線に送るくらいの気もちで、配給したのであった。なんたる陋劣！　なんたる惨酷！

——あらッ、斯んな約束じゃなかった。

と気がついた時は、雲煙万里、もうどうしようもない所に置かれていた。

その一部隊が、この偕行社で酒席の芸妓代用品とされているのだ。お酌をやらされる。手を握られる、お臀を撫でられる。——接吻は腕力で強請される。——が、そんなナマヤサシイことでは、大和部隊の任務は完遂されたのでない。ちゃんと、宿泊の設備アリだ。

中には諦めて、唯々諾々、皇軍に協力している娘もあるようだ。中にはまた、寧ろ嬉々として毎夜を楽しむという、モトモト不良性の連中もあったかもしれない。然し、

——何度も自殺しようかと思いましたの。

と、涙をふきつつ、慰問に来た同性の彩嬢なり、みどり女史なりに、悲惨な身の上を嘆く娘さんたちは、実に可哀そうではないか。

——なんじゃ、娘ッ子どもの千人や二千人、戦争に勝つ為には、そのくらいのギセイは、当然すぎることじゃ。

と、彼等は言うのであろう。バカヤロウ！　そんなアサハカな野蛮な量見だから、見ろ、日本は無条件降伏で、斯んな姿になり果てたんだ。

はて、これはしたり、書いてるうちに大分私は昂奮して来た。これではザンゲロクにならないかもしれない。バカヤロウを相手に、ムキになるのは、こちらもバカヤロウであるからで、もう少し私は落ちつくべきだ。

——そんなにフンガイするなら、何故、その時士官どもの面前で、堂々と言わなかったんだ。今になって言うのは卑怯だ。

と言う人があるかもしれない。が、私以外の人にしても、あの時、彼等の面前で、そんなことが言えるものであったか、どうか、考えて頂きたい。それに、この問題は、敗戦後、考えれば考えるほどフンガイに堪えなくなって来たもので、そのウップンがつい筆に出た次第であるから、あの時とフンガイの程度が違うのである。

では、次なるフンガイを、今度は落ちついて記すことにする。

これは、ホテルに帰ってから奥山彩子嬢に聴いた話であるが、この夜、彼女と卓を共にした若き士官が、

「藤原チタカというのは、一寸可愛い顔をしとるが、あれは未だ子供でダメだろう。うン、あの豊島珠江という女は、仲々面白そうなやつだな。アレをどうだ、今夜、オレの部屋へ泊りに寄越してくれ」

と、日常茶飯の如くに言った。

「失礼なこと、オッシャイッ！」

と、石井みどり女史が、思わずカッとして言った。

「わたしたちを、一体、なんだと思ってるんでしょうねェ。口惜しいわ」

と、彩子嬢は涙をポロポロ流した。

何んだと思ってるかと言うに、

――慰問団ノ女ト思ットル。

――女ノ慰問ハ何ガ一番カ知レトルデハナイカ。

と斯んな風に、それらの士官諸君は考えているのであろう。また事実、内地では相手にされ

ないような、所謂セコ芸人が、慰問ではチヤホヤされて、お金も稼げるというので、慰問団専門に相成ったという女連中も沢山ある。その連中なら、喜んで、それら士官諸君の御命令に服した事と思われる。戦争の専門家である士官諸君には、同じ慰問団にも、いろいろ種類があることなど、お分りでないのもゴ尤もである。

この世をば　吾が世とぞ思ふ軍人の
　ゆるさぬ女　なしと思へば

など、彼等の手帳に記されているのかもしれない。

——まア然し、若い士官なんだろう？　若さに免じて大目に見るさ。

と、取りなす仁も出て来そうだ。では、次なる事実は、如何に解釈しよう？

その夜、更けてから私たちのホテルに電話が掛り、

「今、自動車を出すから、慰問団の若い女だけ、閣下のお屋敷へ寄越せ。男は一人も来なくてよろしい」

という命令が、副官により伝えられた。流石に団長も当惑したようだが、長イモノニハ巻カレロ、という訳で女連に交渉した。彼女たちベソをかいたが、これもイヤとは言い切れない。もう寝衣を着ていたのに、またもドレスなど着用に及び、命に服した。

この閣下こそ、威名赫々たる、総参謀長の中将であった。

——男ハ一人モ来ンデよろし。

とは、実に天晴れなる御言葉である。

さて私は、以上長々と、女のことばかりフンガイしてるようで、ムセイ老、年甲斐もなく嫉

いてるナ、など思われると困るから今度は別口のフンガイを記す。

そのころ、私たちが最も知りたがっていたことは、今後一行はどの方面に行くかという問題であった。

すると、司令部からお達しがあった。

――ビルマへ出張スベシ。

「ビルマを済したら、何所へ参るのでありましょうか？」

とお伺いを立てたところ、

――ビルマヲ二班ニ分レテ、隅カラ隅マデ廻レ。ソレデオ前方ノ予定時日ハ一杯ニ切レル。

というお答えだ。

「何んのこったい。ビルマだけかい！」

「ジャバや、仏印はオジャンか。折角楽しみにして来たのに！」

「それにビルマは、とても条件が悪いって話だぜ」

「今、一番危険な方面だろう？」

「そうだってさ」

みんなで不平を洩らしたので、放送局側も黙って見ていられない、更にもう一度、哀願して見たら次のような返事だ。

――苦シイ所ニ行ッテコソ慰問団ジャ。ソレデハ、ビルマヲ一巡シタ成績如何ニヨリ、場合ニヨリ、ジャバグライニハ、行カシテヤルカモシレナイ。

「とほッ、成績如何により、と来たね！」

「どうも、前に来た慰問団が失敗してるので、吾々は酷いことになったね」

と、顔見合せて苦笑した。

前に来た慰問団の失敗というのは、主としてその一行にいた大辻司郎君の失敗らしい。

その一行がカセイビルの大東亜劇場で、蓋をあけた時、司郎君は得意の漫談で、

「――エー、こちらに来テ見タラ、お菓子ダロウト、牛肉ダロウト、なんでもフンダンにアルニワおどろいたデス。ソコエイクト、内地ハ今ヤあわれびんぜんでアルデス。東京ナンゾワお菓子ドコロカ、砂糖のカケラも血マナコでアルデス。牛肉ノゴトキワヒト月ニ一遍グライ、ソレモ鍋ノ中ヲ必死ニナッテ探索シテ、マルデ丸薬ミタイナ、これッぱッチのヤツニ巡り合うデス。ソコエイクト、毎日フンダンニ御馳走ヲ召シ上ッテルセイカ、皆サンノ血色ハトテモ凄イデス。あべこべにこっちが慰問サレタイデあるデス」

というようなことを言ったそうだ。無論、司郎君はシャレのつもりで言ったのであるし、事実また大いに笑って喝采する兵たちもあった。

ところが大変な騒ぎとなった。

――皇軍侮辱だッ!

一人の士官は、

「大辻を斬るッ!」と叫んで、抜刀で楽屋へ乗りこんで来たという話である。いや、彼を殺せと、日本刀をひねくり廻した軍人は、一人や二人ではなかったともいう。

なるほど、司郎君のシャレも、相手が悪かつた。少々浅慮であったと、私も認める。

だが然し、それが死罪に処するほどの失言とは、到底思われない。よしや、どんな失言があ

ったにせよ、すぐに――斬っちまえッ！　という気になるのは、そもそも、如何なる神経系統の持主なのであろうか。腰間の秋水は、敵ばかりでなく、簡単に、味方にもホトバシルらしい。まさか、こんなのが軍人精神なるものでもあるまい。もっとも、その軍人は酒気を帯びていたという説もある。

斯んなことがあったので、大辻君はその後宿舎に於ても、酷い思いをさせられて、散々泣かされたらしい。

所で、そのために吾々の方まで白眼視されるとは、実に迷惑千万である。

――成績如何ニヨッテ、ジャバグライニ行カシテヤルカモシレン。

とは一体全体、吾々の一行を何と心得てるのか？　まるで、コラシメのため、ビルマの荒涼たる山河に、追放される感じだ。

――南方各地の要所々々から、内地へ向けて、現地報告！　などは、バカバカしい夢に過ぎなかったのである。

（以上）

十二日（木曜日）

終日、こんとんたり。前記、小林団長に向い、慰問団の扱いにつき、声涙共に下るの慨嘆をなした。何も食わずに、アルコールばかり。この日、東京向け放送の、現地報告録音があったが、私は正体なく寝こんでいてカセイビルのスタジオに行かず、小林団長が何か録音してお茶を濁した。

吐いては飲み、飲みては吐くうち、とうとう真黒なタール便が出た。

井伏鱒二氏が部屋に訪ねてきて、共にオーストラリア産ウィスキーを飲んだような気がするが、この日のことかどうかハッキリしない。井伏氏が、このライ・ウィスキーを美味いと賞めたことは、ハッキリ記憶している。

この後から、小林団長は私に悩まされるのを避けて、別室に移ってしまった。

私は一人で、ベッドの上で悶えていた。こんとんと苦しみぬいていた。

なんだって、こんなことになってしまったのだろう。もうダメだ。杉並の吾家のことをフラッシュで思い浮べる。たまらない。

たしかに胃潰瘍が再発したようだ。この身体でビルマに行けるか？　行かねばなるまい。いやだいやだ。実にいやだ。

フラフラしながら、便所通いで、何度となく蚊帳を出たり入ったりする。ベッドにスッポリとかぶさる白い蚊帳の中に、蚊が沢山入ってきたらしい。あんまり掻《か》ゆいので、モウロウと眼を開く。

すると、うす暗い電灯の光りをうけた、黄色味をおびた蚊帳に、点々と黒い虫がとまっている。つぶしてみると、血を丸くなるまで吸った、大きな蚊である。蚊のくせに、羽根を蛾みたいにひろげていた。もう、マラリヤ熱も、デング熱も、勝手にしろである。

青白い腕をながめると、骨と皮ばかりにやせ細っている。ビルマ出発は、目前に迫っている。どうしたものだろう。

十四日（土曜　晴）

前田君、徹夜の看病。私の寝台のすぐ下に寝ていて、私が一寸でも吐きそうな気配を示すと、ガバと起き上り、蚊帳の外から心配そうに覗きこむ。氷を割る音、夜通しカチカチカチカチカチ。隣り近所の客は五月蠅かったであろう。

大分ラクになったが、それでも時々もどしそうになる。前田君、実に迅速果敢に洗面器を私の前にさし出す。

午前八時頃、病院につれて行かれる。小林団長がつきそってきてくれたように記憶する。病院はこの間、慰問した陸軍病院であった。

第二病棟の二階の一室。医官が来て診察をして、寝台の枕元に、赤い円札がブラさげられた。これは担送患者の記号である。いざという時、タンカでかつぎ出す患者である。

註　十一月十二日より十四日にかけて第三次ソロモン大海戦あり。この日、ガダルカナル島にさし向けられた、吾大型補給船団十一隻全部撃沈さる。

十五日（日曜　晴　暑）

寝ていると次々に色々の人が、色々の物を持って来てくれる。相済まん話だ。

放送局長見舞に見ゆ。慰問団一行本日朝出港したという。ビルマは大変だという話だが、私だけ病院のベッドに呑気らしく寝ているのは、甚だ以て申し訳がない。

重湯に、スープに、アップルジュースと、寝ていて斯う液体ばかり飲むのはどうかと思うが、小便が殆んど止ってるから、逆療法になるかもしれないと、ガブガブ飲む。

朝、茫々と生えた無精髭を、ふらつきながら剃る。看護婦さんが、湯で身体をふいてくれる。有難い。

午後、若き中尉来り、次いで少尉も来合せ、実戦の話を聴かしてくれる。日本刀はよく斬れるそうだ。

夕食を終りて、尿二百グラムぐらい。

「老妻物語」を読んでいると、ピアノが聴えて来た。

和田肇君の〝サクラ、サクラ〟〝六段〟

何所かでピンポンの音がする。

蚊やり線香で、煙草をつける。

ピアノは〝抜刀隊の唄〟〝金剛石の唄〟

小鳥がキキキキと鳴く。

〝敵は幾万〟が終ると、女アナウンサーが何か言って、またピアノ。

中庭を隔てて、向うの病棟の廊下では、パチリパチリと碁を打っている。

ソフィ駈落ちの条を読んでると、ピアノは〝ピンヘッドピンヘッドサンライズ〟〝野毛の山からノーエ〟を叩いてやっと終った。

やれやれと思ってると、またアナウンスあり、ピアノ〝荒城の月〟が始まる。

日本の曲を全部やるつもりかもしれない。ラジオの音は、妙にワンワンと響いて、至極不明瞭である。アナウンスなど何を言ってるか分らない。

次いで、広沢虎造の〝森の石松〟。

七時から内地の放送中継だそうだが、ワンワンで何が何だか分らない。

蚊やりは途中で消える。マッチが無いから仕方がない。今夜はもう煙草は諦めることにして、蚊帳を下ろし「老妻物語」の中巻にかかる。

蚊帳に入った蝶々のような蚊を潰すと夥だしい血を吸っていた。

小説の家庭描写に感服する。然し、この小説、これだけ骨を折って書いて、果して人世に何れだけの価値があるだろう、と考えながら読んでいる所へ、若き少尉（足が片方義足である）がやって来て、丁寧に御辞儀をして、マッチを二箱置いてコツコツと音をさせ帰って行った。勿体ない気がした。私は早速半身を起し、蚊帳の外で煙草の火をつけた。忽ち、頭に蚊がとまる。

八時半、ラジオはまたピアノ。

私の寝ている足元の方角から、多分それは中の廊下を隔てた前の部屋だと思われるが、そこから読経と団扇太鼓の音が響いてくる。

ラジオは、支那女の唄になる。

唄と太鼓が、もつれて侘しい気もちになる。

お経が終り、御題目になる。

南無妙法蓮華経　南無妙法蓮華経

ポン　ポンポン　ポン　ポンポン

蟋蟀が無数に鳴いている。

麻雀を崩す音が響いて来る。

九時前、団扇太鼓は鳴り止み、ラジオの姑娘の唄も変る。

入口の方で号令が聴え、

「一ツ、軍人ハ……スベシ」

と大勢で声を揃えて言う。

小説には、凡夫凡婦の下らない心配や、下らない喜悦や、そんな事ばかり克明に書いてある。だが、下らない事が、人間は一番大切なのかもしれない。例えば、今日与えられた卵黄の美味さなど、平凡この上ない幸福だが、厳として犯すべからざるものだ。

——おや、何かの警笛？

と思ったら、ラジオの支那唄の銅羅の響きであった。

十時半頃まで読み、結局この小説に感服して本を閉じ、GUARANTEEを一服喫って、電気を消した。

碁を打つ音が未だ聴える。もう消灯の時間を過ぎた筈だが、若き士官たちの話声も盛んに聴える。仲々寝つかれない。

若き勇士たちと、自分とを比べて見る。とにかく平和時代の考え方は捨てなければ駄目らしい。

あんな善良な、柔和な人たちが、あんな恐ろしい（当人から聴いた話だ）所業をして、平気でいるとは、何としても合点が行かない。

然し、戦争とは元来そのようなもので、それを今更驚くなどとは、私の方が間違っているのであろう。無論、彼等の方が健康人で私の方が病的神経なのであろう。

十八日（水曜　晴　暑）

ウンコはきたない、殺人はおそろしい、これは常人の感覚である。しかし看護婦たちはウンコに対して無心である。

「ラモー」を読んでると、ミスティフィカショーンという字が出てきた。英和辞典を引いてるうち、妙なことを発見した。即ち、必要なものは到る所にあるという真理だ。Ｍの部でモールという字がある。これはアザ、モグラ、ツツミなどの意。私の身体は今、アザだらけでモグラの如く毛布でつつみ床についている。堤から水がモールと記憶すれば忘れないだろう。なおも、その頁を眺めてると、ＭＥＭＯＲＹ、記憶というコトバがあるのでギョッとした。

つまり、行きあたりばったりに字引の頁を開くと、必ず、その頁に現在の自分を説明するコトバが並んでるというわけ。そこで考える。必要なコトバは、どの頁にもある。計画的生活と、行きあたりばったり生活とは、人生の終局において、優劣がないのではあるまいか？

そう思いながら、出鱈目に字引をパッと開いたら、ＲＡＮＤＯＭという字が出てきた。即ち、行きあたりばったりの意だ。少々、おっかなくなって、また目をつむってパッと開いたら、ＨＡＰＨＡＺＡＲＤときた。これは偶然の意である。とたんに私は眩暈がしてきたので、一寸ばかし休んで、さてまたパッと開けたらＰＲＯＮＥと出た。私が俯伏せに寝ている時に、俯伏せというコトバが出てくるのである。偶然こそ神なるか？

昼食後、始めて見る軍医がやってきた。突如、看護婦が四人掛りで、私を押えつけて私の肛門を、懐中電灯で照らして見た。看護婦が見るためでなく、その軍医が診察するためだが、どうもヘンな気分である。なんだか固いモノをゴシゴシと突込んだ。やっぱり、肛門に傷があるとのこと。黒いタール便の他に、真紅の血が出るのは、このせいであると分った。様子を見て手術しようというが、そいつは御免こうむりたい。

「随分、方々悪いですなあ」

とカルテを見て軍医殿は感服していた。身体中、健康な部分は一つもないらしい。私としては覚悟の前だが、脳の健康だけは何とかして治したいもの。

階下の方から尺八が聞える。患者が吹いているのだろう。九官鳥がいて、尺八に合せて口笛を鳴らす。

眩暈がして横になり、英和辞典を引いたらＬＯＬＬ、楽に横になるという字が出た。

午後七時、ラジオは支那の唄。外は明るく、空は青く、陽がさしている。廊下に出て見ると、セキレイのような小鳥が、電線に沢山とまっている。白い月が出ている。

ラジオは軍艦マーチを始めた。それから、現地人相手の日本語講座。火の番の拍子木かと思ったら、白衣の勇士たちがサンダルで、コンクリートの廊下を歩く音だ。

足元の方の部屋で、団扇太鼓の南無妙法蓮華経が始まる。私は胸の上に両手の指先をつけて、合掌のような形で寝ていたので、目もつむり、美しきもの、正しきもののために祈った。あと、生きられるだけ、立派な生き方がしたいと思う。

階下の兵隊患者、月を見て「荒城の月」を唄っている。ラジオは男声で支那唄の巧いのをやっている。

二十日（金曜　晴　暑）
八時起、久しぶり自分で顔を洗ってから、煙草一服好い気分だ。トーストと果汁の朝食をやってると、牧場大尉（この人は入院までジョホール・バル沿岸にある牧場管理をやっていた）が、スリー・キャッスル二個持ってきてくれる。

註　この英国タバコも無論、没収敵産也。

看護婦来り、私を眼科診察室に案内する。今のところ、眼の方は心配なしという。数年前から私の目に見える、大きな透明なミミズみたいなもの（青空や、明るい曇りガラスを見ていると、そのミミズが出てくる）を、一体何でしょうと質問したが、どうも分ってもらえない。分らないなりに「心配ないでしょう」という診断。

今日は目ギョロ中尉（眼玉がギョロついてる人）が、頑張ってサナダ虫を出す日。彼口笛など吹きながら、別室に入って行ったが、果してうまく退散させ得るや否や？

近くで砲声聞える。今日は少しも恐ろしくない。それだけ神経がよくなったのだろう。

読むものがないので、もう一度「ラモー」を読み返していると、加納兵曹が本を十四冊もちこんでくれた。おまけに大箱マッチ二個。まさに万歳ッ！

正午前、医官が「あった、あった！」と絶叫し、白衣の士官たちも大喜びで、笑声病棟に響きわたる。サナ公の頭が見つかったのである。まるで、お産のあとみたいに、あたりが陽気になる。私のサナ公も、そういうふうに巧く出てくれるといいが。

註　頭部はあとで聞くとやはり出なかったそうだ、即ち失敗だったわけ。

黒いものが、さっと外から病室に飛びこんできた。見ると二羽の雀である。キョロキョロしていたが、すぐ外に飛び出す。

頭山乙次郎（頭山満翁の末子）の友人伊藤なる人見舞にくる。何か東京へ伝言はないかというから、妻への手紙を頼む。彼は本部付きで、シンゴラからマレー半島を下ってきた人。丸ビル「はいばら」店につとめていたという好青年。久しぶりで風呂に入る。

目ギョロ中尉ガッカリしたような顔で入ってきて、獣医としての打ちあけ話をする。横になると、相変らず眩暈がする。

病棟全体が、妙にシーンとなってると思ったら、慰問演芸があるのだそうだ。雨蛙、今夜は蟬の鳴くが如し。聴覚が正常にもどったのだろう。夜中に、心臓がキュウとなり不安、いつものやつと思いながら、やっぱりこわい。その恐怖をごまかすため、高橋英子という女流歌人の随筆を読む。

二十八日（土曜　晴　暑）

七時起。朝食――豆腐と大根の味噌汁、ミルク、トースト四片にクリームバタ。

真黒なスコール雲が東の空に蟠《わだ》かまっている。その雲の中に紅の空が喰い入る。あとは空全体に晴れで、片割れ月が白く出ている（この景は起床前の事ならん）。

向うの病棟の屋根に来る小鳥、双眼鏡を借りて見るに、セキセイ・インコでなし。

中田中尉、伊勢中尉、次いで門馬大尉と三人来室。屍体のある汚水を、明礬《みょうばん》でいくらか清めて飲む話。敵のトラックの音を聴き、逃出した話。瀋陽湖付近上舎村では、茶碗一杯の塩と、米十キロに換える話。

三菱商事の竹内氏見舞に来室。

レントゲン写真（昨日、バリウムを大コップに一杯呑み下し、レントゲンで写真を撮って貰いたり）を軍医官が持って来て、説明しながら見せてくれる。胃潰瘍によるポケット（胃袋の粘膜に穴が開き噴火口のように凹んでるところ）は見られないが、幽門のところが異様にボヤけて面白くない状態だと言う。成る程こいつはオモシロクない。

――つまり胃癌の初期かもしれないという訳か？　何より驚いたのは、私の胃袋なるものが糸瓜の如く垂れて、お臍の下までノビてる事だった。

放送局長見舞に来室、その時、静枝よりの手紙を持参せらる。

大日本帝国逓信省検閲済

という印が押してある。

――庭の柿が今年は少ない事。

――坊やが南方土産を待ってる事。

――俊子の縁談の事。

俊子の縁談について、速く返事を貰いたいと言って来た。お婿さんは、私の家の近所の青年で、実はあまりよく知らない人だが、私の家を会場にした町会役員会で、司会をして、相当確りした印象を与えられているし、両三度挨拶をした時の印象も悪くないし、俊子自身からそれとなく意のあるところを聴かされた事もあるし、これは賛成するのが当然である、と思った。

昼食――粥、フライ・エッグス二ツ、卵豆腐。午後四時おやつミルク。

煙草の支給〝ロンドン〟二箱。

島崎藤村の「春」を読み始む。鉄道馬車だの、大川で釣をしたりするところなど、懐かし。

矢野軍医少尉、茂木主計少尉、昭南駅ホテル支配人土屋氏と共に、見舞に来る。エンダン、サンセイの電報を、土屋氏に依頼する。片仮名の電文が、旧シンガポールから内地同様、東京の吾家に打てるんだから、大したことになったもんだ。

茂木少尉、パイレイト（海賊印煙草也）二箱、置いて行く。

十二月

十六日（水曜　晴　暑）

近日、退院するわけだが、この病院は私にとって申し分のないものだった。いささかお名残り惜しい気がする。

早朝、ヨイサ、ヨイサという男女の声が聞える。第三病棟階下の足部負傷兵たちが、看護婦にたすけられて、歩行の練習をしているのであった。

朝食の時、土屋氏来り部屋が空いて、もう支度が出来ていると言う。では今夜から駅ホテルに移ることにしよう。

土屋氏の話によると「大源」なる料理店、あまりに悪どい営業をするので、軍から閉鎖を命ぜられたという。なんにしても、女の肉で儲けようという人種は怪しからん、と私も丹野氏も意見一致する。

丹野氏も見舞に来た兵から、果物籠が贈られた。ドリアン、ランポタンなど詰めてある。ドリアンは或種の蟹の甲羅みたいに、刺々が一杯生えている。ニンニクみたいな匂いがする。ランポタンは赤い実に黄色い毛が生えたもの。

午前中に入浴、髭剃りして待つ。今日は浜崎中尉の案内で、筑紫山始め戦跡のドライヴをしようというわけ。午後二時二十分出発。丹野、長笠原少尉は助手台、うしろに浜崎中尉、進藤少尉、私の三人。運転手はマレイ人。車頭に紺の小旗が翻る。紺は尉官、赤は佐官、黄は将官の印。

ジョホール水道にさしかかると、狭い道を黄旗をたてた自動車が先行する。追いぬくわけに行かないので、自然、将官の車に露はらいをさせる感じとなる。

長い橋をわたって、向う岸を左へドライヴ、二月八日敵前上陸出撃の跡に行く。

敵前渡遇戦跡記念碑

陸軍中将　山下奉文書

と墨痕鮮やかに書いた木標が建ててあり、枯れた花輪が捧げてあって、

柔仏州華僑協会　敬献

という札が下げてある。

遥かに土人が一人、水浴している。岸辺の草むらから、色の汚いカワセミが飛び立つ。そこら一面、ねむり草の花が咲いている。

町へさしかかると、浜崎中尉がなんとなく落ちつかず、

「あの子に見つかると大変ですからな」

と四辺を見回している。

それは日本軍に殺された支那人の子供であって、父親が既に死んでるのも知らず、浜崎中尉に面会を求めてきて往生させられたという話である。まさか本当のことは言えず、なんとか胡麻化していると、毎日毎日やって来て、はては牛乳をもってきて、これを父にやってくれという。これには泣かされたそうだ。中尉が殺したわけではないが、それでもこの少年に出会うこ

とが、ひどくおそろしいのであろう。

中尉がジョホールの町に駐屯していたころ、世話になったという華僑の家を訪ねた。この家の夫人は日本女性である。

入口の左右に草花が作ってあるが、それが石竹、鶏頭、鳳仙花など、みな日本で見馴れたものばかりである。小さな畑もあって、そこにも、胡瓜、茄子、薩摩芋、唐もろこしなど日本種とおぼしきものも作ってある。

玄関を入ると正面の欄間に、日本皇室の石版絵が掲げてある。大分煤けているから、ずいぶん昔のものらしい。建物は支那風であるが、壁には伊勢参宮の土産物、二見ヶ浦に舞妓の図の円盤が掛っている。次の間には神棚があって、宮地獄、三柱大神、天照皇太神のお札がある。

三十五年前にこの華僑の第何番目かの夫人となり、ジョホールに住んで十八年になる。十二月八日の開戦後、爆弾投下と共に、この地の日本人は全部捕まった。が、この夫人始め四人だけクニチガイ（国違い）であるというので助かった。

主人は眼鏡を二つもかけた老人であるが、ヨカおじいさんで三年に一回ぐらい、日本に帰ることを許した。奥さんが幾人もあるから、子供十四、五人あったそうだが、今残っているのは八人。小さいのはコマイころから手がけているので、自分の子のようです、と涙をポロリとこぼした。彼女は幸か不幸か、石女《うまずめ》であるらしい。

山下、パーシバル会見のフォード工場に行く。

四角な、平べったい、白い建物。

初期の27年型から最近の41年型まで、自動車のエンジンの見本がズラリ。

ブキテマ激戦の弾痕を、赤いペンキで示した、鉢植のシャボテン、——赤い菊石のある暗緑の棒に新しい芽が水々しく出ている。

会見の部屋は意外に狭く、やや細長い十二畳敷ぐらい。

椅子は木工品である。肱かけのある、ニスの塗ってある、頑丈なもの。

——皇紀二千六百二年二月十五日十八時四十分過ギ白旗ト英国旗トヲ携ヘタル「パーシバル」英軍司令官ハ……云々
と説明書きが壁間にある。それによると、ワイルド少佐の通訳により、山下将軍が、

「只今御使ヲ戴イタノデココニ参ッタガ、我軍ハ無条件降伏ニノミ応ズル、ソレニツイテ承知カ不承知カノ返事ダケヲ聞キタイ」

と言うと、敵将パーシバルは明日返答する旨答えるや、山下将軍は、

「明日トハ何カ、日本軍ハ今夜、夜襲シマスゾ」

と言った。

此所に書いてある文字で読むと、穏やかであるが、私はニュースで、この実況を見たのである。

YES OR NO! と叫んだ時の山下将軍の顔は、実に物凄いものであった。これに対し、敵将パーシバルは、途方にくれたように左右の幕僚をかえり見た。

私は、拳骨で卓子をドシンと叩き、頭から怒鳴りつけた山下将軍の態度は、甚だ厭であった。なにも、あんなにまで威張らなくても好いじゃないか、という気がした。

我軍に弾丸がもう不足していたので、参謀の言を聴き、将軍は所謂ハッタリをかけたのかも

しれないが、何しろあれは名将のポーズでない。せいぜい猪武者の威張り散らしにしか見えない。武士の情など微塵も見られない態度だ。以来私はこの将軍が嫌いになったのである。

菊兵団激戦の跡入口、と記された所に入る。そこら中にドリアン樹があって、累々として成っている。墓標が二本建ててある。

陸軍少将細川豊彦戦死之地
朝日新聞社員岩崎俊一戦死之地
赤蜻蛉が飛び交い、五弁の紫の花が咲き、パイナップルが野生していた。

このあたり到る所に、戦死者の墓標が建っている。三寸角ぐらいの棒杭である。

次に吾大隊本部のおかれた二階建の、焼跡に入って見る。ラジオの壊れものや、防毒マスクの吸管が落ちていた。敵兵は七十メートル向うの病院の二階から盛んに銃撃したそうだ。赤十字の看護婦（イギリス人）までピストルを構えて、勇敢に闘ったという話。その廃墟の門柱に、蔓草が這い上って、紅と白の小さい花を一面に咲かせている。

ペン軸みたいな椰子樹の並木が、道の両側にあるが、弾痕のない樹は一本もない。途中からブッ切れているのが半分以上。

大庭部隊奮戦之地
この棒杭のあるあたり、アスファルト道が黒く油で染められているのは、敵戦車が焼けた地点だという。

筑紫山に登る。眺望絶佳である。

頂上に「筑紫山」と彫った標があり、その裏に次の二首の歌が読まれた。

見晴るかす丘も林も深みどり
血汐にそめし土は隠して
これやこの記念碑築く代となるも
皆大君の稜威なりけり

青空に、うろこ雲が出て、半円の昼の月が見えていた。

病院に帰り、最後の晩餐。丹野氏は退院せず、もっと入院していろと、しきりに私を説きつける。私は悪いことをするような気がしつつ、ボストン・バッグを詰める。

皆への別れのあいさつ。

丹野氏不自由な足を引きずりながら、歩哨の門まで送ってくる。

もうトップリ暗い。ホテルまでわけないから歩くつもりで、好い加減な道を行くと、坂を上ったり下ったり、支那街のお寺みたいな所へ出る。ここは見覚えのある所なので、ホッとして歩を速める。洋車に乗るのも不安である。大通りを電車道から、海岸寄りの方向へ進む。寂しき通り、大建築ばかり。大きな酒場あり。音楽が聞える。

月が出ている。光らない月である。印度人巡査らしきものに道を聞く。ステイション・ホテルと言ったが、分ったような分らないような答。また一人印度人が向うからくる。やっと分った。私はもう汗だくだ。九時半ごろホテル着、ヤレヤレ。

七号室。寝床は二ツあるが、私一人である。病院の看護婦に借りたアランの「人間論」を、十二時過まで読む。よく分らないが所々感心する。

十九日（土曜　曇　暑）

七時過起。昨日から軍のハミガキ。下門歯の根のところ、黒く汚ない。日本へ帰るまでに白くすること。

湯をもらい、昨日の茶にさす。出がらしでも日本茶は美味し。

食堂で宇都宮の士官に声をかけらる。彼も入院していた人だ。これからビルマに発つという。軍を去って、また十年もして召集された由。

坂入野猿坊（軍で発行してる新聞「建設戦」記者、新宿武蔵野館売店の甥）君の案内でショートル（泥棒）市場に行く。実に種々雑多の物がある。衣料、道具、時計、宝石から、船具、鉄の歯車まである。が、私が手に入れたいと思うような品は一つもない。日本軍が街を警戒しているせいか、いささか不景気に見えた。客も殆んどいない。

車のついた大きな屋台で、人形芝居をやってる一座があった。一座といっても夫婦二人で人形をつかってるのだが、十本ばかりの糸操りで、実にのんびりしたもの。

新得月班
祝寿迎禧

という看板が掲げてある。文字は右からの横書きだ。

鉢巻をした女の人形が、椅子によりかかったまま動かないでいると、その前で歯抜け爺の人形が、口を開けて唄をうたってる。唄は亭主の人形つかいが、シャガレ声でやってる。歯抜け人形は、ただリズムに合わせて、身体をゆらめかせているだけ、この唄の長いのにはおどろいた。野猿坊君が、食事をしてきますからと私の傍を離れた時に、もう唄は相当長くやっていたのだが、彼がおよそ二十分もして帰ってくるまで、まだエンエンと唄っている。舞台の前では八人ぐらいの見物が飽きもせず、ポカンとして見つめていた。

屋台の両側には、いろいろの人形がブラ下っている。武人、仙人、美人、官人などあるが、右側の柱のところに牛の頭をした鬼が叉棒をもった人形がいる。左の柱のところに首の長い虎の人形、鳳の化物みたいな人形がある。

舞台の右に三巧孔明という立札が出てるから、今やってるのは「三国志」かもしれない。そこはお堀をひかえた片側町だが、対岸からラウドスピーカーで「太平洋行進曲」が聞えてきた。

人形あやつりから、少し離れた所のつきあたりに、これは本格の屋台が建てられていて、本式の京劇みたいなものをやっていた。楽士も胡弓二人、蛇皮線一人、打楽器一人と四人が舞台の一隅にいる。

日戯　巧合姻縁
夜戯　朱　世　美

と昼夜の出しものが書いてある。

ゴリラが金歯を入れたような女形が出てきて、例の猫がサカリのついた唄をやる。この方は見物が百五十人ぐらい群れていた。

熱帯のカンカン照りの太陽のもと、これはドギツイ夢のような風景。

軍指定になってるカフェー・ウィーンというのに入ってみる。リディアというユーラシアン（東西混血児）の女、十五歳というが、色黒けれど美人である。スープ、チキンカツ、焼飯を喰ったが、みな美味い。椅子ばかり無数にあって、客は私たち二人だけであった。

「大世界」という娯楽場に入る。入口でジンタ楽隊をやっていた。コルネット吹きは、エミール・ヤニングスに似ている。

入ると正面にベビー・ゴルフ場があり、右側に「銀座」というダンスホールがある。ジャズのバンドが外まで響いている。

その隣りの「大陸劇場」では、滑稽香艶・情趣大喜劇〝初解風情〟というミッキー・ルーニーとルイス・ストーン主演のアメリカ映画をやっていた。

「麗雲閣」という野天劇場では昭南歌舞団という看板が出ている。そこには、

蒙古　奇術団　離奇恐怖

奇！　怪！　裸体表演

という立看板もある。裸体表演という文字が魅力的である。

「夜光園」大酒家という大料理店があるが、まだ宵のせいか、客は一人もいなかった。

「南海座」という劇場には HARI RAY HAJI という看板が出ている。これはマレー劇であろうか？

「詠春園」という所は結婚礼室となっていて、次のようなレンが掲げてある。

詠雪吟風修蘭亭喫事

春花秋月会桃季芳園

「北晨座」では今晩公演、（全本）血涙痕、穆春華（座長）という看板を出してある。

「東光座」では今晩公演、仙山蔵艶跡、万年青劇団と看板。オモト劇団は面白い。

グルリと回って「大陸劇場」に入って見る。特等は一番後方で、一人一脚の籐椅子である。

ミッキー・ルーニーの早熟少年ぶり、ルイス・ストーンはむくんでいる。最先方に三等客がいるが、これが英語の台辞でゲラゲラ笑ってる。私にはこの英語分らず、どうも彼等の方が文化人みたいな気がした。

これらの劇場や、料理店の建物が四周にあって、その中の空地にも、種々の競戯場や売店があるが、その空地に印度人の魔術師がいて、見物にとり囲まれ、それこそマカ不思議な奇術をやっている。二匹の黄色い横縞のある黒い蛇を使っていた。私にはこの印度人がこの「大世界」における最高のモノに見えた。

コブラがさっと平べったい鎌首をもたげるのに見とれたりしているうち、ふと私は蟇口がなくなってるのに気がついた。ははア、スラれたな! 私の傍に立ってる少年が、何喰わぬ顔をしているが、どうもこいつ怪しいぞ! などと思ってるうちに、その蟇口は左側の内ポケットにあると分った。なんのこった!

「麗雲閣」のレヴューを見る。支那風の衣裳で八人ばかりいつまでもおんなじ踊りをやっている。

くるりと回ってまた印度人の手品の方へきて見物。サイコロを三個地面におき、その上に木の椀をおいて水を満たし、セルロイドの鳥を浮かせる。一間ほど離れたところで、カラカララッと豆太鼓を鳴らすと、そのセルロイドの鳥が太鼓と音とピッタリ合って、ピクピクピクッと動く。まったく妙だ!

魔術師は時々、厳粛な顔をして、天を仰いで呪文をとなえる。

屋台があって、四方から見えるところで、二組の男女が踊ってる。ただ歩いてるような踊り、マレー踊りである。

縁日のテキ屋みたいな男が砂糖キビを機械でしぼって、その汁をコップに入れて売っている。試しに私も一杯やる。氷で冷やしてあっていける。ちょっと金を払おうとしたらこれは無料であった。

表へ出る。バスは来るのも、往くのも満員で、洋車が列をなしてる。これから人が出さかるのであろう。

九時半、ホテルに帰る。

湯をもらい、日本茶を入れ、静かに飲みながら考える。寺内総軍司令官が、

——慰問なんてものは、わざわざ日本から来なくても、兵隊同士でやらせれば好い。

と言ったそうだが、それも一理ある気がしてきた。そんな言葉にイライラするのはバカ気ている。

ホテルのラジオ、安来節をやり、浪曲をやり、やがて追分節が始まった。私はベッドに胡坐をかいて、レッド・シールをすいながら、「アフリカ紀行」を読む。

二十二日（火曜　曇　暑）

鶯童氏よく眠る。午前十一時、竹内氏車をもち迎えに来り、二葉亭四迷の墓参りに行く。鶯童氏が帰国手続きのためカセイビルの総軍副官室に出頭するので、その車に三人乗り出かける。午後二時過ぎまで待ったが、要領を得たのか得ないのか、鶯童氏は墓参りの興を失って、私たちと別れる。

竹内氏の下宿に行き、筍を刻んで入れた焼飯の御馳走になる。庭先のパパイヤに小さな実が

鈴成りになっている。

車は郊外のようなところへ行く。ゴム林の中を通る道の入口に、花崗岩の石碑が立っていて〝にほんじん・ちかみち〟と彫ってある。日本人墓地近道の意である。

ガラス戸のはまった、休憩所のような建物があり、清浄観と三字の横額が掛り、

現大慈悲身蓮花散影
説観自在法具葉成文

と左右に対句が書かれてある。

二葉亭の石碑は一番奥まったところにあり、細長い自然石に、

二葉亭四迷終焉之碑

と彫ってある。雨にさらされた盆灯籠みたいなものが、脇の樹の枝にブラ下げてある。台石の下から赤紫色の葉をもった、妙な植物が五尺ばかりの高さに生えている。ベニシマセンネンソウ（朱蕉）というのだそうだ。

この墓地に来て、私が最も感動したのは、小さな石碑が無数に林立していること、そしてそれらの殆んど全部が、シンガポールで死んだ娘子軍の墓であることだ。

明治二十四年十二月二十七日
俗名　小林ツル墓
十七年

私の生れたのは明治二十七年だから、その三年前にこの十七歳の少女は、売られてここまできて、マドロス相手の淫売をさせられて死んでいるのだ。

十七歳、十八歳、十九歳、そんなのはザラである。雨がシトシト降り出す。

於琴　所有縁無縁精霊位
於縞

これはオコトさんとオシマさんの二人始め、名も記されずに死んだ娘たちの霊をまつった碑である。

私たちを二葉亭碑に案内した兵隊さんは、戦友の骨を焼きに来ていたらしい。赤々と輝き燃える焔、長い箸で豆のように小さい骨を拾いあげ、素焼の壺に入れていた。

それから私たちはカピトル（共栄劇場）へでも行こうかと相談して車を走らせたが、ふと私は植村映配社長（元東宝社長植村泰児氏）が、昭南に来ているという新聞記事を思い出し、オーチャー道路の本社を訪ねた。すると、今夜は隣りの芙蓉劇場で「風と共に去りぬ」の試写会があって、そこに社長も来るであろうという話。

お蔭で私はこの映画を見ることが出来た。実に大した映画である。敵産として没収してあるものだから、日本字幕なんてついていないが、私は数年前、病気中にこの邦訳本、全三冊を、面白いので一気に読んだものだ。読みながら重なる役々を、アメリカの映画俳優にあてて考えた。女優の方は当らなかったが、男優の方はクラーク・ゲーブルとレスリー・ハワードで二人とも当っていた。

ところでこの映画だが、これを見てるうちに私は「どうも今度の戦争は、うまくいかんかもしれんぞ」という気が、益々強くなってきた。「この風と共に去りぬ」を製作し得る国と、近代兵器の戦争をしても、到底ダメだという気がしたのである。

水交社別館という家に行く。若い娘が沢山いて、一人のマダムが指揮していた。娘たちは海軍士官たちを「おじさん」と呼んでいた。おじさん扱いにして、色気の方をいくらかでも防ごうというのか？

十二時頃ホテルに帰る。鷲童氏はノートに何か細かい字で書きこんでいた。

三十日（水曜　晴）

朝八時、窓をあけて見る。霧がたちこめて風景一段とよし。前景のサラセン建築が、くっきりと浮き、うしろの丘がぼけて、山脈は見えない。

燕が賑やかに鳴いてる。昭南で聞いたのと同じ鳥が、ヒョウヒョウと鳴く。

金谷氏迎えにきて、二人で停車場に行く。ペナンから慰問団が到着するのである。列車三十分遅着。陸橋はなく、線路をよぎって向うの歩廊に行く。

やがて、一行着。みなの顔が、私に対して各々違った反応。とにかく、みな喜んでくれた。私も安心する。

慰問団一行は、みなトラックで下士官宿舎に運ばれて行く。私が豪華ホテルにいるのに、これは具合が悪い。私は歩いて、下士官宿舎に行ってみた。板の間にウスベリが敷いてある部屋。これではヒドイ。

係りの上等兵が、一行の代表と応待。

「諸君は商売だろうが、吾々は役目だからねえ」

てなことを言ってる。

ペナンの扱いが、ひどく豪華版だったらしく、それだけに全員はおさまらない。

私は男歌手二人と、東管全部を案内して「白菊旅館」に行く。さしみ、卵焼、焼とり、焼めし、コーヒー、菓子など、皆思い思いにあつらえる。

また下士官宿舎に行く。石井舞踊団の子が三人、芝生で休んでいた。いともわびしき風情。そこで私は、図らずもオバケ貝を見た。頭部は全然蝸牛と同じようである。ただ、毒々しく、やたらに大きい。

ホテルに帰り、マンデー〔編集部註――中国語の慢慢的《マンマンデ》より、ゆっくりすること〕をして、ベッドに横たわりウトウトしていると、小林団長がやってきて、一行全員、こちらのホテルに収容と定ったと報告。やれやれ目出たい。

　常夏の戦の庭も光出づ
　　神ともまがふ君が演芸
　神さびる君なぐさめん芸術に
　　喜びあふるたたかひの庭
　戦にすさぶ心もはれわたる
　　花にもまさる君がみわざに

註　右の三首の歌は、メモに記してあるが、誰れの作とも分らない。勿論、私の作ではない。この夜、司令部の主催で、一行の歓迎宴が開かれたが、多分その席で軍人の誰れかに示されたものであろう。

〇

私と小林団長の二人、夜更けてから司令官邸に招かれた。司令官は陸軍大将で、引き緊った初老の美丈夫である。閣下は「現地に国語の普及をはかる必要がある」と強調された。そして、芝居や落語でやる兵隊コトバをいたく痛憤されていた。

「忘レタデアリマス、などというのは日本語ではないと思う。あれは誰れが言い始めたことですかねえ」

と、なかなか辛らつであった。

昭和十八年

夢声と古川緑波（昭和18年５月「東宝古川緑波一座」公演パンフレットより／濵田研吾氏提供）

一月

一日（金曜　晴　暑）

「蛍の光」が、二階の楽士たちによって演奏される——と云ってもピアノとトロンペットの合奏だが——愈々これで昭和十八年と相成った。回教寺院の除夜の鐘はなかった。

中庭の廊下に出て見ると、日本の女給たちが、斜め右下の廊下を音楽の聴える部屋の方に嬉しげに馳けて行く。

「愛国行進曲」「荒城の月」「君が代」「年の始め」などが続いて演奏される。

午前一時、表通りを見下ろす。人影が全然見られない。ネオンサインと碧色の街灯が煌々たり。駅の建物を見て、アルハンブラの宮殿を想い出す。構内の暗い中に人のうごめく気配がする。

むらさきのネオンに白き蝶染めて
　クァラ・ランプール元旦となる
夜もすがらマライ燕のさざめきて
　クァラ・ランプール元旦となる
マライなる除夜のレースの蚊帳の中
　羽蟻ひそみて足を刺しけり

ふと、私はこれで五十になったぞ、としみじみ思い、妙に嬉しくてならなかった。

団員一同、暗い中に、花壇を前に整列、遥かに宮城の方を拝し「君が代」を合唱し「年の始め」を合唱した。胸に満つる感激。

◯

特別仕立の二等車輛に、吾ら慰問団の者だけ乗り込み、九時頃セレンバン着、華僑経営のホテルに入る。主婦は日本人。

玄関の柱に、門松と覚しきものが飾りつけてある。松の代りに木麻黄、布袋竹の萎れたのが添えてある。正面欄間の真中に、異様なお飾りが掲げてある。中心にオレンジを置き、稲穂を四筋あしらい、蛍草と唐がらしの合の子みたいな草で、不器用に出来上っている。

青い竹棹に、日の丸の旗。

車寄せの天井に、径五尺ほどの大きな支那提灯が燻んで、ぶら下っている。

ホテルの前には池があり、水際の芝生に赤いカンナが咲いていた。横に白線を通した百舌鳥ぐらいの鳥が、ピーピャーと鳴きながら、池の上を飛んで行く。

迎えの自動車が来た。若い司政官が、酷く酔っていて、腰に下げた日本刀を抜き、くだをまいている。運転手のマライ人がニヤニヤ笑って見ている。実にニガニガしく恥かしかった。

会場は映画館を使用。日本兵の他に、特に今日は土地の人たちも入場させた。

暑い、とても暑い。私は、楽屋にいられず、外の草原で花の咲いてる、ねむり草を指で突ついたりしていた。

憲兵隊長に案内されて、この町の浅草公園みたいな所を見物、映画館、劇場、ダンス・ホールなど其所に聚めてある。建物は、いずれもバラックである。
ダンス・ホールを見学する。華僑の若者が五人ほど踊っていたが、憲兵隊長の姿を見ると、一人去り二人去りして了った。ダンサーは支那娘とマライ娘。楽団は、ピアノ、ドラム、サックス2、トロンペット、コントロバスの編成で、マライ人の一家が水入らずでやっている。「ブリュー・ヘヴン」が演奏される。ダンサー同士で二組踊る。次に「春よいずこ」がフォックス・トロット調で演奏される。今度は、ダンサーとマネージャーとで踊る。おや、古関裕而作曲「暁に祈る」がフォックス・トロットで始まった。

〇

司政長官の官舎（？）で会食がある。私の向う側に部隊長がいて、食卓におかれた花の名を「ボーガンベリア」と教えてくれる。娘のころ、こっちへ渡って来たという小母さんがいて、明治時代の俗曲を唄う。
ジョニー・オーカーの赤が一本、わざわざ私のために用意されてあったが、残念ながら退院早々で飲めなかった。
林家正蔵君と二人、憲兵隊長に案内されて、マライ俳優の演ずる日本劇を見に行く、――場所は昼間来たダンス・ホールのある盛り場だ。
幕はもう開いていて、舞台には怪しき日本座敷が出来ていた。
「東亜の新春」と題する芝居で、
第一部　銃後篇
第一場　大晦日の夜

第二場　街頭風景
第三場　靖国神社前
第二部　戦地篇
第一場　丘の初日の出
第二場　陣中の新春

と、舞台の横に貼り出してあった。少数の日本側観客のために張り出してあるので、土地の見物には元より何の事だか分るまい。満員の見物、九割まではマライ人であった。私たちが入った時は、丁度、序幕の「大晦日の夜」が開いたばかりの所だった。

マライ人が日本服をつけると、全く日本人と変りはない。父の俳優は汐見洋君に似ているし、娘の女優は杉村春子嬢めいているし、訪ねてくる老母の女優は東山千栄子女史という感じであった。

第一場では、障子を開けると、紙を刻んだ雪がチラチラ降る景があった。雪を見たことのない見物諸君は面喰ったであろう。

幕が下りると、牡丹色の幕前に金歯を光らせた女の歌手が出て、なんと「年の始め」を唄った。

マツタケターテテというところを、

MATSUTAKE と、ツの発音が面白い。

第二場「街頭風景」では、背景の書き割りに、回教寺の丸屋根があり、浴衣を着た少年が凧あげをやらかし、東京市麴町区勤労奉仕団と書いた旗が出て来る。

第三場では、参道の両側ジャングル地帯の靖国神社が現われ、〝九段の母〟の伴奏で、娘の手を引き杖をついて老母が出てくる。そこへ失明の勇士が現われ、

「ワットテントラ　ニッポン　ハナミヨシンガポーラ……デイアンタン　テンタラ　アクム　ナゲスライ　ダラムハテイ」

と云うような台辞を、烈々たる調子で演ずる。何かしら私も感動して涙が出た。

第二部、第一場では、マライ人の扮する日本兵の歩哨や、士官が出てくる。士官は柄《つか》に白い布を巻いた日本刀の剣を吊っていて、時々、歌舞伎劇みたいな型をつけた。背景は、湖水の向うにギガたる山々があり、その左右に裸体の天女が踊っていた。

その第二場では、日本兵の戦死というクライマックスがあるが、この死ぬ時の異様な表情をするのが、始めの内どうも私には分らなかった。

――ああそうか！　日本兵は笑って死ぬ、という大芝居を演じているんだな。

と合点が行って、私は可笑しさが消え、その俳優の熱演に対して、敬意を表したくなったのであった。

三日（日曜　晴　暑）

夜行列車で、クルアン発。眠れないまま、藤原千多歌、奥山彩子、豊島珠江三嬢の寝姿をスケッチする。

朝、五時五十分、何とかという駅で、列車がいつまでも停ってる。単線なので向うから来る列車を待ち合せているのであろう。車窓から見える所に、戦跡記念碑がある。

鯉兵団長　松井大九郎書

パイナップルを売りにきたマレイ少年、誰れも買わないのにイヤな顔もせず、サヨナラーと云った。

九時、昭南駅着。

歩廊に出迎えの下士官が来ていて、一行は、これからこの前慰問に行ったM兵営に行って宿泊だという。忽ち囂々《ごうごう》たる不平の声が起った。昨夜は列車の中で明かして、みな疲れきっている。殊に私以外の人たちは、ビルマでひどい苦労をしてやっと帰ってきたのだ。クァラ・ランプールのホテルが豪華だっただけに、兵営泊りとはあんまりだというわけ。私にしても、昭南でそれまで泊っていた駅ホテルを外されて、兵営に行くのはイヤだ。そこは大辻君たちが辛き目に遭わされたところで、洗面器や茶碗など自分で買って行かないと、とても汚なくてやりきれないという話だ。

「とにかく、一応、駅ホテルの食堂で、コーヒーでも飲んでからにしましょう」

と、私が発言、みな賛成して二階の食堂に上ってしまった。迎えの下士官が、怒っていたそうだが、そんなことを構っちゃいられない。思い思いのものを注文して、口々に不平をもらしていると、松島氏（放送局演芸課の人）が顔色をかえてやってきた。

「皆さん、これからすぐトラックに乗って下さい。兵営の士官が、えらく怒ってるそうです。迎えの下士官が泣きそうな顔をしてますから、すぐ行って下さい」

と、これもべそをかいている。仕方がない、みなトラックに積みこまれた。まったく、吾々をなんだと思ってやがるんだろう。まるで囚人じゃないか！　などとフンガイするものの、内心はこわかった。

先方へ着くと、私たちをトラックに積んだまま、松島氏だけが降りて玄関に行く。待ち構えていた中尉は、この前行った時に私にやさしく挨拶した、宿泊所主任といった人物だが、今日は別人の如くおっかない顔をしている。

二十米ばかり離れているので、ハッキリとは聞きとれなかったが、

「貴様たちは遊びにきたつもりでおるのか、この馬鹿野郎ッ！」

などと、時々、こっちまで聞えた。半分はトラックにいる、私たちに聞かせるつもりで怒鳴っているらしい。松島氏は美男だけに、ただひたすらペコペコあやまっているのが、気の毒で見ていられなかった。

長々と五分間ぐらい怒鳴られた、松島氏はシオシオとこっちへ来て、私たちに相すまなそうに、

「大そう怒ってますから、すみませんがとにかく皆さん、あの中尉に一言あやまって下さいませんか」

という。私たちも覚悟をきめて、トラックを飛び下り、中尉の前に二列横隊で、直立不動の姿勢をとった。そして私が、みんなを代表してあやまることになった。

私は中尉の眼をにらみつけ（というと勇ましいが、中尉の顔が私の同業後輩たる西村小楽天君に似てるので、あんまりこわく思えなかった）、大きな声を出して、怒鳴るようにあやまった。いろいろ一行の疲れた状態を報告した後、

「殊に私などは、昨夜、列車で一睡も致しませんでしたので、寝不足のせいもあり、年甲斐もなく不平を鳴らしましたことに、まことに汗顔の至り、ここに謹しんで、率直におわび致しま

すッ！」
とやって、尚も相手をにらみながら、上半身を曲げた。
するると、中尉は急にやさしい態度となり、イヤ先生にそう仰言られては、こちらが恐縮です、てなことになって、結局一行はその営舎に泊らず、駅ホテルの方に廻送されることになった。あとで、私のアヤマリ方は一行から大好評であった。

四日（月曜　曇　雨）

この日午後五時から、芙蓉劇場に映画を見に行った、とメモに記してあるが、いかなる作を見たか思い出せない。とにかく、軍宣伝部で管理してる米国天然色映画を、私は昭南にいる間に、三本見ている。タイロン・パワー主演「血と砂」と、クラーク・ゲーブル主演「風と共に去りぬ」と、ディズニー作「ファンタジア」の三本である。メモに記されたものから判断すると、この夜見たのは「風と共に去りぬ」であったらしい。

さて、メモは日本へ帰る時、軍の検閲を受けなければならないので、その際叱られそうな件は記してない。私は「風と共に去りぬ」を見ながら、身体が震えるような気がした。

――はて、日本はアメリカに勝てるかな？　という囁やきが、しきりに耳にきこえる気がしたのである。こんな素晴らしい映画をつくる国と、近代兵器で戦争をしても、到底勝てっこないのではないか？

映画なんて要するに娯楽品である。いかに物凄い娯楽品が作れようと、そんなものは戦争の強さとは関係がない。いや、単なる娯楽物に、そんな力を入れること自体が、戦争には弱い証拠である、などと軍人諸公は云うに違いない。現に、クァラ・ランプールで将軍達との会食があった時、おそろしく太い八の字髭を生やした、工兵少将閣下は「軍人に娯楽なんて要らん。酒と女がありさえすれば、あとは何も要らんさ」と私に向って云った。折角生命がけで慰問にきた、私たちに失礼千万な放言である。が、その時の私は、なるほど、或いは戦争というものは、そんなものかもしれんと思った。慰問が必要なようでは、本当に強い軍隊ではないのかもしれないとさえ思った。

が、「風と共に去りぬ」を見て、私がアメリカに恐れをなしたのは、

A　これだけの大映画を作る資本力は、おそるべし。

B　これだけの大映画を作る機械力は、おそるべし。

C　映画のモギ戦争ですら、これだけの大軍を整然と動かし得る機動力、おそるべし。

D　物語全篇をつらぬく、正義観念と、その正義を実行する勇気（四人の主役を始め、他の登場人物も概ね然り）、――しかも、この映画がアメリカ全土の興行記録を破ってるという事実は、アメリカ人自体が、こういう性格の持主であると見られる、その実行力おそるべし。

とにかく、こういう国と飛行機や潜水艦で戦争するのは、とても無謀な話であると思われた。

映画が終って、外へ出ると雨が降っていた。私は憂鬱になり「大世界」に入った。支那料理店で注文を過まって、山盛り運ばれてきた。益々憂鬱である。とても食いきれるものではない。そこへ岸田虎二君（岸田国士氏弟）が、友人をつれてフラリと現われた。無理にすすめて山盛りを食ってもらう。ビールなど注文してもてなす。すると、二人のお馴染のダンサー（混血児）がやってくる。また彼女たちの注文でスープなど追加。結局、この勘定が三十円以上かかってゲッソリ。予定の三倍である。

玉ころがしをやってみる。今夜は全然メが出ない。五円近くスル。たのしみにしていた、印度人の魔術師も、フラダンスも、今夜は休みで、益々憂鬱になる。

帰りに、洋車に乗ると、これが途方もないヨボヨボ爺さんで、兵隊どもに冷やかされ、いよいよ助からない。

八日（金曜　晴　温）

午前中、有名なバータ靴店に行く。娘たちへの土産として、サンダルなど五足買う。ホテルに帰って、靴をしみじみ見ていると、どうも小さすぎるような気がしてきた。

午後、小林、大島両氏と街に出る。例の支那人の店でパーカー（万年筆）を買う。値切って三十一円也。大変安い買物をしたようでもあり、全然無駄のようでもある。十八円というワニ皮のバンド、十円に値切ったが負けてくれなかった。

食堂で女歌手たちの会がある。私は司会をつとめる。ピアノ狂っている。豊島珠江ハリキリの態でルンバを唄う。藤原千多歌ピアノ伴奏を達者にする。

午後十時すぎ、バスに乗せられ、カセイビル大東亜劇場行。ディズニーの「ファンタジア」を見る。なんともかとも、物凄い作品である。またしても私は憂鬱になる。

先夜「風と共に去りぬ」を見た時も、アメリカに圧迫を感じたが、しかし、アメリカは要するに物量の国だから、そういう点では日本が劣っていても仕方がない――ただ精神面や芸術面では、日本の方が遥かに上であろう――こう考えて、いくらか慰さめていた。

ところがこの「ファンタジア」を見ると、精神面や芸術面においても、どうもバカにできない気がしてくる。ストコフスキイが指揮する、名曲なるものは、世界第一流の芸術であろう。

その大芸術に、ディズニーは世にも素晴らしい絵をつけて、音楽と共にそれを動かして見せる。アメリカの民衆は、映画館でこんな大したものを見せられているのだ。

私は、第一部を見ている中に、ゾクゾクと寒む気がしてきた。

――日本は負けはしないだろうか。こんな映画をつくる国に、勝つなんてことは非常に難かしいわい！

十二日（火曜）

暁方、便所に行く。ゴシゴシと握って発光する、懐中電灯で足元を照らしながら後甲板に出る。あたりは、くすんだ紫色にぼかされていた。哨兵が立っている。心から御苦労様と思う。誰もいないので、安心して用をたす。

烈風で天幕はためき、破れんとす。

便所はみんな眠ってる時に限ると思いつつ、また一眠むり。

バケツの味噌汁、茶碗に受けて、温い飯をかっこむ。見ていると、床下の朝鮮組もバケツの味噌汁、オランダの捕虜もバケツの味噌汁。

第四船艙《ハッチ》には、オランダの捕虜が数十名、一番底の方に収容されている。ハッチの鉄壁にそうて、二段のカイコ棚がとりつけられ、三尺ほどの間隔で通行路がとってあり、そこに鉄の欄干がめぐらされている。欄干につかまって見おろすと、それからまた三段ぐらい、オペラ劇場の客席みたいになっていて、底の方にオランダ兵の一隊が、私たちと反対側に席をとっている。約三十名の中、十名くらい将官であるそうだ。将官たちは、それなみの給料を支給され、使いみちがないものだから、みなおどろくほど貯金しているという。

ところで、このオランダ兵たち、夜になるとコーラスをやる。それが実に見事なもので、日本の帰還兵たちも、思わず喝采せずにいられない。大体、十数人でやるらしいが、ソプラノ、アルト、テナー、バリトン、バスと完全に揃っている。ギターの伴奏だけが入るのである。真ッくらやみの中で、私たちも、朝鮮人の一行も、日本兵たちもシーンとなって聞き入る。私は、涙が出てこまったが、暗いので誰にも見られない。多くの曲目は教会音楽のようなものだが、時に、ブルー・ダニューヴみたいなものもやる。

今夜もまた、その天国の調べが聞える。私は、とうとうホワイト・ラベルの口をぬいて、チーズの缶を開けた。このコーラスを聞き、このスコッチ・ウィスキーを飲むだけでも、今度の南方旅行は無意味でなかった、という気がするのである。

最後の曲目が終り、最後の喝采が、くらやみに響くと、あとは急に滅入る静けさみたいなものを感ずる。

私たちは、お互い同士にだけ聞える程度の声で、怪談会をやった。女性たちが時々、恐怖の奇声を発するので、張合がある。

十九日（火曜　晴　寒）

もう日本の領海である。

もう魚雷の心配はない。それにしても、この安芸丸はえらい。一月十日に昭南を出て、十日間でここまで、帰ってきた。

夜七時ごろ、船は止る。何かの信号を待って、また動く。船艙の中に電灯が点く。

甲板に出て見ると、すぐ向うに小さな島があり、松が生えている。日本だ！

寒いので、レインコートを着たまま横になる。小林団長は、寒さしのぎの手袋をはめこんでいる。

「お祝いにシャンパンは如何？」

と中年の給仕に勧められ、早速注文。なにはとまれ、めでたい。

二十日（水曜　晴　寒）

日本の日の出を見る。合掌したい気もちになるのは、どういうわけか？　荷物の検査がある

から、それぞれの明細書を提出するようにという。私の荷物は、大小二個のスーツ・ケース、

それにビルマの竹。

〔大スーツ・ケース〕

ボストン・バッグ（洗濯物、茶碗入り）

寝まき上下（内地より持参品）

古靴（内地より）

新靴　一足

シャボン　六個

ジャバ茶　一包

薬品類（内地より）

鉛筆　十九本（内地より）

自己宣伝ブロマイド　九十枚（内地より）

書籍、字典など（内地より）

手帖　四冊（メモ）
「建設戦」合本
鈴　一個
真鍮掛け飾り　一枚
エハガキ漫画　十五葉
老眼鏡（内地より）
色眼鏡（内地より）
ズック靴　一足
古レインコート（内地より）
チーズ缶詰　一個
女物草履　二足
女学生靴　四足
婦人靴　一足
子供編上靴　一足
煙草スリー・キャッスル　一缶
マッチペーパー及び記念レッテル
軍手袋　五着
風呂敷　一枚
〔小スーツ・ケース〕

卓子クロス　一枚
ナプキン　六枚
印度ガウン　二枚
ロンギ（腰巻）　一枚
西洋寝まき　一着（上下）
ジャバ更紗　三枚
麻ハンカチ　一打
キャラコ　六ヤール
ワイシャツ　三着
純毛靴下　三足
望遠鏡　一挺
ゴム名刺入　十個

註　右の如く小スーツの方には、昭南で買い入れた品ばかり。いろいろ細々と買い入れてきたところ、浅間しくもあわれ也。自己宣伝ブロマイド写真は、現地で要求されたら、サインなどして提供するつもりが、さっぱり要求されず、殆んど手つかずで持ち帰ることになった。女性たちのブロマイドは、昭南につくや忽ち出はらったのである。もともと兵隊なるものは、そういう連中なのであって、空しくゴッソリ持ち帰るなどは、私の不明のいたすところであった。

二十三日（土曜　晴　寒）

宇品港上陸。

いよいよ内地に帰ったという気がする。なつかしいこともなつかしいが、さて、いかにも貧寒な不景気な感じである。

広島に到るまで、電車の中から見ると、商店という商店が、半分は閉店していて、開店しているのも、品物がまるでない。

《追　記》

一月二十五日ごろ帰宅してる筈だが、二月四日まで記録がない。無事生きながらえて、妻や子のもとに帰ったのだから、大いに感激したのであったろう。が、六十五歳になった今日、そのころの事が殆んどなにも思い出せない。やっぱり簡単なメモでもつけておくべきものだ。なにも思い出せなければ、それらの日は無かったにひとしい。どうもあまりにも感動した事件のあった日のことは、反ってなんにも書けないという、私の悪い癖なのである。

長女の俊子が、近日、嫁入りするということだけでも、いろいろ書くことはあった筈だが、なんにもない。いくらか南方ボケの気味もあり、なにか書くということが、ひどく面倒であったのだろう。それと、今度の現地行で軍人に対する不信の念が、根強く起ってきて、戦争というものに益々イヤ気がさしたことも、何か日記を続ける熱意を失わしめたのであろう。

二月

八日（月曜　快晴）

まったく佳い天気だ。斯ういう日は、生きている事がたまらなく嬉しい。

一体、日本人ほど天気のことに、年中拘わっている人種はないと思う。日常の挨拶も必ず天気のことであるし、日記なども晴れとか曇りとか、まず何を措いても天気のことから始まる。日本人の日記帳は、そのまま気象学者の机に提供しても、立派な資料になりそうである。

晴れだろうと、曇りだろうと、大した問題じゃないではないか、そんな事を克明に記すなんて、愚の骨頂である、——と斯んな風に私も考えたことがある。

所が、今度南方の旅をして、南方の天気と住民の人情風俗、或いは南方の天気と在住日本人のこれに対する反応など、ざっと観察しただけであるが、つくづく天気というものの重大さを覚ったのである。

歴史をつくるものは天気だったのである。文化を支配するものは天気だったのである。考えようによると、所謂日本精神なるものは、日本の天気の産物だった。

さて今日は、まことに佳き天気である。なにもかも輝やかしく幸福である。

朝飯も昼飯も玄米の粥だったが、この美味かった事も有難い。始めて食う玄米粥で、しかも私の主張で造られたものだけに、尚更喜ばしい。

毎夜、寝室に置く煉炭用火鉢がある。日頃はこれに薬罐をかけて、空気の乾燥を防いでいた。で、私は昨夜妻に説いて、試みに配給の玄米を御飯蒸しに入れさせ、夜通しクックッと煮て見たのである。それを今朝喰べて見ると、なかなか結構であった。

昼も、その残りを飯茶碗で二杯啜り、副食物は明太魚の腹子の焼いたのであったが、この腹子がまた香りと云い、塩加減と云い、歯ざわりと云い申し分なく、実に大満足の昼食で、粥は、俊子も、姐やも、静枝も喜んで喰べた。この分なら今後、玄米ばかり配給されるようになっても大丈夫と、大いに頼もしかった。

坊やだけは今朝、一目見ただけで厭がって喰わなかった。私は叱った。

「わがままを云ってると、今になんにも喰うものが無くなるよ」

坊やは悄気た様子でそれでも御飯を三杯平げて学校に出かけた。出かける時に、靴下に穴があいてるとグズリ出した。私に叱られたウップンを姐や相手に晴らしているのであろう。

玄米の粥を喰いつつ、ふと「高邁なる精神」というものを考える。玄米のお粥ばかり喰べていてコーマイなる精神が養えるだろうか。世間ではこの頃、あまりコーマイでもなさそうな連中が、人さえ見れば、

「須らく、高邁な精神を持つべし」

と説いているが、どうも私自身、生れつきコーマイでないらしい。時たま、高邁なる心境に到達したかのような瞬間もあるのであるが、血圧計の針みたいに、すぐ下って了うのである。決して永続しない。そうかと云って勿論、低劣なる精神は好きではない。

所で、玄米の粥を喰って、高邁なる精神がもてるかという問題であるが、玄米の粥を美味し

と思う心は、いくらか高邁なる精神に通ずるところあるのではあるまいか。これを単に味覚の問題、食欲の問題で片づければ、それまでだが、

――この超国家非常時に、玄米だろうと何だろうと、とにかく喰わして貰えるという事は、有難きことである！

という、この感謝が、この自覚が、玄米粥を美味く思わせた一つの要因である、とするなら、満更コーマイと縁がない訳でもない。

少し飛躍して云えば、私は玄米の粥に高邁なる精神の味を覚えたのである。玄米こそは吾等日本人の祖先が、高邁なりし祖宗が、常食として用いた物だったのではないか。

などと書いたものの、もし今日という日が、斯んな快晴でなく、風が吹いて障子が気違いのように騒いだり、空は暗澹として雨が横しぶきに降っていたり、いくら宝石の如き炭をおこしても手足が氷の如く冷えたりするような天気だったら、この玄米粥も果して斯んなに、美味かったかどうか分らない。

して見ると、私のコーマイなる精神も、お天気次第という事になる。

然し、お釈迦様でも、二宮尊徳先生でも、お天気には没交渉でいられなかったろう。晴れと、曇りで、その説くところも変化があったに違いない。

紫色の大座蒲団の上で、日向ぼっこしながらこれを書いてるんだが、いつも五月蠅い製材所の鋸の音まで、今日は長閑である。

十四日（日曜）

俊子が二階に火種を持って来た。

もうあと、一週間すれば、すぐ近所の家に嫁入りして、私の家を去る彼女である。いくらずぼらな父親でも、娘が婚礼するまでに、嫁入りするに就いての心得を、一言も云わないという法はない。

――そんな気が先日来していたのである。

丁度今日は、他に家人は誰れもいない、俊子と私と二人きりという機会だ。

さて何を云ったものであるか。云うことはいくらもあるようで、改まって云うとなると、どれもこれも当り前みたいで、云うのが可笑しくなる。彼女が百も承知のことをしかつめらしく云ったところで始まらない、という気がする。

が、何か云わないと、父親としての義務を欠くような気もする。

「ねえ、俊子」

「え？」

火をつぎ終えて、立ちかけた彼女は、中腰のまま、私を見た。咽喉が強張る。

「すぐ前の家にお嫁入りしても、なんだよ、気に喰わない事があるからてんで、帰って来たりしてはいけないよ」

「そりゃ分ってますよ。いくらわたしだって、そのくらい……」

これだけは、世間一般と一寸異る場合だからと思って、気の利いた戒めのつもりだったが、俊子は一笑にふして了った。なるほど、そう云われて見ると、これも分りきった話であった。

私は苦笑して云った。

「分りきった事ではあるがね、一応これは釘をさしとかんとね」

「大丈夫よう」

俊子も念を押されて、真面目な表情になり坐りこんだ。

「結婚生活というものはだね、その、無論うれしいことも沢山あるが、いやな事や、苦しいことも沢山あるからね、そのつもりで」

「ええ、分ってます。わたしね、時々、何もかもイヤんなっちまう事があるの」

突然、彼女は妙な事を云い出した。これには私も面喰ったが、

「そりゃ、誰れだってあるさ、そういう時もね、父ちゃんだってあるさ、どうもそれは私たちの血のせいらしいが、それはだねえ」

と落ちついたところを見せて、それから結婚ということ、女性の本質ということ、幸福とは如何なるものであるかということ、赤ちゃんを産むことが絶対に人間生活の中心であること、――果ては生命の始まり、アミーバまで引っ張り出して、私はクンカイした。

時々俊子も大いに同感して、顔を輝かしていた。

「新婚旅行はだね、これは普通の旅行と違うから、割りに退屈はしないだろうが、それでも一つところに長くいるのは詰らないだろうと思うね。だから湯ヶ島に二日ぐらい居たら、宿屋から宿屋へ連絡をとらせて、一日ぐらい、方々泊って、そうだね……」

長い方が宜しい、ともうっかり云えないなと思った。一週間と云おうとしたが、それも吾々の身分では少し長すぎるような気がしたので、

「まア、五日ぐらい旅行した方が好いね。あとで好い一生の想い出となるからね」

と、いかにもよく分ったオヤジみたいな事を云った。

私自身は二度とも自宅で結婚式をすませ、新婚旅行になどは行かなかったけれど、それだけ俊子には、ちゃんとそれをやらして見たいのである。

「わたしの幸福は、みんなお父さんから頂いたものですわ」

ふと、彼女が斯んな事を云い出したので、私は不意をつかれて狼狽して了った。一体、私たち父娘は、昔から相手を喜ばせるような、露わな言葉は用いない癖であった。

「なアに、そんな事はないさ。お前のお母さんがくれたものさ」

と反射的に云ったが、これも少し嘘があるので、

「父親が娘に与える幸福なんて、非常に少ない部分だよ」

と真理でも云うように云ったが、

――これも嘘がある。

と私は思った。

それに、彼女としては、現在の母である静枝に対しても他人なら他人であるほど、色々面倒をかけたことに対し、感謝を有つべきである、と私は思った。然し、それは、この場合、一寸云い難かった。云い難いが、斯ういう事は何かの機会で、私から云うべきだ。――もっとも俊子自身も心の中では、感じていることに違いない。

私の頭には、チラと、俊子が幼かった頃の、大井町時代の景色がかすめて通り、俊子の亡母の眠る多摩墓地の景色がかすめて通った。これから暮れようという、ひとときであったが、まことに好きひとときだった。何ものかに感謝したい気もちで、胸がせつなくなった。

――俊子よ、幸福な母となれ！

何によらず、物を沢山買うという事は、ほくほくと嬉しきものだ。

○

俊子を文房具店に使いにやって、クリップと色鉛筆とを買わせた。

——これが俊子の最後のお使いかもしれない。

鋼製品だから、クリップはもう品切れかと思っていたら、大箱に一杯詰ったのが、一円五十銭であった。これで毎日原稿を書いても、数年間は大丈夫、気もちよくピンと綴じて送れる。殊によると、私の死ぬ迄使いきれぬかもしれない。赤と青のチャンポン鉛筆もちゃんと、一ダース買った。これからクリップを使う度に、嫁入前の俊子を偲ぶであろう。

二十日（土曜）

膳の下で指を折り、月をくって見て、俊子が満二十二歳と五ヵ月ほどであると分る。

——おい俊子、お前とも二十二年と五ヵ月一緒に暮した訳だね。

と云おうと思ったが、云わなかった。

今夜の食事が彼女にとっては、自分の家で娘としての最後の晩餐である。どんな気もちでいるか、と思うとあわれでならない。

静枝は長火鉢の向うで、信州から送って来た鯉の味噌漬を二片だけ焼いている。子供に喰わしても、その有難味は分るまい、だから父ちゃんと、お母さんの分だけ焼くという静枝の意見に私も賛成だった。

母（継母）は私の正面に膳を隔てて坐っていた。坊やは私の右に膳の角を隔てて北向である。飯がつけられた。味噌漬は美味しい味である。小骨も香ばしく、皮もおいしい。

俊子は台所で、我家に於ける最後のおかず拵えをしていた。やがて西洋皿に盛られた、ハムと白菜を脂でいためた料理が出来る。

　高子と明子が呼ばれる。

「僕も、それを喰いたいナ」

　と坊やが云うので、私は鯉の身を少しばかり箸でつまんで坊やにやる。

「ああ、うまいうまい」

　坊やは頻りに美味がり、頻りともっと欲しがる。

　母は自分の皿を坊やの前に移し、忽ち坊やは御満足の態となる。

　坊やが、父ちゃんや御祖母ちゃんの御馳走を、無遠慮に欲しがるのは、どうもよろしくないと私は思う。姉ちゃんたちへの気がねが少しもない。子供の利己主義を露骨に見る気がして、私は腹立たしくなるのである。これは然し、大人の勝手かもしれないけれど。

　ふと、私は、明日はこの家の人でなくなる俊子へ、この味噌漬が喰わせたくなった。

「おい、俊ちゃんに鯉を焼いておやり」

　静枝は怒ったような顔をして、味噌漬の箱をとりよせ、始め、

「じゃ、みんなに焼いてやろう」

　と云っていたが、結局、俊子用の一片だけを金網にかけた。

　娘たちには、西洋皿の上に、野菜ハムの山盛りが一皿ずつおいてある。それに、先だって釜さん（藤原鶏太君）から貰った、鰯の甘干を一尾ずつ別の皿で与えてある。その上、鯉はまったく、時節がら余計である。

静枝は、私の味噌漬の余りを、骨までしゃぶっていたが、然し、自分の一片を焼こうとはしない。「俊子、今鰹が焼けるから、お待ち」と私は云って、雑誌に眼をやる。

俊子は、うなずいて、相変らず喰いつづけた。西洋皿に鰯を入れて、箸で突いていた。

——早く焼ければ好いに。

そう思いながら、私は雑誌を読みつつ、時々、金網の方へ目をやる。

やっと、両面とも黒くなる、——この黒く焦げた味噌が何とも云えないのだ、——そこで静枝が小皿に盛って、俊子と高子の間あたりの所へ出す。

俊子は遠慮らしく、その端の方をむしりとって、喰った。

「あら、ほんとに美味い」

と、また少し今度は前より大きく取って、あとは妹たちに渡した。それを高子と明子とで半分ずつ分ける。

私は、胸が安らかになった。

食事が終って、私は坊やのため、本を長々と読んでやる。膳の傍から離れないのが、不自然でなくなるためでもあった。

俊子も、なんということはなし、膳の前に坐っていた。

「ほんとに、髪の毛が多いからね」

と、母が俊子の頭を見て云う。

実を云うと、俊子はあまり髪が多い方ではない。

厚い本の半分ほど読んで、流石に私も閉口して止めて了った。坊やはいくらでも読んで貰いたいのである。

何か、父と娘との会話をしたいと思ったが、駄目である。

「今日ですね、僕分りもしないのに、魚の事を書きましたよ」

と、母に話しかける。

「お母さんの方ではグチをなんと云いますか?」

「そうさね、グズと云うかね」

で、一同笑う。

私は、さも面白そうに、国によって魚の名が異る話をした。今日、原稿を書くについて記憶《おぼ》えた事である。

「ニベもないという言葉は、そういう訳でニベという魚から出たんだね」

俊子はひどく面白がっていたが、面白がり方を今夜は誇張しているのではないかと、思われた。

――お前と二十二年五ヵ月一緒に暮したんだねえ。

これは竟《つい》に云えないで、私は二階に上って了った。原稿があるという口実で、別に、今夜書かねばならないという原稿はないのであった。

叔父からの電話で、私は二階から降りた。

茶の間では、静枝と母と二人きりで、鯛を焼いていた。小鯛であるが、よくこれだけ数が揃ったものと感心した。姐やの親せきの魚屋さんから、無理をして貰ったのだそうだ。

静枝は、裏表とかえして小鯛を焼き、母は二本の竹串を巧みに、反りをうたせて刺し込んでいた。

静枝と、俊子は成さぬ仲、母と私も成さぬ仲、母と静枝は赤の他人だ。気をそろえて、俊子の結婚式に大わらわの支度ぶりだ。

私は明日、俊子に熊本名物〝木の葉人形〟を与えようと思ってる。これは、安産のお守り、お猿の泥人形、――それから、そうそう猿は俊子の生れ年だ。

嫁入りの前夜父なる火鉢かな
婚礼の小鯛焼かれて春あさき
竹串に小鯛波うつ夜寒かな
あかぎれの指に母じやは小鯛串《さ》す
大き木炭二ツいこりて銅壺鳴る
烏賊の足奥歯にかたき夜寒かな
すいとんの汁をつくりて母去にぬ
メリンスの笹の模様も夜寒かな
吸ひがらのパサと干きし夜寒かな

二十一日（日曜　快晴）

まったく申し分のない好天気。俊子の嫁入り幸先よし。

神棚に、紅白の蠟燭をともす。榊も生き生きとした葉の繁り。

俊子は仏壇に、お蠟燭をあげ、お線香をあげる。彼女の母の位牌が、そこにある。母逝きて九年なり。私の胸にこみあげるもの。でも私はつとめて明るい顔をする。

さて、娘としての吾家における、最後の朝飯。これはお赤飯である。
「やア、よく小豆があったねえ！」
と坊やが叫んだので、皆大笑い。

◯

小鯛のオカシラツキを、早昼飯の食卓に祝う。さあ、俊子はもう花嫁衣裳をつけねばならない。坊やはひどく好奇心をおこして、五月蠅く覗きに行こうとするので、私は二階につれて行って、紙芝居をやって見せる。

やがて、あらかた支度も終ったらしいので、坊やを階下にやり、私は紫色の大座蒲団を縁側にもち出し、日向ぼっこしながら「阿片中毒と東亜民族」なる講演パンフレットを読んでいると、姐やが水引の掛った、奉書紙の包みを三ツもってきた。

「奥様が、これへコトブキという字と、名前を書いて下さいって……」

よろしい。私は墨をすり、机の前にかしこまって、筆をとる。コトブキをどう書こうかと迷った。崩し文字で書けば、巧そうに胡麻かせるのだが、俊子のためにそれはいけないと思った。一字一画ゆるがせにせずだ。

念のため新村博士の「辞苑」を調べる。活字が小さいので老眼鏡をかけてもハッキリしない。試みにもう一つ老眼鏡を重ねたら、今度はハッキリした。老眼鏡を二枚重ねたのは、始めての経験だ。しかもそれが、長女の嫁入りのためコトブキという字を、たしかめるためとは、なかなか面白い。

夕方、二台の自動車に分乗して、家を出る。前の車には仲人の鈴木夫妻（鈴木吟亮氏は当時の町会長）と俊子と静枝が乗ってる。俊子は生れて始めての島田髷である。後の車には二人の娘と、一人の息子と、母と私と。私はもう祝盃をあげて少し酔っていた。

式場は明治神宮表参道原宿寄りにある、神宮会館である。

仲人は詩吟の大家であるから、謡曲「高砂」の代りに、朗々たる詩吟をやった。

私は矢鱈に酒をあおって、すっかり酔っぱらってしまった。

三月

八日（月曜　雪）

寝床で、鶯の囀きを聴く。何か小声で文句を云ってるが、時々ホーホケキョみたいなことも云う。可愛らしい。

雨戸を開けると、淡雪が積っていた。庭の途に白々と粉を撒いている。

長火鉢に坐して、ふり向くと、八ツ手の上の方の葉だけ、浮いた感じで粉をおいてる。赤松の葉にも、千切れ綿を少しずつ、おいてある。一番見事なのは、盆栽の真柏、これは大樹が大雪をかぶったよう、真白になっている。

銅壺のぬるま湯を、番茶土瓶に入れ、金網に乗せて沸かす。その湯で万古焼急須の緑茶を出す。

妻が朝鮮青磁の湯呑を出し、私専用としてこれを使えと云う。私は、毎日変った茶碗で飲むのが楽しみなのだが、彼女は誰れが飲んだか分らない茶碗は汚らしいと云う。湯呑みの蓋を見ると、帯止めにしたいくらい、沈潜した好き色である。

高麗の青磁ゆかしく春の雪

あ、み、の佃煮で、朝の食事を終り、庭を見ると、八ツ手の淡雪は殆んど解け失せていた。

○

熱き風呂に温まり、ワイシャツを着こみ、ズボンをはいて、その上から丹前を羽織り、いつでも外出できるようにして、二階へ上る。硝子障子の透き間、横長の平行四辺型から、隣りの風呂屋の屋根と、二本の八重桜の梢とが見える。桜の枝は、やっと眠りから醒めかけているところ。

また、粉雪が降り出した。早いの遅いの、真直ぐ落ちるもの、斜に行くもの、さっと降りて俄かに速力を止めるもの、横に浮いてゆるやかに飛ぶもの、灰の如く細かいもの、白文鳥の羽毛みたいなもの、いろいろである。

火鉢に手をかざし、二月堂机の赤線と黒の上におかれた、青磁の湯呑を改めて見る。胴中に現われた円の中にある模様は、先刻見た時、鳥の画であろうと思っていたが、よく見ると、それは葉であって、白く花弁が中程に、うっすら現われているのを発見した。牡丹のつもりであろう。

唇のふれる縁のあたり、糸底のあたり、相当古味をおびている。妻の父が、生前大切にしていて、恐らく一度か二度ぐらい使ったことがあるだろうとの話だ。

壊れたら壊れた時のこと、使わないで蔵《しま》っといても、何んにもならない、という愚妻の意見である。それもそう、今日から愛用することにしよう。

雪は大型となり、速度が平均して来た。

◯

省電中野行車中にて
少し可笑しいくらい、大きな耳であった。上半がいささか気に喰わないひだをなしてるが、下半は割に好き凸凹をなし、耳朶は稍々小さいながら、福耳の方であろう。晩年は幸福になる耳相だ。

顔色は、青ざめて病身らしい。鼻の型はわるくない。眉根に神経質らしい縦皺を寄せ、女のような、赤い唇をあけて、席の角に寄りかかり眠っている。

国防色の詰襟服で、ズボンにはよれよれが下っている。胸に白い布の名札が縫いつけてある。昼間何処かの工場に通い、夜、神田あたりの学校に通っているのだろう。靴は紙で造ったような、ペラペラのコチコチで、底皮は剝れて割れ目が見えている。汚らしい風呂敷包みには教科書、ノートなどが入っているのであろう。

年齢は十三、四、或いは十五ぐらいか。ふと私自身の中学二、三年の頃の事を考えて、この少年には色気はあるんだろうかと思った。私の少年時代のようだとするなら、色気はきっと有るに違いない。盛んなる色気があるに違いない。それがどう見ても私には、ただの子供である。性感を嗅ぎ出す能力が、もう私には失せかけているのであろうか。

斯ういう少年を見て、すぐ色気のことを考えるのは、こちらが少年時代に自然主義の影響を受けていた悪い癖かもしれない。

年頃の娘をもっていて、その娘に一向色気というものが見出せない、私の現在の、親としての一種の心配も、少年、そして色気という風に連想させる原因かもしれない。

今の少年も昔の少年も、少年としての内容に変りがある筈がない、という気もするが、また一面、事変後の少年、十二月八日以後の少年は、昔の少年とまるで違うものだ、という気もする。

青い顔をして、居眠りをしているこの少年は、毎日何を考えているだろう。もう五、六年すれば兵隊に行かねばならないが、その事が頭に一杯なのかとも思われる。希望は、技士か、重役か、官吏か、それとも漠然と英雄か、——昔の少年のように、大商店の主人になりたかったり、代議士になりたかったり、大金持になりたかったり、また芸術家になりたかったりは、しないであろう。この少年の感じから云って、軍人志望とは思えない。然し、戦争には行くつもりでいるに違いない。

もう五、六年で戦争に行く、——これだけでも私たちの少年時代と余程違ったものが頭の中にかもされているに相違ない。従って或いは、色気の事など、この少年の胸には未だ春《とき》めきを与えていないとも思われる。

隣席の紳士が、少年を起して、何処まで行くのか、と訊ねた。眠って乗り過しはせぬかと心配になったらしい。

「中野までです」

と、秀才みたいな声で、弱々しく笑い顔で答えて、また眼をつむった。お風呂へもう、幾日も入らないでいる皮膚の色だ。

紳士は、ベルベットまがいの帽子をかむり、厚い外套をつけ、胡麻塩の口髭を短くブラシのように、生やしている。年配から云うと私ぐらい、こんな男の児が家にいるかもしれない。健康らしい顔色だ。

紳士は左脇に皮製の書類入れを挟み、左手に洋傘を持っている。傘の柄は竹で、金色の飾りが握りの先端についている。右手には派手な更紗模様の風呂敷包みを持ち、膝に乗せている。

——中には何か食料品が入っているものと、私は白眼《にら》んだ。

靴の貧弱なところを見て、この紳士もあまり豊かではあるまいと思った。

電車は中野止りである。

ブラシ髭の紳士は、目をつむってる少年に構わず、さっさと下りて了った。

少年はハッと眼をさまして、立ち上った。すると、同じ側の遥かに離れた方にいた、これもベルベット帽の紳士が、少年に近づいて何か労わるような言葉をかけ、両手で少年の肩のあたりを押して、下車した。

この紳士は酔っぱらっていた。

私は奇妙な気がした。揃いも揃ってベルベットの中年男がこの少年に声をかける。

或いは、私が乗り込む前に、何かこの少年を中心にして事件があったのかもしれない。

歩廊には、切るような風が吹いていた。

酷く酔ってる三人連れがいた。中の一人は正体なくグデグデになっていた。

私は、ゴム底の靴で音もなく、マレイの踊りみたいに三歩行っては三歩後退して寒さを忍んだ。

次の電車を待ち合せている歩廊の男たちは、殆んど大部分、酒を飲んでるように見えた。寒風に吹かれて、顔が赤くなっていたのかもしれない。

二十二日（月曜）

午前中に、時間を計りつつ、二回ほど朗読して見た。これは巧く行けそうだと思った。浜本浩氏の「高原列車」という短篇小説だ。それを三十分に亘り放送する予定。終りの方の三頁ほどは割愛した方が好しと考えた。

自宅で朗読すると、大体廿五分ぐらいしか費《かか》らないが、放送となると、五分は優にのびるものと見込みをたてた。

本当のところを云うと、二回ぐらいの練習では不充分である。五回六回と気を入れて、練習すべきであろう。全国幾百万の耳が向けられているのだから、いかに力を入れてやっても、やりすぎるという事はない訳だ。

が、二回やって見て、これなら或る程度の成功は収められるという自信が出来ると、もうあと練習する気にならない。これは私の悪い癖である。

然し、半熟のままで放送すると、其場で思いがけない、好い味が出る場合もある。この味は、あまり練習して固めて了うと、出ない味ではないかとも思われる。

私は、練習をもう一度ぐらい、した方が好いに定ってると思いながら、それから悪戯書きを始め、頭を疲れさせ、旅行中に溜った手紙やハガキの返事などを書き、夕方になって了った。

外は春時雨《しぐれ》であった。

来月は有楽座のロッパ一座に出演するので、いろいろ打合せもあり、五時半頃帝劇の楽屋を訪ねた。台本「南方だより」に作者が書き入れをする。道具帖を見せられる、衣裳の相談がある。何もかも私は面倒で、好い加減にすまして了った。「南方だより」は私が始めてロッパ一座に特別出演をする、私のダシモノなのであるから面倒がっていてはならないものなのだ。××で、ひどいコーヒーを喫み、ひどいクリーム・フルーツを喰いながら、苦楽座事務主任の宮越君と、対松竹、対K商店の話をする。K商店が苦楽座を契約違反だと攻めている話。いやはや、面倒なことである。

七時頃放送局へ行く。

二階の第三休憩室で、大岡氏と雑談――これは楽しい。芝居の話、本の話、放送の話、頭のモヤモヤが大分とれた。

所で、私の放送時間であるが、私は三十分のつもりで来たら、四十分やってくれても結構という話になった。十分はとても延ばしかねるので、三十五分ぐらいと受合った。

八時から放送開始。機械の故障でアナウンス二度やる。

私は、卓子においた、腕時計を眺めつつ、悠々と朗読をした。

まずまず自分では無難に行ったつもり、場所によっては、心ゆく出来栄だったつもり、三十四分で終った。

「今夜のミソはですな、主人公がガソリンを浴びる所を、淡々とやった事です。普通はあすこで力を入れて喋るんですがね」

と、大岡氏に向って、いささか自慢みたいな事をすら云った。

然し自信の熱は、街を歩いてるうち、だんだんさめて行った。

生温かい風が吹き、満月が雲の中を走っていた。

帰宅して、洋服をぬいでいると、妻が今夜の放送を評して云った。

「なんだか、いやにしんみりして、元気が無かったのね。影が薄かったわよ」

なるほど、元気が無く聴えたか、こいつはいけない、と思った。

傷痍軍人の、しかも盲目の伍長の、列車中の物語だから、あまり元気が好い筈はないけれど、放送全体に元気が無かったとすると、失敗である。

——ふふん、カゲが薄いか。

自信は、淡雪の如く消えて行った。

然し、妻に、本当の話術の味が分るものとは、思えない。この際思いたくない。

案外、大好評なのかもしれんぞ、と心の何所かで自分を慰める声もする。

——カゲがうすいとは、然し、巧いことを云やがった。

まったく、そう云われて見ると、終りの方は、もう少し何とか演りようがあったと考える。

まさに、あれではカゲがうすかったに違いない。

——どうも近来の失敗放送だったかな。だんだんこんな気もして来たのである。

《追　記》

四月の有楽座に出演の交渉を、帰国すると間もなく受けて、私は当時東宝のドル箱と云われたロッパ一座を手伝うことになった。

三本建ての興行で、第一が私の主演物、第二が菊田一夫作の現代劇、第三が菊田一夫作の時代劇というたて方。で、私の出し物は「南方だより」と題し、私が大体の構想をたて、いろいろと細かいエピソードを提供して、斎藤豊吉氏が脚本を書いた。

〔第一景〕 楽洋丸の甲板

船長（リキー宮川扮す）が、ボックスのオーケストラ伴奏で「英国東洋艦隊撃滅の唄」古関裕而作曲を唄う。

〔第二景〕 特別三等室

特別三等室で石田守衛扮する落語家と、私とが潜水艦に襲われた場合、どうするかというような話をする。もしも魚雷にやられて、泳ぐような時は、鱶も注意しなければならないと、落語家は鱶除けの長いフンドシを腰につけて見せる。その時、警報が飛んで慰問団大騒ぎの中に幕。

〔第三景〕 慰問演芸場

まず、客席を軍人のいる見たてで、私の司会演説や、その他演芸数種をやる。

〔第四景〕 その楽屋

舞台が半廻しになって、野天の楽屋の風景となる。美しい熱帯の花が咲き、土人の娘など現われる。浪曲の三味線弾き婆さんに、その息子が白衣の勇士となって面会にくる。ここはお涙頂戴の場である。

〔第五景〕 ホテル寝室

大晦日の夜。クァラ・ランプールのホテルで、落語家が羽蟻に悩まされる。私と落語家と漫才的なやりとりよろしく、十二時を過ぎる。

〔第六景〕 新年を迎う

慰問団一同揃って「年の始め」を唄って幕。
以上のような趣向であるが、私にはこの第三景で唄った、暁嬢の「蘇州夜曲」が、十七年後の今でも耳に残っている。
三十一日（水曜）
有楽座にて「ロッパ捕物帖」の舞台稽古、午前十時より。恐ろしく筋のたてこんだ芝居である。開幕と同時に、賑やかなお祭礼の場で、主役のロッパ氏が銭形平次みたいな恰好で、オーケストラ伴奏の浪曲をやる。節は川田義雄の「地球の表に朝がくる」を用いてる。渡辺篤氏のガラッパチ役と、漫才の如き対話ある中、突如として踊り屋台で殺人事件が起る。この殺人事件の背後に、さる大名のお家騒動がからまり、アメリカの使節ハリスが小笠原島も買収せんとする大事件が糸を引く、という大趣向。私の役は陰謀組に加担する、妖術使いの悪徳医者というわけ。

春寒く弁当ひらく紙の音

夕刻から「南方だより」の稽古が始まったが、第四景までやって、あとは明日となる。

帰宅すると、坊やは坊主刈りになって寝ている。明日から小学一年生である。後頭部にハゲがある（このハゲは漢口陥落の提灯行列があった夜、長女の俊子が背中にオンブして見に行ったら、人込みに押されて溝の中に落ち、その時負傷をした痕なのである）ので、今日まで髪を長くしていたのであった。私の声を聞くと、坊やは目を開いて、少しテレてニコニコ笑う。前顔の毛のたれていた所は、白くなっている。生際が円く、とても可愛らしい。

静枝の報告によると、刈りこまれる時、坊やはポロポロ涙をこぼし、バリカンもってる床屋に、からかわれたそうだ。

どれどれ坊や、お父さんに見せてごらん、といって私は、うしろのハゲを見た。陽にやけていないので、白いハゲだ。旋毛が、まん中にある。

「おやおや、オッパイいじるなんて、もう恥かしいな」

と私がいうと、坊やは手を引っこめる。

理髪料、金四十五銭なりと。

四月

一日（木曜）

坊や、初登校につき、赤飯を祝う。

「行ってまいります」

ハッキリと頼もしく云って門を出た。

高子も明子も、今日から家政学校へ通うわけ（高女は卒業した）。

衣紋かけ、座蒲団、弁当（以上楽屋用）、レインコート、軍手（以上舞台用）など持って九時に家を出る。有楽座の舞台稽古、第二日目である。

楽屋の扉に錠をおろしておかないと、近来頻々と盗難があるので、物騒であるというので、渡辺篤氏と私、金五十銭の南京錠を買う。

午前十時から「南方だより」第四景から通して本稽古、十二時頃終る。午後一時から「父と大学生」の稽古、これは夜八時ごろ終る。ロッパ氏に誘われて、明治座裏の「堀河」という待合に行く。チーズあり、鶏鍋あり、餅あり、大したもの。ウィスキーを飲み、日本酒を飲む。たまたま、映配社長植村泰二氏別室に他の客ときていた。製薬会社の社長で、なかなか面白い老人である（なんとこれが中外製薬上野十蔵氏）。帰りは植村氏の車で、荻窪踏切りの所まで送らる。車中、南方の映画政策について語る。

三日（土曜）

神武天皇祭。昼夜興行、二回とも満員売り切れ、お正月以来の好成績なり。「ロッパ捕物帖」で、リキー宮川のハリスが、台辞を云ってる間は、満員の客がシーンとなってるのに、私が台辞をやり出ると、客席がざわめく。甚だ自信を失う現象である。役者としての私が演技力において、歌手以下であるようで情けない。

どうも、毎回イヤでたまらないのは、フィナーレに音楽と調子を合せて、舞台にズラリ並ぶこと、好い年をして甚だ恥かしいのである。

二十七日（火曜　曇晴　温）

五日連続の遺家族マチネーも、毎日機械的に勤めてる中に、今日で終り。このマチネーは、靖国の霊に供えるものであるから、給料はもらえない。しかし、当然のことであろう。遺家族に対しては、無条件に弔意を表したい。今日は、豊田大将が二階の靖国の席に見えていた。

水谷君（この人は元活弁で、後に神田伯竜の門を叩いて講釈を勉強していたが、今度、苦楽座に加入して俳優となり、今日は私の部屋に手伝いにきているわけ）が曰く、「子供が生れてから、夫婦のイトナミを肯定するようになりました。イトナミは恥ずべきことでないと思います」と。

左様、食慾も肉慾も、軽蔑すべからず。

奥山彩子嬢が遊びにくる。「南方だより」を見て、感慨無量の由。

《追　記》

五月一杯、日記帳にはなにも記してない。ただ、五月二十九日の欄に「北野最終日」と記してあり、同三十日に、「朝帰宅、四谷倶楽部行、食事帰宅、再四谷倶楽部」、同三十一日に「四谷倶楽部」と記してある。一ヵ月間に三十文字である。日記をつけるということが、バカバカしくなっていたのであろう。

二十九日が、大阪梅田の「北野劇場」ラク日であるとすると、五月一日が初日であったのだろう。二十九日興行は少し長すぎると考えれば、初日は五日あたりで二十五日興行だったのかもしれない。

この二十五日（あるいは二十九日）間、大阪でどんなことがあったか、十六年後の今日、記憶してることといったら、次のようなこと数件しかない。つくづく私自身のモウロクを証明するようなもの。

1　私はこの時、旅館には泊らないで、劇場から歩いて五分くらいの所にある、オメカケ横丁といったような、うすぎたない裏町の二階の一室を借りて、そこから劇場に通った。私の他にも、ロッパ一座の中堅幹部の俳優が、そこに泊っていて、私はその紹介でここに来たのである。

当時の旅館は、もうロクな食事をさせなかったので、こういうヤミルートのある素人宿の方が、却って御馳走があったのである。

2　ビフテキというものには、もう滅多にありつけなくなっているが、不思議と阪急デパートの食堂に行くと、薄っペラではあるけれど、とにかく牛肉のビフテキが食えたので、私も数回出かけた。一日に何人前と定っていたので、チャンスを外すとダメだった。冷凍牛肉を取り落して、コックが足に負傷をしたという話を聞いた。きっと冷凍肉がうんとストックしてあったのだろう。とにかくクジラのビフテキでないところが有難かった。

3　阪急といえば、ある日、ロッパ氏と私の二人が小林一三翁に招かれて御馳走になった。芦屋あたりの素敵な邸宅で、正式コースの西洋料理が出た。やはり阪急デパートの冷凍肉など流れてくるのか、当時としてはアッというほどのメニューだった。「こんなもので好ければ、いつでもいらっしゃい」と云われて、いささか憂鬱になった。食料不足も一向に驚かない生活があることを、具体的に知らされたわけだ。

4　梅田劇場株式会社の専務寺本氏に招待されて、これもロッパ氏と二人、なんでも松島遊廓あたりの支那料理屋に行き、特別献立の御馳走になった。鶏肉、豚肉など沢山出たようだが、これは、どこかしら胡麻化しの料理であった味。

5　北野劇場の並びで、一丁ほど行って、暗い横丁を入ると、右側に暗い家があり、そこでヤミ料理を食わしてくれた。労働者相手の一杯屋みたいな店構えだったが、牛肉でも肴でも、酒でも、意外に豊富であった。表は閉めきりみたいになっていて、お馴染でないと断わられた。灯火管制の暗い街を、手さぐりするようにして暗い店に入り、ヤミを食うのであった。

6ロッパ氏と私とで、色紙を書いてサントリー12年を一箱もらい、それを二人で分けて、東京に持ち帰った。鳥井を三ツ描き、これを私たち二人が拝んでる画で、自分の似顔をそれぞれ描いての合作である。浅間しいと申そうか、可笑しいと申そうか、もしもこの色紙が今でもサントリーの社か、鳥井家に保存されているとしたら、当時の憶い出に一度見せてもらいたいくらいのもの。

○

以上の如く、食物飲物の件は記憶しているのであるが、その他のことは茫としてなかなか思い出せない。でも、次の二つだけは、どうやら思い出した。

北野劇場の出しものは、東京有楽座の番組をそっくりもって行ったわけだが、ある夜のこと「父と大学生」で、子役が一人、交通事故で来られなくなった。急のことで、代役をたてる暇がない。私の頑固爺が、五人ばかりの子供相手に喧嘩する場面である。口を利くのは、事故の子役だけだ。さあ、どうしようと幕内は大狼狽である。私は、思うところあって、「構わず幕を開けてくれ、なんとか胡麻化す。他の子供たちはいつものように、私と対立して立ってればよろしい」と引き受けた。私は、子役の台辞をウラ声で言って、一人で二役やった。つまり腹話術を用いたのである。子供たちはみな客席に後ろ姿を見せてるから、観客は気がつかないですんだ。

これは私の舞台生活でも、空前絶後のことなので、記憶している。もう一つ、これはあまりにもバカバカしいので記憶している。それは北野劇場の前を通る市電が「北野行」という看板をかけて走ってるので、はて、どんな所に行くのかと思って、ためしに乗ってみたら、すぐ一丁場で下ろされてしまった。勿論、ちゃんと切符を買ったのである。

○

この稿を書いてる数日前、私は神田のゾッキ本店で「新聞記録集成、昭和大事件史」という本を買ってきた。それによると、昭和十八年五月二十二日附「大阪朝日新聞」には、

噫！　山本連合艦隊司令長官

なる見出しに、山本五十六大将の戦死記事が出ている。

〔大本営発表〕（昭和十八年五月二十一日十五時）連合艦隊司令長官海軍大将山本五十六は本年四月前線に於て全般作戦指導中敵と交戦飛行機上にて壮烈なる戦死を遂げたり。後任には海軍大将古賀峯一親補せられ既に連合艦隊の指揮を執りつつあり。

右の大本営発表を冒頭にして、山本大将ガ大勲位功一級ニ叙セラレ、特ニ元帥ノ称号ヲ賜ヒ、正三位ニ叙セラレ、薨去ニ付特ニ国葬ヲ賜フ、という情報局の発表を載せ、

生死帝国海軍と共に

という中見出しで大将の経歴が詳しく出ている。そして大海軍国の最高指揮官が、国運を賭しての戦争に名誉な戦死を遂げたのは、トラファルガル海戦におけるネルソンの戦死以来であると記してある。

勿論、これらの記事は私もたしかに読んで、たしかにショックを受けた。

が、どうも連合艦隊の司令長官が、飛行機に乗って交戦したという大本営発表はフにおちなかった。

○

五月三十日朝帰宅、四谷倶楽部とあるのは、そこで苦楽座第二回公演「夢の巣」の稽古があったからである。劇団苦楽座の第一回公演即ち旗挙げ興行は、前年の十二月「新宿大劇」でやっている。私は南方にいて留守だったので、参加できなかった。旗挙げ興行には真船豊作、「見しらぬ人」を出し、故丸山定夫君が主役の鮫川忠助に扮し、圧倒的の名演技を示したそうだ。実はこの脚本、私が鮫川忠助に惚れこんで、真船氏に上演許可を得てあったもので、その点一寸残念であった。

「夢の巣」は、故三好十郎氏の作で、原名は「夢たち」というのであった。苦楽座同人の五人（丸山定夫、高山徳右衛門〔編集部註——薄田研二〕、藤原鶏太、園井恵子、徳川夢声）に、それぞれピタリとくる役がついていて、とても面白い本であった。演出は里見弴先生にお願いした。里見先生は非常な御熱心であったのに、同人たちが映画出演などで、顔の揃うことが殆んどなく、ヌキ稽古ばかりなので、すっかり先生に怒られてしまった。殊にひどいのは私であって、初日の四日前に顔を出すという始末。

○

五月三十一日の新聞には、

アッツ島の守備隊全員玉砕

という大変な記事が出た。これもショックであった。山本大将戦死の記事よりも、私には強いショックであった。

——日本もいよいよダメかな？

そんな気が頻りにするのであった。

六月

五日（土曜　晴　曇）

山本元帥の国葬で、今日は芝居お休み。

芸能文化連盟の席、芝西久保通にあるので、吾等一同邦楽座横に勢揃いして、四列縦隊となって行進、——至極だらしの無い行進ぶり、芸人諸君諸老としては、斯んなものか。

——日比谷より虎の門に出、此所で六代目菊五郎始め俳優の一団と合流し、設けの席に着く。粛々たる行列の先頭に、内藤清吾軍楽長、——この人とは「足柄」で約三ヵ月一緒に暮した事がある、——抜剣を肩につけて、悲壮なる葬送曲に合せて歩いて来る。見ると、少佐に昇進している。軍楽隊は、いくら偉くなっても、今まで大尉止りだったが、最近制度が改革されたらしい。

葬儀委員長の米内大将、徒歩で一人歩いていたが、この人が今日の将軍連で、一番立派に見えた。背丈が高く、しかも好男子で、中々洒落者という印象である。

所で、この国葬のため苦楽座公演の四日目の土曜日という書入れがフイになり、私たち同人にとっては、経済的大打撃であるのである。

二十六日（土曜）

紅い鉛筆を便所に持ちこみ、正面の壁に貼り付けてある世界地図の、フイリッピン、スマトラ、ボルネオ、ニューギニア、ビルマ、マライなどに色をつけた。巧く塗れない。下地の壁がザラザラしてる上に、地図の紙がツルツルしていて、おまけに鉛筆の芯が蠟であるから、ピッタリと色が着かない。

もともとアメリカの領土は緑色、オランダ領はオレンジ色、イギリス領は淡紅と、それぞれ異った印刷がしてあるのだから、その上にまだらなかすれた紅を塗っても、一向変化はないように見える。

やっぱり濃い水彩絵具でないと駄目だ。それなら予想していたような、日本領土拡張の壮観となるであろう。殊にフイリッピンなどは意外に小さな島が無数にあって、とても先の円い鉛筆の芯では駄目だ。

七月

二十四日（土曜　晴）

大阪から岡山まで、案外に長いので、いつもうんざり。ひるごろ宿につく。みんなロケで出かけているのでガランとしている。

ロケマネの話によると「徳川先生だから、宿では特にお酒を出しましょうと云ってます。但し、毎晩一本限りだそうですが、どうします？」という。一本ぐらい飲んでも仕方がない。反ってヘンな気もちになるのがオチだ。よろしい、岡山滞在中は一滴も飲まないことにしようと決心した。

註　坪田譲二作「虎彦竜彦」を撮影のための岡山ロケである。軍人援護会が大いに力瘤を入れてくれた。私の役は中風で半身不随の老人。中気を恐れてるくせに、この役は気に入った。酒を飲まない決心をしたのも、実は病人らしく痩せようとしたからである。

二十七日（火曜　晴　暑）

今日も私の部分撮影なし。ふらりと乗込む。何所かへ遊びに行こうと、当てもなく表へ出ると、丁度ロケバスが出るところ。少女と二十三ぐらいの女優と、その女中みたいな女と乗っていた。この女優、見たような顔だが思い出せない、いずれにせよ、大した女優ではあるまいと思っていた。

岡山県立高等女学校の門前で、女生徒が校門を出て帰るところを撮るのである。生徒は本物に出演して貰う。

門前は九尺ほどの道で、すぐ田圃になっている。稲は一尺あまりに伸び、水面には、豆粒ほどの一枚葉の藻が無数に浮いている。燕が飛び、白い蝶が舞う。時々、蛙が鳴く。畔道から直角に、畔道を少し入った所に、録音部が陣を構え、カメラはそこから左へ曲った畔道から、門を狙っている。

佐藤監督のラグビー笛で、女学生たちはこの暑いのに冬服をつけ、五十人ほど歩く。終りの笛が鳴るまで彼女たちは自分がカメラから外れていようがどうしようが大熱演で歩く。革の靴を覆いてる生徒は極く少数で、下駄か草履が多い。

すると、さっきバスの中で、一緒になった例の女優が傍へ来て、

「もっとお爺さんかと思ったら、お若いんですネ」

と云う。ナマイキな事を云うチンピラ女優だと思ったが、満更悪い気もちはしない。

技術部の青年が私の傍に来て、

「ムッソリニが解職されたんですってね。一体何ういう事になるんでしょう?」

と心配そうに聴いた。私はデマだろうと思い、好い加減な返事をしておいた。そんな馬鹿なことが、と思いながら、段々と私は心配になって来た。

今度は門内での撮影だ。私も門を入る。右方の空地に檣が立ち、日章旗が青空に翻っていた。女学生たちが大勢見物している中で、さっきの女優と子役の少女が静止写真を撮っている。女優が先生で、子役が生徒らしい。

そこへ警官が来て、私を会社の人間と見て、いろいろ質問をした。

「あの女優は何んという人ですか?」

警官に聴かれて私は困った。あんなチンピラの名前なんか何うでも好いではないか。仕方がないから、社の誰かに私は訊ねた。

「あの女優さんは誰れです?」

すると相手は呆れたような顔をして、

「轟夕起子さんですよ」

と答えた。こいつ失敗《しくじ》ったと思ったが、

「いや、轟夕起子は分ってるんですがね、あの小さい方の女優の名ですよ」

と、何喰わぬ顔をして私は胡麻化したのである。

この夜、宿に帰り朝刊を見ると、なるほどムッソリニ解職の記事が出ている。詳しいことは分らないが、確かにデマでない。

事変始まって以来、これは二度目の厭なショックである。第一回は独ソ開戦のニュースであり、第二回はこれだ。

何う考えても、あり得ないような事がこの通りあるんだから驚く。

二十八日（水曜　晴　暑）

名画を目の前にして居眠りするのは、始めての経験であるが、とても気もちの好いものである。私はルノアールの「裸婦」の前で坐り、モネの「睡蓮」の前で眠った。

六尺以上もある好漢沼崎君を案内として、二回目の大原美術館行。沼崎君はしきりに俳句の事を私に質問する。季題という事がなかなか分りかねるらしい。自分の句というのをいくつか私にきかせてくれたが、季が無くて、徒らに言葉の云い廻しに終り、新造語みたいな奇嬌さに凝っているかに見える。

今日は入口のロダンもよく見物する。「予言者ヨハネ」より「カレーの市民」の方がよろしい。後者の方がロダンを感じさせる。

今日は、この前見なかった児島画伯の作を見る。実によく描いたものだと思う。年代によって画風が変ってゆくのが面白い。満谷国四郎画伯の室がある。「裸婦」の大作を見ているうち、この前銀座の春樹社にあった十五円のデッサンは本物だと分って来た。十五円なら買っとくんだった。惜しいことをしたと思う。

愈々二階の広間に行き、二度目の名画に接する。私は大きなソファにあぐらをかき、ルノアール、モロウ、ミレーなど見ているうちにねむくなり、そのままうとうとした。時々眼をあけては、見るともなしに見て、またうとうとする。

涼しい風が吹きぬけて何とも言えない眠り心地だ。見ているうちに、ルノアールの「裸婦」に疑問がいろいろ起って来た。これはこの画伯のうちの、傑作という物ではあるまいと思う。滴る水の技巧、映画の看板屋さんと同じように感じる。水と女との位置にあやふやなところがある。モロウの小品は、離れて見ると、何が何だか分らないが、ただエロをそこによみとる。今日あらためて見ても、シャヴァンヌの第三作などは未完成作品としか見えない。それとも、やっぱり私の方に目がないのかなとも思う。そんな事を思いつつ、うとうとする。同行の沼崎君は何処かへいなくなって了った。

今度は反対側のモネの前で、またソファにすわり込む。この画は眼を一尺ほどの処へ寄せて見ると、ただ、絵具が好い加減になすりつけてあるようだが、ソファに坐って見ると、立派な池で、睡蓮の花も生々としている。水面に雲の影がうつっているところまで何とも云えない。そばで見ると、ここの処は誰れか、悪戯をして、手でこすりつけたようだ。

この画の前でうとりうとりと眠る気もちはまた一段と好い。どうかすると見物人の足が全く途絶えて、人間は私一人となる。

うとうとしながら見ていると、月並なヴィーナスの大作など生々と血が通って来て、私も、もう一度青年になって、楽しみたいような気がしてくる。ゴーガンの「タヒチの女」は、皮膚が象のように厚そうだ。彼女の右肩のところにある、真赤なリボンみたいな、焔みたいなものは、いくら考えても正体が分らない。また、モネのお池を見て眠る。

夏の日、人のいない広間で、名画に囲まれて、軟かいソファで眠る、——こいつは大した贅沢であった。

八月

十四日（土曜）

替った部屋の机の出来が、坐ると膝がゴツンとぶつかるように出来ている。私は続け様に二度まで膝をうち、なんたるドジな造りだと、腹を立てた。机よりも私がドジなのであろうが、人間というものは、そう考えない。机のマヌケめッと思う。子供なら机を殴り、懲らしめてやりたいところだ。然し、よく考えると、やはり、机を通して自分のドジを殴ってるのかもしれない。

《後　記》

多分、この夜であったと思うが、ロケ隊の一行が玉造船所の産業戦士慰問に行った。

こいつはひどい目にあった。野天の広場に、高い屋台を組んで、紅白の幕など張りめぐらし、そこを舞台にして演芸をやった。つめかけた産業戦士およそ一万五千人。轟夕起子はじめ若い女優がいるというので大騒ぎ。いくら制止しても舞台裏の楽屋の方へ、よじ登ってくる奴がいる。そんなのは、みな一杯やっていて、眼の色が違ってる。しまいにはワーッというので、屋台の棒をゆすぶる。私たちは暴風の中の船にいるようだ。女優たちは悲鳴をあげる。造船所の役員たちが、声をからして、やっとおさめることができた。

田舎へ行けば行くほどそうだが、この人々は私たち芸人を、多少尊敬する気もちもあるが、一皮めくると、自分たちのナグサミモノと信じている。だから、芸人どもには何をしてもかまわない、という気もちがある。私は揺れ動く楽屋にいて、つくづく自分の立場を呪った。暴徒に対して腹が立った。なにが産業戦士だ、みんなくたばれと思った。

二十九日（日曜）

アッツの雄魂の連名（約二千五百）が発表された。原隊は北海道が一番多く、次で岩手県が多く、二府二十幾県、樺太などに及んでいる。東京都も中々多く、杉並区だけで五名もある。同じ区内にアッツ島の勇士を出したということ、私は大いに感動を受けた。

九月

三日（金曜）

動物園のライオン始め、猛獣が、最も懇切なる方法によって処分された、とある。東京都の相好が、だんだん物凄くなってくる感じだ。可哀そうでならない。ライオンや虎は、空襲時などに暴れ出したら困るだろうが、象や河馬は気の毒である。

動物園の猛獣諸君には大いに同情したが、憎みてもあまりある奴は、この頃の蚊である。散々喰われて忌々しくなり、読書を中止し、雨戸を閉めきり、蚊やり線香を焚いて階下に降り

「蚊のやつめ、思い知ったか」と横になり、坊やの遊ぶのを見ていると、いやはや何時の間にか沢山蚊に刺されて了った。何のこったと又も忌々しくなり、二階に上って見ると、蚊やり線香は消えていた。

大岡氏（放送局演芸部員）から速達が来て、私の六日の放送が五日に繰り上げとなり、時間も四十分が五十分間に延びる。伏見伯の御戦死で、番組に急変があるらしい。

——これは未だ秘密で御座います。

と、手紙の末に書き添えてあった。

五日（日曜）

昨日午後二時から上野動物園で殉難動物の慰霊祭が行われ、大達都長官等の花環が捧げられたという。位碑には「殉難猛獣霊位」と書かれ、卒塔婆には「多宝塔者為時局捨身動物供養」と書かれたそうだ。象も白熊も殺されたという。あの、坊やと共に見物した芸を演るオハナさんも殺されたかと思うと、暗然たらざるを得ない。

新橋全線座二日目。

夜「宮本武蔵」放送。

註　放送局からの注文で、またもや、吉川英治の「ムサシ」を連続放送することになった。戦前にやった時は、市川八百蔵氏と交代であったが、今度は私一人でやり通すわけ。あまり気は進まなかったが、引き受けてしまった。思うところあり、音楽の伴奏なし、素ばなしでやることにした。

九日（木曜　晴）

茄子汁に茗荷の紋を散らしけり

朝食後、静枝と阿野さんとに、「東洋史物語」の阿房宮の所を読んで、あやしき講義をする。読みながら〝阿房宮賦〟というものが、如何に名文であるか、支那人が如何に優れた人種であったかを想い、嘆息する。傍で、分らずに聴いていた坊やが、もっと読んでよ、とせがむのは愉快であった。

大戦開始以来、最悪のニュース、まったく厭なニュースである。日比谷松本楼の中央文化連盟の集会の帰途、数寄屋橋の所へ来ると、今、朝日電光ニュースが、尻尾のところを見せて消えたところだ。会社員らしい二人連れの男が、それを読んだあとらしく「こいつは困ったなア」といっていた。

何かいけないニュースだなと察したが、やがて赤茶けて並んで現われた文字をたどって読むと、

――イ、タ、リ、ア、軍の無、条、件、降、伏、

であった。秋の陽が照らしているので、電光の色が冴えず、妙に読みとりにくいのも、不吉な感を強くした。

談譚事務所（漫談協会）へ行って見ると、皆でその話の最中であった。私は山野一郎君に「アメリカの奴らは日本の男に全部レントゲンをかけるといってますぜ」と話すと、山野君が「つまりキンレンですかな」と例の調子で軽くいったので、皆吹き出した。私もアハハと笑ったが、空虚な笑いであった。

再び数寄屋橋を渡り、朝日新聞社の急告板で、イタリア降伏の事を読み、有楽町駅へさしか

かる。このあたり新聞を売るもの、買うもので大騒ぎである。プラット・フォームに立ってる男は、殆んど全部新聞を持っていた。

十日（金曜　曇　涼）

各新聞ともイタリアの事でもちきりである。なアに、イタリアなぞ脱落したってなんでもありゃしない、却って足手まといが無くなって結構、といったような調子だ、――これは私の昨日予想した如しである。所で、ここにまた意外やムッソリニ氏を主班とする新政権が北イタリアの地に誕生した、とある。ムッソリニ氏は、何処かへ軟禁されている筈だと思うが、うまく新政権の親玉として活躍出来るようになると好い。

町会の防空訓練法師蟬

法師蟬始めて聞くや二日酔

二十日ほど酒を飲まずにいたが、昨夜妻にすすめられて配給の日本酒を飲む。チーズと納豆を肴にした。少し酸っぱくなっていて厭な酒だったが、今朝は軽い頭痛がして憂鬱である。馬鹿な事だ。つくつく法師は、この七月岡山で聴いたが、吾家の庭できくは今日が始めてである。柿の木のあたりらしい。

大阪へ出発（南と北の花月出演のため）。

十一日（土曜）

本日より十日間、北花月倶楽部と南花月とに、かけもち出演。宿は阿部野橋の向う、アチャコ氏経営の「花菱」旅館。ヤミの肉だの、ヤミの酒があるというのが魅力である。

十三日（月曜）

本日夕刊に、またもやハッとする記事が出ていた。独逸の落下傘部隊が活躍してムッソリニ氏を救出した、という痛快極まるものだ。まったくもって愉絶快絶である。伊国王はシチリヤに逃げ出したとある。ヒットラー総統の友情の表われだというが、大した事である。

二十一日（火曜　暑　雨　涼）

朝八時半東京駅着。帰宅。喫茶。入浴。髭剃。五目ずしを喰う。坊やは微熱、学校を休んでいたが元気。

旅帰り吾が庭に見る野分あと

野分して若返りたる百日紅

秋出水吾がザリガニは健在矣

二階で放送下読み（宮本武蔵）二回。昼飯、また五目ずしを喰う。

雨が颯と降り出す。河鹿が鳴く、先生まだ生きていたかと、嬉しくあわれであった。雨が上り、雲が切れ、鉦《かね》たたきのみが、幾匹も鳴いている。何ういうものか、他の虫は黙っている。やがて日が暮れかかる。すると他の蟋蟀類も一斉に鳴き出した。大合奏である。珍らしく蝙蝠が庭を飛んでいる。せいぜいあの重爆の如き縞蚊を喰って貰いたい。

俊子が、おこわを持参。また雨が降り出した。俊子は傘無しであるから、私は傘の半分を彼女にさしかけ、門を出る。ゴム底がツルリ滑って、私は危うく俊子に支えられた。俊子が居なかったら、私は泥んこになっていたであろう。もっとも俊子がいなかったら、真中のコンクリ板の上を歩いたから、ツルリ滑らなかったであろう。

それはとにかく、私は娘に支えられて、泥んこにならなかった瞬間の、感触が何んとも有難かった。娘に孝行をして貰った、父親の幸福なのであろう。

俊子の家の台所まで送り届け、私は満足しきって省電に乗り、心ゆたかに「生命の実相」を読む。この本、所々不感服のところもあるが、概ね合理的に精神現象を説かんとしている。

――俺は、胃癌の恐怖感を去ることが出来るかもしれない。

と思った（昭南陸軍病院を退院する時、若い軍医官から気になる宣告を受け、早速、胃癌に関する専門書を買って、自己診断をするに、どうも胃癌の初期らしいという気がした）。

――いや、胃癌の初期ぐらい、この本を読んでいると癒りそうだぞ。

私は駅の歩廊を、胸を張って歩き、殊によると、猫背も治るかもしれない、と思った。

八時から四十分間放送、今夜のとこは、武蔵が芍薬の枝の切り口を見て、柳生石州斎の剣に舌をまく件であった。

十時帰宅。枕辺でウィスキー。

十月

六日（水曜　晴　冷）
自分以外の者に化けて見たいという欲望が人間には誰れにでもあるものらしい。文房具店アサヒ堂の老主人が今日やって来て、今度町会の運動会でやる仮装行列に出場するについて知恵をかしてくれと言う。この老主人など商人として不愛想の標本みたいなボクネン人なのであるが、この人がやはり西郷隆盛などに扮して見ようというので、いろいろ苦労しているから面白い。どうも大変な事を引きうけて了ったという風に、いささか憂鬱にもなり、いささかハリキッてもいるのである。イササカどころか大いに憂鬱で、大いにハリキリかもしれない。入学試験を目前に控えた子供のように、時々ため息なんどもついていた。

そうかと思うと、今日の文学報告会の顔合せで、久米老、久保田老、高田老、関口老などやはり一役ふられたり押しつけられたりして、大いに迷惑そうでもあり、大いに嬉しそうでもあった。なにも、あの年であの地位で、そんな真似をしなくても、と世間では考えるであろうが、それが人間の面白いところ、もろいところ、あわれなところ、また頼もしいところでもある。石川達三氏は大変な役をふられ、頻りにこぼしているが、これも満更でないらしい。川口松太郎君は不良青年の役で、イヤンナッチャウネと、言っているが、至極面白そうである。

舟橋聖一、高見順の諸君も、迷惑そうで面白そうである。演出者の久保田氏がチンドン屋の役、原作者の高田氏が社員の役、というのだから普通の場合とよほど異る。それだけ文学報告会の真剣な意図を見て貰おうという訳だ。いずれ斯ういう種類の事をすれば、同じ文学者仲間から何んのかんのと悪口を言われることは火を見るより明らかだ。久米氏はこの点に大分神経を使っているようで、そんな意味のあいさつをしたが、やる以上は他人から何んと言われようとも、本意気でやるべし。

溜池から飯田橋行電車に乗ろうとしたが、文字通り殺人的なので、私は省線新橋駅へ出て帰宅した。入浴していると約束により岩田豊雄君来。二階で鶏鍋をつつきビールを飲みウィスキーを飲んだ。鶏肉綿の如くやわらかで、ニラとよく調和し美味し美味し。昼飯は、私が岩田邸でうなぎ蒲焼の御馳走になり、夜は私の宅でこのように酒宴。まことに大東亜戦下の豪華版と言うべし。まず食物の話、娘の嫁入苦労話、文学の話、いろいろあった末に、ある雑誌記者が「今の文壇で十万円の金がある人物が二十人いる」といったという話から、さて、その二十人は誰れとだれだろう、と二人でこころみに数えて見た。大体左記連名の見当だろうと一致した。

菊池寛　石川達三　吉屋信子　丹羽文雄　岩田豊雄　火野葦平　吉川英治　石坂洋次郎　加藤武雄　佐々木邦　中村武羅夫　大仏次郎　山本有三　尾崎士郎　竹田敏彦　川口松太郎　長谷川伸　吉田絃二郎　阿部知二　岸田国士

中に岩田自身が入っているのは私が加えたのであるが、当人否認もしなかった。他人の金なんて何うでも好いようなものだが。やはり話題になるだけの魅力はある。

十日（日曜　雨　冷）

午後二時半茶の間へ起きてもう一杯。竜夫少尉の生徒は全部三十番以内の好成績だそうだ。

朝飯は鶏御飯。二時間ほど雨の音をきき眠る。

よく降る雨だ。稲が腐って了やしないかと心配になるくらいだ。現金なものでこの頃は天気が悪いと農作物の事を考える。

大塚駅で降りたが、鈴本なんて何所にあるか分らない。駅前の道は濁流滔々なり。本屋に入る。何か本を一冊買って鈴本のありかを訊ねようという訳。金子元臣著の「万葉集評釈」第三冊を買う。この間中から本屋の店で五月蠅く目について、買いたくもあり買いたくもなしという本だった。他に欲しいような本が見当らないからこれにした。万葉集に関する本は、私の書庫にも既に幾種類かある。あるけれど本気になって読んだ事は一度もない。それだけに読まなければならぬと、思い、億劫なのであった。これも買うには買っても読まないかもしれない。然し、買うだけでも悪いことではあるまい。

老主人は親切に「鈴本」の道を教えてくれた。雨は益々激しい。こんな降りでは折角の独演会も客が来ないであろう、と松鶴老のために気の毒であった。教えられた道を行くと、何のことだ中村吉蔵博士の家へ行く横丁だった。

久しぶりで寄席の木戸銭を払い、下足札と傘札を貰って案内される。七十人ばかり来ていたようだ。高座へ向って左寄りの中程へ席を占める。前座が何かオチを喋って引込む。次に、何とかという若手、顔中皺にして愛想笑いをする。まだ正面がきれない、ちっとも笑えない。正岡君が釈台に両肱をついて、大阪落語の解説をやる。イトハン、トーサンというのはお嬢様のこと、ベベチカというのは一番ビリのこと、など、語学を客に教える。肩が痩せて見え、息がきれる様子だった。

始めて笑福亭松鶴老の話をきく。大いに面白く、大いに感服した。この結構な大阪落語というものが、このまま亡びて了うのは如何にも残念である。文楽人形を残しておくように、ちゃんと古典として残しておくべきものだ。事実、近来珍らしく寄席の楽しさを味わう事が出来た。四席やって飽きないという事も、えらいものだと思う。三代目小さんの独演会でも三席きくと飽きたものだ。もっとも、この頃は本筋の落語をあまり聴きつけないので、それで味が好かったのかもしれない。

第一は「伊勢参り」これは前座話《いれこみ》で、台を言葉の切れ目切れ目にバタバタやるやつだ。嘗て東京落語の花円遊だったか、大阪落語の見本と称して、これをやったのを聴いたが、面白さがまるで違う。花円遊のは、ただ五月蠅くて、いやらしいばかりだったが、これは時々心から可笑しいところがある。露店風景で、すしを作るところなど張扇や、手拭を巧みに使ってなされた。

第二は「猿後家」大阪町家の後家さんや、番頭さんの味が、じんわり出て来て結構である。ただ奈良見物のところが少し、やっつけに聴えた。

第三は「三枚起請」東京落語できくと、あまり可笑しくない話だが、大阪弁で来ると、三人の野郎も、女郎も至極ユーモラスになってくる。こんなに面白くきけるとは思わなかった。

第四は「次の御用日」これは始めて聴いた話だが、実に奇想天外の話である。これを作った人は余程ナンセンスを解するシャレものである。奉行所の可笑しさは無類である。馬鹿々々しいと言えば馬鹿々々しいが、この馬鹿らしさにもってくる道中が非凡である。

楽屋に行って敬意を表すると、そこへ安藤鶴夫、斎藤豊吉の両君と、伊藤晴雨画伯がやって来て談論風発となる。

帰りも雨がザアザアであった。いくらザアザア降りでもあれだけの話が聴かれればよろしい。

荻窪駅前の本屋で「万葉集評釈」第二冊を買う。今日は古典デーである。

五時頃帰宅。大根、芋の煮〆、鶏飯の残り。二階で放送稽古。

十五日（金曜　晴　温）

庭の里芋を掘って見る。意外の収穫で、私たち夫婦ホクホクものである。五個か六個の種芋から、一升五合ぐらい採れる。芋で成功したのは今年が始めて。所が世の中は妙なもの、とたんに俊子がズイキ芋を持って来た。私の家で芋の穫り入れは今年一回、俊子の家からズイキを持って来たのも今年一回、一年に三百六十五日の内たった一度の機会が二つ重なる。

午後、かねての約束で、坊やを連れ、蝗とりに行く。好い加減に見当をつけて、日野駅まで行って見る。カンが当って駅のすぐ傍から田圃がある。北側へ出て小街道を行く。左側に小川があり、柿が水底に落ちていた。すると坊や曰く「勿体ないねえ」と。

右へ折れ田圃の畔に入る。いたいた、果して蝗がいた。今日は始めから、食物にするつもりでやって来たのであるから、蝗の姿を見ると、単なる昆虫とは見えない。なにかしら食欲に似た感覚も朧ろにあって、蝗の姿が有難く見える。

所で、蝗という先生、蟋蟀の如く草の根方を潜行するには驚いた。どうして中々素ばしっこい。そうかと思うと、パッと飛んで溝の向う側の稲の波に身を沈める。

馴れないものだから、喰いつかれそうな気がして（子供の頃キリギリスに噛まれて悲鳴をあげたものだ）、手が躊躇していけない。五匹発見して、一匹ぐらいしかとれない。

「バッタが僕をバカにしているよ」

と坊やが言う。でも、私より坊やの方が勇敢で、我武者羅に帽子で押えつけるから、ずっと成績をあげる。

「やア、鈴虫を捕まえたよ」

と坊やが得意になって言うから、見たらエンマコーロギであった。

田圃を出て、省線のガードをくぐり、反対の田圃を漁る。曲りくねった小街道を田舎の人々が、改まった服装で三々五々やってくる、——お葬式でもあったのだろう。私は、蝗をとってると覚られまいとした。

東京近在のお百姓は、蝗なんぞ軽蔑して喰わないそうだ。私は一昨年信州で、酔った勢いでこの味を覚えた。もっとも大して美味いとは思わなかったが。で、実は後にも先にもその時一回しか喰っていないのだ。だから今の蝗も果して家へ帰ってから、喰う勇気が出るか何うか疑問である。然し、とにかく漁るつもりで来たのだから、大いに漁らねばならん。

畔道は、赤まんま、嫁菜の花、尾花などが盛りである。陽は温く降り注いでいる。

坊やは蝗より蛙を問題にしていた。無気味なエボ蛙を眺めて、素敵ダナアと嘆声を洩らしている。私は坊やの為にガラス瓶を見つけ、その中に小さな青蛙を入れて持たせた。とても大喜びである。

飛行機が頭上低く飛ぶ。

「やア、あれは折畳み式でないや」

と坊やが言うから見ると、成る程、車輪を出したまま飛んでいる。

「あれは爆撃機だな」

と私がうっかり言ったら、坊やは、

「違わい。戦闘機だよ」

と即座に否定する。なるほど、その通りだ。

やがて多摩川原に出た。堤の上に腰をおろし一服喫う。蛙入りのガラス瓶には石の蓋を置き、坊やはおもむろにキャラメルを出し、最初の一つを私にくれた。

「景色を眺めながら喰おう」

と、坊や風流である。

川向うの森の、高圧電線塔のある辺から、次々に飛行機が現われて、私たちの頭上右手を行く。紅い飛行機、銀ピカの飛行機。

十八日（月曜　曇　温）

防空訓練で静枝は朝から飛び出した。妲やもモンペ新調姿で出て行く。私は日本酒でムクみホテった顔に水道の水を快よく感じ、髭を剃り、茶を飲み、高子たちが弁当へ大根の漬物を入れるのを眺め、さて、庭へ出る。木犀は散り尽し、寒竹の筍が伸びている。短いのは一寸ほど、長いのは一尺三寸ぐらい、――青いのと小豆色のと二種ある。花はゼラニウム、友禅菊のさびれ咲き、一茎の紫苑。ホトトギスの莟が塊りをほごしかけている。梅もどきが見事に実をつけて、花の乏しい庭に紅の色彩りを点ずる。私はニラを数本採り、台所で刻み、味噌汁の鍋に入れる。

八時から本格訓練が始まるというので、静枝は一寸煙草を吸いに戻って来た。頭巾をかぶって、愈々西洋面に見える。坊やは友達とハシャギ廻っている。「今年は来ないでしょうね」と阿野さんが言う。「まア今年は大丈夫でしょう」と私が答える。「いくら訓練しても来たら狼狽てるでしょうね」と阿野さん。「そうです、どっちにしても狼狽てますよ、だから来てから狼狽てる事にしてます」と私。

午前十一時半、宝亭の会で、一竜斉貞山氏に久しぶりで遇う。遇うや「どうです？」と私は身体の調子を訊ねる。「宮本武蔵は結構です」と貞山氏の答えだ。どうですを何と聴いたのか分らないが、いずれにせよ貞山老から話術を賞められる事は喜ばしい。一言二言話してる分には、明瞭であるが、だんだん話すうち舌がモヨモヨになる風だ。もう二度とあの名調子が聴かれぬと思えば、寂しい。漫才の某が大政翼賛会の仕事で農村慰問に出かけ、現地で死んだので協会葬という事になり、翼賛会から五百円の香典が出たという話。その病気が、脳溢血であったという話から、数回この「脳溢血」という言葉がくり返された。貞山老も軽い脳溢血であるから、聴いていて厭な気もちがしたであろう。

午後二時半帰宅。富士子ちゃん〔編集部註――妻・静枝と先夫との間に生まれた長女〕来ている。「石川千代松全集」第六巻「外遊日記」の頁をめくると、小さな白い紙魚が出て来た。中々速やかに本の溝を走っている。机上に逃れたやつを紙で押したら何の手ごたえもなく潰れて了った。私はこの虫の型を見て、ふと三葉虫を思い出し、潰す前に虫眼鏡で見ておくんだったと悔んだ。動物学者の遺著を読んでいると、出て来た虫である、――何かの因縁を感じた。丁度、この博士の「生命の科学」動物進化のところを昨日も読んだばかりであるから尚更だ。この紙魚という原始虫類に、ふと私は祖先を感じたのである。

十九日（火曜　曇晴　温）

凡そ人間の言う事は全部反対のできること、同時に全部賛成のできること。

吾れ六合の酒をこの夜全部のみき。全部のまざるに等しきか？

妻という生物傍にあり、子という生物その向こうにあり、共に呼吸の音きこゆ。

蟋蟀鳴けり、時計音しおり、午前二時也。

われ胃癌を恐れつ、無駄酒をのむ、愚なりや、賢なりや。

歯の間にはさまるものウラより押し出して、ザマヲミロという気もち。表よりしてダメ、ウラよりして成功せるその時の気もちザマヲミロなり。

身体を動かせば胃袋のあたりタルの如く音すなり。

アメリカが太平洋から攻めてくること、原始時代、となりの村からテキがせめてくること、カンカクに於いては同じ。武器は進歩すれどカンカクは進歩せず。

人間の幸不幸は永久に同じなり。

註　以上、深夜独酌しつつ酔眼で記す。

電話がかかって来た。妻が五十円とか話している。さてはウィスキーかなとも思った。階下へおりてきくと、薪を一車千五十円で買う話である。マキが千円とは驚いた。むかしなら家が建つ。一把二円ぐらいにつくという。そうきくと別に高い値ではないけれど、とにかく千円のマキである。もっともサントリー十二年だと十本で千円の今日だ。

歌舞伎座見物

1　毒茶丹助

2　松浦の太鼓

3　藤娘

4　筆屋幸兵衛

歌舞伎座の喫茶室でアイス紅茶（これしか出来ません）を待っていると、森律子嬢と出遇う。彼女は目を糸の如く、口をお椀の如くにしてあいさつをする。実に不思議なくらいよく出遇う。芝居見物に行くと、殆んど必ずという風に出遇う。

私は年に何回と数えるほどしか芝居を見に行かない。それがこう出遇うところを見ると、彼女の方が毎日あらゆる劇場に姿を現わしているに違いない。さもないと大変不思議である。帰りの市電も、気がついて見ると、彼女が私の一足前で乗るところだ。彼女の方でも不思議がり「きっと弟が引き合せるのですよ」といった。彼女の弟は中学で私より一級下であり、房吉という名で、なかなか秀才であった。一高へ入学した年に自殺をしたという。「もう三十年も昔の話ですなア」と私がいうと、彼女も「まったく三十年ですわネ」とうなずいた。その頃、学校の父兄会に、彼女がやってくると、色気ざかりの中学生たちは、帝劇女優森律子が来ていると、大騒ぎであった。それにしては彼女は恐ろしく若い。

若いといえば、吉右衛門や菊五郎の若さにも驚く。吉右衛門は五十八歳、菊五郎は五十九歳なんだが、彼等の舞台を見ていると、羨ましいを通り越して少々忌々しくなるほど元気である。伊達安芸の吉右衛門は老人が老人に扮したのだから、不思議はないが、杉浦の殿様白塗りで、山鹿流陣太鼓の数を指で数えるところなど、大した元気である。菊五郎の藤娘のあでやかさはどうだ。もっとも電気の加減で鼻の横へ皺が目立ち、まるで男の顔に見える時があるけれど、処々堪らないほど色っぽい感じにも見える。来年六十の老人とは思えない。恐らく彼等が老けない理由は、芸道に自信があり、生活態度に自信があり、満足があるからだろう。そこへ行くと、われら苦楽座同人、高山徳右衛門、丸山定夫などの老けかたはどうだ。藤原鶏太君が一番年少でもあり、一番若く見えるが、これとても歌舞伎や新派の同年輩に比べたら、ひどく老けている方ではあるまいか。

二十八日（木曜　晴　温）

今日も七時起、多摩川行で今日も中止だ。スチール写真でこのくらいに間がとれるのには驚いた。沢村貞子夫人に遇う。「何んです、今日は?」と私が訊ねる。「アラ厭ですよ」と貞子夫人が笑う。なるほどあとで台本を見ると、彼女の役は私の奥さんであった。自分の奥さんになる俳優も知らずにいるなどは、私も呑気すぎる。私は彼女夫妻の仲人という事になってるんだが、自分が仲人した夫人を、わが妻にするなど面白いもんだ。もっとも歌舞伎役者などは父と子で恋人の役をやる場合があるが、あいつは見ていて厭なもんだ。演じている父子はどんなもんであるか。案外あの連中は神経に障らないのかもしれない。

昭南で厄介をかけた(私がである)例の美男、今日も私につきっきりで、梨を御馳走してくれたり、子供の土産にしろと梨を買ってくれたり、中食のライスカレーを奢ってくれたりする。今日は、名刺をくれたのでやっと進藤君という男と分る。昭南ホテルでも名刺を貰っているんだが、そいつは何所かへやって了い、今日まで名前は思い出せなかったのである。顔だけは、新派悲劇の華族様みたいな美男なので忘れなかった。

所でこの進藤君が何故、昭南以来、出遇わすとたんにニコニコとやって来て、私のために好意をつくしてくれるのか、さっぱり分らない。至極当然みたいな顔をして、昭南でも煙草をくれたり、酔っぱらった世話をしてくれたり(この事は今度多摩川へ来て始めて人から聴いたのである)、またここへ来ると、モノを奢ってくれたりする。私も、煙にまかれて、至極当然な顔をして、ロクに礼をいわず、彼の好意を受けているんだが、どうも訳が分らない。

芝生の上で、四、五人で話していると、物凄い爆音が接近して来た。おや近いぞと思って見上げると、まるで鼻っ先をかすめるように、戦闘機が飛び来り、飛び去った。何かヌメヌメとした生物のようであった。また暫くすると、また爆音、またかすめ去る。都合、三度か四度続けざまに現われた。去ったあと電線がふるえている。屋上の避雷針に引っかかりそうであった。機上の兵（？）は、私たちを脅かすつもりで、悪戯っ児のようにニヤニヤ笑いながら操縦しているのかと思われる。月宮乙女が赤いセーターを着て、私たちの前にいたが、或いは彼女あたりが目標であったかとも思われる。きっと機上の人は若い人に違いない。地上スレスレを飛ぶことも訓練に相異ない。訓練をちゃんとやりながら、私たちに何か働きかけようというつもりなのであろう。私は脅やかされつつ、何かしら壮快を感じて、至極朗らかな気もちになった。方向の関係から、一つ飛行機であったと思う。晴れた秋空に、翼の日の丸、――我等が目には頼もしき日の丸だが、敵が見たら恐ろしい赤目であろう。

夕飯時「中田が死んだんですってさ」と妻がいう。中田？　私は一寸分らない。「中田弘二かい」ときいた。「何いってんの、慶応の中田よ」と妻がいった。そうか、と私は妙な気もちになった。楠本も死んだという、中田も死んだという、――二人とも甲子園の花形だったのに。早慶戦というと、私は外苑に出かけて、この二人は幾度となく見ている。中田の大変出来の好かった日の投手ぶりや、楠本の一塁手ぶりなどが、目さきにちらつく。殊に、中田は一度私の家にも遊びに来て、下手な碁など打ったものである。中田と竜夫君をつれて、日比谷の名物食堂「スエヒロ」に行き、共にビフテキを喰べた事もある。好青年であった。家庭の事情が面白くなく、一時は大酒をあおり、自暴自棄になっていた。社会面のトップに中田の活動など特別活字で出た時代もある。至極弱気の一面のある青年だった。選手生活も後年は甚だ不明朗であった。青年だけにこの戦死も何となくあわれである。楠本は、鈍重な感じしか私は与えられていない。ひところの楠本といったら、大したものであったが、これも主将になったあたりから振わない選手となった。鈍重であっただけに、彼の戦死もあわれである、戦死しても別に新聞にも出ないようだ。人気というもののあほらしさとはいえ、人気者であった事が一度でもあったればこそ、私も彼らの名を知り、彼等の死をいたむ。満更人気も無意味でなしか。

午後一時半帰宅。柿木坂老母、英子、富士子など来る。三杏書院のヘンテコ氏来り「選挙応援日記」だけは困るが、他は結構という。

酒なし。

二十九日（金曜　晴　温）

突然丸山定夫君から電話があって、十時に高山家へ来てくれという。単行本の仕事を中止し、十時一寸前到着。誰れも来ていない。この頃の集りでは、いつも私が第一着である。高山君から松尾興行部の話をきいた。先だって、高山、丸山の両君、近藤経一君の紹介で松尾氏に遇ったところ、苦楽座同人の意気を壮として、大いに力を貸そうという事になった、という。松尾興行部所属となっている、市川猿之助も好い相手が無くて困っているところであるし、場合によっては苦楽座と合同してやってもよさそうな話もあった。とにかく必要とあれば金も出そう、苦楽座を月給で契約してもよろしい。そのかわり映画出演の事は、委せてくれという話も出たそうだ。私としては月給で契約も困るし、映画出演を委せる事も困る。

もう一つの話は、日立鉱山の出張興行は、十二月九日を過ぎて六日間、これで二千円ぐらい残りそうだという事。皆で六日間も働いて二千円残る程度では、あまり結構な話でもない。私としては、その間を休んで他で働いて、割前を五百円とられた方が楽である。然し、口に出してはいわない。まあ、なるべく皆と同一行動をとらなければなるまい。

石黒達也君が来る、園井恵子君が来る。丸山君は省電の故障で四ツ谷から大久保まで五十分もかかったと、大いにコボしながらやって来た。

石黒君は、年六回ぐらい興行すべしという話を唱える。年六回やられては一年中苦楽座にかかりっきりとなる。とても私としてはやりきれない。それとなく訊ねて見ると、石黒君は奥さんはあるが、子供は幸いにして一人もいないという。苦楽座にかかりっきりになっても平気でいられる訳だ。

私の理想は年に二回ぐらいである。三回となると、もう負担がそろそろ重すぎる事になる。私は、近き将来に、縁談さえあれば来月にも、嫁にやらねばならない娘が二人もある。当年七歳の長男もあり、いつ死ぬか分らない老父として、多少の準備もしといてやらねばならない。それにこの時局、否応なしにふり当てられる出費もある。急に旧来の生活様式を、最低のところまでもって行くことも出来にくい。

右の様な事情を石黒君に話して見たが、全然、彼氏の同意を得ることは出来なかった。

永田靖君なども、年六回公演を唱えているそうだ。皆がその気になれば、十万円ぐらい出す金主はあるという話だそうだが、いくら金主があっても、まさか私が適当と思う程の金を、私に出し得る筈がない。もし出すとしても、他の同人とのふり合いがつかなくなる。丸山君も年六回ぐらいは公演したい方らしい。高山君は息子もあり、嫁入時期の娘もあり、年六回はとてもついて行けないが、年四回ぐらいはやりたいらしい。

藤原君は私と同じく三回以上はやれないと言明している。

「好き芝居をやりたい」という熱情に於いては皆一致しているんだが、それぞれの家庭の事情が違うので、その熱情の現わしかたが、異ってくる訳だ。

「最低の生活で満足すれば出来るじゃないか」といって了えば、それっきりであるが、恐らく石黒君にしても、丸山君にしても、その最低生活をやれという事になったら、躊躇するに違いない。

人みな、自分の立場からモノをいう。どうもこれは当り前のことであろう。然し、甲にとって当り前のことは、乙にとって必ずしも当り前のことではない。

まあお互いに主張すべき事は腹蔵なく主張して、最大公約数を発見、それに従って苦楽座を発展させるより仕方があるまい。

私だけ一足さきに失敬して帰る。中央線実にノロノロ。

酒なし。

十一月

八日（月曜　晴　曇　寒）
大船行。「おばあさん」の撮影。
お婆さんの、健気な言葉に、頑固な老紳士が、感激して下うつむき、深刻な表情をするところで、高峰秀子嬢がいった。
「汽車弁の薩摩揚げみたい」

始めその言葉を、デコちゃん小さな声で私にいったから、きっと蝶子女史の顔を評したのだろう、と思ってハハハと笑って一応済ましたが、どうも形勢を案ずるに、私の顔の評らしい。おのれデコめ、敗けてなるものかと取敢ず、

「そういうデコだって、汽車弁の百合の根っ子みたいだぞ」

とやり返したが、もう手遅れで、私の完敗であった。

デコが頭をクリクリと動かして泣くところは、正に百合の根そのものなんだが、そのクリクリを見ていない人にはピンと来ない。

十三日（土曜　大快晴　温）

紀州というところは恐ろしく天気の好いところと思っていたら、この辺は日本全国でも有名な雨量の多いところときいて驚いた。

私の支度が永くかかるので、今日は八時現場着、髭の方にかかる。

見物人昨日より少ない。坂本武君が山陰（地方）からかけつけ、一景ですむ。

十一時半頃から大変な会場で慰問。

別の宿で昼食、町長さんから貰った一升瓶を開ける。

汽船が出港を始めると間もなく、風にあおられて私の帽子が飛んだ。私は奇術師のように両方の掌を下へ向けて、帽子の方を押えるような手つきをした。帽子はその命令に従ったように、ちゃんとした位置でパッサリ海に浮いた。皆惜しがってくれた。私だっていささかは惜しかったが、何んとなく縁切りをしたようなサバサバした気分もした。凡そもう十数年かむっていた黒のベルベットで、好い加減人からも冷かされ、自分でもこいつ何時まで俺にとっついてるん

だという気もしていた。とはいえ、ロンドンにも一緒に行った帽子である。南方慰問の旅にも同行した、映画にも出演した、いろいろ思い出もある。

あれからあの帽子どうなったか、浮いたままか、それとも沈んだか、多分フカフカと当分浮いてるだろう。もしかしたら波のまにまに岸へ打ち上げられ、漁師のアンちゃんか何かに拾われるかもしれない。とりあえず、胡麻塩頭に戦闘帽でも買おうと考えたが、連れのものから切符が要るときかされて、エエいっそ帰るまで無帽で通せと決心した。

船で海金剛見物しつつ木本着。酒甚という旅館。この夜、この地の造船所に招待さる。

十七日（水曜　快晴　温）

よき天気である。朝茶一杯。庭に出て韮を採る。もう幾度霜が下りたのか、韮も少し萎れて地に伏し、葉も三分の一ほど黄色くなっている。自分で刻んで味噌汁に入れる。明子が妙なところで急に「お早うございます」といったので、皆笑った。食後竜夫君の見合の話。入浴。

二階に上り雨戸をあける。眩しく陽がさしこむ。紀ノ国に敗けない陽ざしだ。日活宣伝部へ送る原稿を書くについて、モンぺなる言葉を審べて見る。百科事典のみ「モンペイ」となっていて、あとは新村氏の「辞苑」も、虚子の「歳時記」も、「言泉」も、みなみな「モンぺ」となっている。そこで原稿を書くべきであるが、私は階下の書棚にあった「原色動物図鑑」のカビが気になり、パラフィン紙をとって陽に干す。ついでに「言泉」を片はしから縁側に並べる。中央公論社の「世界文学辞典」も気になって、向う側の縁に並べる。思いもかけず虫干しが始まった。

虫干しの番をしながら一服やって、庭の秋景色、或いは初冬風景を見る。桜は殆んど葉が落ちつくしている。八重桜には点々と黄葉が残っている。藤棚の黄葉は、遠くから見たら定めし美しかろう、――その落葉が防空壕に一杯敷かれている。柿も上枝は落葉、下の方が褐色になっている。山茶花は盛りである。石仏のところの捨植菊も黄に色づいた。ホトトギスも盛りである。然し何んと言っても美しいのはリンドウである。恐ろしく寿命の長い花だ。一輪も落ちず、各節の花が全部咲いている。陽にあたると、こよなく豪華で寂しい味わいだ。何んと思ったか、防空壕寄りの薔薇が、今秋はよく咲いて、今日も一輪だけ真赤に咲いている。つまらないバラだが却って風情がある。畑には私のまいた菜が、まもなく摘み菜として味噌汁の材料になれそう。葱は全部腐って了ったらしく芽も出ない。姐やの播いたほうれん草が、麦のような芽を出している。

やがて、虫干しを切りあげ、ふと池を見ると、鮒が浮かれている様子。冬籠りの支度をさせなければと、台所に行って飯をとり、睡蓮の根のあたりにパラパラとまいてやる。ザリガニは生きてるか死んでるか分らないが、これにも少し入れてやる。

静枝は歌舞伎座へ出かける。坊やは学校が遅番なので、門のところで何か一人で唄い喋っている。空を飛行機が唸っている。

まったく好い天気だ。原稿を書く気になれない。

庭の寒竹を見て、筍を移植したくなった。即ち、長シャベルを振って、檜の根方に出ている四本を掘ったが、二本折って了った。もう少し根を張ってから掘るべきだった。これは失敗である。姐やが御飯ですという。二十銭のジャガ芋コロッケで飯を二杯喰べる。ラジオの時報をきき、止ってる二階の時計を正確に動かそうとする。ニュースを聴いてるうちにブーゲンビル大戦果の新聞を揃えたくなり、十一月十日から十七日迄を揃えてこれをクリップで止める。留守の間に送られていた雑誌や新聞の封を切り、出鱈目に読んで見る。

どうも原稿を書く気にならない。ハガキ三通手紙二通書く。いくらかペンに乗ったところで「モンぺ譚」三枚書く。書いて見ればなんでもなし。

陽がかげると、急に二階は冷えて来る。シャツを出して着る。

郵便出しがてら、少々散歩。黄色い丹前のまま歩くには未だ黄昏が明るくて気が引けた。横丁の古本屋で、主人に勧誘されるまま、防空壕の煉瓦を買うつもりで「出口王仁三郎全集」八巻を八円で買う。蟇口の中に急行券寝台券ホテル用代金が入っていたので気が大きく「サンドロ・ボッティチェルリ」という大きな画集みたいなものを買う。このサンドロなる人物、まるで知らないが、序文を一寸見て相当の画家と分り、定価二十五円という豪華さに誘惑されて買って了う。

ことの序に「安井曾太郎画集」の原色版二枚ぬけたやつを買う。安井曾太郎は大家だ大家だ、素晴らしい素晴らしいという話を聴いているので、参考のため買った。これは二円である。定価を見ると一円八十銭とある。昭和七年頃はまったく本が安かったものだ。

帰宅して、そうだがつお(一名渦輪鰹)の味噌焼をおかずに、飯一杯、うどん一杯を喰って二階に上る。

「王仁三郎全集」なるものを第一巻から第八巻までのぞいて見た。まったくこれは珍本である。好い気な本である。ユーモア全集であり、グロ全集であり、出鱈目文学全集であるらしい。ちらりと目を通すだけで、私は一人で笑っていた。巻尾に挟んであった紙片により、この本の元の所有者は山形方面の人で、無尽会社から金を借り入れ、利息を払っている人だと見当がついた。大本教の信者らしいが、この全集をあまり読んだ形跡がない。

次に豪華画集「サンドロ」の方にとりかかる。これは圧倒的なものである。これによって、宗教画（西洋の）というものが、私にいくらか飲みこめれば結構である。出てくる女の顔が、私の好みと異るのが少々物足りない。然し、聖母の顔などが、あまり女として好ましくては宗教画として困るのかもしれない。

次に安井画伯の方を見る。原色版はどれも好い。写真版は、画伯のような流派の作品ではダメらしい。

前記の通り、この三種の本は、ロケさきで松竹の人から渡された、旅の費用の中から買ったのである。即ち、急行券も買えず、寝台券も買えず、ホテルにも泊らず、ダラ汽車で東京まで帰って来たので余った次第だ。この金は松竹に返すべきか、それとも私の意志で苦しいのを我慢してダラ汽車で帰ったんだから、私の所有として差支えないものか、まだ迷っている。

本をいじった手をシャボンで洗いに湯殿へ行った。「王仁三郎全集」で酷く指先が汚れたような気がしたからである。

静枝夕方帰宅、幸四郎ベンケイ、羽左トガシ、菊義経の勧進帖、とても佳かったという。毎月替り目毎に歌舞伎は見たいと仰言る。これは賛成である。

薄常信君来、無精髭を生やしている。ビール二本、鯣《するめ》、燻製鱒など供す。

二十四日（水曜　曇　寒）

近所の主婦に今朝頼まれた、日章旗の文字を書く。人絹の布地であるから墨がはじけて出来が宜しくない。次に、先日来頼まれている近所の遠藤という人の色紙を十枚書く。寒さにいじけているせいか、二枚書き損ない、一枚だけよく出来た。

二階の雨戸は一枚しか開けてない。火鉢には夕ドンが二つに木炭が二片、黒と白とそして少しの紅を見せている。

佐々木守という人のガリ版の詩集を覗いて見る。短い詩ばかりである。素朴な好さがある。然し、結局はガリ版で人に見せる程度のものであろう。この、人に見せずにいられないところ、人間というもののあわれさがある。私の書くものなども、いささかこれに近いのであろう。

曇り日の、一枚あけた雨戸から、風呂屋の屋根を見ながら、今朝の夢を書きとめておこう。

私はホテルのような所にいた。淡谷のり子が出席していた。そのうちに突然罵る声がして来た。「きみの唄はインチキである」と淡谷のり子が泣声で抗弁していた。やがて主賓が帰る気配で、私も廊下に出て見た。主賓はドイツの人で、若き夫妻である。夫は軍服を着ていた。私は殿下と呼ぶべきか、閣下と呼ぶべきかに迷った。八人あまりの人が右手を斜め上方にさし出して、ナチスの礼をしている。私もその通りにした。すると、軍服の主賓は右手をさしのべて答礼した。夫人の方も右手をさし出したかと思うと、これはやがてその右手をグルグル廻し出した。プロペラーのように前から後ろへクルクルと廻す。風車のようにも見えた。私は美しいなと思い、その真似をしたが、どうしても夫人のようには廻せなかった。大そう立派な新式な自動車がホテル玄関にいた。黒い顔をした運転手にすすめられて私はその自動車に乗った。乗って見ると恐ろしく細長い車である。車台の先はペン先のように尖っている。自動車は峻しい坂道を、右に左に曲りしながら下りて行く。道は酷くせまい、酷く折れ曲り、酷く急勾配なのだが、巧みに下りて行く。エンジンの音は飛行機が遠くで飛んでいる音に似て、乗心地も飛行機みたいである。車輪の反動が感じられない。石段のような坂道を下りて行くが、まことになめらかに進行する。その自動車で私はカフェのような家へ行った。自動車をその間待たせておいた。

……どうも何処かへ巡業に行っているらしく、私は素人下宿のような家から劇場に通っていたのである。そこの家でも酒を飲んだ。洋酒と日本酒をチャンポンにやったようだ。

……二日目の晩もその自動車に乗り、その晩は飲みあかしたと見える。

……三日目になって私は、家の人に「今は朝なのか晩なのか？」と質問した。自動車は走っている時、曲り角へ来ると、車台の先端が私の横の方に見える。どうも実に不思議な設計である。シュール・リアリズムの設計であろう。

……さて三日目の夜に、この自動車屋は勘定書をもって来た。色の黒い少年がツケをもって来た、――多分フイリッピン人だったと思う。相当高いものと予想していたが、ツケの数字を見て驚いた。四百何十円である。三回しか乗らないのに四百何十円とは一回が百五十円ぐらいにつくと、私は暗算をして見た。なアに、今の相場として見れば、このくらいは普通だろう、それにあの通り新式の高級車なのだから、と私自身に弁解をして見たが、どうも四百何十円は惜しい気がした。所が蟇口の中には十円ぐらいしか無い。四千何百円という金が、ホテルの卓子の抽出しに入れてある。あれから支払えば宜しい。

……ふと私は、あの抽出しに鍵も何もかけてない事を思い出し、急に不安になった。ボーイか何かが出来心で盗めばそれっきりである。（完）

ざっと右のような夢であった。淡谷のり子が出て来たのは、昨日、撮影所で古川ロッパ、岸井明と三人で淡谷のり子の名前について語ったせい。新式の自動車は、昨夜読んだ竹内時男著書の、空中列車や、一本軌道の高速度電車の記事によるもの。抽出しに入れた四千何百円は、昨日松竹出演の金を受けとって、寝室の洋ダンス抽出しに入れといた事からである。

も一つの夢は、藤原鶏太夫婦と私の三人名前の看板で、三人漫才のような事をやった。これは、昨夜読んだ正岡容著書のうちの、円朝の愚かな門弟三人が三人会をやるという小説から来ている。

抽出しに大金を入れて不安になるのは、これを昨日のこと東宝から、松竹出演料二本分を貰って来て、静枝が防空騒ぎで外にいるもんだから、洋箪笥の抽出しに入れておいた、そのことが出たのである。

さて私は出来る事なら三ヵ年間、せめて一ヵ年でも宜しい、毎日毎日こくめいに夢の記録をとっておきたいと、余程以前から思っているわけだが、今日までそう思うだけで実行せずにいる。もしそれが出来たら、私の拙い文学などより、遥かに有意義な仕事になると思う。自分でも、夢について何か発見するとこがあるかもしれないし、そんな力量が私にないとしても他の学者の参考になる文献ではありうると思う。

然し、こいつをやり出すと、夜もオチオチ寝ていられなくなりそうだ。いや、オチオチ夢も見ていられなくなりそうだ。現在、私はものを書きたいという気があるため、オチオチ生活を楽しんでいられない。これは私にとって幸福でもあるが不幸でもあるのだ。

夢を見たら、眼がさめたとたんに筆記しておかないと、大部分忘れて了う。そうなると、夜中でも枕元の手帖に鉛筆を走らせなければならない。これはたしかに健康を害すだろうと思う。今から十年ばかり前に私はこれをやりかけた。枕元にノートをおいて幾夜か過した。所が、たしかに書いたはずの紙が、翌朝見ると白紙なのである。つまり夢を記録したという夢を見たのであった。

十一時頃急に電話があり、撮影所まで直ぐに来いという。昼飯を喰って出る。「モンぺさん」鵜木家の場を撮る。

貞子さんと長火鉢さし向いで休んでると、夫君カマさんが来る。日立へ行けそうもない話。暗くなって帰宅。服のまま坊やに御習字を教えてやる。ハトの二字である。高子と明子笑いながら見物している。入浴。

八時から、烏賊焼で一杯。あとで鮭の切身も二切れ焼いて喰う。うどんを喰う。

二十六日（金曜　晴　冷）

撮影所（大映多摩川撮影所で「モンぺさん」に出演中）から何とも言って来ないので、今日は休みかと電話をかけたら、ちゃんとあるという返事。井の頭線を廻って行く。

衣裳の防空服をつけ、顔だけ塗って待っていると「今日は中止」とあって帰ることになる。

京王電車で、汚ならしい婆さん連が乗り込んで来た。中の一人は殊に汚ならしく、化物みたいである。人相も峻しく、左の眼がひっつれている。背丈はチンチクリンで私の胸までしかない。風呂敷包みの中は、青菜と葱とそれから芋などもあるらしい。この婆さん達は足元にその獲物の包みを置いてるので、他の乗客は大迷惑である。何かしらこの連中は殺気を帯びていた。然し、斯んなにしてまで、自分の子供なり、孫なりのために買出しに行くのかと思うと、あわれでもあった。明大前でこの婆さん達は、ぶざまに狼狽して降りて行った。私もあとから降りる。婆さん連と私とは、線路を隔てて相対することになった。

それぞれ戦果を語り合ってるらしい。お百姓との口合戦や、値段が高いだの安いだの、手柄話を交換してるようだ。ふと気がついて見ると、例の一番醜い婆さん一人だけ、モンペをはいている。着流しの他の婆さんたちが酷くダラシなく見えた。

モンペ婆さんは、ガッチリした構えで、左の腕をまくり上げたが、腕は私のそれよりも、筋肉隆々たるものがある。若者の腕の如く皺がなく、薩摩芋の如く紅い。腕角力したらきっと私が敗けるであろう。それでいて、白髪は茫々と埃にまみれ、顔色は蒼く皺だらけである。私はこの婆さんの真剣ぶりに、段々と敬意を感じて来た。

私と同じ歩廊にも、買出し婆さん達がいた。比較的お上品な婆さんもいる。一人の婆さんは頭髪の真中が割れて禿げ頭がのぞいていた。その婆さんの足元には、根こぎにした菊の株が転がっている。食物と共に、この菊も分けて貰って来て、自分の家の庭に植えようというのであろう。私はこの菊の婆さんに一番好意を感じた。

買出し部隊というと、憎むべきものに思えるが、この婆さん達を見て、その生活の苛烈さを想いやる時、この死物狂いの行為を、誰れも責められないという気がした。

同じ老人でも、男の爺さんは大体のんびりしている。〝鬼婆〟はあっても〝鬼爺〟はない。然し、この爺さん達は善良な御隠居であると同時に、一寸角度を替えると、碌でなしの穀潰しということになる。

ムキになって生きるという事は、立派なことである。

――鬼婆ア共に、神の栄光あれ！

○

「坊っちゃん、それで鼻汁をかんだのですかッ！」

と姐やが鋭く坊やに言う。坊やは恐れをなし、半巾をそのままポケットに蔵う。姐やのくせに、坊やに対し口の利き方が穏やかでないと、静枝は中腹の口調で、

「坊や、何故鼻汁をかまないの、そのハンカチで好いじゃないか！　洗濯するぐらい、何でもありゃしない」

と叱りつける。そこで坊やは、又もや半巾を出してチュンとやる。茲に於いてか、姐や忽ちフクレ面となる。このフクレ面が昂じて、姐やが暇をとることになると、それに対して最先にコボすのは静枝であろう。

私は姐やに当てつけて、ものを言うことも出来ないが、同時に、姐やがいなくて不便だとコボすこともしないであろう。

とにかく静枝は思ったことは、とたんに怒鳴るし、感じたことはとたんにコボす。

つまり彼女の方が正直であると言える。

私のように煮えきらないのは、一面不正直であると言える。

その代り私はオニジジイにはなれないが、静枝は堂々たるオニババアになれるであろう。

二十九日（月曜）

昭南土産の赤靴を盗まれた。甚だ惜しい気がする。「モンぺさん」の隣組会議の場を撮影中、何人かがさらつて行ったのである。実はもしかしたら、この靴は盗まれるかもしれないという

気がしないではなかった。然し、臨時の仕事場であるから、下ばきのサンダルもなく、スリッパのようにつっかけては、スタジオに入っていた。

「あすこから入ったからイケなかったんですぜ」と、釜さんが言う。私も、そうだという気がした。撮影の合間に、私は外の芝生に足をなげ出し、落語のことなど話していた。これが午前十一時頃。話相手は釜さん夫妻、岡村文子、美術部の進藤君など。さア始まりますよ、と再びセットに入ったのだが、その時、よろしくないことをした。即ち、岡村文子嬢が、「ここから入った方がよござんすよ」と妙な口からくぐって座敷へ入った。なるほど、この方が便利だと思って、私も彼女のあとから、その口をくぐって犬のように入りこんだ。さて、撮影が始まると、この口は閉がれて了って、靴のある所は暗くなり、誰れの目も届かなくなる。さア、どうかお盗み下さいと、言わんばかりだ。いつもの所から上っていれば、誰れかの眼がそこに行ってる訳だ。「だから、その靴は無くなったのは半分岡村さんの責任ですぜ」と釜さんは冗談を言った。そう言えば、そう言えないこともない。よせば好いのに、釜さん、そのことを岡村嬢に言ったもんだから、彼女すっかり責任を感じて気の毒であった。

何んの、あんな靴一足ぐらい、という顔をしていたが、内心は相当私も憂鬱になった。足をもって行かれて仕方なく、私は部屋に籠り、なるべく忘れようと「名歌評釈」などを読んだが、どうも落ちつけない。そこで台本の表紙に次のような歌をつくった。出口王仁三郎の歌を見てから、どうも気がひけるのであるが、下手は下手なりに記しておくべきであろう。

　昭南より履き馴染みける赤き靴を
　　盗まれて惜し多摩川の冬

椰子のもと歩める靴を山茶花の
　花咲くころに盗まれしかな

小道具からもって来た、不恰好な大きな赤靴を履き、これから仕事のある何号だったかのステージの前で、出演者たちと無駄話をしながら休息していた。靴盗人の話が一しきり、私は大いに同情される。岡村嬢が銀狐の襟巻をやられた話をする。犯人は徹底的に追及すべきだと彼女は息まいて言う。私は然し、私の靴について所員を取調べることなど真平だと言う。いやそうでない。当人のためにもその方が親切だ、放っておくから段々大きな悪いことをするようになる、と彼女は言う。

丁度そこへ、失明軍人のような人が、看護婦に助けられつつ、こっちの方へ足元あやしく歩いて来た。私はハッと思った、昭南陸軍病院で、私の次の病棟にいた大映俳優であった。この人は「シンガポール総攻撃」の撮影に行って何かが爆発して眼をやられたのである。今以って若松町の陸軍病院にいる。

昭南陸軍病院で厄介になった御礼に退院する直前の夜、兵隊さんの患者たちを集め、慰問演芸会を催し、例の「ステッキ」という、オー・ヘンリーの小説の翻案話をした。過ぎ去ったことをクヨクヨするべからずという話である。翌日、彼を見舞に行くと、初対面の彼は曰く、昨夜の貴君の話を聴いて、大変気分が明るくなった、と。成る程、彼が失明した話をきいて見ると、あの日、あのトラックに乗っていなかったら、失明はしなかったという物語だ。「ステッキ」の筋を言えば、あの時、ああでなかったら、ああはならなかったろうと、考えるのは世にも愚かなことだという主題だ。

私は、彼の傍に行き、声をかけた。俄か盲目であるから、宮城道雄さんみたいに声をかけてすぐ一度遇った人なら思い出す、という芸当は出来ない。「トクガワムセイです」と言って、始めて彼の顔は輝き出した。私たちは握手をした。あの時、岡村嬢のあとからあの入口をくぐらなかったらなど、私も思うべからずである。

晩食は撮影所食堂。鰯の焼いたの二尾と丼飯。私が一人最後まで残されて撮影。

帰宅十時頃。鮭の厚身を焼いてウィスキー。

十二月

一日（水曜　晴　稍寒）

「決戦」のロケ。東京駅庄司喫茶部の特別室を借りて扮装する。十時三十分の列車が到着するまで撮影はない。色々雑談、いろいろというが結局食物の話。

大船撮影所前のトンカツが嘗て如何に美味かったかという話を高峰三枝子嬢が、眼を輝してするのであるが、

「その美味さ！」

と全身全霊を以っていい、眉を美しくひそめる、――実にやりきれぬほど美味いという表情なのであるが、これはとても魅力的だ。映画で、これだけの表情が写っていたら見物は悩殺されること受合いだ。

衣裳屋の老人まで仲間入りをして、その昔蒲田では夜間撮影がある時は、鰻丼、天丼、親子丼など、喰いきれないほど出したという話を精魂こめてする。一同の溜め息嵐の如し。

◯

「このサンダラボッチめッ」
と私がいうと、坊やは即座に、
「何をッ、このワンワイ殿下めッ」
と来た、私の敗北らしい。この点、吾が坊やは実に頭が鋭く働くんだが、こと算術となると、まるで脳味噌が働かない。
「六十の次は何に？」
「六十一」
「よし、六十の前は？」
「六十九」
などと答える。どうしても五十九が出て来ないのである。もしかすると、低能なんじゃないかと、父親たる私はそんな時非常に不安となる。
演習の過労に妻は床に臥す
　肌さむき夜の酒の味はひ
水道のしたたる音をしみじみと
　きき入る夜の酒の味かな
納豆に葱を刻みて熱燗の

独酌こそはめでたかりけり
米不足なれども娘らが逞ましき
　食欲見れば頼もしきかな
夕刊をとりに出づれば松が枝に
　三日月かかり冬は来にけり
呆然と冬陽のあたる池の面に
　痩せて浮かめる鮒あはれなり
鮭を食ひ菜漬を嚙める娘らの
　カマキリに似てキリギリスに似る
潑剌と泳げる魚にありけらし
　箸の先なる佃煮を見て
夕映えの雨戸しめんと見下せば
　石の色にも冬は来にけり

五日（日曜　晴　寒）

朝九時、国民服を着けて出で、若杉国民学校へ行く。会場に宛てられた運動場では「十二月八日大本営発表」のレコードをかけ、マイクの試験をしている。九時集合と回覧板にはあったけれど、聴衆はまだ数人しか集っていない。寒いけれど、上天気である。校長室で休憩。町会長、副会長、婦人部長、副部長など挨拶に来る。少し火のある瀬戸火鉢が出る。ぬるい茶が出る。

「大本営発表——十二月八日午前六時——帝国陸海軍ハ本八日未明西太平洋ニ於イテ……」

これを始めから何回も何回もやっている。マイクの調整が中々らしい。

花火の音がする。開会の信号である。ポツポツ聴衆（町会員）が集る気配だ。

本日の講師、海軍報道班員井上康文氏が見える。イガグリ頭で背広服。風采はあまり上らない人だが、礼儀正しく感じの好い人である。だんだん語るうち同氏は、詩人で、自作の詩を朗読放送した事がある人と分る。

十時過ぎ、国民儀礼。

〝君が代〟のレコードにつれ、国旗掲揚の式あり。校長室にいた吾々も起立。

司会者の堂々たる号令で進行、役員の演説、婦人部長の演説など相当長く、十一時を過ぐる頃井上講師の登壇となる。雄弁ではないが、素直な佳き講演である。第一線に於ける感激美談、数百の聴衆謹聴。

その後で私が登壇。今回のブーゲンビルの大戦果に対し、海軍に飛行機献金をしたいから五銭でも十銭でも五万円でもよろしいから御寄附を願いたいとエンゼツする。聴衆一向に気のりのしない様子で、少々心細くなる。一日帰宅、昼飯を喰い、午後二時より東宝劇場の〝新演技座〟見物。客の八割まで若き女、これが長谷川一夫さえ出れば興奮し、喝采し眼を据えて見ているが、他の俳優の演技など、てんで見ていない。山田五十鈴と進藤英太郎が、一寸好い芝居を見せていたが、そんな時でも、女どもはガヤガヤしている。あんまり露骨に、雌の特性を発揮されるので、不愉快千万である。中途で劇場を出て了う。

銀座をブラブラ歩き廻り、全線座のバンジュン劇をチラと覗き、夕四時半大東亜会館に行く。

親友たる海軍主計大佐、山田寿吉君の令嬢が結婚するので、私は招待されたのである。同級生の中泉正徳博士、城戸四郎君など来る。城戸君例の如く大気焔、今度映画企画の統制協会が出来て、彼はその牛耳をとるんだそうだ。

「徳川夢声の出演する映画なんか、ドシドシ不許可にしちまうぞ」

と、私をオドかしていた。

九時頃帰宅、ニッカ・ウィスキーを開ける。肴は岩田牡丹亭より貰った鰻のメソッコの蒲焼である。

九日（木曜　晴）

七時起、入浴、八時家を出る。

東京駅、今日の検札非常に八釜しい。即ち学徒出陣の朝だったのである。歩廊には、日の丸の旗を胸に結んだ大学生が一杯いた。

「間モナク到着スル列車ハ、団体専用車デアリマスカラ、一般ノ方ハ御乗リニナラナイデ下サイ」

とアナウンスされる。やがて、その列車が来た。歩廊の西側を埋めていた大学生たちが続々と乗り込む。忽ち満員だ。

これは実に素晴らしい光景であった。各々角帽をかぶり、――慶応は丸帽だが、――手に小さなスーツ・ケースやボストン・バッグをぶら下げ、或る者は日の丸を二流左右の肩から十文字に結び、みな二十二歳見当から二十五歳見当までの青年、それが八輛連結の列車に満載されて、これから戦の海に行くのである。

「見送リハ、カタク禁ジラレテオリマス。見送リノ方ハ即刻御帰リ下サイ」

というアナウンス、これは一寸無情に聴えるが、さてこの列車に見送りを許したら、歩廊は大変な混乱を来すであろう。

然し、検札が厳重だったので歩廊は静である。とは云え中には巧く入りこんで、吾子と別れを告げている、母さんや、父さんも少数いた事はいた。

「お父さアん！」

子供のように叫ぶ声がある。見ると一人の学生が窓から肩まで出して、歩廊をマゴマゴしている老紳士を呼んでいるのであった。

多分会社の重役か何かであろう。厚い外套を着たその老紳士は、その窓に近づき、何か包み物をその学生に渡していた。中には御馳走が入っているに違いない。

「御見送リノ方ハ御帰リ下サイ、禁ジラレテ居ルコトハシナイデ下サイ」

叱るようにアナウンスする。それを聴くと、老紳士は一寸ひるんだようで、三尺ほど窓から離れて、尚も伜の顔を見守る。

別の窓には、母親がとりついていた。

「御見送リノ方ハオ帰リ下サイ。禁ジラレテ居ルコトハシナイデ下サイ！」

アナウンスは愈々怒ってるようである。

やがて列車は、信号のベルが鳴り終ると同時に静々と辷り出した。

恐らくこのベルの音を彼等は死ぬまで忘れないであろう。

私は一歩前へ出て、両手を上げ、車窓の学生たちに向って、バンザイを叫んだ。然し私の他に誰れもこれに和する人が無かった。次の横須賀行を待つ人々が、数十名居たのに、誰れも和してくれないのである。

車窓は次、次、次、次、次と私の眼前を左へ流れて行く。学生たちの中には、私に向って挙手の礼をするのがあった。もうイタについた挙手ぶりである。オイ、ムセイだぜと、前の席に言ってる風の学生もあった。私に向って朗らかな笑顔を見せて行った者もある。お尻の方の車窓は、もうガラスを下ろして了っていたが、私の顔を見て狼狽てて答礼する学生もあった。

私は涙が出そうで、胸が一杯になった。列車はもう見えない。さきほどの老紳士は、絹の襟巻で鼻の上まで被い、しょんぼりと出口の方へ歩き出した。老眼には涙が溜っていて、今にも落ちそうであった。

十五分ほどたって、私も横須賀行に乗りこんだ。新橋駅に来た時、鮮やかに富士山が見えた。真白な富士は、列車と一緒に走り、愛宕山の上から、池上の森の中を飛び、無数のトタン屋根を辿り、時には三分ほどの姿を、時には五厘ほどのかけらを見せていた。

出陣列車襟巻の父見送れり
枯野走る学徒出陣列車かな

十時大船着。今日は「決戦」カフェの場を高峰三枝子と撮る。芋を喰いつつ台辞をいうのは、意外に難かしいと知る。

十七日（金曜　晴曇　寒）

七時起。入浴。

井の頭線で多摩川行。田中監督、助監督、照明君など同車。

貯水池のところ、父娘で縁談ばなしの景。正午すぎて一カット。撮影の終ったのが五時頃。大急ぎで帰宅。静枝から岩田家の都合をきいて、大急ぎで握飯を喰い、荻窪からギューギュー詰めの都電に苦しめられて岩田邸に行く。いきなり用談もいけないと思って、世間話を暫らくする。「海軍」が六十万ぐらい出たろうと私がいうと、岩田牡丹亭は飛んでもない。二十三万だと語る。「朝日新聞」は一日百五十円ぐらいかと思っていたら、これは四十五円だという。なかなか斯ういう事を打ちあける男でないが、今日はどうかしている。さて、肝腎の「富島松五郎伝」である、私が一言二言いい始めると、「あれは無理だよ」と頭から不承知の旨を説き出した。こいつはいけないナと私は思ったが、素直に彼の言い分を聴いた。「何も、丸山はだね、『三十三年の夢』をやってれば好いじゃないか、これから文学座が再上演しようという脚本に目をつけなくても」というから、私は、無法松を上演したがっているのは苦楽座でなく、興行師である旨を陳述した。それによって、苦楽座同人は、正月興行に要する準備金八千円也が助かるのだから、なんとか考えてくれと頼んだ。それでは文学座と苦楽座と合同して「無法松」をやる案はどうだと彼はいう。但し、「ボクの意見として云っては困るよ、君の案として文学座にもって行くのだ」と云う。

さて、アフレコのため、再び多摩川撮影所に行くと、高山トウさんが来ていて、村山知義の「不如帰」を読んで見たが中々面白い、という。それでは「無法松」はあきらめて「ホトトギス」と行くかと私も考えた。

藤原君と私は先きに身体が空いたので、二人で高山家にいる丸山ガンさんに会いに行った。ガンさんは「ホトトギス」序幕と、戦争の場と大詰に出演。殆んど新派の脚本と変りはないものだ。果然ガンさんは大反対である。そこへ石黒、高山両君帰り来り、議論百出となる。疲れて帰宅。入浴、酒はなし、甘い葡萄酒を一合ほど飲む。お粥。

十八日（土曜　晴　不寒）

富島松五郎君には全くもって悩まされた。午前十時中村伸郎君を訪ね、岩田豊雄氏が頭から反対の由を聴かされる。丸山君に反感をもっているらしい。岩田氏は丸山君にフミつけにされたと思いこんでいるらしい。岩田氏の執念深きこと恐るべし。丸山君もダラシのないところ多々あり。そこでもつれるのである。合同公演は中村君も反対でないらしい。

その足で高山家に行く。石黒、丸山両君おり。合同公演の話、二人とも満更でなき様子。問題は奥様の役を杉村春子にするか、園井恵子にするかである。主役の無法松を苦楽座側の丸山君がやることは確定的であるから、その相手役は文学座側にやらずば納るまい。然し、園井君の奥方役は興行師側の希望であるとすると、話が難かしくなる。杉村は実演の当り役で、園井君は映画の当り役である。文学座公演の時は、森、中村の両君は二役でやっていたから、その一方を苦楽座で分けて演れば、これは却って芝居が充実する訳である。いろいろ考えて、合同公演も悪くはないと三人は思った。

所が、夜の会議になると、俄然合同公演は反対されて了った。まず高山君の反対である。「無法松」を出すために文学座と合同などはイミが無いという主張だ。それに、今更苦楽座の俳優が、文学座の俳優より軽い役をとって舞台に立つというテはないという意見だ。支配人の田中君も反対。丸山君が出席遅れたので、それまでに合同公演は見込なしの形勢になって了った。私も強いて合同公演を主張するものでないから黙っていた。藤原君から「権左と助十」はどうか、という意見が出る。高山君は相変らず「ホトトギス」派である。戦争の場は軍の意向を図ってカットし、大詰めの浪子さん臨終をなんとか明るく改作する事が出来れば、私はこれも悪くないと思う。九時半頃丸山君微クンをおびて出席、これは「無法松」に望みを抱いている。菊岡君はブーゲンビルをとりあげて、苦楽座は何か叫べと主張する。

二十九日（水曜）

四谷倶楽部「永遠の天」稽古。

その帰り道、丸山ガンさんから「どうか台辞を記憶えて下さい」と頭を下げて頼まれる。帰宅。二階に上り、台本の最終幕から、逆に記憶してゆく。

三十一日（金曜　晴　温）

七時半起、食事、入浴。

コーヒー缶の化粧前、弁当二食分持ち、九時半築地国民劇場着到。

留香二階の場稽古。この幕中々好しと洋文先生云う。道具の都合で、次が大詰の稽古、最後に、池の端の場を稽古する。

夕六時頃より同人会を楽屋で開催、来月末邦楽座興行の「無法松の一生」配役の件など議す。

八時頃帰宅、入浴。牛肉すきやきで一杯やり、酔っ払って左の如し。

　　大晦日時計の故障そのままに
　大晦日蹴散らかしたり炭の籠
硝子戸の音も重しや大晦日
（大酔筆）

——政治家ニ聖人ヲ求ムル勿レ
——民衆ハ動物ニシテ動物タルヲ好マズ
——真理トハアラユル政治家ノ敵也

昭和十九年

吉村公三郎監督『決戦』（松竹大船、昭和19年）スチール。左から高峰三枝子、夢声、菅井一郎（濵田研吾氏提供）

一月

二十六日（水曜　曇　寒）

八時半起。朝食一杯。二階ニテ手紙、ハガキナド書ク。内藤令嬢ニ苦楽座切符廿枚送ル。十一時頃外套ヲ着テ昼飯。十二時邦楽座着到。十六時頃ハ場内満員ノ態トナル。銀ブラ。蟇口ノ中七円。伊東屋ニテ金具アル新聞挟ミ一本買ウ。露店古本屋デコノ「日記」帳ヲ二冊買ウ。佐伯秀夫君ニ遇イ、楽屋マデ連レテクル。

今日ノ上リハ昨日ノ約倍ニテ、一千五百円也、上々吉メデタシ。学生写真家、宮崎滔天ノスナップヲ持参。金ハイラナイト言ウノヲ、実費五十銭ト昭和十一年ノ映画雑誌ヲ供ス。雑誌ニサイン求メラル。

二十二時半帰宅。新湯ニ浴ス。日本酒二合余。

楽屋は今日から二階へ移る。釜さん一人階下へ頑張って残り、「私はアリューシャンに暫らくいます」と言う。二階は段違いに温かである。丸山、石黒、嵯峨、多々羅、遠藤、水谷、その他大ぜい甚だ賑やかである。下らない冗談の言い合い、楽しくもあるが、時々、我に還って妙な淋しさもある。

八田君が自宅より電気炉を持参、始めのうち赤くなっていたが、すぐダメになり、いろいろ修繕したがモノにならない。私も一度引き受けてやって見たが、パッとショートしたきりで何うにもならない。素人が恐わ恐わ電気器具をいじっているのは中々ユーモラスである。私が線を接合させようとしている時、ブザーが鳴ったには吃驚した。本職の電気やさんに見て貰ったら発熱するコイルがダメになってると分る。

今日、丸山君の無法松を横から見ていて、巧いナと思う。結局私は、この連中にはカナわんのではないか。

カナわんと定ったらいろいろ考うべきことがある。カナうようになるまで修業するか、それともいっそ役者をやめて了うかである。カナうのかカナわんのか、もう少し研究して見ないといけない。

註　前日の初日で、丸の内「邦楽座」の興行である。出し物は「無法松の一生」「兵隊の宿」二本立て。〝無法松〟こと富島松五郎は前半七日間が丸山定夫、後半七日間が高山徳右衛門。丸山君は撮影の関係で前半しか出られない。この興行は松尾氏が「苦楽座」を買ってくれた形。園井恵子嬢の吉岡夫人は、水もシタタル美しさ。私は剣道の尾形先生をやる。肉をつけて撫で肩をごまかし、明治風の八の字髭をつけたり。

二月

四日（金曜）

五時過起床、強飯一塊。

踏切が遮断されていて、東京行が一連通る。そこから駅南口へ回り歩廊へ下りる前亦一連東京行。間もなく駅から引返しの東京行が出るのでそれへ乗る。早朝、こんなに頻繁に東京行が出るのは驚いた。私の乗った車台には、私ともう一人産業戦士らしい男が一人いるきりだ。彼は間もなく居眠りを始めた。

万世橋を通るころ夜は明けたが、車内にはまだ電灯がつき、この広い須田町通りに、人間の影は一つ見えただけだ。蒼く濡れている舗装道路に、人の影は真黒く見えた。

六時四十八分発横須賀行。八時前大船撮影所着到。誰モ来テ居ラズ。水彩画筆デ顔ヲ塗ル。

十時頃セット入、隣組常会場面、一カット。

十一時四十幾分、大船発東京行乗。十二時十五分邦楽座着到。

道具方の男の一人が、もちこんだウィスキー三本。当人の言い分によると、九十五円で買ったのだから、電車賃だけをそれに加えて買ってくれ、とある。アカボウというレッテルの貼ってある瓶であるが、中味は無論別物である。好い加減なコロップがさしてある。私は口をあけて香いをかいで見た。十銭スタンドものである。三本で九十五円など嘘に定っていると鑑定した。恐らく、一升五十円ぐらいで買ったものを、とにかく瓶だけを揃えて九十五円と称したのであろう。

高いなぞを通りこして馬鹿々々しい値段である。然し、私たち（高山徳右衛門、藤原鶏太）三人は一本ずつ買う事にした。これによって、幕間の時間が二分でも三分でも縮まれば結構であると思った。買わなければ、あいつらケチだと悪声を放つであろうし、買えばまた買ったで、あいつらはバカだよ、となるであろう。

斯んな事を日記に書くのは不愉快であるが書いておく。

今夜の放送はロクに下読みをしていない、言わばブッツケ読みである。省電の中で、あたりに気をかねつ、ブツブツと口のうちで読み、ざっと時間を計ってみたに過ぎない。邦楽座の楽屋で少しはやれると思っていたが、松井翠声、汐見洋などの来客あり、例の如く雑談芸談が百出して、結局ダメであった。然し、放送は大過なく済ませる事が出来た。少々キメの荒い物語になっていたかもしれない。

お杉婆の言葉に馬力をかけていたら、脳充血の気味で、目まいがし、気が遠くなりそうで困った。オヤ、これで死ぬのかなという気が時々した。放送中死ぬのも悪くないと思った。これなぞも然し、練習不足のせいで、力の入れどころに無理があるせいであったろう。

とにかく、宮本武蔵放送は、好評嘖々《さくさく》なので喜ばしい。

〇

今日は実に栄養満点であった。四度も強飯を喰べた。四度とも美味くて美味くて堪らない。第一回は朝早く、起きぬけに、茶碗一杯ほどの一塊を、そそくさと喰べた。昨夜炊いて、おはちを炬燵に入れてあったから、まだ温かく軟らかであった、美味い。次は邦楽座の楽屋で十二時半頃喰べた。赤塗りのお重に一杯詰めて、その上に、牛肉の焼いたのと味噌漬大根とがギッシリおいてある。強飯はいよいよコワくかたくなっているが、牛肉や味噌漬と共に、気長に噛んでいると得も言われぬ味わいである。半分喰べて、あとは十四時頃半分喰べる。昼の分で腹はまだ空っていないが、やはり美味く喰べられる。帰宅して、一杯やって、また強飯一杯、胡麻塩を十分かけて喰べる。美味い美味い。ウィスキーの肴は、貝の酢のもの三人前ぐらい、それに牛肉のすき焼、それに風呂屋から貰った豆腐があった。なんとも申し訳ないほど今日は御馳走である。

六日（日曜　晴　温）

日曜で陽はうらうらと朝茶かな
妻も子も未だ床にあるうららかな
浜松の煎茶あましも早春の朝
早春の朝茶をふくみ言ふことなし
益子焼新沢庵の色冴えて
さゝくれし菜畑にして春立ちぬ
哨戒の爆音しきり春立ちぬ
春たちてプールの氷片寄りぬ

新聞が来ていないのかと思ったら、箱の口に引っかかっていたのであった。いけない、マーシャル方面思わしくない。何の新聞にも、国民精神を振起させるような、演説とも説教ともつかない記事が充満し、戦況は殆んど出ていない。何の新聞も東京を中心として、敵が侵攻する図面を掲げてある。「毎日新聞」の記事など見ていると、既にマーシャルは敵の手に渡った後のような事が出ている。

いよいよおいでなさるか。重要書類など、一まとめにして、何所かへと、夫婦で朝の豆腐汁とトーモロコシ入飯をやりながら語る。

妻「鞄に入れて持ち歩いてるところを爆弾にやられたらダメね」

私「爆弾にやられたら死ぬからそれでいいさ」

妻「何所か深いところへ埋めておく方がいい」

私「防空壕の底の方に横穴を掘って、そこへ入れておくんだね」

すると坊や、汁かけ飯を喰いつつ曰く「入れとくと何うなるの？」

この質問には、少々面喰ったが、私はもっともらしく「蛙になるよ」と答えた。

高子と明子が食卓につき、お早う御座います、と言った。

「今日の新聞、お前たちもよく見ておき。第一面をだよ」

と私は彼女たちに言った。

二階に上り、机前に座すると、硝子ごしに見る空は青々として、椎の梢が黒々と風に揺れている。飛行機の爆音もいつもと違って聴える。

表で遊んでいる坊やたち、サイレンの真似をしているが、中々うまい。一寸厭な気もちがするくらいである。

子供にとっては、敵機来襲の話はオバケの出る話よりも恐くないのに違いない。

○

昼の部「無法松」終り外出。「二一らく」に行き切符五枚届ける。全線座により柳橋の「たいこ腹」をきく、面白し。私の漫談に一寸自信の動揺を感じた。

河出書房の封筒を使った投書（高山徳右衛門宛）を石黒君が読みかけて止した。さて私が声をあげて私の演技を評した所を読んでみた。徹頭徹尾私の悪評である。面白いほど悪意に満ちた評だ。私以外の俳優は全部賞めてある。嵯峨君の代役した孫逸仙が賞められ、園井嬢の下谷芸妓留香まで賞められている。それで私は安心した。この男、演劇なんて分らんのだなと分った。そして何が原因か知らないが私が嫌いで堪らんやつらしい。高山君の演技は二役とも言葉を尽して絶讃し、何故高山君に主役滔天をやらせなかったかと書いてある。苦笑の外はない。「無法松」の第一幕が終ると、三階席にいた母親と子供たちの数人づれが「こんな詰らない芝居はないよ」とプンプン怒って帰って行ったそうだ。この母親と河出書房氏と甚だ相似た点がある。

靴底の釘が出ている夜寒かな

ひまし油で天ぷらを揚げて、腹下しをしたという話を聴いた。そう言えば、道具に飾った青木の実を、これは喰えるんだぜと口に入れた男がある。臨時雇の不良である。

帰宅二十一時、入浴。ほっと・うぃすきー二杯、牛肉ト菜煮コミ、燻製鱒。石黒氏ニ貰ッタウズラ卵二ツヲ入レテオジヤタップリ。

七日（月曜　快晴、寒）

七時半起。池凍ル。九時朝食、トーモロコシ飯モ美味ク、豆腐味噌汁モ美味ク、浅草海苔モ美味シ。

春寒に凍て直したる池の面

春寒にまだら石蕗また萎えて

今朝の新聞も、しきりに決戦を叫び、〝物〟に対する〝心〟を叫び、敵愾心を叫び、富士山の写真を掲げ、鉄工場の写真を掲げ、一向にマーシャルの戦況は報じられていない。一日以後どうなっているのか、早く知りたいものだ。飛行機は夜通し飛んで、夢の中にまで入ってくる。

夢と言えば、私は洋服の上着をきたまま入浴した夢を見た。裸になって芝居が出来ない悩みが、この夢となったのであろうか？（松竹映画「決戦」で、台本の指定通りだと、私は裸になって活躍するわけ）。

今年は梅の木に万遍なく蒼がついた。その蒼のことなど語りつ妻は二階の縁側の雑巾がけをする。

さてその雑巾がけをしながら曰く「坊やはどうしてああハリキっているのかしら、少しバカなのじゃないかしら。一年生の中で坊やが一番ハリキっているそうよ」

〇

今日邦楽座最終（ラク）日ナノデ切符代四百五十円ヲ払ウ。

飯田蝶子さんに贈る記念品の買入れかたを委されたので、青樹社、日動画廊、尾張町の美術店など歩き回る。伊藤深水画伯の梅の画に、高浜虚子の俳句の賛ある一幅、女性への贈り物にはもってこいであるが、これは予算を五十円もはみ出す。結局青樹社の水彩画展覧会出品作の中から南薫造画「安土城址の景」を四百六十円で買う。果して蝶子さんが、この画に感心するかどうか疑問であるが、とにかく名の知れ亘った画伯のものであるから、蝶子さんの家の客人で、見る人が見れば感心するであろう。

薔薇の画や、果物の画で、実に写実の極致というような画があり、これの方が彼女を感心させるだろうと考えたが、私自身も名を知らない画伯の作であるし、三色版の印刷写真とあまり変らないような画では面白くあるまい。

楽屋で展げて見せたら、皆々大いに賞讃した。カマさんなぞは、自分が欲しくなったと言う。

閉場後、築地の待合「雪村」に行く。今度苦楽座を後援してくれようという、製薬会社の招待である。高山徳右衛門持参の日本酒まことに上等、大いに飲む。丸山君を除く同人全部出席。出る御馳走、片端しからムシャムシャと平げ、忽ち皿を空にする。昔はこんな現象はなかったであろう。大して美味くもない料理であるが、皆、ムシャムシャお喰べになる。私なぞは園井嬢の天ぷらまで平らげて了った。昔は、皿に残された料理を見て、板前が悲しんだというが、この頃は出しさえすれば、何んでも空っぽになるであろう。

○

恐ろしく立派な顔をした幇間がいて、しきりに話術を試みていた。雁次郎とかの弟子で、もと歌舞伎俳優だったとか。芸妓も六、七名酒間をあっせんする。どうも大した散財である。カマさん電車なくなり、私の家へ来て泊る。好い加減酔ってるところへ、また帰宅してからウィスキーなど飲む。両人大言壮語すること甚だし。

八日（火曜　晴　温）

二日酔也。九時頃起キ、釜さんヲ起コス。

岩田氏ニ電話シテ呼寄セル。カネテ三人デ飲ミタイト言ウ話ガアッタカラデアル。十一時頃牡丹亭来。

談論風発。柿木坂ヨリ来レル「爛漫」一升瓶アリ、鶏一羽アリ、即チ宴始マル。鶏ノスキヤキ。牡丹亭ガ軍鶏カイ（？）ト言イタル程ノ細カキ味好シ。南京豆アリ、鶏卵アリ、燻製鱒アリ、白菜アリ、葱アリ、人参アリ、而シテ爛漫デアル。

赤絵ノ玉露茶碗ヲ盃ニシテ、グビリグビリとやる。陽ハ部屋一杯ニサシコミ吾世ノ春デアル。

「永遠の天」以来大分ぐらつきが激しくなった私の自信、俳優たることの自信が、今日あたり愈々大ぐらつきとなった。もっとも私という男に、本当の意味の自信は、始めからないものなのであろう。始終ぐらついてる自信の如きもの、早く言えば、あやふやな己惚れである。その己惚れがこのところ、ひどく影が薄くなっている。

元来私の自信なるものは、自分の演技にしっかりと根を据えたものでなく、他の俳優の演技が拙いというところから来ているらしい。殆んど全部の役者が、私には巧く見えないのである。他人が拙いということが、直ちに自分が巧いということにはならないこと勿論であるが、とかく錯覚を起し易い現象である。

今日、十日分の酒を一挙に飲んで、さて、牡丹亭主人、釜さんと大いに語った結果、どうも私は俳優としては見込み甚だ薄いことを感じた。

二人の言うことに無条件で服した訳ではないが、彼等の言い分にも認むべき点が多々あるようだ。二人の意見によると、「永遠の天」の滔天は酷い失敗だったらしい。もっとも釜さんは自分が孫逸仙に扮していて、私と舞台でつき合ってる間だけの感じから言ってるらしく、牡丹亭は好い加減な世評と、杉村春子の報告をもとにして言っているらしい。

その釜さんの孫逸仙にしたところで、私に言わせるとあまり立派な出来ではない。蓋しポチポチの出来であろう。いや、私の滔天以下だと私は思う。然しだ、釜さんの孫逸仙より巧いにしたところで、私の滔天が立派な演技とは無論言えない。牡丹亭に言わせると、杉村春子の巧さは、丸山定夫や高山徳右衛門の三倍ぐらい巧いそうだが、私にはただ呆れた論としかとれない。

なるほど、丸山も高山も、決してそう巧いとは思わない（釜さんもこれは同意見だ）。然し、杉村春子の三分の一の演技しかもたないなどとは、あまりに気の毒である。私は、杉村春子がそう巧い女優とは思っていない。牡丹亭は、自分の身贔屓の強い男だからそう言うのであろう。世の新劇批評家が挙って彼女を名女優扱いにするのが私には不思議である。

演劇の〝間〟について語った。私は、〝間〟を外す俳優として人々から認められているようだ。ふと私は、省電のドアエンジンのことを語り出した。私はドアエンジンが開いている時、思い切って飛び込むことが出来ない性質である。事実、滅多に飛込まない。私はじっと閉るのを見つめている。そして次の列車のエンジンが開いたところで、安心して乗るのである。

私の舞台に於ける言葉の間《ま》に、或いはこの癖が出るのではないか、と話しているうちに、そう思いつき、ずっと昔からそれを知ってるような顔をして二人に話した。

これには二人とも大賛成であった。そうだそうだ、それに違いない。それだから君は間を外すのだ、と二人とも言った。私は苦笑して頷いた。何しろ今日は、御馳走している主人であるから、私は何事も二人の意見の正面から反対しない。反対しないで、二人の言葉を聴いてるうちに、私はだんだん俳優たる自信がなくなって行くのであった。

私は、やや真剣になって、いっそ俳優は足を洗い、話術の方に専心しようかと思った。戦争の形相愈々物凄さを加えてくるにつけ、中途半端な芝居などしている場合でないとも思う。話術を以って総力戦の一戦士たるべきであろうか？

十七時頃二客マンサントシテ帰リ行ク。釜サンノ今夜ノ放送如何ニゾヤ？

二十日頃マデ、チビチビ持チコタエル筈ノ酒ヲ、惜シムベシ今日一日デ飲ミツクシタリ。客帰ルヤ飯ヲ喰イ床ニツク。

十五日（火曜　寒）

坊や蒲団を頭から被ってイビキをかいてる。子供らしくないイビキだ。鼻が悪いのであろう。「どうも、この子記憶えがよくないようだよ、いくら生年月日を教えても記憶えない」と妻が言う。やがて私たち夫婦は、茶の間の長火鉢に相対し、お茶など入れていると、坊やがトコトコ縁側を歩いて、こっちへ来る。その姿、チャップリンを思い出させる。私は心の中で、坊やがお腹にいたころの、私たち夫婦を思い出していた時なので、ひどく気の毒であった。今日は坊やは、母ちゃんと一緒に、盈進学園に、試験を受けに行くのである。

私は銀座の七色唐辛を真赤にふりかけた味噌汁、飯一碗を喰い、二階に上った。火鉢に火を入れていると、うす日がさしこんで来た。八時半、東の方から「海行かば」の合唱が聴える。毎朝やっている合唱だ。青年たちの声である。「海行かば」の次には「露営の唄」をやり出した。朝暗いうちに、家の前を駈足の音を立てて練成している、あの連中かもしれない。

九時前、階下の廊下に足音がして妻の声「お父さん行ってきますよ」。それに続いて忙しき足音「おトウさんイッテキマスよ」と坊やだ。門のベルが鳴り、勇ましき坊やの靴音が敷石に響き、何か唄う声がした。

どうも頭が悪いのかもしれない、という坊やのために、あまり頭のよくない母ちゃんはいろいろ気をもんで、これから勉強をさしてくれそうな学校へつれて行くのである。母ちゃん中々努力する。父ちゃんはこの点母ちゃんより余程無精である。父ちゃんもあまり頭の好い方ではないようだ。さて、坊やの頭は、母ちゃん系と、父ちゃん系と、いずれを受けているのであろうか？

十七日放送台本「宮本武蔵」蓮台寺野決闘ノ場ツクル。

〇

今日は春風亭柳好君と出演順が替るので、十四時頃家を出るつもりでいた。「宮本武蔵」の事で、吉川英治氏に電話をかけ、午後一時半迄なら在宅とのことに、俄かに家を出ることになった。入浴、髭剃。その前に台所から副食物を出して一人で食事するやら、あたふたと出かけた。

赤坂表町三丁目、——私も子供のころこの表町に住んでいた、三丁目とは大分離れているが、それでも懐しい響きを感ずる。——旧高橋是清邸の横丁を入って、すぐ左側の門構えの家が、吉川家であった。

応接間には、川端竜子の絵が掲げてある。南十字星があるところを見ると南方の山水なのだろうか、どう見ても北方の風景である（玄関には岳飛書の石刷）。「宮本武蔵」を素話で実演したい希望を述べる。劇場と寄席以外ならよろしいと許される。劇場寄席の場合も興行でなければ差支えなし。これで取敢ず三月末の関西朝日会館の独演会は、有望となった。

「どうも僕はねえ、こういう時代に、所謂流行作家となるのがイヤでねえ」と吉川氏は言う。「その心もちは分りますよ。親孝行はしたいけれど、人前で露わに親孝行ぶりを示すのはイヤな心理ですね」と私。「そうなんだよ、人が見ていなければ位牌に線香の一本も立てたいのだけれど」と吉川氏。

吉川氏の口から流行作家になりたくない、という言葉をきくのは面白かった。なりたくなくても、氏は現に流行作家そのものなのであるからだ。人気者が、所謂人気者になりたくない心理と同じであろう。人気者とイワユル人気者とでは一寸違う。

「先だって、夜店で買った『列子』を読んで見たけれど、斯ういう御時世には老荘の学など反ってうなずけるですね」と何かのはずみで私が言うと、氏も大賛成であった。「論語なんて、今日読んで見ると、あてはまらないところがあるね」と氏。

そこへ「毎日新聞」の記者が自動車でやって来た。丁度私が昭南陸軍病院の話をしていたところで、その昭南陸軍病院の原稿を私に書かせた記者がやって来たので妙な気がした。

「とにかく、僕は長生きがしたくなりましたよ」と私が言うと、「そうだ、長生きをして、あいつらの泣きっ面を見てやりたいね」と氏。あいつらと言うのは、威張り返っているやつらのことである。

私も自動車へ便乗させて貰う。吉川氏は、もう一人の毎日記者と共に麴町の海軍施設の邸に行くのであった。この日の夕刊を見ると、吉川英治作、中村研一画の「安田陸戦隊司令官」の第一回が出ていた。

〇

十四時頃全線座着。早スギテ前座漫才也。即チ銀ブラ。露店デ大針ト麻糸ヲ買ウ。針一本二十銭、糸五十銭也、高シト思ウ。菊秀ニテ製本用断裁庖丁三円〇七銭、糸鋸四十五銭、千枚通シ二十銭、糸鋸ツケカエ一把一円二十銭ヲ買ウ。コノ糸鋸四十五銭ハ嘘ノヨウニ安シ。

全線座楽屋ニ石田来。祝儀袋ニ小文治、夢声、山陽、柳好ト出演順ニ名ヲ記シ、所謂〝ナカビ（中日）〃四十円ヲ入レル。

十六時頃、大東亜会館「いとう句会」ニ出席。部屋ノ入口ニ「以東会」ト札ガ出テイル。渋亭、軍十郎、水中亭、虎眠亭、宝亭、白水郎、ソレニ上海ヨリ帰リタル万太郎宗匠。

初午の安灯の画や表装す

初午の漱石干きたるままに
　麦踏みのはや黄昏れて婆と婆
二坪の麦を踏みゐるどてらかな
蒼三ツいくとせ咲かぬ梅なりし
凍解や幼児転校させにけり
凍解の泥にまみれて何の苗

右投句し、匆々にして退席、小雪あかりのぬかり道を全線座に急ぐ。

二十一時帰宅。酒ナシ。

十六日（水曜　晴　池凍）

七時半起床。小松菜味噌汁、海苔、朝飯。

昨夜句会の席上で出た大増税の事、今朝の新聞に出ている。歌舞伎など五円の入場料で税金が十円、カフェー酒場が十二割、散髪八十銭以上にも五割也。歌舞伎など見ないこと、カフェーなど行かないこと、散髪などしないこと、——私にとっては少しも苦痛ではない。然し、劇場や映画館の興行がこれで酷く不景気になるとすると、私などの稼ぎにも響いてくる訳だ。それもよろしかろう。

庭の鶯、ケキョケキョと昨日より巧くなっている。

階下の机上に、佐々木茂索氏からの小包が届いている。手帖が六冊入っていた。妻に聴くと、もうとっくに来ているのだという。礼状として色紙ハガキに、千手観音の像を写生し、淡彩を施し、それに「福徳円満」の印を押して出す。

時局下こんな郵便を出すのは気がひけるが、寒中見舞に比べると、この方は緊要であろう。貰ったものに礼状を出すのは、如何なる場合にも欠くべからずと思う。

どうやら坊やは、盈進学園に入学出来たらしい。第一次試験とかは落第であって、会議の結果、多くの先生は落第を主張したが、校長先生が引き受けると言うので、辛うじて及第となった様子だ。何しろ半年も学科が遅れているという。同じ小学校でも斯う違っては大変である。六年の時は三年も遅れる。学問が上へ行くほど加速度で進むものとすると、三年どころか実力はもっと遅れる勘定だ。とにかく入学出来て目出たい目出たい。

これを書いていると、階下で坊やのタドタドしく復習する声が聴える。（実は復習でなく、お伽用絵本を読んでいるのであった、とあとで分り苦笑。）

昼飯は鶏ももバタヤキ。

植木屋サン来テ、彼ノ兄キ発狂セリト報告。知合ノ家ニ行キ喰物ヲネダル由。先月十五日カニザルヲモッテ来タ時ハ異常ナカッタノニ、気ノ毒デアル。

入浴、自分デ頭ヲ刈ル。曇リトナル。空アンタンタリ。

伊藤サキチャンヨリ著書「森鷗外」送リ来ル。十二時半出宅、車中「鷗外」ヲ読ム。名著！　進境可驚。

寒シ！　雪降リ出ス。苦楽座田中氏来楽、四月頃松尾ノ手デ地方巡業ノコト。
雪上リタレバ銀ブラ。商店軒ナミ休業、正札ツケ換エ。食堂ハヤッテイル。
築地の古本屋に行く。かねて目をつけておいた「大豪華目録」を買うつもりで行ったのだが、気が変り、加藤拙堂「碧巌録大講座」1より5まで買う。最近徴用工となった主人帰宅していて、珍らしいものを見せてくれる。即ち京都南座の大入袋にして（袋デハナクハガキ型ナリ）島村抱月、松井須磨子の名が書いてある。スタンプを見ると、大正三年。抱月が万年筆で書いたものと推定される。

「国際写真情報」の廿幾冊揃い、十五円だという。五円だけ手金に置いてくる。とても重くて今日は運べそうもないからだ。買おうか買うまいかと迷ったが、大原美術館にある「小さきクレオパトラ」の原色版が目にふれたので、ヒョイと買う決心がついたらしい。

さて楽屋に帰って、神田山陽君に向って曰く「いや、本というものは、買ったから読まなければならんもんではないです。読んだから記憶えなければならんというもんでもないです」と悟ったような事を――これは自分に言いきかせていたのだ。

楽屋に来た迂原敏君に聞いた話。1. ラジオ・ロケーターが日本でも大量に生産されるようになった。然し、短波を通信に使おうと考えたのは日本の学者が始めてで、その実験を箱根山でやっているうち、飛行機が上空を通ると、その通信が阻害されるので弱った、という事実があった。ところがその頃、飛行機を邪魔にするばかりで、飛行機と短波との関係に思い到らなかった、とは迂カツ千万であった。コレヒドール要塞占領後、敵の機械を分補って、始めてラジオ・ロケーターというものが日本でも製作出来るようになったのだというが、もし箱根山実験の時、もう少し頭を働かせていたら、日本の方が先へこの利器を発明していたろうに、惜しいことであった。2. 移動映画班の映写技士が北越方面で後家さんと駈落ちし大騒ぎとなった。社から委任されたフィルムもデミライ映写機もおっ放り出してドロンをきめた。しかも、この後家さん、勇士の遺族であったというので、憲兵隊が動き、忽ちこの馬鹿野郎は捕縛されて了った。3. 歌川星華が魚屋となり、映配会議室に店を開き、タコ一匹四十五円で売った話。

帰宅、入浴、酒ナシニテ飯。

二十二日（火曜）

七時半頃起。朝食二杯。

トラック島方面戦況発表。甚ダ憂ウベキ数字。

敵の飛行機五十四に対し我方は百二十を失い、敵の艦船四に対し我方は十八を亡っている（昨十六時大本営発表）。

いよいよ大変なことになったものである。損害の数字が全然今迄と逆になって来た。比べものにならないほど量に於いて優勢な敵の方が、比べものにならないほど損害が少ないのでは何ういう事になるのか？　冗談じゃあない。然し、思い切ってこの敗戦的報道を発表するところを見ると、軍の方には何らかの成算があるのであろう。

とにかく留守中の新聞は全部とっておけと命じて旅に出た。（虫が知らせたのであろう、果せるかなこの留守中にドエライことが起ったのである。）

同じ新聞に、東条首相が参謀総長兼任、嶋田海相が軍令部長兼任の発表あり、いよいよ只ごとでない。

《車中吟》

大久保
黒き煙青き煙や春の風
新　宿
ねんねこの肩かけあかし長野行
千駄ヶ谷
生垣を透きて御苑の残る雪
四ツ谷
野球場春日遅々と人はあらず
飯田橋
一列にボートつながれ水ぬるむ
水道橋
スタヂアム要塞めきて春の風
御茶ノ水
引汐に蜜柑の皮の水ぬるむ
神　田
蜜柑箱の菜畑にして春の風
秋葉原
鈴懸の鈴賑やかに春日さす

ニコライの碧き円屋根《ドーム》の春日かな
　日暮里
ガスタンクも五重塔もかすみけり
かげろふや赤松山に残る雪
　松戸
貨車に積む杉の大木糸遊ぶ
最後の句は松戸より先であったかもしれぬ。何しろ大変な混みようで、とても俳句など作っていられなくなった。それに傍にある少年座員が、無暗に馬鹿げた質問をするので閉口した。
列車超満員、俳句ドコロニ非ズ。
取手駅ソノ他ニ買出部隊。一青年海苔巻キノ握リ飯ヲクレル、白米也。
畑土干ケル中ニ麦苗。土浦風景、海軍ノ帆船。建造中ノ木造船。
十六時半頃勝田駅着。
――苦楽座移動演劇隊　団長――。
と書いてある腕章、列車を降りる時に始めてつける。少しきまりが悪い。少し嬉しくもある。腕章をつけると、自分もハッキリ団長になったような気がする。然し、号令をかける勇気はない。
厚生課長出迎エ、原中ノ道ヲ歩キ、新築ノ寮ニ入ル。壁土ノ匂イ。吾等ニテ最初ノ使用ナリト。便所ノ戸ガ未ダ出来テイナイ。急ギ製作中。
夜、厚生課長見エテ御馳走。鮪刺身、豚カツ、薬鑵ノ酒ナド。

大広間に蒲団敷キ並ベテ寝ル。

三月

一日（水曜）

歌舞伎座始め十九大劇場一年間閉止の新聞記事を見た、寧ろ面白い感じである。羽左や六代目の芸術には敬意を払う私であるが、彼等の生活態度には反撥する私である。松竹や東宝の困るのも面白い。会社の首脳部に好かない奴が多いからだ。私なども今年は随分困ることになるかもしれんが、それはまたそれで楽しくさえある。日劇と国際など大衆相手の大劇場も閉鎖されたのは意外であった。一流料理店、待合、芸妓の全廃は、これまた面白い。静枝など絶対大賛成であるのも面白い。世の細君方いずれも快哉と叫んだであろう。何しろ面白い面白い。

六時四十分起。鶏肉味噌汁、漬物大根味噌漬、白菜ヌカミソ、飯一杯。

「東京新聞」森記者、移動演劇ノ談話筆記ニ来ル。

石田来、明日公会堂紙芝居台本「敵機を撃て」持参。下旬大阪行ノ件、事務所移転ノ件ナド語ル。

岩倉政治氏ニ手紙、ソノ他葉書数枚書ク。

庭へ出て見る。一本ずつ植えた菜が、犬に掘られて根を出し、枯れているのは残念である。チューリップの貧弱な葉が一寸ばかり出ている。黄水仙の葉も二寸ほど出ている。蕾が頼もしく頭を上げる。フレームの中の鉢は、干ききっているが、水をやる気も起らない。池傍の老梅今朝一輪咲いた。

昼飯オジヤ、石田土産ノ餅入レテ三杯。富士子来。

十八時過ギ毎日社七階、クロガネ会会場着。

何か戦局の講演が聴かれるかと思って出かけたが、今日は海軍士官の演説なし。事局の形相に対し、国民より盛り上る運動を起したいが、何か会員に案はないかという集りであった。上田閣下とかいう人が司会をしていた。立派な老紳士であるが、海軍の将軍らしい。閣下から指名されて大下宇陀児君が第一声をあげた。米英をもっと憎む運動を起せという主意である。大下君が引用した某海軍士官の言葉「日本は今、勝つか敗けるかというよりも、亡びるか、このまま戦争を継続出来るか、という段階に来ている」は、なるほどと、感動した（海軍中将上田良武閣下か？）。

二十時半帰宅、入浴、大阪ノういヲ湯ニ割リ、鶏スキニテ二杯ノム。

空襲もよしと思ひて梅咲けり
水ぬるむ鮒も枯葉も浮みゐて
大鉢に一もと生ひしえん豆苗
梅咲くや娘の頰の肉しまり
緊張の会議なれども春の宵
八階の段を下りけり春の夜
省電の準備管制おぼろかな

何駅ぞ八ツ手続けるおぼろかな
天心に琥珀の月のおぼろかな
すぐ後に靴音せまるおぼろかな
春の夜の若鶏の肉美しき
微かなる北斗七星おぼろかな
あかぎれに絹音たてて春の夜
白菜の生煮え嚙めば楽しかり

二日(木曜　曇　烈風)

小用の近くなったこと、昨日や今日始まった事でないが、三時頃に行き、寝入って五時頃また行く。少し情けない。三時に起きた時は、タオル一枚で寒くなかったが、五時にはシャツが欲しかった。そして風が出て、ガラス戸が気になる音をたてていた。飛行機が幾台も上空を飛び、ある飛行機は何時までも同じ所に止っているような音を響かせていた。煙草を喫うと、マッチの棒が折れて、毛布を少し焦がす。さて、空襲のことを考える。どうも未だピンと来ない。

七時起床。菜入、鶏ダシ味噌汁、黄色イ海苔、飯一杯。

八時頃、太陽出ル。寒暖計十度。梅二輪。

「毎日新聞・戦時版」ニ出ス原稿、十五字三十行、二篇書ク。三十行ノ中ニ或ル内容ヲ盛リ込モウトスルト、原稿用紙ノ無駄ガ出ル。

有楽町下車、寂トシタ有楽街ヲヌケ、日比谷公会堂十八時着。戦意昂揚紙芝居大会デアル。公会堂の紙芝居大会は、烈風のため七分の入り。舞台が大きいのに画が小さく貧弱である。

三本とも少年航空兵のことを扱い、同じような筋なので、後へ出る者ほど損であった。最初は黒川弥太郎君村田知栄子嬢掛け会いで、レコード伴奏、効果など入れて大車輪。二番目が私で「敵機を撃て」という物語。老眼鏡をかけると、客席に笑声が起る。また今宵は殊の外頭の白いのが光るようだ。紙芝居を公衆の前でやるのはこれが始めてである。サイレンの音を口でやったら喝采であった。三番目は古川ロッパ君の出演、すっかり私に喰われた、とあとで彼は言う。紙芝居の前に入江たか子夫人があいさつをした。本来、彼女も紙芝居をやるところであったが、私たちと一緒ではと、切に断わったものの由。流石の彼女も、今夜あたりはあまり美しくない。大分くたびれている。

ロッパ君と省電で帰る。東中野下車ロッパ邸に寄り、ウイ御馳走になる。正しき日本語を話す集りについて語る。

今度の非常措置で一番怒っているのは大谷竹次郎老だとロッパ君は言う。勲章を貰ったり、感謝状を貰ったりしたのが、何の意味か分らんと大谷老は、それらのものを突返すと意気込んでるそうだ。

二十時半辞ス。定期ヲ落ス。帰宅、入浴、飯二杯喰ウ。

四日（土曜　曇　雨）

七時起。鶏味噌汁、唐辛カケ、赤飯一杯。二階デ久保田氏ヘノ手紙ヲ書ク。紅茶ヲ入レサセル。美味イ美味イ。砂糖ノ味ノ佳サ、舌ノ根カラ直チニ全身ニシミワタル。

曇り日の南天紅く塀をこえ
空襲のありとは見えず福寿草

九時家出、東京駅回リ田町駅下車。

朝日映画社の所在は、甚だ中途半端である。一番近くにあった停留場が廃止になったので、たまに来る私は、間抜けな歩きかたをする。今日は、省線田町駅で降りて、三田まで逆に歩き、そこで散々待たされて、やっと電車が出ると、一丁場で札ノ辻である。忌々しいので泉岳寺まで乗って了った。始めから歩いて行った方が二倍も早く朝日映画社に着いていたろう。そこで、この無駄足を埋めるため、途中の古本屋で、木村義雄著「私の三十五年」と「修養大講座」の「菜根譚前集」とを買った。値切らないのに内儀さんが二十銭負けてくれた。これで電車賃は取り返した。この本のうちに何かひとつ、私の人生を幸福にしてくれる一節があれば、無駄足バンザイである。

——僕等の心は空へ飛ぶ

可憐な少年少女たち、録音の遠近をつけるため二組に分れ、部屋の対角線の隅と隅に陣取り、指揮に従って唄っている。一方の組が唄ってると、一方の組は緊張してそれを眺める。「陸鷲誕生」の一場面にこの合唱が吹きこまれ、私のアナウンスと交錯する。やがて、この少年たちの中から陸鷲も出る、この少女たちのうちから陸鷲の母も出よう。この子供たちの唄をきく時、この国は亡びてなるものかと思う。

米鬼英鬼は、この子女たちをも殺すつもりでいる。畜生どもッ！　私はもっとアングロ人種を憎まねばならぬ。

もう十六時であるのに、未だ一ロールしか済んでいない。前進座の青年俳優が来て、画面の飛行兵の会話に吹きこむのだが、どうも巧く行かない。私は仕方なく電気炉に逆上せ加減で、

「木村名人自伝」を読む。今しがたはこの吹込み作業を中休みして、壮行会が開かれた。外でやるつもりが、雨が降り出したので、スタジオでやることになったのである。正面に日章旗が張られ、レコードの伴奏で〝ニッポーンダンジイ〟が唱われ、〝ミヨトウカイ〟が唄われる。出征者は、絵画部の青年であった。こんな事をしている間に、「毎日」の三十行原稿を書くと好いのだが、そうも行かない。

仕方がない、用があるまで名人の自伝でも読むことにしよう。然し、どうも成功者の自伝というものは、あまり面白くないものだ。これなど比較的面白い方であろう。木村氏が豊かな常識をもっているから、読者が反撥しそうな筆は避けているからであろう。貧乏人の子で天才で、他人の引きたてにより、だんだんエラくなるところ「即興詩人」「家なき児」など読む感じがある。

失敗者の自伝なら大抵は面白い。女にモテた話ほど詰らないものはなく、フラれた話は概して面白いのと同じ傾向であろう。英雄崇拝の徒なら、モテた話を感心して聴くかもしれない。所で私の英雄嫌いも、潔癖な正義感から来ているなら好いが、単なる嫉妬だとすると困る。

　モンペイの女楽士や春の夕
　春の夜のわかさぎのみのもろきかな
三十年前の柳の春の夜
人生は二十五年の春の夜
爪の垢いささか見えて春の夜
髭剃りておじや啜りて春の夜

春の夜腹一杯に喰ひて寝る
春雨の夜のシャツ脱ぎ寝たりけり
春の夜の蒲団は足に快き
春の夜の足のうらなるしめりかな
スヰッチをパチリときるや春の夜
春の夜の遠く聴ゆる皿の音
坊や起きて小便するも春の夜

七日（火曜　曇）

七時起。曇。朝飯、白菜味ヨケレバ一杯半。

それ鼻をかめ、それ姿勢をよくせよ、ひっきりなしに妻は坊やに注意する。それをきいていると、私は焦々してくる。坊やにも腹が立つが、妻にも腹が立つ。しつけという事は必要であるが、妻のやりかたは、ガチャガチャと五月蠅い。叱られている時の坊やは、甚だ愚かな児に見えて、それも情けない。叱っている妻の声は実に情味のないガサガサ声で、なんだって、こんな声の女を妻にしたのかと思うくらいだ。私が死の病床にある時、この声で何か言われるかと思うと甚だ憂鬱である。

声の美しい女は心も美しく、声のよくない女は心もよくない、という説があったような気がするが、本当ならば大変である。猫なで声で恐るべき妖婦があるんだから、ガサガサ声で心の優しい女もあるかもしれない。

ところで、朝、右のような事を記して、昼になると、また妻も好きところありなどと思う。

松葉で風呂を焚いている妻はよきである。その香りがまた風流この上なし。私はすっかり上機嫌で、松葉の風呂につかる。妻は尚も後から後から松の枝をくべる。風呂全体がエンジンのように音をたてて沸き出した。松葉の燃ゆる音も壮快だ。

梅三輪松葉で焚きし風呂に入る
みの虫のあからさまなり春の空
曇り日の風なき庭の春を愛づる
残雪の庭大雨して雷鳴れり
春雷の忽ち去りて雨の音

「碧巌録講座」少シク読ミテミル。吉本ノ丸山イサム君台本「モンペお父さん」ヲ持参。浅草ノ小屋モ半分カ三分ノ一ニ減ラサレルデアロウ由。昨夜朝日映画社デ貰ッタインチキ・ウイスキーヲ出ス。割合トノメル。

丸山いさむ君から聴いた話――。

浅草辺の料理屋のオヤジ連が勤労奉仕で某所に出かけた。そこには印度人の捕虜が働いていた。この捕虜たちはなかなかよく働くという。すると、この印度人の捕虜が代表を出して、当局に陳情して曰く「われわれ印度の捕虜には煙草を禁じていて、何故、あの重慶の捕虜には煙草を許すのであるか」と。料理屋のオヤジたちが仕事中煙草を喫っているのを見て、重慶の捕虜だと思ったのである。これをあとで聴かされたオヤジ連、自分の顔を撫でて見て、ハテもうイケネエとくさったそうだ。

五度目の風呂から上り、二階で「モンペお父さん」の台本を朗読していると、縁側を歩く音があどけなく聴えて、階下から坊やが「お父さんおやすみなさい」と元気よく声をかけた。なかなか可愛い。時計を見ると十八時四十分だ。馬鹿に早く寝るもんだ。

　穴あきしエプロンの妻春の夜

　みたみわれ生かされてこの春の夜

マーシャルは、敵の跳リョーにまかせ、こちらは射たれっ放しで玉砕したという。ラバウルは、陸軍としては放棄を主張し、海軍としては死守を主張した。ラバウルを敵の手に渡すと、トラックが浮いて了うからである。陸軍は海軍の説に従った。然るにトラックがやられてラバウルが浮いて了った。ラバウルには半年ぐらいの食糧があるというが、半年を過ぎたら何とするか。

聯合艦隊は米国大艦隊との決戦を避け、トラックから（であろう）横須賀へ引き上げているらしいという。横須賀のみ警報が出ているのは、そのせいかもしれない。

十三日（月曜）〔花月劇場第三日〕

七時半起床。八時海苔朝飯。

二階デ手紙ヲ書ク、四通ノ内一通ハ税務所申告書、一通ハ真田青州君へ半折代送金。

餅米ノ串団子ツケ焼喰ウ。

毎年のことであるが、所得の申告というやつは苦手である。役人か軍人かで、所得が一から十まで知れ切っていたら、どんなに清々するだろうと思う。もっとも、清れんなる役人、軍人というものは、割に少いであろうから、結局はあんまり清々しいもんでないかもしれない。とにかく、ウソを申告するのだから情けない。そのウソという事を、税務署側でも承知していて、必ずこちらの申告より幾割か余計な査定をして申し渡す。狐と狸との関係みたいである。ウソを申告して気が咎めないのみか、まんまとウマくやった事を喜んでいる人たちがあるが、そういう人たちの方が、実は、所謂健康な神経の持ちぬしではないかと思われる。皆が平気で犯せる罪ならば、自分も平気である、というのが本当かもしれない。

十二時花月ニ着。打込満員。一回終リ弁当喰ウ。鮭切身。

水谷君ト散歩。観音前ヨリ、グルグルト歩キ回ル。

水谷君が少しく脅えた態度で、御客様です、と言う。部屋には、例の白竜親分が、私の座蒲団にドッカと胡座をかいていた。私を見ると、半分座蒲団をずらせる。大分酒が回っている様子、蒼白い顔が赤くなっている。土産として薬用酒精瓶の七分通り入っているのを見せる。こいつは今、闇で百五十円するんだぜ、と言う。隣りの川田君の部屋に行き御馳走になる。親分の意見に従って、熱い茶で割って飲んだが、とても刺戟が強くていけない。親分は例の如く、人を斬る話をする。「俺はね、人を斬ってから、それを見ていてね、可哀そうになって、傷の手当をしてやるんだ」などと話しながら、私の顔を見本に使って、斯う斬るとするネ、などと仰言る。

夜、帰宅すると、妻も姐やも見えず、湯殿に灯がついていて、坊やと娘たちが入浴している気配だった。私は長火鉢の前に座り、日記を書いていた。坊やが湯から上って来て、行儀よくあいさつして一人で寝所に行った。暫らくすると、背後の襖が開いて、湯上りの艶々した頬を香わせながら、高子と明子が現われて、私に新聞の切りぬきを示し「これを友達と一緒に志願しました」と言う。見ると、それは俘虜情報局の女軍属募集の広告であった。私は、たちどころに賛成し、——父親として少し軽率であるような気もしたが、——彼女たちに戦争は恐るべき段階に入っていることを説いた。彼女たちは素直に聴く。よき娘たちである。私は感謝した。「もし採用されなかったら、挺身隊に入ります」と、健気な言葉である。日本が亡ぼされてたまるものか。大丈夫である。

近来、これほど彼女たちが好もしく見えた事はない。

姐ヤハ今日診テ貰ッタ結果、湿性肋膜炎ト分ル。三ヶ月分渡シテ田舎へ帰シテヤルツモリ。

十七日（金曜）〔花月劇場第七日〕

統合された演劇雑誌から、非常措置に対する苦楽座の今後の方針について問合せが来た。五枚ばかりの原稿だが、それが中々書けない。どうも、斯ういうものを書くと、私に学問が足りないことが分るような気がしていけない。殊に適切な語が容易に浮んで来ない。自分の頭脳のあまりよくない事も分る。第一、あまり立派な言葉を、良心に恥じずには吐けないという性癖が、斯ういう文章には邪魔である。或る程度まで無責任に最大級の言葉を並べ得る鈍感さが必要のようである。

花岡三八氏、娘ヲ訪ネテ来ル。六十三ニシテハ若シ。清川虹子、山田五十鈴、ボックスデ見物ノ後、楽屋ニ来ル。彼女タチ徹頭徹尾喰イ物ノ話、ヤミノ話ノミ。

山田五十鈴の顔は、すぐ傍で見ても、やはり美しい。明治調の美人だが、正しく美人に相違ない。これが喰物の話ばかりしている。私と視線が合うと、すぐに逸らせて了う。私は彼女を美しいと思い、じっと見つめるのであるが、心の中で、この妖婦めと思ったり、亭主野郎の事を考えたり、大阪の旅館に五百円の茶代をおいた豪奢さを考えたり、いろいろ複雑な思いや批判が、私の表情の何所かにあるに違いない。それを女性らしき神経で五十鈴君は感じるのであろう。——なアに、この爺いだって、あたいが一寸色目を使えば他愛もないものさ。——と、彼女は思っているかもしれない。そりゃ全くそうかもしれない。

千代田館ニ「決戦」ガ上映サレテイルノデ、切符ヲ買オウトスルト、ヨゴザンスヨトテケツ嬢ガ言ウ。モギリ老嬢モサア御入ンナサイ、二階ヘイラッシャイト気モチヨク通シテクレタ。久シブリデ私ハ浅草ヲ感ジ喜《ウレ》シクナッタ。「決戦」ハ予期シタヨリ佳作デアッタ。私ノ出来モ思ッタヨリヨロシイ。但シ東京駅ノ場面ハ拙劣デアル。

今日素人の書いた動物生態の本を買う。玄人の書いたやつは読んでいて気が重くなる事が多いが、素人の書は気楽に読めるからよろしい。

帰途荻窪駅デ苦楽座員池田君ニ会ウ。徴用ノ検査ニ嘆願書ヲ出スノデ、私ノ印ヲ私ノ留守宅カラ貰ッテ来タ処。私ハコノ嘆願書ハ果シテ効果アリヤ否ヤ疑ワシイ旨ヲ彼ニ語ッタ。

やはやはとするめを嚙みて歯の間
　指さし入れてするめとるなり

ブランデー一杯、薬用アルコール少々、橙皮シロップ少々、これに湯を入れて飲む。ブランの鋭い臭味と、アルコールの薬品的臭味とが、互いに作用し、橙皮の甘さと香りとで塩梅されて、よろしき飲みものとなる。肴は、牛蒡、うどの天ぷら。それに宇和島の鰯を焼く。口にふくんだだけで、これは上等品と分る味の濃やかさ。但し、いくらいたわって嚙んでも、歯と歯の間にギュウギュウとするめの埋まるのは気色が悪い。ピチンピチンと奥歯で嚙み切り、嚙みこなした昔が思い出される。

英子が来ていて、例の如く、この戦争がはやく済めばいいという。十年はダメだよ、と私は答える。

二十日（月曜　小雨　寒）〔花月第十日目〕

九時前起。坊ヤノ御給仕デ飯二杯、汁ハ豆腐。

車中、登張竹風「人間修業」ヲ読ム。面白シ。竹風先生ガ、鏡花「婦系図」ノ酒井先生ノもでるトハ意外。

十三時花月着。昼ノ部満員。衣裳ノ外套ヲ火鉢ニノセテコタツ。江戸川、花岡、水谷ト四人デ当リ、雑談、死ノ話。高輪芳子ガ茶碗ノ中ニ煙草ノ灰ヲ落シ、ソノママ掻キ廻シテ飲ミコム話。

（出勤車中にて）

貨車に積む粉石炭に氷雨ふる
折返し電車空きをる雪煙り
車窓みなくもりて床に桃の花
ゴム長と足駄の前や桃の花
白足袋に泥《と》にまみれて桃の花
吊り革の脱れたるままや雪明り

紅鮭の缶詰、これはあまり紅ではないが、味はよろし。また一杯、次に里芋を喰う、この歯ごたえと味のよさ。坊や風呂より上り「ああ腹が一杯だ」と言い、一人で寝室に行く。高子、明子湯殿で何か睦じく話している。妻はオジヤを作り、「アッチッチー」と言いて御飯蒸の蓋をおく。オジヤと思っていて聴けば、左に非ず、インゲン豆を煮ているなり。

坊や、先刻曰く「死ぬのはイヤだなあ」と。

妻はマレイの象牙パイプで〝金鵄〟を喫う。

雨の音、何か薄くて粘るものを嚙むようなり。省電通過、ガラス戸ハタハタと鳴る。

（小酔筆）

さて、姐やは今夜あたりどうしてるかと、妻は言う。妻の腰巻の三寸幅のあまり裂を、盗みて持ち帰りたる姐や、少しずつ、自分のささやかな財産をこっそり貯めていた姐や、間もなく肺病で死ぬとしたら、あわれ、あわれ、小さき泥棒行為も涙なしには想えず。

泥棒は、気の毒なり、あわれなり。強盗は全部死刑にすべきもの、ひときれの沢庵なりとも強盗は死刑にすべし。

本日、地下鉄に乗りいて、満員の押し合いの時、ふと、この人間ども皆、生きていて、何か喰って、何か考えていると思った時、私の胸は軽くなりたり。皆、あさりと異ならず、アミーバと異ならず。

妻曰「仙台に大切なものをもってらっしゃい」

私曰「大切なものは人間の命以外にない」

で、「これをつけろ」と徳利を出す。妻、あたりまえな顔をして一本燗する。これはよろしい。亭主の飲むことは、あたりまえと考えている。

私が妻であったら、そうは行かんかもしれない。

雨の音、人生は面白し。

妻サントリーの瓶二本に酒を入れ、あまりたるを銅壺の徳利に入れる、忽ち一杯にあふれんとす、われアッと言いて、徳利の口より飲む。

灯火管制のスポットライトのあたれる長火鉢と膳。

人生はよきかな。省電の音。

こっちと無関係に電車は動き、雨はふる。

「お風呂に入っちゃお！」と言いて妻は立ち、帯をとく。空襲よ来るなら来ておくれ！

空襲のある時、われは狼狽てるであろう、空襲の来る前に狼狽てる必要なし、これ金科玉条也。

（大酔筆）

ココロというもの、人間が出来てから存在したものか？　人間以前にココロはありたるものか？　無限の宇宙に始めて存在するものなし、とすれば、ココロは昔からありたるものなり。してみると、宇宙の存在と同時にココロもありたるものなるか？

ココロは、アメーバより進化せる動物の専売なるや？　動物を離れてココロなるものありたるにや？　ココロは動物の肉体にもあり、非動物の内にもあるものなりや？

非動物の内にもあれども、肉体の所有者には分らぬものか？

ココロ、ココロ、ココロ、これだけが謎である。

雨の音、これを聴くはココロか、神経か？

戦争、バカバカし。蟻の戦争と同じ。

とは言え、生物の宿命は戦うことか？

そうかもしれない。そんなら宿命に従い戦え。

戦え、戦え、戦え、戦え、戦え、勝手に戦え。

戦って亡びるものは亡びろ！

亡びざるもの即ち真理なり。

君主国は、地球の上で、殆んど亡びたり。今地球上の強国はアメリカ、ロシア、ドイツ、日本なり。英国は君主国だが君主は力なし。

すると、四対一である。

日本の君主が、世界中の君主になる前提の光景であるのか。

クンレン　クーシュウケイホウハツレイと、これを書いてると声が聴える。

ねえ、私は酔っています。酔っているが、真面目なものを求めています。

真面目なものを求めてはダメでしょうか？

妻、湯より上り、いんげん豆のゆでたのをかき廻す。吾れ、それを貰い、喰う。而していんげんの味を知る。

○

坊やはこの頃馬鹿に好い返事をする。ハイッと軍隊式にやる。学校でそうしつけられたのか？　少年航空兵などの映画の影響か？　始めのうちは、坊やのやつめ、おどけてあんな返事をしてるのかと思った。そうでないらしい。だんだんイタについて来た。時代ということを思わせられる。

もっとも、返事が軍隊的にテキパキしている割合に、することは相変らずグズグズである。

二十二日（水曜　晴　温）（鶴見造船所慰問）

七時半起床。精進揚入味噌汁、飯一杯。

二階、北西の窓から見た景色、なんとも言えず春めいていた。

紅松の梢に映えて春朝日

うす紅をふくめる春の眺めかな

しんとしてうすくれなゐや春の朝

太陽のスポットうけて梅の花

春陽照る瓦に雀語りをり

九時半家出。「無雷庵雑筆」を読む。割合に面白い。政治家よりも文学青年を感じた。有馬頼寧のライネーを無雷とした趣味はあまりよくない。

始めて鶴見からの支線に乗る。私鉄だとばかり思っていて一旦駅外へ出たのは失敗。昨年七月頃から省線になっていることを知らなかった。約束の十一時半弁天橋駅前に着いたが誰も迎えに出ていない。暫時マゴマゴして、思い切って駅前の船造会社事務所受付に問い合せる。

T字型の大クレインが幾つも、天空を劃するところ、掲示の文字によると「第三船台前」、コンクリの階段を上り、私は集まった産業戦士たちを見廻した。所長都築中将閣下が私を紹介してくれる。「徳川さんはお忙しい中を諸君の為に……であるから静聴するように」と、閣下は私の身にあまる紹介をして下さる。

春日うららかに、四千あまりの赤土色の戦士を照らす。昨日も今日も、私は天候に恵まれている。一昨日迄は雪が降ったり、氷雨が降ったり悪天候が続いていたのに、温かい光を浴びての慰問は、語る方も聴く方も結構である。

逞ましき鉄柱のニョキニョキ立った間に、ぎっしりと詰った戦士諸君は、実に神妙に聴き入り、よく笑ってくれた。このことにより、私の力が多少なり増産に及ぶものとすれば、まったく有難い仕事である。限られたる劇場や講堂でなく、青空のもと、増産戦の現場でやるだけに、尚更その感が深い。

私の話が終ると、再び中将所長は、マイクの前に立ち、「今日は徳川さんのおもしろいお話で、みな腹の底から笑った。この笑いの元気で……」とあいさつされる。

「さ、そこのところを少しどいて路をあけてくれ」とマイクから所長が言うと、工員たちは素直に私たちの通る路をあけてくれた。

所長は作業服で巻ゲートルという、あまりパッとしない恰好である。背が低くガニ股である。顔は田舎の百姓オヤジである。笑うと眼が細く、顔中皺だらけになって、とても閣下とは思えない。

所長と自動車相乗りで、工員諸君の浪を分けて行くのは少々気がひける、面映ゆい。私は伏し目になっていた。クラブの一室で会食——今日は課長会議がある、その課長連の会食に、私も参加した訳である。

「徳川さんは、徳川公爵家と何か御関係が……?」と所長に質問される。私は毎度のこととて、さのみテレもせず、トクガワの由来を説明した。

やがて運ばれた御馳走は、甚だ粗末なものであった。その粗末なところが、立派に思えた。

老眼の度のすすみたり春の夜
棋譜を見る根気乏しき春の夕
湯殿なる革砥しめりて春の宵
春昼のカーキ一色の聴衆かな
春うらクレインの下漫談す

まだ酒を始めるには時間が早いので、茶ぶ台の上で、木村八段、坂田八段の棋譜を並べて見た。まるで楽々と木村氏が勝っている。坂田老人のさしくちは、妙に奇をてらっていて、何糞小僧がという所も見え、それでいて少々逆上していて、途中からもう敗けだと分っていながら、無駄な長考をしているようである。坂田老の気もちが手にとるように分る気がする。私なども、とかくこの失敗ぶりをやりそうである。将棋の事でない、人生百般に於いてだ。

菓子箱の将棋盤なる春の夜
鰤を焼く炭つぎにけり吹きにけり
去年生けし梅三月の盛りかな
唐キビを焼いて肴や春の夜
唯物論この春の夜をなんと見る

一貫目百円の砂糖、五貫目買わないか、とすすめらる。五百円の砂糖、バカバカしき限りである。稼ぐということ妙なものになって来た。然し、空襲の時の用意に砂糖一貫目ぐらいは、是非とも確保しておきたし。

昨日、水谷は、一ヶ五十銭のあんころ巻き（ちっとも甘くなし）を十円買って子供たちの土産とす。水谷の稼ぎでこの小さな一包みに大金を投じ、惜しげもなき顔つき。戦争前ならば、二十銭の品が五円也。

さて、百円の砂糖買ったものかどうか？

二十九日（水曜　晴　寒）（岩倉政治氏宅ヲ訪ウ）

七時起。京菜味噌汁、飯一杯。

八時半丸山定夫君来ル。九時頃二人デ年礼ナル岩倉政治氏ノ家ヲ訪ネル。「村長日記」ノ件デアヤマル。一モ二モナク分ッテクレル。随分五月蠅イ人物ト聴イテイタガ、会ッテ見ルト好イ人ダト分ル。

駅南口古本屋デ、「人生日録」「鶏・蜘蛛・蜜蜂」「ムッソリニ全集」第九巻「失敗者の言」「ホトトギス雑詠集」春ノ巻1ヲ買ウ。

春寒く公園の檜も応召す
思ひ出の散策道や春の池
紅梅白梅今盛りにて誰れも見ず
新劇の団十郎や春の水
人家粗に防空壕は春の水
鵞鳥騒ぎ鯉悠々と春の水
水草生ふジャングルの中大き鯉
春風や会つて語れば氷解す
交番に途訊ねけり梅の花

古本を買ふも楽しく暖かく
山吹の芽の形容を考ふる
芽の出でて山吹の軸うつくしき
喰ひかけの昨日の干鱈また焼けり
二度焼きし干鱈の皮の香ばしよ
昼飯は喰ひかけ干鱈浜納豆
豌豆の間をぬひて芋植うる
こくめいに芋植ゑをれば客来る
嫁入りし長女に分けし黄水仙
あれこれと本を嚙りし春の夕
配給の芋そのままに植ゑにけり
芋植ゑて義理も不義理もなかりけり
竹切れば幹によどめる春の水
花咲かぬ芍薬の芽の出でしかな
そり返る雨戸釘うつ春の夕
一人づつ家族の減りて春の夕
置時計の千手観音春の夜
五六冊畳に散りて春灯し
（水谷君より聴きしデマ）鶴見の日本鋼管では捕虜を使っている、これには赤服を着せてある。

徴用工には青服を着せ、普通工員には国防色の服を着せてある。捕虜曰く「あの青服は重慶の捕虜か」と。「イヤ徴用工だ」と答える。捕虜曰く「そうか、日本人の徴用された工員が、あんなに怠けるようでは、戦争はオレたちの国の勝ちだ」と。

枯竹十本アマリ切ル。配給ノ芋ヲ植エル。

グレゴリー著「俳優術」ヲ六十頁ヨム。

今日の配給の芋は、一人につき一ヶの割である。そしてそれが四日分の野菜だと言う。一人が一ツの里芋を四ツ割りにして、一日分だ。これでは買出し部隊の禁止を叫んでもダメである。東条首相が辞するという噂が専らだが、或は食料問題でそんな事になるんではないか、という気がする。せめて産業戦士たちだけでも腹一杯喰わせぬとイカン！

牧師の子予科練に入るうららかな

予科練にパスの祝ひの春の酒

牧師より贈られし酒春の宵

名匠の盃あさき春の宵

貧弱な鯣なれども春の宵

浜納豆と酒一合の春の宵

憎んだり恐れたりする根拠というものを考える。苦楽座の事で八釜しく吾らを攻撃した岩倉氏に、会って見ると処女の如く物分りよき人であった。わざわざ井の頭の奥まで出かけた甲斐があり、嬉しかった。日頃あまり好感をもたぬ椿井牧師、今日は酒一合と鯣三枚を届けて来た。牧師は目下病床にいるんだが、息子さんが予科練に入るので、その祝いを配って来たのである。

今日は無条件に椿井氏の為に祝う心もちだ。

四月

二日（日曜　曇後雨）

モンペイを穿きてぞ妻の寝ねゐたる
曇り日の梅うつくしと眺めやる
春雨のいつしか降りぬ音もなく
家内中ブンブン荒鷲春の朝
板塀を染め始めたり春の雨
春の雨俄かに音の高まりぬ
実南天暗きが中の春の雨

豆腐ミソ汁、唐辛入り。絶妙二杯、飯一杯。

十時家出、神田駅で少し狼狽てて下車、都電日本橋乗換え。東陽町三丁目下車、東京造船所〝囚人造船部隊〟に行く。

今日は実に好きものを聴き、好きものを見物した。囚人千五百名の合唱を聴き、囚人千五百名の国民儀礼分列式を見た。

私の話が始まる前に、会堂の囚人たちは起立し、東京造船所部隊歌を合唱した。オルガンが鳴り、殺人犯も強盗犯も、カッ払いも出歯亀も、——刑期は無期から一年二年の短期もあるそうだ、——みんな大きな声で精一杯に唄う。私は聴いているうちに、異様な感動をうけ、この囚人たちが小学生のように思えて来た。

私は一時間以上も話をした。あまり車輪になって、右の膝蓋骨を演台の角に打ちつけ、暫くは痛さに、演台に肱をついて語りつづけた。

部隊長が壇に立ち、号令をかける係りは少しく低い壇に立ち、右へナラエッ！　番号！　それぞれの中隊（？）の点乎がある。看守が此所では中隊長であり小隊長である。

囚人のラッパ手が六人、君が代を吹く。国旗が静かに上る。明治神宮と宮城の遥拝、誓いの言葉、やがて各中隊は行進ラッパと共に、歩調をとり、両手を高く振り作業場へ出陣する。六十歳の老囚も、子供のような青年囚も。

十三時過応接室にて昼食御馳走になる。自動車で送らる、但しパンクして途中から都電。

運通省前に塩まさる君待合せ、編成課長に面会。「戦友愛運動」を鉄道従業者たちに施行するにつき相談。

十二時頃放送局行。テストは十八時からとの事。日比谷日活館に入り「モンぺさん」を見物する。改修されてはいるがこの小屋は始めて舞台に立ちたるところ、感なき能わず。モンぺさんあまり面白くなし。

外へ出て煙草を買おうとしたが、どの店も戸が閉っている。

第一スタジオで、琴と三味線のかけ合いテストをやっていた。二間ぐらい離れて向き合い、琴二挺三味線二挺、琴唄は女二人、長唄は男一人。ピシンと胸をうつような音がする。琴の一人は今井慶松氏である。実に鮮やかな爪のさばきである。一体氏は幾歳になるだろう、もう七十近いのではあるまいか。剃り上げた前額の光りを見ても、精力のほどが偲ばれる。

テストが終り、つき添い（奥さんか？）に手をひかれて来るところで、私は進み出で声をかけた。

「宮本武蔵を伺っております。やはり、あの気合が私どもの勉強になりますのでな」と慶松氏は言った。昨夜の私の放送を聴いていたのかと私は嬉しかった。しかも、物語を聴くのでなく、気合即ちマを注意していたとは、誠に光栄である。

箏の名を老松といふ春の宵
剃りあげし前額《ひたい》に照るや春灯
十時間の空腹かかへ春の夜
燭を手に戸締りするや春の夜
春雨の夜の停電長きかな
停電のまま春雨のあがりけり
手さぐりで入浴するや春の闇
春の燭二本たてたる膳の上
春の燭徳利の肌のなまめける
しばたたく二本の燭や春寒く
春の夜の一升瓶の重さかな
春の灯に徳利かざしてふりて見る

蠟燭に牛鍋くらく葱もあらで

十八時過より、第一スタジオでテスト。二十一時までかかる。造船部隊で喰ったきり、腹がへる。

帰宅二十二時頃、宵より数時間停電中。酒あり、嬉し。牛肉あり、万歳。蠟燭の火で一杯やるうちパッと電気つく。

人参、牛鍋、美味き肉、不味き肉、オコワ二杯。

四日（火曜　晴）

七時前起。霜アリ、芋、菜味噌汁。豆粕飯一杯。赤大根漬物。

坊ヤ母チャンに連れられ学校行。一碧ノ空。「放送宮本武蔵」の原稿を書く、甚ダ遅々タリ。

咲きかけてやめし椿や別れ霜
春の池一番槍の丸葉かな
睡蓮の葉の続々と上り来る
痩せ鮒の梅の花びらちよと突つき
池の面の花びら風に廻りけり
所在なく鮒泳ぎゐる日永かな
茶を入れて漬物喰ひぬ梅散りぬ
ふと見れば桜の蕾み大豆ほど
病む枝の繁りて桜咲かむとす

出鱈目の雑木林の春烈風
古椿梢一輪咲き初むる
この時計遅るる癖や春の午後
爆音のひねもす聴こゆ春烈風
尺八のラヂオうとまし春烈風

高円寺からまた家まで引き返す。老眼鏡を忘れたのである。車内で随筆「茶後」を読もうとして気がついた。本を読む癖が無かったら放送局へ行くまで気がつかなかったであろう。有難い癖である。もっとも斯んな癖があるから、早く老眼鏡が要るようになったのかもしれない。今日老眼鏡を忘れた原因は、出がけに軽く夫婦喧嘩をしたせいである。後五時に放送局集合だから四時には家を出ていなければならない。それを四時近くまでジャガ芋の植えつけをやった。少し狼狽てていると、妻「御飯は要らないんですね」と言う。私は腹が立った。「オイ、少しはものを考えて言えよ。オレは昼飯を喰っただけだよ。家へ帰るのは十時になるんだぜ」と言った。亭主に十時間も飯を喰わせないで平然たるところが甚だ気に喰わないのである。まさかそこまで彼女は考えたのではあるまいが、とにかく亭主の食事と仕事の関係について、殆んど何も考えていないかに見える。四時頃出かけるのだから、数時間したら帰って来るだろう、それから飯にするんだろう、まだ腹の空ってる時間ではなし、と斯んな程度に考えたのであろう。なるほど、私自身もまだ腹は空っていない。然し当事者だけに、今喰わないと十時間喰わずにいて、空腹を抱えて、テストをしたり、放送したりしなければならんのだから、恐れをなすのである。

「俺の身体は何か特別だとでも思っているのかい。俺だってお前たちも同じなんだよ」と、私は顔を洗いながら言った。

あとで冷静に考えると、「御飯は要らないんですね」と言われたら「要るよ」と答えて、ムシャムシャ喰って了えばそれでよろしいのであった。彼女の言葉に関する神経は、もう分っているんだから、一々気にするだけ愚劣な話なのである。

然し、彼女の乱暴な言葉が直らないように、私の気にする癖も直らないらしい。もう四十過ぎの女房と五十過ぎの亭主では、如何なる癖も直りっこあるまい。

そこで、平らかならざる心理状態で、飯を一杯喰い、

——斯ういう時は忘れものをするゾ！

と充分落ちついて、あれこれと頭の中で考えて、出かけたんだが、やっぱりいけない。一番肝腎なものを忘れていた。私は眼鏡をとりに帰宅し、十五分ほど遅れるからと放送局へ電話をかけさした。

すると、虎の門のところで、乗換えが中々うまく行かない。三原橋行は一台来たが、混んでいてとても乗れない。小型の新橋行は廃止となって、全部虎の門から引返し運転になっている。待てども待てども次の三原橋行が来ない。

エーイ歩けとばかり、行きかけると例の昔からある碁盤屋の前だ。ウィンドウに「この一手」という将棋の本が出ていた。品の良い何所かイキな田舎爺いみたいな老人が店番をしていた。

「この一手」は四百頁以上もあり、石山賢吉、溝呂木七段の共著で中々面白そう。昭和十年版

で定価はたった一円五十銭である。老人にきくと定価売りだというから喜んで買った。「将棋名匠逸話」大崎熊雄八段、菅谷要（北斗星）共著、これが定価売りでたった一円、昭和三年版で、これも買う。「将棋名匠の面影」飯塚勘一郎六段著、箱入美本、昭和十二年版、定価一円八十銭、これも買う。

折り畳みの将棋盤、三円五十銭を見せて貰い、気に入って買おうとしたが、蟇口を見ると五十銭足りない。先日浅草の店では、もっともっと酷い品が七円五十銭ぐらいだった。こいつは安い、買いものである——然し仕方がない。

外へ出る。そこへ電車が来た。乗る。オヤオヤ、乗換切符を落して了った。蟇口を見ると十銭玉が一つもない。オヤオヤ二十銭の釣銭を店へ忘れて来たのであろう。これで三十銭損をして了った。その上、これで放送局の方は三十分遅れて了った。

この夜の放送、割合にうまく行ったが、終りの方で時間がハミ出したので、大急行で喋るうち「空中魚の口中」と読むところを「コー中魚のクー中」と読みかけたりレロレロと相成った。

さて、その帰りである。新橋から省電に乗り、同行の森雅之君に「この一手」を示すうち、大した発見をした。

……呈関根名人　賢吉

という署名が万年筆でしてある。

「うわッ、こいつは大した掘り出しだ」

と私は大喜びである。とたんに森君が窓の外を見て、

「乗り換えですよ」

と言うから、そうかとばかりプラットフォームに降りると、どうも様子が可笑しい。なんの事だ！　ここは有楽町駅である！　二人顔見合せて暫らくは大笑いした。

関根名人がなかったら、私だって気がついていた所だ。この関根名人を手に入れたのは、今日放送局行が遅れてフラフラして、田村町まで歩こうとしたからである。放送局行が遅れたのは、眼鏡を忘れたためで、眼鏡を忘れたのは、夫婦喧嘩のせいである。

即ち夫婦喧嘩が関根名人を手に入れた次第であったのである。

春の月欅の梢踏みて帰る
花いまだ霜やけのまた掻《か》ゆくなり
春の酒すすりて飲めばうまかりき

六日（木曜　晴　温）

五時十五分起。六時半家出。七時廿分上野着。一列に並び、八時発新潟行に乗る。

春暁の湯気ゆるやかに小池かな
鮒飛びて春暁の池銀一閃
睡蓮の稚葉揺るは鮒か鯉か
（省電車中）
外濠に朝霧たちて春の旅
芽柳のあぶらうきたる堀の上
赤羽の土筆は鉄に染みたるよ
長土手はうぐひす色に土筆かな

彩どるや関東平野麦畑
春がすみ小エビに似たり練習機
菜の花の一筋透きて桑畑
去年の葉の櫟林や春の山
汽車のろくさくらの蒼かたきかな
桑畑走るかなたの春の山
おぼつかな春の空なる練習機
鉛製の練習機かや春の空
春の虫車窓をかすめ光り去る

十一時頃高崎着。両毛航空会社の従業員慰問の会。会場は大料理店の二階大広間。
昼食、すし折詰、白米海苔巻。

〔番組〕
1松旭斎奇術
2女漫才
3浪曲　木村某
4蝶花楼馬楽
5アクロバットダンス姉妹
6小生
7井田照夫、姫宮接子　歌謡曲

（第一回）十一時開始、十五時終。

（第二回）十五時半開場、十九時頃終。

落語と浪花節とアクロバットダンスと丁度二時間ぐらい間があるので、町へ出て見る。時計のガラスを替えたい、座敷箒を二本ほど買いたい、古本屋で何か掘り出したい、両切の煙草を買いたい、チックを買いたい、いろいろ目的がある。

まことに長閑な上天気である。歩いていて楽しい。ところが、殆んど商店は軒なみ本日休業、本日定休日などの札が出ている。こいつ失望である。あとで聴くと毎月六日は休電日の定休日だそうだ。

時計屋が割りに見当らない。あっても店を休んでる。一軒だけ店の開いているのがあったが、入口に兵隊が立っていて、私の顔を見つめているので、問合せるのを止めにした。ガラスは諦らめる。ヒビの入ったままで当分辛抱しようと思う。

竹箒や草箒は少しあるが、座敷箒はどの店を眺《のぞ》いて見てもない。一本だけ見つけたが、腰の糸がほごれているので買う気にならなかった。古本屋も皆休んでいる。もっとも高崎にはロクな古本屋はないのであるが、見当をつけておいた店が、戸を下ろしているのは淋しかった。グルグル歩き廻っているうちに、一軒見つけた。そこは商売をしていた。「高台に登りて」という随筆を買う、——著者は英文大阪毎日学習号主幹という肩書のある島屋政一という聴いた事のない名の人である。大正十二年十二月の発行で、大震災の記事などあるので買う気になった。定価二円五十銭、奥附のところに２０と鉛筆で書いてある。二十銭かなと思ったが、マサカそんな安い筈はないと思い、店番の若い女に訊ねて見ると、やっぱり二十銭だった。箱入美本で、汚れていない、この種の随筆本でタダの二十銭とは安いので驚く。早速に買う。学芸随筆「匠房雑話」佐藤功一著、定価二円、昭和十三年発行、ゾッキ新本、箱入布表装で、これが一円三十銭――これも安い、買う。もっともこの本は吾家の書庫にあるような気もした。二冊なら一冊誰れかに勿体をつけて進呈すれば宜しい。

薬屋がカーテンを半ば開けて商売していたので、ここで丹頂チックの小を買う。ぶらぶら歩いているうちに、金物屋の大きなのが商売していた。木製の如露を買う、二円何十銭――これは東京にも売っていそうである。樫の棒――農家で藁などたたくのに用いるのか――一円九十銭を買う。浅草で買った薪割りにとりつける予定である。これを持って歩くと、犬ころしになったような気がする。露店の金物屋で、小型草刈鎌、八十五銭を買う。買い物は楽し。

買い物と言えば、今朝神田駅で十円札しかないのに困り、茶商に飛び込み、狭山煎茶一斤二円五十銭を買って、札をくずした。浜松の茶と、狭山の茶と、毎朝チャンポンに飲むのも悪くない、などと思った。さて深夜帰宅して検べて見ると、この茶袋は高崎の出演者控室に忘れて来ていたのである（翌日、協会の池田君が、樫の棒その他買物を届けてくれたら、その中に狭山茶の袋もあった。忘れたのでなく、預けたのを忘れたのであった）。

司会者が「次は愈々御待兼ねの徳川夢声先生、吾国話術芸能の第一人者」と紹介されて、私は落ちつき払って舞台に出る。盛んなる喝采がある。私は悠々と歩き、自信ありげに御辞儀する。

いつの間に私は斯ういう事になったんだろう、と不思議な気がする。厠の大鏡に映る、自分の顔を見て、妙に難かしい顔をした、どこか疲れている、愛想もなにもない、ネクタイのゆるんだ、詰らない男に過ぎないと感じる。それが舞台に出ると、歓迎されるのが、どうもなんだか少しウソみたいな気がする。それほどの価値は、私の話術に無いという気がするのである。なんだか、廻り合せだけで、斯んな風に人気が出たんだ（大した人気でもないが）という気がしていけない。然し、有難いことは有難いと感ずる。

昔の標準で品さだめをするなら、私の話術など、素人芸に過ぎない。今日の標準では、それが何うなのであろう。時代によって話術のありかたが違うものであるとすると、その時代に受け入れられているものが、やはり巧いといえるのであろうか。

昔の武人は戦場に於いて、優れた剣術により、勲功をたてる、今の武人は、例えば優れた飛行術によって軍神ともなる。円朝の話術と、私の話術と、つまり剣術と飛行術の異いがあるのである――とは考えられまいか。そうだとすると、加藤軍神といえども、剣をとっては宮本武蔵の敵でないように、私が昔風の話術で円朝の足元にも及ばないのは当然となる。

敢えて私が、加藤軍神の如く、エライという意味ではない。また私の話術が、加藤軍神の飛行機と同じ程度に最高のものだ、という意味でもない。あんまり自信のなさすぎるのはいけないから、そんな風に考えて、いくらか意を強くするだけの事だ。

もっとも、下らない連中から、

――お前の話術はなっておらん！

など批評されれば、

――何を小癪な、お前に僕の話術が分るか！

と喰ってかかるぐらいの自信はある。

二十時十分の東京行ガラガラに空いている。往二等、復三等、三等しか買えなかったそうだ。馬楽君といろいろ語るうちウトウトねむる。

帰宅二十三時半頃、入浴、牛肉を焼いて一杯やる。


十三日(木曜　曇　寒)〔銀座全線座第三日〕

第五十一回目の誕生日である。

天気は暗澹たる曇り、寒い。庭の吉野桜は、よく眺めたところ一輪だけ開いている。朝の食卓で、御目出とうもなにもなし。相変らずの豆粕飯に青菜の味噌汁だ。

暁方に床の中で、今日の誕生日は、朗らかに暮そうと計画したが、そう行かない。いろいろ朗らかに行かない理由がある。

まず、昨夜の寝る時がいけなかった。長火鉢に向い合って話すうち、妻の裏店カカア的言葉、男の如き言葉にウンザリして、私は口を利く元気が無くなり(小言を言ったって無駄だ)床に就いて了った。

次に、この暁方、私は床の中で煙草を喫い、木のパイプを、煙草盆に落しカチャリと音をさせた。無論ワザと音をさせたのでない。すると妻は「アア吃驚した、イヤだなア」とさも五月蠅そうに言った。そこで私は「お前だって音がすると五月蠅いのかい？　毎朝お前が、坊やにギャアギャア言うのが、寝ている俺にどんなに五月蠅いか、分るだろう」と言った。自分の事は棚にあげて、人の事にだけ文句を言う態度が気に喰わなかったから。

すると今朝である。妻は茶の間で坊やに文句を言っていた。「起きるなら起きといで、あんまりお前を起すと、また怒鳴られるから」と言う。私の耳にハッキリ聴える大声だ。聴えよがしに言ったのか、それとも馬鹿声なので聴えたのか分らない。こんな行きがかりで、朝の食卓に向っても、夫婦は必要以外の口を利かない。

新聞には三笑亭可楽の死が小さく出ている。脳溢血で死んだのである。私が脳溢血で半身不随になった時、このワイフの口の利き方で、身も世もあられぬ思いをするかと思うと甚だ憂鬱である。この点胃癌の方がマシである。口がこっちも利けて、自分で身体が動かせる方で、夫婦喧嘩として恰好が保てると思う。

斯う書いてくると、静枝だけが、今日の誕生日を暗くしたようだが、全部彼女の責任ではない。ひとつには昨夜から酒を飲まないことにもよると思う。断酒して二日や三日は、精神状態が平衡を失うのであろう。

パイロット万年筆が、無くなった事も、憂鬱の一つの原因かもしれない。北海道で買った、太いやつで、九日に赤羽の工場で「宮本武蔵」を演じた時迄はたしかにあった。万年筆を宝蔵院の槍に使用したのであるから確かである。それから記憶がない。工場で酒の馳走になったから、そこへ忘れて来たか、落したのか、或いはいとう句会に忘れて来たのか、それとも家の何所かにあるのか、まだ確定はしない。「おい、万年筆を知らないか？」とうっかり今日あたり妻に訊ねようものなら、素気なく返事をされて、またムカムカさせられそうだから、訊ねる訳にも行かない。

所で私という人間は、かりに万年筆が出て来ても、ホンの一寸嬉しがるだけで、出て来ない迄の苦痛を償うだけ嬉しがらない男なのである。こいつは実に損な性分だと思う。逆に、失った時あまり苦にせず、出て来た時非常に喜ぶ性分だったら、どんなに幸福が増すであろうと思われる。

子犬の情けない鳴き方が近くでする。捨犬であろう。可哀そうだが、放っておくより仕方がない。人間の喰物がどうなるか分らない現状である。次の配給米には茶殻が混じてあるという。廃物回収で、婦人会が馬の飼料にすべく各家庭の台所から集めたものらしい。不潔なもの、カビの生えたもの、こいつが米と混じて、配給されると思うと、いささか情けない。子犬はあっちこっちに歩き廻り鳴いているようだ。それでもまだ、その子犬が鳴き廻るヒマもなく、人間に締められて、台所に廻される程でないのが、まだしもである。

飛行機は低空を猛訓練している。茶ガラの米はイヤだなどと言ってはならないと思う。言ってはならない、然し、イヤなものはイヤである。暗澹たる空を、戦闘機が編隊で轟々と通る、そのあおりでチラと咲き初めた桜の枝が揺れるかと思うほど低空を飛んで行く。

食物の不足、せいぜい、日記につけるぐらいのことにして、一家の主人として食卓に向う時、何でも配給されるものは美味く喰うように見せよう。まったく、戦争には勝たねばならない。

一家が中分なく円満で、従って家内揃って配給の食物を情けながるよりも、時々は夫婦喧嘩をして、食物の味を分らなくする方が、国策に副うかもしれない。夫婦互いに忌々しく思っている場合は、どうも何を喰っても不味いに極ってるが、これは、味が悪いと感ずるのでなく、味が無いと感ずるのであるから、まず無事である。味が悪いと感ずる場合は、もっと味の好いものを喰いたくなるであろう。味が無い場合は、どんな御馳走も喰いたくないであろう。

万年筆なども、持ってるから落すのである。これから外出の時は専ら鉛筆にしようかと思う。と書いていると、冷えるので厠へ行きたくなった。雨がポツポツ降り出し、池に輪を造っていた。台所を覗いて見ると、紅生薑《しょうが》が刻まれ、酢の香りが立ちこめていた。

喧嘩は喧嘩として、一歩も退かないが、彼女は主婦として主人の誕生日祝いの寿司を作っているのであった。義務は果しているのである。さて、この寿司を、何ういう顔をして喰おうか、――と改まるほどの問題でもない。

やがて昼になる。寿司が皿に盛られている。喰べる。とても美味い。然し無言で喰って了う。喰いながら、こんなうまいものが今日喰えるのは有難いと思う。

渋谷の母が来る。誕生日の御祝いだと、栗入赤飯を持参。すしを喰ったばかりだが、折角だから一ぜん喰う。私は、母と語り、妻も母と語り、夫婦は語らず。

出勤の時、母と妻が玄関に送る。

「行って来ます」と私は母に言う。

「行ってらっしゃい」母と妻が同時に言う。

十三時半頃家出。昼ノ部（全線座）楽長話。出タ時喝采一ツモナシ。引込ム時アリ。

水谷君来楽。事務所ニ行ク。石田銭湯ニ行ッテル。ヤガテ青イ顔ヲシテ帰ッテクル。湯ガトテモヌルカッタト言ウ。相客皆ヌルキヲコボシツツモ「なアに結構ですよ、他所へ行って御らんなさい、まるで防空壕ですよ」ト語ル。

蜜豆ヲ三十杯買イ、丼ニ入レテコレヲ其場デ喰ウ、産業戦士ノ話。

夜ノ部、電車混雑話。

二十時過帰宅、入浴。

この夜帰宅すると、水谷君が福島酒造家よりの土産、酒ノ素二合たらずを持ってきていた。

入浴して一杯やりながら、私は口軽く水谷君と語り、そして妻とも語る。水谷君辞して後、更に妻と語る。ナンの事だである。

今朝、ムカムカしたり腹をたてたり憂鬱になったりした事が、これでは全然無駄みたいである。夫婦生活にとって、斯ういう無駄な、感情の浪費は、どうも避け難いものであるらしい。避け難いものとすると、この無駄は単なる無駄ではない。

聖人も悪妻には悩む。況んやわれら凡人は、妻に悩むのが当り前かもしれない。静枝も時々悪妻となり、善妻となる。私も時に悪夫となり善夫となる。当人たちはそれで年中善夫善妻のつもりでいる。

十四日（金曜　晴　少寒）〔全線座第四日〕

七時前起。菜味噌汁、飯一杯。

棕櫚ノ葉ニうんかヲ一匹見ツケル。地面ヲ見タガ、蟻ハ出テイナイ。雪柳三分咲。沈丁花満開。時々香ル。椿四分咲、一番美シ。柿下ノ長椿モ咲キ始ム。植エ替エタ菜、小サイナガラとうガタツ。チューリップ、今年ハロクニ咲キソウモナシ。水仙、葉ノミ多ク、花数エル程。コノ球根食エナイカト思ウ。姐ヤノ桃、乏シキ蕾ヲツケ開イテイル。

チューリップの球根を掘り出す。蕾をもった株だけ残す。それが五株ぐらいしかない。掘り出して見ると、割に大きな球根で、それでいて葉が一枚しか出ない。土が固くなったせいだろうか。この球根は煮て喰おうと思う。妻は反対したが、誰れも喰わなければ私だけでも喰うつもりだ。葉の出ないうちに喰えば好かったのだ。今年も花を咲かせようと思ったので、失敗した。水仙の根も喰えそうだが、妙に強い香りがするので、毒になりそうな気がした。これも喰

える と分ったら、片端しから掘り出すべしだ。水仙も葉ばかりで、花は実に少い。チューリップの跡には、蔓なし隠元を二袋播いた。黒い豆である。

池の傍の畑には、胡瓜の種一袋と、十六ささげ一袋とを播いた。胡瓜の方は全然自信がない。肥料が、吾々の手では殆んど扱えないのだから、豆類の他は見込なしであろう。

静枝が、土を掘っていると、小さなガマ蛙がコロリと出て来た。陽に当ってもまだ眠っている。地上で一匹も見かけなかった蟻も、掘ったらウジャウジャ出て来た。

高山徳右衛門の代理という男が来て、実印を借りて行く。近眼の、なんだか信用の出来ない男である。他人の実印を連帯責任にして、金を借りようというに、当の高山夫妻は一度も顔を出さない。ゾロッペイ極まる。無論、迷惑はかけないつもりだから、なにも印を押して貰うぐらいと、アッサリ考えているんだろうか。

実印ヲ預ケタルモノノ、肩書モナニモ無イ名刺ノ男ナノデ気ニナリ、後追イカケテ区役所マデ行ク。ヤッパリ私ガ行カナイト生年月日ガ分ラナクテ、証明書ガ貰エナイ所ダッタ。コンナノンビリシタ男ナラ、詐欺師デモアルマイト安心スル。

この頃時々、耳にする言葉であるが、今日も楽屋でそれを聴いた。今度の配給米には茶殻が入っているらしいという話から、茶番師の五十六爺が、

「死んだ方が好いネ」と、真面目に言う。

もっとも、この爺、今でも女さえ替れば一晩に幾度と自慢する人物である。毎日同じ茶番を演じ同じように戯けて、同じように若い声で都々逸を唄う。斯ういうオヤジ連と、少年航空兵との差は、まるでウソのような現象である。

私も茶殻入りの飯は有難くないが、何を喰っても死にたくはならない、松の皮や青木の葉や笹の根を喰っても、生きていて戦争の成行を見なければならない。美味いものが喰えなけりゃ死んだ方が好い連中は、ドシドシ死んでくれる方が宜しい。それだけ食料に余裕が出来ようというものだ。

十四時、家出。昼ノ部「電車談」。

事務所行。運通省ノ仕事ハ来月ニ廻シテ貰ウ相談。銀ブラ。

夜ノ部「カルメン」一可楽君ノ死ニ結ビツケテ語ル。好調。二十時帰宅。入浴、飯四杯ホド。

坊やが寝る時、ラジオをかけて好いかと言う。奥の間でもラジオがガンガン鳴っている。一軒の家で二ヶ所のラジオを鳴らすのはイケないと思う。そこで、奥の間のラジオを誰れも聴いていないなら消して、その代り坊やの睡眠用ラジオを許してやろうと思った。

「あっちのラジオは誰れか聴いてるのかい?」と私。

「誰れも聴いていないよ」と坊や。

花冷えの銀座歩くや五円持ち

花冷えの夜間飛行の大き灯よ

花冷えのおのが愚かを思ふかな

春の夜を坊やしよんぼり寝たけり

いさかひのまま花冷えの夜は更くる

いさかひし妻花冷えの無言なる

花冷えの夜を染めをる白毛かな

毛を染むる妻あはれなり春の夜

また夫婦喧嘩である。例の如く妻の口の利き方に因る。つまみ菜を播こうと土を掘ってると、牛蒡のささくれたのと人参とが一本ずつ出て来た。シャベルで、牛蒡が無残に裂かれた。これが頭に厭な影を宿させる。この件につき、妻が男の如く私に抗議を言った。忌々しいが、虫を抑えて台所に行き、チューリップの球根を自分で煮ようとした。在り所が分らないので妻に訊ねると、彼女は茶の間から、例の邪見極まる切口上で、答えた。私は球根を煮る気力が無くなり、

「まるで叱られているようだな」と言った。そう言ってるうちに無茶に癪に障って、唐紙をバタンと荒々しく閉め、茶間に引き返して、

「もっとあたりまえの口は利けないか」

と談判を始めた。

「まったく、こんな家庭はタタキ潰したくなるよ。まったくイヤンなっちまう」

いっそ別れようじゃないか、という言葉が、咽喉の辺まで何度も出てくる。子供を思い、配給を思い、戦争を思い、辛うじて一番言いたい言葉を抑える。

「どうせ、何度言っても直らないのだから、オレももう絶対に気にすまい、と何度も思ったよ。然し、オレの方も何度思ってもそうは行かない。やっぱり癪に障る言葉は癪に障るんだ。丁度、飯を好い心もちで喰ってると、砂利が歯にガチリと当るようなもんだ」

三十分ぐらい、途切れ途切れに彼女に小言を言った。彼女は終始無言である。ほんとに何度、斯んな喧嘩をすれば好いのだ。

事務所日曜なので休んでる。ナマイキなり。銀ブラ、芽柳は美しい。この美しさをよく味わっておかねばならんと思う。とは言え何たるサムザムしい銀座だ。

時を得顔のもの、横流れ禁制品を売ってる、露天商人たちばかりだ。後藤朝太郎「文字行脚」三円八十銭を買う。水道の水押え、丸革を五十銭買う。使い道になるかどうか分らん。ポタリポタリが自分で直せたらと思って買った。

さてあとは、うっかり敷島も買えない蟇口となる。家へ帰るまで煙草も喫えなかった。

十七日（月曜　曇　冷）〔全線座第七日、宮本武蔵放送〕

吾が庭の桜いとしや三分咲き
いさかひも南瓜の種に播きなほる
空缶でつくるや春の肥柄杓
花三分緋鯉やうやく背を見せて
花三分妻下駄買ひに行きて留守
花三分父娘三人飯を喰ふ
花三分宮本武蔵放送す
一寸の唐菜にトウの立ちけるよ
外濠の鴨の夫婦や藻を分けて
花冷えの戦闘帽を買ひにけり
花冷えの始めてかむる戦闘帽
花冷えの笑ひ乏しき寄席の客

春の闇両手に荷物ぶら下ぐる
七時起。菜味噌汁、飯一杯。

新聞、第三次疎開ノ記事。二階デ「武蔵」稽古スル。

庭へ出テ、肥料柄杓ヲ二ツ作ル。空缶ノ利用也。

チューリップ球根醤油煮干魚ニテ煮ル。十四時家出。

昼ノ部（全線座）暮の話。

柳好、三亀松ト銀ブラ。大徳デ戦闘帽十五円三十銭ヲ買ウ。事務所ニ寄ル。蜂蜜入コーヒー。アマリウマクナケレドウマシ。

夜ノ部（全線座）青島大海戦話。

七年前軍艦足柄に於いて行方不明となった私のシルクハットが、今夜放送局に届いていた。副長山岡大佐の親切によるものである。頑丈な木箱を開けると、懐かしい褐色のケースが出て来た。ケースの蓋には白墨で〝福原嘱托〟云々と記してある。蓋をとると七年前と同じ状態で、シルクハットがあり、真新しいカラアが二本入っていた。

輸送困難の今日、よくもまあこれが届いたものだと感心する。海軍の情味というものがしみじみ有難くなる。シルクハットそのものは、現在の私にとって使い道のない品であるけれど、この心づくしは私の胸をなごやかにしてくれる。木箱は、燃料に貰いたいという松島君の申し残しがあったので、文芸部の部屋において来た。

このシルクハットは、欧州へ出港する前、狼狽てて銀座の信盛堂で買ったのだ。その信盛堂は今や廃業して了った。私はこの帽子を結局一回もかぶることなく、紛失させて了ったのだが、それが事変以来、軍艦と共に太平洋や支那海やバンダ海やを、縦横に走り、時には猛烈な戦闘にも倉庫内にあって参加しているのである。なんだか、私の手に戻って来た事が、一つの奇蹟であるような気さえする。

奇蹟と言えば、今日私は生れて始めて、自分で衣料切符を使用し（四点）生れて始めて戦闘帽なるものを買い、生れて始めて実際に使用した（映画や芝居でかぶった事はある）のである。その同じ日に、嘗て七年前、生れて始めて買ったシルクハットが私の手に帰ってくるとは、奇妙な廻り合せだ。

二十時ヨリ、武蔵、下リ松へ出カケル件、放送。

二十二時頃帰宅。夜食。

二十二日（土曜）

七時半起。新聞棚作る。二階のガラクタを片づける。

紙クズで風呂焚く。静枝青山行、砂糖ヲ手ニ入レルタメ也。

午後岩田豊雄氏来訪。

私が調合するのを牡丹亭はニヤニヤ笑って注目している。私は自信ありげに、まず酒精を一杯、次に林檎ジュース一杯、褐色ザラメ少々、これに夏蜜柑のしぼり汁を加え、湯を注いでコップ一杯に掻き廻す。相手は仏蘭西仕込みの小言幸兵衛だから、何んと言うかと聊か心配していると、

「うん、これは好い、今度は僕もこいつを手に入れよう」と御満足の態である。日本薬局方ウイスキー。

「どうも中々コクがあるね」と忽ちのうちに酔いが廻った様子。結局一杯半の薬局法により、マンサンたる有様となり牡丹亭は帰って行った。この頃、この薬用酒精が市場から姿を消したのは、「やっぱり先覚者があったんだね」と牡丹亭。肴は、佐渡ヶ島産赤貝と、ウドの酢のもの、燻製鮭、精進揚など。赤貝は絶品。

「文士で、今ちゃんと生活出来てる人間は十人とはいない」と牡丹亭言う。まさかそんな事あるまい、と私は言った。さて然らば誰れと誰れがいる、と言われ、牡丹亭は別として、吉川英治、丹羽文雄、尾崎士郎と数えて見ると、中々十人はない。原稿と印税だけで、日々の生活は困難となったようだ。

東条首相の多摩川の別荘は、投石するもの多く、竟にこの頃取り払って了ったそうだ。牡丹亭の話だと、愈々東条さんも最後が近いらしいが、その後任が、寺内大将か松岡オヤジだそうだ。オヤオヤである。寺内大将は、私たち慰問団を酷く冷遇したジジイであるから、気に喰わない。陸軍大臣の頃から好かない軍人であった上にだ。松岡は、いろいろイヤだが、例えば俳句でもなんでもない文句を俳句だと称して、新聞に発表するところがいけない。そんな頭の男に、この大変な時代に首相になられては日本はダメだ。

二十七日（木曜）

七時過起。九時半朝食、味噌汁二杯、飯二杯。

「科学的皇道世界観」47頁読ム。アンマリ感心セズ。少シ昼休。

石塀ノ所ノ青木ヲ、北側ノ目カクシニ移植スル。妻モ手伝ウ。生姜畑ヲ作ルタメ、水仙、友禅菊ナド掘リステル。

防空壕ニ、細材木ヲ横タエ蓋ヲツクル。
丸き池の水花びらを廻しをり
池の面は雪柳散り蓋ひけり
深埋めの水仙葱に似たるかな
菊畑生姜畑に替ゆるかな
一輪のリリス惜しみつ掘り捨てぬ
耳遠き娘手伝ふ畑つくり
耳遠き娘と花を語りけり
筍を踏むな三本出てゐるぞ
芽の出てる青木邪見に移植かな
辛うじて馬鈴薯の芽の出でにけり
防空壕の蓋出来上り春の夕
柿の芽のために椎の木剪られけり
婦唱夫随椎の木剪れば風光る
板塀を押して山吹咲きにけり

生れて以来、如何な場合にも一緒の生活をしていた高子と明子が、この頃別々の生活をすることになった。高子だけ、京橋の方の紙を扱う会社とかに通勤することになった。明子は一人残されて、ションボリしている——ように見える。庭にいて、花など見ている姿があわれである。私はつとめて話しかけるようにしたが、どうも妙な具合だ。

耳が益々遠くなったらしい。彼女一人で、茶の間にいる時を見計らって、私は、

「耳をよくするんだね、耳が悪くては、どこへ勤めても、お前も辛いし、先方も困るからね。もっとも勤めに行かないでも、家で手伝っていれば、それで立派なことだ。この頃は、隣組やなにかで、いろいろ仕事が殖えているからね。家の仕事をやってくれれば、少しだけれど給料を出すよ」

と、なるべく快活な調子で言って聴かせた。相当大きな声で言わねばならないので、話しているのが、なんだか芝居のセリフみたいになってくる。

夕方、マキノ満男君来、角力映画吹込ノ件。


二十九日（土曜）〔牛込亭正岡会、共立講堂遺家族慰問〕

昨夜ノ日本酒デ、身体具合悪シ。

吉本カラ電話、京都大阪出演ノ件。鉄道ノ仕事ト、ブツカルノデ断ワル。丸山定夫君ヨリ電話、高山嬢結婚祝ノ件。放送局カラ電話、来月四日六日解説「大東亜武俠団」ノ件、断ワル。

又吉本カラ電話、六月一日ヨリ廿日間出演シテクレト言ウ、承知。

十三時過牛込亭到。竹中書店デ「ピランデルロ短篇集」買ウ。

寄席の高座で、釈台を使って喋るということは、今日が始めてである。卓子が用意してないので、咄嗟にそういう趣向にした。割合に具合の好いものである。

正岡容著「雲右衛門以後」の出版記念という訳で、いろいろ浪曲に因んだ番組である。私は明治時代の浪花節想出話をした。楽屋に浪花亭峰吉老が控えているところで、私は峰吉節を一

寸やってみた。声の調子がワクワクワクワクで、甚だ極りの悪いものであった。身体中火照って来た。冷汗をかいたのである。四歳の時神楽坂で母と生別した話もしたが、こいつは、どうもいけなかった。高座をおりてから、後口の悪いこと夥だしい。これで謝礼を貰ってるんだから、言語道断である。

私の前に古今亭しん生君が上り、浪曲の漫談みたいなことをやっていた。これもさっぱり巧くない。その前に桂文楽君が上って、何か一席やったようだ。私のあとは正岡容浪花亭峰吉対談という珍品。司会をやってるのは古今亭右女助君だ。

しん生、文楽と言えば、東京落語界で、当時大看板の、話上手という訳だが、そのあとへ上って行った、私が何かゴチャゴチャと喋り、見物が喝采するんだから、妙なものである。考えると恐ろしいことでもある。

玉川勝太郎君が、小さい扇型の色紙を出し、何か書いてくれと言う。私は「山茶花」と三字を書く。あんまり好い出来でない。こいつも冷汗ものである。どうも今日の出来は、何から何までよろしくない。共立講堂の話も不出来であった。客席がザワザワしているので、セカセカと十五分ぐらいしか演れなかった。

共立講堂、鯨奇譚。

洋傘を忘レタノデ、又牛込亭へ行ク。竹中書店デ随筆三冊買ウ。

都電デ新宿行。ガード向ウマデ歩イテボロ電ニ乗リ岩田邸ニ到。四国産ウエスケ。黒鯛刺身うしお汁。蒲焼。

私が、蒲焼を土産に持って行くと、岩田家でも足利の鰻が手に入ったところ。また鰻がぶつかる。ハート印ウィスキーという珍品。焼とり用ウエスケであるが、まあ当時結構というべし。腐った醤油に防腐剤を入れて売り出したら、それを知って脅迫するものあり、それを気に病んで息子が首をくくったという、大変な醸造所で出来たウィスキーだそうだ。

二人とも大いに酔って、例の如く国を憂え、文士どもを罵倒する。

五月

二日（火曜）〔大船撮影所行〕

八時家出。十時撮影所到。早昼飯、松尾食堂。午後「紙芝居」4カット撮ル。

明日は運通省の練成課長に遇うのだから、何でもかでも、徹夜をしても、この相撲映画吹込を了らせるつもりでいたが、十五時に来る筈の双葉山関が待てども待てども来ない。私は弁当を喰い、卓子に突伏して眠った。夕方やっと双葉山が来る。横綱の挨拶を一景同時録音して、この映画の巻頭におこうという訳だ。横綱というものに始めて紹介され、あいさつをした。双葉山は写真で見るほど美しく見えない。然し、思ったよりも豪壮な男であった。意外に色が黒く、眼が充血していて、あまり頭が好さそうにも見えなかった。

横綱を中心として、右に倉本少将左に川崎中佐、その後方にマキノ正博、私など数名立って記念写真を撮る。横綱は、始めから終りまで、威儀を正して腰かけていた。両側の軍人も緊張して正面を切っていた。女優がクスクス笑って、倉本少将に「あんまり笑うなよ」と叱られた。

横綱遅れたお蔭もあって、吹込は明日に延ばされた。

帰宅二十一時頃。クタクタニ疲ル。

十六日（火曜　晴　温）（米子官舎前広場、上井保線区講堂、鳥取大黒座）

今日ノ第一回ハ野天デアル。声ガ追イカケテ帰ッテ来ル。遥カニ遠クノ二階デ聴イテイル者アリ。休憩所ハ課長官宅。オ汁粉ガ出タガ私ハ手ヲツケナカッタ。

上井保線区講堂モ時々列車ガ入ッテクルト、ザワザワシテ演リニクイ（百五十人）。停車中ノ列車カラ、乗客ガ不思議相ニ私ノ方ヲ見テイル。

生れて始めて機関車に乗って見る。何よりも驚いた事は、機関助手という役目の、目まぐるしい働きである。殆んど休みなしに粉末状石炭を釜に投げ込んでいる。左右の管のネジを回す、火掻き棒で掻き回す、タブレットを疾行中受取る、まったく大変なものだ。機関手の方は腰をかけ、汽笛を鳴らし、ハンドルを動かし、空気ブレーキをかけ、前進後進のハンドルを回すなど、これも決して忙がしくないことはないが、助手に比べたらまるで動かないでいるように見える。泊駅から鳥取駅の一つ手前まで乗っていたが、この間にトンネルが十幾つとあり、その中の長いのは一キロ三分ぐらいで而も昇りだ。こいつは呼吸が止りそうであった。何度となく、渦巻く煤煙にムセんだが、私は平静を装っていた。

機関車で隧道出れば紫雲英

思ったほど汚れはしなかったが、とにかく散々もまれた感じで鳥取駅に下車する。駅長夫人が出迎えてくれて、薄茶の接待は嬉しかった。私はお替りを所望して二服頂だいした。

新緑の駅長室に薄茶飲む

駅長室の壁には白蓮女史、火野葦平氏の色紙が掲げてあった。駅長は相当な茶人だそうで、今日は腰が痛んで寝ている由。

越後屋改め永楽館という温泉宿に案内される。

宿の部屋あら壁にして蛙鳴く

鳥取ノ町ハ震災後ノ惨憺タル有様。バラックニ生活スル人々。

夜ハ大谷友右衛門ガ圧死シタ楽屋ノ近ク、舞台ノ出ヲ待ツ。

十七日（水曜）〔豊岡保天恵座、和田山駅、福知山劇場〕

どうも御辞儀の仕方からして只事でない、という者がある。なるほど鳥取の宿の私に対する歓待ぶりは大したもので、朝の食事にも、私の前にだけ、昨夜の鯛がおかれてある。女が耳うちするのをきくと、蓋付の湯呑の中には、般若湯が入れられてあるという始末。「たしかにあの家では、徳川家の一門だと思ってるんですぜ」と塩君が言う。

女中が一人、わざわざ私の手下げを持って見送りにくる。発車する時には、女主人はちゃんと身装を調えて、歩廊に来ていた。その時の御辞儀がまた大したものである。部長、課長始め多勢の鉄道士官が挙手の礼で見送る。何様の御出発かと思われる風景だ。米子管理部の範囲内は徹頭徹尾豪華版であった。

それに引換え今日からの宿は酷くガタ落ちで、そこがまた面白いと言えば面白い。スリッパなんてものはてんで無い。畳の新しいのがせめてものこと。女中が少し御目出たいのがたった一人で何もかもやっている。あとで聴くと、女主人と女中と二人きりでこれだけの宿を営んでいるらしい。それにしてはよく働く女中だと寧ろ感服する。言葉つきのゾンザイたらない。公爵様から忽ちドサ回りに急転である。酒などは、眼の前で一升瓶からアルミの薬罐にあけて煮ている。いきなり茶碗で皆に供したのは、大出来と言おうか。
豊岡八百人、和田山四百人、福知山千五百人。

二十五日（木曜）
四時半起床。朝飯芋飯、量沢山。
七時半、甲府駅長ニ送ラレ出発。
吉井君、宅マデ同来。彼ノ白米デ赤飯ヲ炊ク。アルプウィスキー瓶入ノ日本酒四合二人デ飲ム。

新緑の長旅を終へ家の茶を
馬鈴薯の苗出ている嬉しさよ

「俊ちゃんが御目出度らしい」と柿木坂の母に言われた時、何とも言えない気もちであった。昨年の春婚礼したのに、少しも音さたなしであったのだ。実は、俊子がもしや石女ではないかなど下らぬ心配をしていた。万歳である。これで私も愈々近き将来に「お祖父様」と呼ばれる訳だ。柿木坂の母は、水天宮のお守りを頂いて来て、それを俊子のところへ届けたという。有難いことである。人によっては「祖父」と呼ばれることを酷く厭がるようであるが、私は早くそう呼ばれて見たいと思う。それだけ私自身が年齢よりも老いているせいかもしれない。昼酒を飲むと、いつも憂鬱な酔い方をするのであるが、今日は甚だ楽しい。
私の留守中、質屋の息子が、明子を嫁に貰いたいと申込んで来たそうだ。今時、何も職についていない質屋の若様などは無論いけない。妻は断ったそうだ。大いに断ってよろしい。然し、相手が何んであろうとも、明子に縁談があったのは、何かしらホッとする思いだ。明子はアンツンと言うくらいだから、恐ろしく耳が遠い。耳の遠いのが縁遠い原因になるだろうと思っていた。それが曲りなりにも申込みがあったのだから、これまた大いに目出たし目出たし。坊やも、少しずつ学課が出来るようになりそうだという。高子もせっせと会社に通っている。三日坊主でないところがよい。これも目出たしお目出たし。

吉井君同行、運通省前ニテ塩君ト出遇イ樋口練成課長ニ報告。駅売店デ後篇「ゴッホ」、後篇「巴里の芸術家たち」ヲ買ウ。

二十六日（金曜）〔終日在宅〕

世話ヲカケタ鉄道関係ニ礼状ヲ書ク。ハガキニ俳句ヲ書キ入レル。名刺ヲ見テモ顔ガ思イ出セナイ人ガアル。顔ハ確カニ記憶シテイルガ、何レノ名刺カ見当ノツカナイ人モアル。

甲府駅長宛
晴れ曇り甲府盆地は麦の秋
伊那松島機関区長宛
木曽駒の乱雲垂れて斑ら雪
名古屋工機部長宛
機関車で隧道出れば紫雲英草
和歌山駅長宛
青と白の間の辛さ野蒜味噌
姉小路機関区長宛

五月雨の夜を電車を待ちしかな
　稲沢駅長宛
筍に丼飯の美味さかな
麦の秋車窓の風に眼をつむる
　甲府運輸課長宛
晴れ曇り甲府盆地の麦の秋
胃を病める身の筍を好むかな
　身延電車区長宛
新らしき寄席の楽屋や河鹿鳴く
隣組に身延の蕨配りけり
　身延駅長宛
英僧を想ひつ蕨喰ひにけり
塩大豆嚙めば河鹿の鳴くべかり
　金沢管理部長宛
葉桜や神社に隣る公会堂
　米子管理部長宛
機関車で隧道出れば紫雲英
荒壁のま丶なる宿や蛙鳴く
　松任工機部長宛

殉職者祭る社か躑躅紅く
夏らしき陽射しとなりし線路かな
　米子総務課長宛
五月晴れ野天演芸大会かな
　米子勤労係長宛
アミバ型の池に蛙の鳴きゐたる
　金沢総務課長宛
五月雨の仏教会館演芸会
五月雨の夕警報響きけり

苦楽座移動演劇の件で釜さんが報告に来る。将棋二番指す、二番とも負ける、どうも力が違うらしい。敵は余裕綽々たり。

二人でニッカ・ウィスキー半瓶空ける。先日、釜さんが川村花菱老の家へ行ったら、老は「丸山さんも高山さんも成る程巧いには巧いかもしれないが、いくら巧くても素人の巧さだ」と言ったそうだ。成る程そういう見方もある。田舎廻りの浪花節芝居の役者の方が、玄人かもしれない。

釜さんと話していると中々楽しい。これでお互いに実は中々ズルイところがある、と私が言うと、釜さんは「そうなんですよ。これで僕はとてもズルイんですよ」と大いに共鳴する。何か言っては、頭へ大きな手をやって、首を縮める時、釜さんの顔は全然駝鳥と相成る。頭を短く刈り込んだので、愈々駝鳥である。

二十八日（日曜　晴　薄暑）

六時起。わかめ味噌汁ニ、韮ヲ刻ミ入レ、蒸御飯ニカケテ喰ウ、一杯。ゼラニウムヲ陽光ノ当ル芝所ニ出シ並ベル。

庭へ出て、ちょっと畑をいじったり、新聞の綴じ込みをやったり、気紛れの葉書を書いたり、茶を飲んだり、二階へ上ったり降りたりで一日が暮れた。

馬鈴薯の成りさうもなき葉の繁り
支柱すれば豌豆素直に依りかゝる
亡妻《つま》の母めつきり老いて薄暑かな
孕れる長女新緑の縁に座す
西日さす雨戸閉すや葉桜に
自信なく播きし大根の種あはれ
花咲かぬ藤棚矢鱈繁るなり
睡蓮の葉に納まれる小蛙かな

池田君酒精三本ソノ他ヲ持ッテ来ル。昼飯ハ海苔包ミ握リ飯二ヶ。

淀橋婆サン来。坊ヤニ蛙ノ作文ヲ口述筆記サセル。「玄洋社物語」ヲ読ム。睡蓮ノ莟三ツ。芍薬莟二ツ。

俊子がふらりとやって来た。青梅のことを語る。二人で梅の樹の下に立つ。孕れることについては、私は触れない。少し恥かしくもある、俊子に恥かしがらしてもいけない。一言もいわないが、お互いによく分っている。何しろ目出たい。池の傍の老梅を見上げて、俊子は「何のくらいとれるの?」と訊ねる。「さア一升五合ぐらいかな」と私は答える。梅の実などは実はどうでも好いのである。俊子は自分のお腹に父の初孫のいることを、無言の報告に来たのである。私は喜んでその報告を受け、梅の話をしたり、豌豆の話をしたり、旅の食物の話をしたりするのである。話しながら、ハハア少しやつれたなと観察したりしている。

身延から送られた守札を、今日持たせてやった。別に安産のお札というではなかったが、それに私の安産を祈る心もちを通わせてあった。俊子もその心もちを解して、ふらりとやって来た次第であろう。

茶の間には俊子の祖母たる淀橋の婆さんが来ている。毒舌の名人で、私とも嘗て大喧嘩をしたが、根は善人なのである。台所で明子と高子がホットケーキを作り、静枝がこれを切ってジャムをつけ皆に出す。ふくらし粉がうまく作用せず、ネチネチしているが、卵が入っているからお菓子らしい味がする。

「戦争は何時終るかしら?」と俊子が言う。

「中々終らないね」と私が答える。

お腹に新たな生命をもつ彼女は、恐らく空襲とか、東京全滅とかいう言葉に対し、別の感情をもつようになったのであろう。

夕食ライスカレー。入浴。静枝四ッ谷ニ出カケル、卵ヲ手ニ入レテ帰ッテクル。如何ナル卵カ。即チ一ヶ六十銭トアル。仕方ガナイ。

今日松屋カラ帯百六十円ヲ二本買ッタト静枝言ウ。私ハ富士子ノ分モ買エト言ウ。嫁入用ノモノハ何ンデモ三品ズツ買エデアル。

ライスカレーノ汁デ、ニッカヲ飲ム。小粒南京豆ノ煎リタテ、美味イ。

六月

九日（金曜　晴）（霞ヶ浦航空隊行）

八時過牡丹亭（獅子文六）来ル。九時五十分発デ土浦行。

司令部カラ迎エノ自動車、森田竜チャン中尉出迎エ。士官第一宿舎ニテ、ライスカレー昼食。

練習機ノ勉強ブリヲ見学。江田島出身ノ若武者ノミ。

恐ろしく広大な芝生だ。教官の中佐殿に並んで腰をかける。涼しい風が絶えず吹いている。練習機が右手の数百米の所に、次々と着陸し次々と左の方へ出発して行く。その度に出発する若武者と、到着した若武者が、報告に来る。この報告ぶりが大したものだ。

駈け足で来て五十米前方に先ず止り、そこから改めて正式の駈足で二十五米ぐらいのところでピタリと止り、両手を信号塔みたいに動かして一歩進み、〇〇候補生〇〇号離着陸互乗出発シマスと精一杯の声で怒鳴って、また一歩進み、クルリと左向きになり駈け足で機の方へ行ったり、〇〇候補生〇〇号燃料前鑵異状ナシと怒鳴って控所に帰ったりする。

みんな江田島出の若武者である。それぞれ異った声で怒鳴り、異った表情でこちらを見る。教官と並んでいる吾々は、まともに見ているので、なんだか済まないような気がしてくる。そこへ接待のカルピスが出る。こんなものを飲みながら、椅子に腰かけて、見学していては悪いような気がする。然し、頼もしい限りである。日本は大丈夫だという気がする。

「もう半年もすると、この連中半分ぐらい死んじまうんですぜ」と森田中尉が私に囁やく。

この若武者たち、如何なる心境にあって、斯くも潑らつとしているか？　五十の老人である吾々には、今日の青少年の心境は分らないのではあるまいか。

司令官中将閣下ニ会ウ。牡丹亭曰ク大黒様ミタイダ。参謀長ガ一中出身、私ヨリ一年後輩デアッタ。司令部総出デ会食。

オーストラリア産ウィスキーデ、昭南ノ病院ヲ思イ出ス。

二次会「梅が枝」、三次会みどり。参謀長ハ三次会マデツキ合ウ。みどりデ泊ル。大酔スル、モウ酒豪デハナクナッタ。

十日（土曜　晴）〔土浦ヨリ帰宅〕

芍薬の散り敷く庭や迎へ酒　（土浦の宿にて）

ズボンヲハイタママ寝テイタ。牡丹亭朝酒ヲ命ズル。イケナイイケナイト思イツツ交《ツ》キ合ウ。

土浦特高刑事水谷トイウ人、サントリーノ瓶ヲブラ下ゲテ来ル。

厚生車デ駅へ。車中睡イコト甚ダシ。

新宿デ牡丹亭ト別レル。

一升瓶二本とそら豆の入ってる鞄は相当重い。昨夜の飲み過ぎと今朝の迎え酒、下曽我のロケ以来の疲れ、いや名古屋行の夜汽車以来の疲れなど、身体の到る所に残っていて、まったくやりきれない心もちだ。本来なら、欲も得もない斯んな鞄は投げ出したくなるところだろうが、どうして、疲れてうんざりしていながらも、鞄の中の「爛漫」「ふく娘」を見るとニヤニヤしたくなる。そら豆は先だって下曽我から沢山持って来たばかりだが、これもまた悪くない。人間というものどうでも変るもんだ。

そら豆と言えば、牡丹亭の風呂敷包みが、ほごれて電車の床に転げ出していた。若い男が足元を見てはニヤニヤ笑っていた原因はこれだった。フランス仕込みの洒落男たる牡丹亭が、暫らくしてこれに気がつき、ああいけねえとか何んとか言いながら、拾って風呂敷に入れているのは面白い風景であった。

冷タイ風呂ニ入リ、水道デ頭ヲ洗イ吾ニ返ル。

床ニ入リ一睡シ、二階デ放送ノ稽古。

土浦ノ豆デ、豆飯ガ炊カレル。トテモ美味イ。

十九時半放送局到。八時ヨリ放送。5点位ノ出来。

二十一時半頃帰宅。二階デ、対談原稿六枚、二十四時マデカカル。

私の放送が始まる前、ロッパ君から使いがあって、どうか彼の放送の初めの部分を聴いてくれと言う。八時二十分、私の放送が終りロッパ君の放送が始まった。声帯模写で私が出てロッパ君と話している。「おやロッパ君、今夜は何をやるんです」「えへへ貴方の声帯模写をやります」「ホホウ私の声帯模写をね」てな風に始まる。なるほどこれは趣向である。斯うと知ったら私の放送の終りも「さア坊や、ロッパさんの声帯模写でも聴きながら、寝ておしまい」とするんだっけ。その坊やは、今夜の私の放送を聴きながら「ボクあんな事言わないヤ」と大フンガイであったそうだ。

十八日（日曜　晴　少暑）〔仙台座鉄道郵便慰問〕

ドイツの新兵器「無人機」というものが、新聞に大きく扱われている。羽根をつけたロケット式爆弾で、これをラジオで操縦するものらしい。英米軍二十ヶ師団をフランスへ上陸させておいて、その源とも言うべき英国南部をやっつけるというのだから、正に痛快である。どれほどの威力か未だ具体的には分らないが、英米の狼狽ぶりは相当のものであるらしい。廿五発でロンドンがスッ飛ぶなどは真逆である。

何しろイギリスを、アメリカを、殊にアメリカの野郎をジャキジャキジョリジョリと殺すべし。彼等は日本人を、少し進歩したアメリカインディアンとしか思っていない。思い知らしてやらねば、日本人を尊敬するようにならない。

盛岡から仙台へ行く車中でも、ドイツの新兵器の話が出る。私は仙台逓信局の人と鉄道局の人を相手にいろいろ論じた。

——新兵器が愈々進歩する時、人類は自殺する型となるであろう。

——或る意味に於いて今日最も幸福なる人種はアフリカの山奥の半獣人であろう。

——いっそのこと敵の女を殺す戦法をとったら如何？　軍人なんか大したことはない、女を無くして了えという戦法だ。

郵便局長、朝モ見エテ一番打チカケル。ソコヘ、バス来。バスヲ途中止メテ、何トカノ清水ヲ欠ケタ碗デ飲ム。

盛岡・仙台間ノ植物ハ関東地方ト同ジ様デアル。仙台ノ近クニ来テ警報解除ト分ル。ホットスル。

「仙松旅館」トイウ宿ハヒドイ宿デアル。然シ今日一流宿ハ食物ガ無インデ、コノ家ナラ一生懸命ニヤッテクレル由。ナルホド凄イ歓待ブリ。

街ヲ歩ク。カネボウハ休。赤蕪ノ種ヲ買ウ。

義妹は美人である。美人の義妹が訪ねてくるとするとこの宿屋は汚なすぎる。アラ兄さんはもっと偉いのかと思ったら、こんな宿屋に泊る人だったか、とガッカリするであろう。

夜、仙台座満員。私ノ話ガ終ルト同時、再ビ警報出ル。刺身、塩平目デ酒宴。

二十二日（木曜）〔秀三氏壮行会〕

逆上陸トイウ言葉ハ甚ダヘンテコ也。吾方ノ領地ヲ占領サレテ、ソコヘ上陸スルカラ逆上陸ナノデアロウガ、逆上陸ナンテサモサモ勇マシゲニ印刷シテアルト情ケナクナル。

十二時過ギ静枝ト家ヲ出ル。荻窪駅デ、鈴木町会長、飯田ムコ殿ト合流シ、新宿デ岩田牡丹亭ト待チ合セ、十三時頃渋谷頭山邸壮行会場ニ行ク。入口デコップ酒二杯飲マサレル。

甚だ変った、物凄い、少しく馬鹿気た、壮行会であった。私共が行った時は、既に酒が始まり、酔払いが充満していた。正面の卓子で余興の浪花節をやってるが、一人として聴き入る者がない。わいわい囂々たる中に、気の毒な浪曲語りは、汗を夕立の如くに垂らして、真赤になって唸っている——年齢は三十歳ぐらい、見るからに気品のない、虫のような顔をした、精力絶倫そうな太夫であるが——とにかく私は同情した。

然らば、このわいわい連中、浪曲が嫌いなのかというとそうでない。浪曲と詩吟ぐらいしか解らぬ連中なのである。大好物なのである。大好物を無視して大言壮語しているところが、実に好い心もちらしい。

吾輩らは天下国家を憂えとる。吾輩らをおいて真に国家を憂うるもの他にありやだ。無暗に憂えとるぞ。そのくらい憂えとる吾々が、世間の馬鹿もの共には分らん。大臣にも大将にも学者にも分らんのである。志士というものは古往今来然りだから已むを得ん。然し、飲めばそんなことはどうでもよろしい。今日は会費も五円払っとる。大いに飲む。大いに国家を論じよう。

右のような意気の豪傑連中が、わいわい囂々とやっとる。本来今日の集りは、主人頭山秀三氏の応召を壮行するの会であるが、もう彼等には主人公もなにもない。あちらでも、こちらでも、勝手に喧々ガクガクと論じ、而して飲んでいる。

まったく羨やましき人々である。憂えとるゾというのを資本にして、国民の義務は大抵知らん顔で、――志士は一般士民どもとは人種が違う、従って時には義務なぞは無視すべしである、天はそれを宥すであろう、――無論愚劣なる職業などには従事せず、もっぱら憂えながら、毎日酔っぱらっている。

今に見てろ、吾輩らは、毎日ただ飲んどるんではないゾ。飲んで英気を養い、時あらば常人では不可能の大事業をやって見せるんだ。どういう大事業か、と具体的に訊ねられても、そう簡単には答えられん。とにかく大事業だ。国家のためには、いつでも命は捨てるんじゃ、という心意気であろう。まったく恐れ入った豪傑連である。

だが斯ういう人々が、或いは、ひょっとした場合本当に何かやらかすのかもしれん。このわいわい連の中から、一人でもそういう大事を仕遂げる人間が出るとすれば、こういう不思議な状態も、やはり必要なものであるに違いない。

歌舞伎の旧式なる組織からでなければ、歌舞伎の名優は出ないように、斯ういう時代錯誤の気分からでなければ、壮士らしき壮士は出ないのかもしれない。一壮士の直接行動が、歴史を好転させる場合がないとは言えない。

秀三氏ニ祝イノ言葉ヲ述べ、本宅ノ方へ行ッテ、翁ニ会ウ。牡丹亭ヲ紹介スル。木村重行君来テイタ。

牡丹亭ヲ吾家ニ招待スル。「ドウモ戦争ハイヨイヨイケナクナッタネー、コノ秋ニハキットルゼ」ト彼ハ言ウ。万一淋代《さびしろ》ヘナド敵前上陸サレタラ、軍人ザマア見ロデアル。断ジテ負ケテハナラン。然シ、イヨイヨ大変ニナル。牡丹亭モ大イニ酔ッテ帰ッテ行ッタ。何ガ何ダカ分ラナクナルホド私モ酔ッテ了ッタ。

馬鹿々々シキ限リデアル。

二十七日（火曜　晴　暑）〔三笠艦ロケーション〕

五時半起。味噌汁美味、胃袋回復セルガ如シ。

七時半東京駅集合。七時四十八分発横須賀行、車中古キ「新青年」ヲ読ム。

岩壁のカンカン照りの蛍草
日盛りの三笠Z旗重たげに
日盛りの三笠に二度の撮影かな

夥だしい英霊である。省電三輌英霊だけで満員である。ニューギニア方面で散華した英霊であろう。軍属の英霊もある。若き未亡人の眼を泣き腫らせるも見えた。美しき未亡人の端然として英霊に従い行くもある。日本女性の紋付姿は凡そ世界の喪服中の最高なものであろう。私は最近ニューギニア方面に転任となった山田寿吉を思い出した。病気で寝ている彼の細君を思い出した。山田の長女は新婚間もなく新夫が出征し、妊娠の身を逗子なる母のもとへ帰った。逗子でも幾柱かの英霊が下車した。不吉な想像は慎しむべし。とは言え、彼女たち母娘の喪服姿がふと眼に浮びそうになる。

から梅雨の英霊あまた帰還せり

ニクヲ着ケダブダブノ背広ヲ着ケ作業服ヲ羽オリ、三笠艦行。午前中何モセズ飯トナル。握飯ヲ貰イ、ロッパ君ノ蝦ヲ貰イ食事。ロッパノ校長ガ、甲板デ悲歎シテル所へ、私ノ戦友ガカケツケル景撮ル。

ロッパ君は華族の出である。我がままものである。ぜいたくものである。殊に口のおごりは一通りでない。所で、今日の彼の弁当は、横浜の支那料理屋で作らせた折詰めであるが、開けたとたんに顔をしかめて、あッもうゴザッてると言った。それでも、構わずムシャリムシャリと喰い出した。私の方にまでプンと臭うほどゴザッているのである。私は皆に配給された握り飯二ケと沢庵二切れとを以て食事する。私の沢庵も緑色にゴザッていた。私もゴザリ沢庵をムシャムシャ喰った。

十七時頃帰宅。水ヲ浴ビル。縄ヲホグシ、胡瓜ニ敷ク。二十時半ヨリ、虎爾ノ鰻デ一杯ヤル。

七月

一日（土曜　晴　烈風）〔ラジオ賞受領〕
蚤ト蚊ニ悩マサレ二度モ起キテ水ヲ浴ビル。掻ユミガ早クトレルヨウダ。原色版ノ夢ヲ見ル。
五時起。防空壕ノ堤ニ水ヲヤル。堤ノ泥ガ大ヘン美味ガッテ吸イコンデルヨウダ。朝食冷飯二杯、味噌汁一杯。大根、胡瓜漬物。
早朝の陽ざし熱帯の地を想ふ
青柿のひねもすもまれ落ちもせで
烈風の意地の悪さよ豆の蔓
蟻と蚊を吹き払へかし烈風氏
青嵐千手観音こけ給ふ
金塗の聯吹き落す青嵐
扇てふもの吾が性に合はぬなり
凄まじき雑巾がけや夏座敷
凄まじい音がした。何の音とも一寸見当がつかなかった。突風にあおられて木彫の聯の一方、銅人台上春正暁と書かれた板が、二階の階段を下まで落ちたのであった。板が堅い質だったので、階段の角々に傷がつき、下の廊下にも凹みが出来た。それはいいとして、大損害は千手観音の像が巻き添えを喰って、転げ落ち、二十四本の腕のうち十本が欠けて了ったことである。私は欠け落ちた手を拾い、ハトロン紙の袋へ納め、像は元のところへおいたが、どうも情けない御姿となって見ていられない。勿体ないが顔の美しさまで失われて、なんだか男性的に見えて来た。そこで私は、戸棚の中へ姿をかくして頂いた。

階下では妻と、英子と、英子の母親の三人が、縁談につき語っていたが、この物音をきき、

「お父ちゃんがおっこちたのかと思ったわよ」

という始末だ。

私が、あんな物音をさせて、下まで落ちたら、きっと首の骨か足の骨かを折っていたに違いない。観音様の被害を見て、私は当分のうちこの階段を注意して昇降するに違いない。大慈大悲の観音様であるから、信心もしない私でもあわれみ給うて、殊によると私の身代りに立たせ給うたのかもしれない。そうなると戸棚の中になぞ幽閉しては相済まん訳のようであるが、こっちの気もちは分って下さるであろう。

今日、放送局から貰った第一回ラジオ賞、これで何を買おうかと昨日来いろいろ考えていたが、この事件で骨董物を買うことだけは中止にした。勿体ないが、この御像は新宿の骨董屋で金百二十円也で入手したもの。私が四方八方に手を伸ばして、いずれも成功するようにという心もちで買ったのである。原稿に、舞台劇に、映画劇に、新劇に、アチャラカ劇に、漫談に、放送に、行くとして可ならざるなきを期して、買い求めた千手観音なのである。

然し、原稿まずダメになり、新劇もダメになり、映画の方もだんだん不景気になり、目下のところは漫談と放送の中の物語が一番の仕事みたいになった。二十四本の手のうち十本欠けたのは、正しく私の現状そっくりである。

まったく、自分でも自信のあるのは、放送の物語を第一として次は漫談かもしれない。あとはだんだん自信などグラついて来て、まだ多少の自惚れが残されている程度だ。

蝶も雀も休み、燕だけしか飛び得ないような夕暮の風の中を飛行機の編隊が行く。私は見とれて了った。更に燕すら寝て了った烈風の闇の中を編隊は響き飛ぶ。

ハガキ、第一線ノ兵タチニ出ス。救癩院ニ十円寄附スル。

十時半頃早昼食。握飯二個胡瓜もみ。握飯ハ少々、プント来ル。

亀雄兄ヨリノ使イノ人、ウィスキー持参。

十二時前、放送局行。矢部業務局長ヨリ、ラジオ賞ヲ渡サレル。金五百円也。「宮本武蔵」ノ成功ニヨルモノ。

松井君ト遇イ、語リナガラ事務所ニ行ク。彼ノ談ニヨルト、サイパン島ハ、近々イケナクナルラシイ。石田ノ報告ニヨルト、銚子ノ浜ニ、トーチカガ築カレテイル。戦局愈々重大ドコロデナイ。

五日（水曜　曇　雨）〔蒲田撮影。夜放送・武蔵〕

十五時帰宅。水ヲ浴ビ、飯ヲ二杯喰ウ。シソノ実佃煮ウマシ。

青柿の葉の雨音を楽しめる
いくらでも眠むたき昼や夏の雨

煙突の片側ぬれて夏の雨
空梅雨の菜を植ゑ替へて雨となり
蜩の如く鳴きけり枝蛙
洋傘さして庭を廻りぬ花胡瓜
桔梗いまふくらみきつて咲かんとす
雨蛙数ノ子を噛む音に似て
指導者はみな愚かなり梅雨曇り

省電で蒲田へ行く。両側の五十米は大部分の家屋が取りほごされ、或いは空家になっている。これを見て私は大変好い心もちなのである。何故好い心もちなのであろうか？汚ない物が片づけられるという快よさ。一見してこの感じはまず不思議はない。だが、それだけでなく、もっといろいろ有りそうである。

破壊本能が喜ぶのでもあろう。他人の災を喜ぶという下劣な感情もあろう。何かしら変った事を喜ぶという好奇もあろう。

斯んなゴミゴミしたところへ、斯んな家を無理に建てて、家賃を稼ごうとした慾張りどもに対するザマアミロという感じ、斯んな家に好い加減な装飾などして、金儲けをしようとしていた商売人どもに対するザマアミロという感じ、斯んなところに頑張って大きな主人づらをしていた野郎どもに対するザマアミロである。中には実に立派な人間、同情すべき人間、尊敬すべき人間なども勿論いたであろう。然し、この空爆を受けた跡のような、疎開風景はどうしてもザマアミロである。

或いは今頃、こんな疎開をさしている、政府に対するザマアミロかもしれない。こんなところに、こんな生活をしていて、吾こそ世界一の高級民族である、などと盲信していた日本人の自惚れに対するザマアミロかもしれない。日本は世界一の民族である、と私も思う。然し私は、何から何まで世界一とは思えない。随分劣っている点も沢山あると思う。

国民の大多数は、ただ漫然と日本はエライんだと思っている。いや思わせられている。こいつは或る場合には強味だが、或る場合には大変な弱味である。最後の最後まで、この信念がぐらつかないのなら結構であるが、もともと敵を知り、味方を知りの上の事でないから、一寸敵の優秀さを見せられると、忽ち崩壊して了う怖れがある。政府もそれを考えるから、戦況の発表など露わにやらかさないのである。

日本の政府は国民に短波を禁じ、敵国の放送を聴けば厳罰に処する。敵アメリカの政府は、新聞に日本の放送時間を印刷させる。国情の相違もあろうか、とにかくこれだけで見るとアメリカの方が公明なやりかたである。

もっとも日本の大本営は決してウソは発表しない。アメリカの大本営はウソを放送する。ところが、日本の大本営は本当も発表しない場合がある。アメリカの大本営は本当も放送する場合がある。

民をして知らしむべからず、これが日本政府の伝統なのかもしれない。日本の政府は、国民の忠誠は信じているが、国民の理性は全然信用しないらしい。

私は日本民族を信ずる。信ずるが故にこそ、こんな醜態に対してはザマアミロだ。私は日本民族を愛する。愛すればこそ、その欠点はいとも気になる。

無知の輩よ、神がかりの輩よ、大空襲のあった時、大いに狼狽てるが好い。その時私はザマアミロと言ってやろう。

十日（月曜　晴）〔映画ロケ御殿場泊〕

六時起。久シブリデ頭ノ具合平調。味噌汁（配給ノ茄子、庭ノ豆、庭ノ菜、庭ノ韮）。

睡蓮、淡紅二、白二。妻、雪柳ノ枝ト、白睡蓮一輪、水盤ニ生ケル。青木ノ生垣ヤヤ形整ウ。

新聞の編輯ぶりから見て、どうもサイパン玉砕は本当らしく思える。軍人軍属はともかくとして、沢山の非戦闘員、老人、女、子供は何うケリがついたのであろうか。玉砕と言っても、女や子供たちまで、殺され尽し、自殺し尽したとは一寸考えられない。

生き残ったとするとどうなるか。敵兵どもは、これを捕えて如何なる処置をとるか。最悪の場合がいろいろ想像される。いっそ機銃掃射か何かで綺麗に片づけてくれた方が好いような気もするし、まったく大変な事になったものだ。

軍はこの辺のところまで予算に入れといて、戦争を始めたのであろうか。軍自身もこれは大変と聊か狼狽て気味なのであろうか。

子供たちに因果をふくめて、これを殺す親たちの気もち（ここまで書いてそのままにしていたら、此夜、御殿場の宿で、老人と子供は日本軍の依頼により米軍が保護を加えていると、アメリカ側が放送した、という話を聞く。イヤハヤもうこれで愈々サイパンはダメと定る）。

高村正次氏来、サントリー・ポケット一本土産。大映京都作品「河童大将」出演ノ件。鉄道ノ仕事トカチ合ウノデ断ワル。サイパンノ話、フィリッピンノ話。米ゲリラ隊ガ、飛行場ヲ作リ、米機ヲ待ッテル。来年ノ九月カ十月頃北支へ来レトイウ話。

梅雨あけの米と大豆を選り分ける

配給の米に今度も小さな豆が入っている。白い米、黄色い米、青い豆、紅い粒、褐色の虫、五色の米である。ひどい米だが、然し妻が不平を言うと、とんでもない、結構だよ、と言いたくなる。妻が、小さなボール箱の底に、格子を切り開いた道具で、サラサラと揺る。米が落ちて豆が残る。小さな豆や、割れた豆は米と一緒に落ちる。それを私が老眼で拾う。妻はボール箱の代りにシャボン入れのザルで試みる。この方が成績よし。作業を終えて眼分量をしてみると、一斗の米に豆二升であった。

サイパンを想い、ラバウルを想い、こんな作業をするのは罰あたりだとも感ずる。とはいえ、配給されたものを、一番美味くして喰うのは差支えなかろうとも思う。米の中の石を捨て、虫を捨てるのは、いくら前線に喰物が無くても怪しからんとは言われまい。

頭の悪い指導者の中には、自分は上等の飯を喰いながら「前線では蝸牛を喰ってる、銃後も宜しく蝸牛を喰え」と言いかねないバカがあるから情けない。

豆は、これを煎ってオヤツにする。坊やは父ちゃんを煎豆製造の名人と思いこんでいる。「父ちゃんこしらえてネ」と頻りに頼まれている次第だ。これだけは決して母ちゃんに頼まないから面白い。

好い加減這はせて胡瓜支柱する

這い胡瓜を支柱造りにすると、実が成らないと聴いて、今日まで這わせていた。不恰好だが大きいのが一つ這って成り、今日それを収穫した。ところが数日前に、短い竹の枝を支えたら、さも満足そうに、蔓をまきつけ、上昇の姿態をとっている。どうも、這い胡瓜ではないらしいと、夫妻の説が一致した。そこで今日は、遅れ馳せに支柱を結んでやる。とは言え未だに半信半疑なのである。この半信半疑でやっているところ楽しみと言えば楽しみだ。

苗からでなく、種から播いて胡瓜の収穫があったのは今日が始めての記録だ。不恰好に尻の方が膨らんだのも、ブラ下って出来る種類を横に寝かせた結果であると考えられる。即ち、尻の方はブラ下ってる場合、一番地球の引力に反して働く組織になっているから、これが横に寝かされた場合、その部分が力あまって膨らむ――斯う鑑定したのである。

青柿の木下闇の土を運ぶ

防空壕の上に土を盛る作業をする。今迄にも丸材を並べて、その上に畳を置く計画はしてあったが、どうも畳をめくって、それを運んで載せる、というのは厄介千万である。それに畳は湿らせなければならないというから、考え物だ。畳は貴重品である。やはりこれは泥に限る。

フレームの木ワクを一片だけ外し、少し離して置くと丁度手頃のものとなった。木ワクを並べた丸材の上におき、ムシロを敷き、その上に土をおく。妻も来て手伝う。汗だくとなる。途中で妻はキャラメルを出し、私にもくれる。こいつとてもウマイ。泥を三寸平均ぐらいにおいた時、もう私は厭になって中止した。また次の機会に泥を重ねよう。久しぶりで頭がサラッとなった。

空襲の時、その中にひそんでいる坊やを想像し私は満足に似た感じを持つ。

仙台ノ芳子ノ母来ル。クジュークラレル（小言ヲ食ウ）トイウ言葉ガ出テ、懐カシ。物ノナイ話。

十五時過家ヲ出ル。十五時五十八分発、小田原行ニ乗ル。連絡悪ク、山北マデノ切符ヲ買イ、山北下車一時間以上時間アリ。三十分ホド山北ノ町ヲブラック。観音堂ノ石仏ナド所在ナク眺メル。駅ノ薄暗ガリデ「ナナ」ヲ読ム、アマリ面白クナイ。

妙ナ老人アリ、マッチヲ貸シテクレ。問ワズ語リニ、山ニハ宝物が満チテル、ウィスキーノ材料ナドアフレテイル、ナド語ル。

御殿場ノ松屋旅館ニツイタノハ、二十時頃ナリ。入浴。ビールヲ飲ミ、アルコール・シロップヲ飲ム。

小山内竜氏ニ初対面、心臓弁膜症ノ由。ドモル人、北海道ノ人ナリ。作品カラ受ケル印象ト大分違ウ。

昭南デ一緒ニナッタトイウ、電通宣伝部ノ人ニモ遇ウ。談論風発。

十四日（金曜　晴　曇）〔〝敵は幾万〟アフレコ〕

六時起。宿出ル。出征軍人、馬ニ乗リ、見送リ人「暁ニ祈ル」ナド合唱。

御殿場ノ町ヲ散歩。神社参拝。九時廿何分発ニ乗ル。新松田デ小田急乗換エ。

せきれいのチ、と鳴きつゝ霧の屋根

牡丹杏《ぼたんきょう》噛みて冷水口すゝぐ

霧の中馬にうちのり出征す

御殿場の町を歩いていると、貧弱な本屋の棚に「田中河内介」という文字を見出し、少し大げさに言うとギョッとしたのである。

一昨日伊勢原のロケの宿で、休息している時、中川老人が例によって歴史譚を始め、博学なるところを示しているうち、ふと田中河内介の話が出た。維新の元勲で、嘗て自分が人を殺した者は、皆変死を遂げているという話。伊藤公然り、大久保利通然り。大久保が紀尾井坂で殺されたのは、彼が維新の頃田中河内介を殺したからである、という話。

そこで私は、ある怪談会で、田中河内介の話をしていた男が、話しているうち段々様子が変になり、そのまま死んで了ったという話をした。

するとあの元気な中川老、忽ち顔色が変り、頭を冷しに行った。急に眩いがして来たのだそうだ。それからまた話しているうち「こりゃイカン、自分で言うとることが分らんようになった」と悲鳴をあげて、また頭を冷しに行った。滑稽でもあり、聊か恐ろしくもあった。

所が今日、図らずも「田中河内介」という文字を、四列も見出した——即ち同じ本が四冊あった次第——私はフラフラと買った。なるほど、小豆島に河内介父子の死体が流れつくところなど不気味である。

ふと、気がついたのは、今私が本の中の坐摩神社という所を読んでるのに、私の乗ってる電車は座間駅を通過するところであるという事だ。偶然であろうが不気味であった。

十二時頃成城到。食堂デ三円ノ不味キ御殿場寿司ヲ喰ウ。十三時頃ヨリ「敵ハ幾万」アフレコ。

桃ノ入ッタ袋ヲ下ゲ、元気ナク帰リカケルト、増谷重役ニ呼ビカケラレ、若キ海軍士官ト語ル機会ヲ得。日本酒一杯ト、ミツ豆ノ馳走ニナリ、増谷氏ト一席。私ガ黒デ持碁デアッタ。

十六日（日曜）〔都立家政女学校講堂口演〕
　昨日烈日ニ晒サレタノデ軽イ日射病ノ如キ気分。
　妻ト馬鈴薯ヲ掘ル。北側ノ十数本ダ。葉モ青々トシテイルカラマダ早イセイモアルガ、収穫ハ予想ヨリ少ナイ。小バケツニ一杯。然シ若イウチノ方ガ美味イダロウト負惜シミヲ考エル。

「読売」の記事「物鬼の敵撃滅の秋！　瀕死闘魂の一弾・保身の米兵とは霄壊《しょうかい》の差」と題した一文は、読んでいるうち、噴出したくなり腹が立って来た。即ち吾が勇士たちが命を惜しまぬに比し、敵は死ぬ事を極度に恐れている、ここに日本の戦力を見るという某中佐の談なのである。

　この中佐の目撃したところに依ると、米機は真逆様に海中に沈んだが、奇蹟みたいに一瞬浮き上り、その刹那に乗員は泳ぎ逃れ、間髪を入れず救命飛行艇がやってくる。空からはゴムボートが投下され、これが圧搾空気で海面に落ちるまでに立派なボートにふくらみ、着水した飛行艇は全員を助けて飛び去った。ふと敵機の落ちたあたりを見ると直径百メートルぐらいの海が真赤になっている、これは落ちるとインキのような染料が溶けて、救命の目標となるのである、その上、一旦沈んで一瞬浮き上る時、無電が自動的にSOSを送る仕掛けになっている――という中佐の話だ。

　なんと、笑うべき敵の醜態ぞや、というつもりで記事は書かれているが、なにを言ってるんだ！　兵の命をそれだけ大切にしている米軍の態度は寧ろ立派である。何回でも助かって、何回でも戦うべしである。日本軍にしたって、出来れば当然、そうすべしだ。

兵の救命設備が至れりつくせりで、その上、戦う兵器勿論至れりつくせりなら申分ないではないか。サイパンでは、一挺の小銃を握りしめて、数十数百倍の敵を釘づけにした鬼神をも泣かしむる兵士たちの物語が伝えられる。然し、こちらは小銃なのに、敵は艦砲射撃で、戦車で、空爆である。こんな戦いを、今後もくり返すのは愚の至である。勇士はそう無暗に出なくても好い、戦争に勝つことが肝腎だ。

十時頃荻窪警察署長迎エニ見エ、交通巡査ノ運転スル車デ都立家政女学校行。中野署長（岡）、四谷署長（野崎）、野方署長（藤井）、戸塚署長（宮崎）ノ諸氏来集。警官諸君ニ南方ノ話ヲ一時間半。午後三時頃凄キ雷雨アリ。

十六時過家ヲ出、二十二時御殿場着。高村氏ヨリ貰ッタポケット・サントリーヲ飲ミ、亀井君ノ蚤トリ粉ヲ焚キ蚊ヤリトスル。

十八日（火曜　晴　曇　雷雨）（重大発表、放送中止）

塀に這ふ南瓜の雌花散りてをり
南瓜蔓好くせんとして折りにけり
新ジャガの汁むつとして味ひし
新ジャガに韮刻み入れ熱き汁
今日もまた炎暑なるべし苦き茶を
朝の蚊のいと機敏なり憎きやつ

「五時頃重大発表があるかもしれません、もしあったら今晩の放送は中止になりますから」と大岡氏から電話のあったのが四時頃であった。

昼飯を喰うと私は二階で汗ぐっしょりになって寝た。炎天のロケはやはり身体にこたえる。私は、妙な夢を見た。烏が群れていて、小河で魚を掬っている光景だ。烏は白い紙のような網を両手(?)に持って、河の水を掬っていた。獲物がないと、その烏は何度もやり直していた。眼がさめて私は、何故斯んな夢を見たか、原因を考えてみて、ほぼ見当をつけた。

今夜放送の台本をつくる必要があるんだが、どうもその気になれず、階下へ降りて水を浴び、牡丹杏を喰い、また二階に上った。ゾラの「夢」の読み残しを読んだ。ゾラにしては実に美しい話である。

手足に脂がにじみ出して始末が悪い。私は足の裏に新聞紙を置き、手を紙でふきふき読んだ。それから台本作りにとりかかった。省略のところが面倒なので、庭へ出た。思いもかけぬ胡瓜を、蔓の奥に発見し、それを鋏で切り、妻に見せた。どうも普通の胡瓜と違う、やはり這い胡瓜かもしれないと話し合う。

とたんに電話である。重大発表があるかもしれないという。さア落ちつけなくなって了った。それでもやっと省略の部分は、地図を参照したりして何行かの文章に替え、階下へ降りた。

雷が鳴り、空は今にも降り出しそうである。百日紅の莟の枝が風に震えている。まだ午後五時までには廿分ある。私はじっとして待っていられない、この文章を書き出した。そのうち雨がふり出した。

寒暖計は九十二度である。五時十分前だ。ドレそろそろスイッチを入れよう。

重大発表待つ間に夏の雨となる
重大発表待つ間焼石濡れ始む

雑音も意味ありげなり遠雷す

「サイパン島の我が部隊は……」

といきなり簡単にやり出した。そして、

「戦い得る者は、概ね将兵と運命を共にせるものの如し」

という言葉で終った。

それから放送員の言葉に従い、私も坐り直して黙禱した。

東条首相の言葉、軍報道部長の談など放送員によって朗読され五時廿分頃終り、「海行かば」のレコードがかけられる。スリ切れたレコード、むせび泣くように聴えた。

外では子供たちが、大声に叫びながら、元気よく面白そうに遊んでいる。雨は降り止み、蟬がジイジイ鳴き出した。

重大発表聴き終へて見る花南瓜

全員戦死の発表聴きて行水す

正直のところ、この放送を聴いて私は、大した衝撃を感じなかった。わざと衝撃を与えないような放送法を採ったのかもしれない。この発表程度のことは、既に余程前から知っていた事であり、胸がドキドキするような事は少しもなかった。

もっと委細を知りたい。勇士たちの最後の有様や、非戦闘員の始末に就いて、あるがままの事を聴きたい。死者に対して、真に私の心を傷めたい。政治的な技巧をこめた話などイヤである。

二十日（木曜　涼　雨）〔鉄道慰問ニ出発〕

八時、家ヲ出ル。九時、上野駅着。一列ニ並ブ。

一列に並ぶということ、実に厭で厭で堪らない。一列に並ばねばならぬ程なら、酒もいらぬ、御馳走もいらぬ。然し、汽車に乗る時はどうも仕方がない。特急券も寝台券もない今日、一列に並ぶより座席を得る道はない。酒は飲まなくても大して苦しくないが、座席なしで十時間も立っている苦痛は、私の肉体の堪えられないところだ。然らば、旅をしなければ好い訳だ。全く私としてはこの頃の旅と聴くだけでうんざりする。旅などせず、吾家にいて南瓜など作っていたい。

十時発、高岡行ニ乗ル。前ノ席ハ、ドイツ人夫妻。胃ノ具合悪ク、昼飯ヲ喰ワズ。ドイツ人ト、キールノ事ナド話ス。

軽井沢アタリヨリ涼シクナル。

車中でドイツ人夫妻と語る。夫は経済学博士とかで、片言の日本語を話す。妻は混血（日本とドイツ?）で日本語、英語、ドイツ語共に達者らしい。二人でこれから軽井沢に行くのだという。私は話しているうちに、ふと私の心の底にある白人崇拝を感じてヘンな気もちになった。彼は今度発明された独逸の一人乗り水雷の話をしたり、日本人は皆言葉が丁寧で富士さんと山にまでサンづけをするという冗談を言ったりしたが、独逸人らしく重々しい口調である。ドイツの酒だという香りの高い液体を一口飲ましてくれた。

私の白人崇拝に対して、この白人は私をなんと感じて語っている事だろう。こちらが崇拝なら当然向うには蔑視感が、あるべきである。両方尊敬し合うという事が一番の理想であるが、人間の心理というもの中々そう行かないものだ。

日独提携という事、必要已むを得ざるに出でているが、内心ドイツ人たちは厭がっているのかもしれない。

雨フリ出ス。十六時頃、戸倉駅着。笹家旅館ニ投ズ。中々ヨキ宿デアル。私ノ部屋ハ、池ニ面シ浴場モ近クデ申分ナシ。

夜食、酒アリ、コーンビーフ、シチュウ、シューマイナド結構。二十一時頃寝ル。

二十一日（金曜　晴　雨　暑）〔松本、長野、鉄道慰問〕

温泉の宿の朝のせきれい眼に近く
せきれいの石渡るなり養魚池
七月の富士を仰ぎて祈るなり

朝、温泉に浴して、立派な座敷に座り、庭の養魚池を眺め、滝と注ぐ清水の音を聴き、前面の山に揺曳する霧を看、さてサイパン玉砕の人々に対しこれでは済まないと思う。然し、与えられた機会を、出来るだけ楽しく用いるという事は決して罪悪ではあるまい。自分から温泉を目ざして来たのでなく、自分から望んでこの上等の部屋に泊ってるのでない。休養出来る時大いに休養して、いざという時頑張れる力を貯えておく。と一応、理くつはつけられるけれど、やはりどこかうしろめたい。私の心のありかたが中途半端であるためだろう、休養してる時も働いてる時も何かしら不安である。

東条内閣が辞職したこと、私には感情的に会心のことである。まことに目出たい。然し、後が小磯米内連立内閣とは、なんだか気がぬけた。米内さんはもう試験ずみである、無能という判定が下されている。頼むは小磯さんであるが、上ノ山温泉の宿や、上ノ山駅に掲げてある書を見ると、大して強豪なる性格の人とも思われない。

東条内閣は何故引き退ったか、その真相は如何？　とにかく東条大将は大東亜戦をおっ始めた時の首相だ、それがその戦争の最中、甚だ油断ならぬ最中に退くという事は只事でない。

八時五分発ニテ戸倉ヲ去ル。篠ノ井駅乗換エ松本行。

十時半ヨリ十二時半頃マデ、福チャン部隊ト私トデ演ズル。私ハ一時間以上喋ル。昼食、天丼。

十五時頃、長野善光寺前藤屋旅館ニ投ズ。

後継内閣、小磯大将ト米内大将ノ二人ニ下命アリ。二人ニ御下命アルハ奇ナリ。善光寺参詣ノ気モ起ラズ。

雨ノ中、自動車ニ分乗シテ公会堂到。

註　この日アメリカ軍グァム島に上陸している。

八月

十日（木曜）〔宮本武蔵放送〕

七時起。縁デ新聞読ム。今朝漸ク身体快調也。朝飯一杯半、ジャガ味噌汁。瓢箪ノ蔓ハグレタルヲ、百日紅ニツカセル。坊ヤ座敷カラ私ヲ叱ル。

文化奉公会ノ長井氏来。座談会ノ件。氏ハラバウル帰還ノ勇士、共ニ時局ヲ慨ス。
一日に帰宅してから今日まで日記を書く気力がなかった。
一、旅で疲れて了った事
一、酒をだらしなく用いた事
一、身体の衰弱甚だしかった事
一、連日猛暑が多かった事
一、天下の形勢益々不可なる事
一、元気回復の栄養に事欠ける事
等いろいろと理由がある。
　秋立つや放り出されし日記帳
　青紫蘇の葉を指先に刻みけり
　味噌汁に青紫蘇の葉を浮かしけり
　秋立ちて高野豆腐の配給かな
　二月より便りは絶えて百日紅
　鬼の如き首相の顔や花南瓜
　羊艸一ツも咲かぬ日なりけり
　落柿を思はず踏みし無残かな
　凄まじき低空飛行百日紅
　空襲警報気楽に聴きて残暑かな

（吹鳴試験ナリ）

昼飯一杯半、肉入野菜汁二杯。

書庫ヲ大変革シテ探ネルツモリデイルト、明子ガ無造作ニ持チ出シテ来タ本二冊、即チ「宮本武蔵」第六巻、第七巻。有難シ有難シ。

夏深し娘三人飯を喰ふ
成る南瓜成らぬ南瓜の葉の茂り
風折れのコスモス更に切りて植う
面白くないことばかり蟬時雨
近頃の藪蚊座敷に進出す
蟷螂の娘十三芋の葉に
ぶら下るまでのヘチマの焦りかな
蜂の巣を双眼鏡で見たりけり
夏負けもサイパンも知らず雀かな
モンペイとアッパッパアの世なりけり
夏の夕欅の大樹沈黙す
足の指に撃滅したる藪蚊かな

頭山ヨリ派遣サレタル青山ノ歯ノ先生来診。静枝コノ頃ノ仏頂面ハ即チコレナルカ？

この十日間の病状態で、何も仕事が出来なかったが（苦しさを忍んで、東京銃器の少年工慰問に出かけ、野天で喋ったのが唯一の仕事だ）、例によって小説を読んだのが一つの収穫であった。

黒岩涙香訳「山と水」、これはとても面白いものであった。かねて小笠原明峯君から、斯んな面白い小説はない是非読めと言われていたのだが、どうも「山と水」という題が如何にも詰らなく、一度読みかけて止めた事がある。さて、アル中症状で、不安状態で、胸が苦しくて、どうにもやりきれん条件揃いの中で読んだが、それでも面白いこと大したもんだ。一気に読み了した。

木下尚江著「良人の自白」上下、これも長大篇であるが一気に読み了った。無論「山と水」とは段違いであるが、別の意味で中々読める。明治時代の社会が分って興味がある。も一つ最近二度も出かけた信州松本が舞台なのも一つの興味であった。

改造社の「世界大衆文芸集」の「グランド・バビロン・ホテル」これも面白かった。アメリカ人とイギリス人の特色が出ていて、当時何かと考えさせられる。同集の「世界探偵実話集」これも徹頭徹尾面白い。同集の「永遠の都」は読みかけて止めた。同集の「有効期間十日間」は意外の拾い物だった。イタリーの作家に斯うした滑稽面があろうとは妙である。

改造社世界探偵小説全集「鉄槌」を読む。少々チャチであるが、一気に読める。同集の「シャーロック・ホームズ」は三上於兎吉氏訳となっているが、これは流石にドイルだけあって、まるで重量が違う。どの物語も立派なものだと言える。この他「短篇四十人集」を読んでいる、涙香もの「破天荒」を読んでいる、全部の合計が四千八百頁ほどになる。いつも健康を害すると、小説類が片づくのである。

さて今日は聊か健康状態である。ともう、小説は読みたくなくなる。俳句など作りたくなる。

日記などつけたくなるのである。

黄昏の蜻蛉俄かに飛びて去る

夜八時半ヨリ放送。第八放送室。冷房装置トイウモノ悪クナイ。夢想権之助ガ武蔵ト二回目ノ立合ノ件。今夜ノ出来ハ八十五点位デアロウ。では……では……ト両人ガ言イ、立上ルトコロ吾ナガラ拙イ。いざ……いざ……ダト馴レテルガ、では……ハ難カシイ。

四日の新聞は一斉に頭蓋骨問題をとり上げ、大騒ぎである。なるほど米鬼のやりそうなことである。然し新聞が大騒ぎで書きたてるほどの事件でないような気がする。情報局新総裁を迎えてから、調子が大分変って来た。これもその一つの現われであろうが、こんな事で国民の敵愾心を昂揚させ、厭戦気分を鞭打とうという意図が見え透いていて厭である。

私は嘗て某君が、私に頭蓋骨の盃をくれようとしたことのあるのを思い出した。それは確か支那人の頭蓋骨で、銀の縁かなにかで飾ってあるという話であった。また私は昭南に於ける、華橋の始末の話を想い出した。

十五日（火曜）〔東宝撮影所行〕

十時過家ヲ出ル。撮影所ニ行キ鬘合セ、衣裳合セ、後三時頃帰宅。

通リノ馬糞ヲ拾ウ。馬糞拾イハ生レテ始メテ也。

風呂屋夫人ノ霊前ニ焼香。

南瓜蔓支柱ヲスル。

ドイツから買って来た例の素晴らしい双眼鏡、今夜惜しくも私の手を去った。霞ヶ浦から上海へ転勤する森田中尉が、是非にという所望、妻は断っても好いような口ぶりであったが、これから前線に行く勇士にそのくらいの餞別は仕方があるまい、と私は話があったとたんに諦めた。眼鏡を渡す代りにライカをおいて行かせましょうと妻は言ったが。ええイそれも気もちよく持たせてやれだ。内心惜しくてならないのだが、斯ういう場合になると、私は表面気前よく見せる癖がある。

中尉と話しながら一杯のんでいるうち、酔っぱらってねむくなり、失敬して床に入ったが、妻に向って曰く、餞別を百円ヤレ。戦死でもされた場合、ケチな事をしていると後口がわるいのが恐い。

十九日（土曜）（レインボウ対談会）

南瓜葉柄ヲ汁ノ実ニスル。

黄色睡蓮、一輪ノミ。

昼飯、鮭缶。二階デ少々昼寝。

新橋駅デ待避訓練ニ打ツカル。

十四時放送局到「笛塚」打合セ。

十五時レインボウ、文化奉公会戦線文庫ノ対談会。

久しぶりでレインボウグリルに行く。サトウハチロー君との対談会だ。前線の兵隊さん何かというと喰い物の話をするそうで、そこでその兵隊さんたちに読ませるべく、喰物ずくめの対談をやらかすのである。徹頭徹尾喰物の話、交る交る話題が進んで、ウマイ物の話、駄菓子の話、イカ物喰いの話、酒の話など——これを筆記の名人片桐千春君が手帳に書きとめる。

十七時頃対談を打切り、食卓につく。褐色のザラザラパン、蛤のスープ生ぬるし、酷い味、燃料節約の為か、蟹と野菜のプンとくる料理、鯨の冷肉、甘味絶無の代用コーヒー。散々ウマい話をしたあとの御馳走としては、誠に中分なき料理であった。

二十六日（土曜）〔「勝利の日まで」撮影〕

ルーマニアが裏切った。ドイツ愈々不利である。この調子だと本当にあと二ヵ月かもしれない。新兵器は何うなってるんだ。敵を散々引きつけておいて一気に粉砕するというような事は、もう空頼みにすぎないのであろうか？

何しろ米軍の物量は凄い。飛行機何千台で、絨毯爆撃と来る。ドイツが手をあげて、その飛行機がこっちに廻って来たらどうなる？　中島飛行機製作所がケシ飛んで了うどころか、大東京が一望焼野原となって、それこそ井の頭公園の池の目高まで死に絶えるかもしれない。

杉並区でも私の家だけは大丈夫という自信も聊か怪しくなって来た。

日本の全機能をあげて飛行機をつくれ、も宜しいが、その全機能をあげて結局一フォード会社に及ばない製作高なのではあるまいか？　相手は機械力で一人がなし得ることを、こっちは手工業で百人がかりと来ては、真赤になって奮闘するも寧ろあわれである。

とどのつまり日本全土で玉砕現象が起って、大和民族が地上から姿を消すという事になると、責任は何所へかかるものであろうか？　かかる見透しがつかず、戦争をおっ始めたとすると、日本には一人の知者もなかった事になる。もし幾分の知者はあったとしても、指導者共が全部馬鹿野郎であった事になる。

アメリカの言いなりになっていたら、日本はジリ貧で二流国三流国になって了う、だからこの戦争は絶対に回避出来なかった、と指導者は言う。然らばジリ貧と全土玉砕といずれがよろしき。

大和魂から言うと玉砕がよろしとなろう。生物学的に言うとジリ貧をとれとなろう。人間を物と見るのは情けない思想だ。然し人間を神と見るのも思い上がった思想だ。人間を一ヶの生物として見よ、人間を人間として正視せよである。

瓦斯が火の玉となり、火の玉がさめて、生物が出来、その火の玉が更に冷えた時、生物は亡びる。その生物の短い歴史の中で、人間の歴史などは一年のうちの何秒ぐらいのものだろう。治乱興亡と言ったところで、大したことはない。大したことではないが、吾ら一個の生物として、過去を負い、未来を抱く時、あくまでも存在せんとする本能あるは当然である。

この本能を殺して、民族花と散るは、果して如何なるものであろうか？　花と散って、これを嘆賞するも、嘲笑するもそれは他民族のすることである。

生物の本能に背むき、美しき滅亡を急ぐ、これは原始的な悲壮美礼讃主義の誘惑なのである。浅薄な感傷よ！　もっとも生物には、生の本能と死の本能があると考えれば、また話は別であるが。

個人としては玉砕もまた美談たるべし。民族として玉砕は愚の骨頂なり。根強く生くべし。この意味に於いてユダヤ人を学べ、支那人にならえ！

二百十日近し静かに茶を飲まん
颱風は毎年来るに被害あり
好むと好まざるとに関わらず、私たちも玉砕することになるかもしれない。その場合は、自分だけ生物の本能でもあるまいから、私も無論玉砕だ。さて、その玉砕が幾ヶ月後か幾ヶ年後か、いずれにせよ、その時は人々皆骸骨となる。妻も骸骨、子供たちも骸骨だ。骸骨が夫婦喧嘩しても始まらない。骸骨娘の嫁入りを心配しても、骸骨坊やの数学が出来ないを苦にやんでも、何もかも始まらない。

無論ヤケになるテはない。家内中仲よく、面白く、骸骨の日まで暮すことだ。骸骨の日まで励まし合って頑張ることだ。

電車に乗ると産業戦士の骸骨がいる。買出し部隊の骸骨がいる。陸軍大尉の骸骨に陸軍少尉の骸骨が敬礼している。

撮影所に行くと、古川ロッパの骸骨が歌を唄い、高峰秀子の骸骨が嬉しそうに跳ね廻っている。

さて、徳川ムセイの骸骨が斯んな事を書いてるのである。

嘗て、骸骨が恋をしたり、骸骨が遊興していたりするエハガキを見た事があるが、ただ面白いと感じたまでのことであった。然し、今日この感じはただ面白いだけではない。エハガキは単に野狐禅的な空想の産物であるが、今度の骸骨模様には実感がある。

ドウモ身体ノ調子ガ宜シクナイ。二週間位本当ノ休養ヲシタイモノダ。

今日ハ九時半頃撮影所ニ行ク。遅レタナト思ッテイタラ、連絡係ノ手落。私ノ仕事ハ午後カラトアル。三階控室デグッタリトナリ、ウトウトスル。

デコ（高峰秀子）私ニ向イ砂糖ヲ食ウ？　トキク。喰ウヨ、ト答エル。スルト、茸ノ頭ミタイナ白イモノヲ私ニクレタ。ブドー糖カト思ッタガソウデナイ。オ菓子デモナイ。トニカク甘イ。私ハ博士ノ扮装ヲシテ、コノ砂糖ノ塊リヲ少シズツ、前歯デ噛ッタ。ウマイウマイ。

海軍省経理局第三課長大佐殿ニ紹介サル。夕五時頃仕事終リ、大急ギデ顔ヲ落シ湯殿デ水ヲ浴ビ、木炭自動車デ渋谷トイウ旅館ニ行ク。句会以外デ此処へ来ルノハ珍ラシイ。

主人ハ東宝側カ海軍側カ分ラナイ。会スルモノ、大佐殿、少佐殿、製作主任藤本君、ロッパ君、私、他二名。ウィスキー、ニッカ一本、アイデアル一本。料理ハ北京亭。コノ料理、皿ハ変レド、味ハ皆同ジ。少佐殿ハ、足柄ガ始メテ任務ニ就イタ時、ガンルームニ居タ人。大佐殿ハ大谷主計中佐、山田寿吉大佐ナドヲヨク知ッテイタリ。

例ノ如ク酔ウニ従イ、気焔ヲ吐イタモノノ如シ。山ノ手線大塚駅マデ乗リ越シテ了ウ。帰宅、酒飲ム気力ナク、苦水ヲ吐キ、飯ヲ二杯喰ウ。

二十七日（日曜　雨　涼）（喜多見撮影所行）

昨夜ノ飲ミスギ、午前中具合ワルシ。南瓜雌花咲ケドモ、雨天故交配セズ。

昼弁当ハ卵焼ト梅干。牧逸馬著「運命のＳＯＳ」ヲ読ム。二度目ダガ面白イ面白イ。ロッパ君ニ一杯如何ト勧メラレタガ、今日ハ閉口デアル。

袋の底にキャラメルがある。昨夜酔っぱらって、電車を大塚まで乗り越し、忌々しさに箱をあけて二ツ三ツ嚙った残りである。高峰秀子やロッパ君と、撮影の合間、無駄話をしながら、さてこのキャラメルを出して一つずつ皆に配ろうかと思った。昨日私はデコちゃんから大きな砂糖の菓子を一つ貰って撮影中喰って中々楽しかった。今日の昼にはロッパ君から鶏を片足貰った（あとできくとこの鶏は秀子の贈り物であった）。いろいろ貰うばかり、そこでキャラメル一ツずつでも配ればジンギとなる。然し私は出さなかった。夕方吾家に帰り坊やや娘たちに一ツずつ配つてやる方がよろしいと考えたからだ。私は自分のケチなところが恥かしくもあった。中々人が悪いという気もしてうしろめたかった。

八時頃ヨリ日本酒二合飲ム。肴ハ鶏ノ足。九時半頃寝ル。蚤ニナヤマサル。

三十日（水曜　晴　涼）〔スクリンプロセス〕

朝ノ庭歩キ。淡紅睡蓮一輪。若竹ノ露。秋ラシキ爽カサ。

撮影十時開始トイウノガ正午スギトナル。始メテ映研ノスタジオニ行キ、エンタツ、アチャコノスクリンプロセスニ合セテ撮ル。

特殊撮影というもの、頗る厄介千万で、いろいろの条件が揃うまで待たされるのがやりきれない。その待たされてる間、ロッパとデコと私の三人で喰物の話。私は甘露入りの氷水に飴パンを千切って入れて喰いたいという。ロッパは震災前の東キネで喰った焼ソバの話をする。この焼ソバを一年三百六十五日喰わして貰えるなら、殺されても構わない、と彼は言う。デコはすしを喰いたいと言う。デコ曰く「あたし不幸だワ、物心ついた時は戦争が始まって、ウマいものをあんまり知らないんですもの」と。だから幸福だとも言える。次から次へ喰い物の想い出話が出る。終にはジャミ女という怪物が出てくる。女が顔に白粉や紅を塗る代りに、ジャミをコテコテ塗っていて、それに接吻したら好かろうと言う、これはロッパの説である。

絢チャン梨二貫目、卵二百五十匁《もんめ》買ッテクレル。石井夫人ガ買ッテクレタ二貫ノ野菜トテモ持テナイ。ソレヲ断リニ行ッテジンノ馳走ニナル。

九月

二日（土曜　曇　爽涼）〔放送「勝利の日まで」〕
早起きに亡父想へり露しげく
亡妻の命日忘れてゐたり秋の朝
うすくらき中に南瓜の咲きゐたる
朝顔と南瓜いづれが早起きぞ
蚊をよけて踊りつむくや芋葉柄
朝顔の花の筋目を数へみる
生垣の白い朝顔誰か見る
雌花のあれども南瓜日蔭かな
秋の朝電車どよめき遠ざかる
花咲かぬ藤棚繁り秋の風
肥料運ぶ足に邪魔なり友禅菊
下肥てふもの始めて汲むや秋曇り
オワイ屋を終へて茶を入れ甘納豆
焼物の如き南瓜の蔕《へた》の艶

五時起。南瓜葉柄ト、茗荷ト、新芋ト、味噌汁ノ実ハ、皆吾庭ノ産物。今朝モマタ昨夕ノ残リノ芋葉柄ノ皮ヲムク。南瓜交配ナシ。裏口ノ塀外ノ子南瓜ニツトモ落チテ了ッタ。百日紅ノ糸瓜、奇形発育不完全。

生れて始めてオワイ作業をやる。別に命じた訳でないが妻と明子が手伝う。妻が汲み出す、明子が運ぶ、私が畑へあける、笑い声が絶えない作業だ。雨水が混っているせいか、意外に臭くない。ドボドボとあける時、ハネかるのが一番苦手である。一気に約一ヶ月分を処分して了った。案ずるより産むが安く、なんだこんな事かと、聊か張合ぬけを感じたくらいだ。

三人茶の間で休息、茶を入れ、仙台の甘納豆を味う。狭山の玉露案外よく出る。甘納豆は一粒ずつ大切に舌へのせる。甘納豆は斯くもウマかりしかである。大東亜戦争が、私たちに斯くも楽しき一と時を与えてくれた訳だ。

今日モ笹毛虫ヲ五匹ホド退治ル。オワイ作業ノ後、塀外ノ南瓜、植木鋏デトル。淡褐色ノ好イ色ダ。蔕ハ濃緑ノくすりヲ黄ノ上ニ流シタヨウ。

昼飯ニハ生卵一ヶ。

二階デ二時間近ク昼寝スル。畳ニピッタリ背ヲツケテ眠ルノハ好イ心モチダ。十四時頃起キル。

「毎日新聞」のラジオ欄を見ると――「慰問爆弾、勝利の日まで」川田義雄、桜井潔、市丸他＝となっている。

「朝日新聞」は――松井翠声、榎本健一、岸井明、徳川夢声、高峰秀子、古川緑波、川田義雄、市丸、轟夕起子、山田五十鈴、宮城道雄、勝太郎他＝である。

「読売新聞」は――松井翠声、榎本健一、岸井明、徳川夢声、高峰秀子、古川緑波、川田義雄、桜井潔、市丸、轟夕起子、勝太郎、山根寿子、宮城道雄、和田肇他＝計十四名で一番多く、次が「朝日」の十二名、次が「読売」の十名で、三名の「毎日新聞」は思い切った節減ぶりだ。「毎日」の編集記者は、何と考えてこの三名を選んだか面白い。四新聞とも出ているのは川田と市丸の二人で、一新聞しか出ていないのが山田五十鈴、山根寿子、和田肇の三人である。サトウハチロー作並演出と出ているのは「東京新聞」だけ、結局ラジオ欄は「東京新聞」が一番詳しく親切である。伴奏指揮鈴木正一は重要なる名だが、四新聞とも黙殺である。

あらゆる新聞を全部蔵っておいて、何かの時に同一事項の比較研究をしたら面白かろう。先日の、紫蘇からとれる甘味薬は、新聞によってその甘さ、砂糖の六百倍だの六千倍だのと四ツとも違っていた。

インキガ忽チナクナル。部屋ガ暑イノデ蒸発スルラシイ。ネットリト濃クナリスギテイルカラ、試ミニ水ヲ割ル。

水割リインキデ「ちから」ノ原稿八枚書ク。九月一日創刊号ノ産報雑誌デ「朝日新聞」ガ引キ受ケテ出シテル。今日ノオワイ事件ヲ書ク。

夕食、南瓜ノ煮タノデ二杯。十六時四十分家出。

今夜ノ放送ハ、失敗者続出デアッタ。午後六時カラテストノツモリガ、第一スタジオデ、シンフォニーヲヤッテイタノデ、七時マデ使用不可能デアッタ。七時ニ入リ何ヤカヤ支度シテイル中ニ三十分ハ消エテ、一時間ノ放送テストナド到底出来ナイ。音楽ト唄トヲ駈ケ足デ合ワセル程度デ時間ガ来タ。

ロッパ――荒鷲ノ唄イ出シトチリ、エノケン――八木節調子外レ、勝太郎――島の娘、終リノ方伴奏ト意気合ワズ、岸井――角力の唄、意気上ラズ、満足ニ行ッタノハ市丸ノ伊那節。但シコレダケハ録音レコードデアッタカラダ。私ノ役モツマラナイ役デ、コレモ失敗ノ方デアル。

二十二時過帰宅。インチキウィスキー。

九日（土曜　晴曇　雨　涼）（終日在宅）

五時起。雨戸アケ庭一巡。南瓜ノ尻ニ敷ク竹ノ皮ニ水ガ溜ル。ソレヲアケヨウトシテ蔕ヲ折ル。西洋南瓜ノ東へ伸ビタ蔓ヲ切リ、汁ノ実ヲツクル。味噌汁一杯、飯二杯。

早朝カラ池ノ鯉鮒パクパク。睡蓮白、淡紅黄、一輪宛、大根ノ芽合掌シタママ出テイル。

昨夕カラ出カカッテイタ。播イテ三日目ニ出タ。夕方ニハ掌ヲ開クダロウ。

八時カラ原稿「三人掛け物語」。朝ナド浴衣一枚デハ寒シ。

備前焼の朝顔、今朝第四輪目咲く。順々に小さくなって行くが、今朝のは径一寸五分ばかり、それでもピンと張りきっているさま頼もしい。老眼鏡をかけてしみじみとのぞく。純白の美しさ。蕊までが真白である。第五輪目が咲くかどうか、蕾の様子では覚束ないが、何ういう事になるか、このままにしておいて観察しよう。この朝顔、花は完白だが、葉には斑が入っている。

丁度鶴見祐輔氏の放送が聴える。米内海相の演説で議場が泣いたという感話であるが、その中に米内さんが配給以外のものは喰わず、時には雑炊食堂へ出かけるという件がある。これは果してこの朝顔の如く純白な話であろうか？　ヤミはしないにしても、到来物が諸方から沢山あるのでは、問題にならないではないか。雑炊食堂も一度や二度、一つの経験として出かけたのでは、なにも吹聴することでない。米内さんが毎日食堂で一列に並んでるなら大したものだが。米内さんが酷く痩せたので議場は感動したそうだが、今は誰れでも二貫目や三貫目は痩せた。米内さんのあの巨体で五貫や六貫痩せても不思議はない。況んや糖尿病かなんかで痩せられたのかもしれない。米内さんそのものには、私は悪意はない。ただ、配給だけでやっているという事の公表は、どうかと思う。本当なら大した事、実に立派なことだが、いろいろ訳があるのでは有難くない。まア然し、そんなせんさくはどうでもよし。朝顔の乏しきを憂えざる純白ぶりを学ぼう。

大根ノ外側ニ一ウネズツ掘リ、小蕪ト、ホウレン草ヲ播ク。

小島君来ル、眼ヲ悪クシテイル。

昼飯ハ、自作南瓜。鶏小屋ノ所ノ第二果、ヤハリ美味シ。午後マタ三ウネ掘リ、ホウレン草、小松菜ヲ播ク。

注意してみると一日に一回ぐらいは、在る出来事かもしれないが、それでもやはり偶然というものの不思議さには変りがない。

八日元京浜電車の品川駅で、ヒョッコリ俊子に遇ったのは不思議であった。私も今年始めて乗る線で、俊子も生れて始めて乗る線である。乗ろうと思っていた電車が、あんまり一杯だったので一発車遅らせた。二台連結だから、俊子が前の方へ乗ってればそのまま気がつかなかったに違いない。恐ろしく沢山の条件が合わなければ、この邂逅はあり得ない。

今日は今日で、亀井文夫君から電話があるべき場合に、亀井伯爵家から電話があった。亀井伯爵家から電話のあったのはこれが始めてのことなのだ。五日のこと、海軍大佐高瀬五郎の講演を聴いて帰宅すると、陸軍一等兵高瀬勲の母が大根の種を持って来た。

亀井伯家ノ湯原氏来。来週出演ノ件、不可能ニ付断ワル。

昼寝一時間。雨ガ降リ出ス。畑ニ好都合。静枝柿木坂カラ焼酎ヲ貰ッテ来タ。ソレヲ飲ム。

二十九日（金曜）〔終日在宅〕

時々ウトウト眠ル。尻ノ痛イコト。一時間半延着シテ十二時頃上野駅。下腹キリキリ痛ミ駅前ノ井筒屋ニ飛ビ込ム。十四時頃帰宅。

垣根越しに俊子の姿が見えたので、声をかけると「虎チャンが待ってるわよ」と言う。これは意外であった。虎爾は十九日に教育点呼があって東京へ出て来たのだから、十日間私を待っていた訳だ。虎爾は庭で畑を造っていた。本職がやっているなという気がした。私は風呂の沸くのを待って上着だけ脱いで、久しぶりの吾家の茶を飲んだ。やがて虎爾は足を洗って上ってくる。吾庭で出来た柿を喰いながら、いろいろの報告をきく。彼の身体はガッシリと逞ましくなっている。

供出米だけはどうやら収穫があるらしい話。雑草との戦いが何より骨が折れる話。夫婦とも怪我をしてつくづく厭になったがまた気をとり直した話。村人から変り者として注目されている、この頃好意を持ってくれる村人が出て来た話。田圃の中に頭と尾が真赤で、胴中が暗紫色のムカデがいて、これに刺されると間カツ的にとても痛い話。

私が飯を喰い始めると、彼はまた庭へ出て畑にかかった。食事を了えて出て見ると、盛んにオワイを汲んで土の溝に流しこみ、土をかけて、足でふんでいた。もう確かに一人前の百姓に見える。

糸瓜見事ナノガ四本ブラ下ッテイル。台所ト柿ノ木ト書庫ノ三ヶ所、南瓜蔓ガ片ヅケラレタ。

今度ノ旅行中ハ、意外ニ手紙類ガ少ナイ。尚留守中東宝カラ契約ノ事ニツキ電話アリ。正岡容君カラ、「寄席随筆」ノ豪華版ガ届イテイタ。二十日間ノ新聞ヲトリ揃エル。

一家健在ハ何ヨリ目出タシ。豊沢ノ母浮島ニアリトイウ。

夕方、虎爾はコックを引きうけ、カレーを造る。静枝が助手で馬鈴薯を切る。私も葱の代りに韮をとって来て自分で刻んだ。食卓には家族全員、今夜は七名の人数で、誠に賑かである。

インチキウィスキーを二人で飲む。

相変らず彼は理想家で、夢想家である。斯ういう善良な弟があることは悪くないと思う。

二十一時半頃就床。

十月

四日（水曜）〔大宮工機部慰問〕

六時半起。朝飯白米、赤イ海苔。十時過、平発。雨デ車窓ノ景色楽シメズ。「大国隆正」ヲ読ム。時々馬鹿々々シキ言アリ。百六十年前ニ、コレダケノ識見ハ然シ偉ナルカ。車中握飯二ヶ。十五時頃大宮工機部到。部長ニ面会。十六時半ヨリ開会ス、聴衆四千人。終リテ麦酒。帰宅二十一時半頃。

十一月一杯苦楽座移動演劇で巡るかと思うと憂鬱である。今度の仕事みたいな楽な旅でないことが分っているからだ。それに「無法松」の尾形先生では、演り甲斐もないし、第一扮装が厄介千万である。それから十一月一杯家庭に対し無収入状態となることもいけない。これが芸術至上主義時代で、高度の演劇運動に何んとかなるというなら別だが、斯う慰問一点張りとなっては、私の新劇に対する望みがゼロになって了った。今後数ヶ年、或は数十ヶ年、新劇の夢はダメであろう。そうなると苦楽座のために多大の時間をとられ、その上無収入ということは、無意味に近いことである。四千円の所得税、莫大な生命保険料、強制貯金、うっかりしていると払えなくなりそうだ。

五日（木曜　雨　冷）〔丸ノ内倶楽部講演〕

雨ニ傘サシテ庭ニ出デ、紫蘇ノ実採リテ汁ニ入ル。新聞ノ綴込ミ。岩田豊雄ソノ他ニ画ハガキヲ書ク。「四千年ノ世界大観」ヲ縁側ノ扉ニ貼ル。

十二時昼食。十四時八重洲口、丸ノ内クラブ着到。

東京駅降車口で塩氏が「夕刊買いましょうか」と言う。私はエエと言ったまま、雨の中電車道を越えて運通省の玄関に行き、そこで塩氏を待った。大分遅れてやって来た彼は、いきなり「頭山さんが亡くなりましたね」と言う。そうですか、と私は少しも驚ろかなかった。翁の死を予期していた訳でなく、近来重態との報を得ていた訳でなく、全く突然のことなのだが、ドキリとした感じが少しもないのである。反って塩氏の方が昂奮していた。なるほど「東京新聞」に出ている。それによると翁は昨日御殿場で亡くなっている。私の家は親戚の訳だが、今日の昼まで何の音沙汰もなかったのは、少しいけないような気がした。私はこの新聞を見て、すぐにも馳けつけるべきであろうか？　本当の親戚ならそうあるべきだ。ところが私は一向そんな気もちになれない。してみると、そんな親戚に、狼狽てて通知する必要もない訳である。

運通省練成課ニ行キ、樋口課長ニ面会。松井班ノ件ヲ詫ビル。

十七時頃帰宅。熱キ湯ニ入浴。小島一美君来。湯ザメシテ再入浴。茶ノ間デ、ニッカ飲ム。馬肉料理（？）中々ヨロシ。

六日（金曜　雨　冷）〔鉄道博物館講堂〕

暁方寝床の中で、身体中になんとも言えないケダルい快さを感じ、その時「あらゆるものに満足しよう」と思う。これは今朝に限った事でない、時々、五日に一度ぐらい、寝床の中でそう思う。これが実行出来れば私は完全幸福ノ境に入れる訳だが、さて起きてみるとそう行かない。あらゆるものに不満足の気もちになり易い。

雨。北海道南瓜ノ味噌汁。流石北海道南瓜、栗ノ如シ。飯一杯。

午前中吾家ニ在リ。ロッパ君ニ手紙ヲ書ク。放送局ヨリ電話、十五日放送ノ件。昼飯。北海道南瓜ノ煮付、コレ亦結構。

晴れもよし秋の長雨またよろし

阿寒湖エハガキ
秋長雨《ながめ》原色版の湖《うみ》は晴れ
悼翁逝去
秋出水千年の巨木流さるる
弟の刈田如何にや秋長雨

今年始めての穫入れに、斯う長い雨では、弟の刈り取った稲が芽を出しはしないか。心配である。翁の死に心痛むより、この方が私には強く響く。幾万光年の向うにある大いなる星よりも、目前にある蠟燭の光を強く感ずる。

秋長雨四千年の歴史図絵
どてら着て妻に笑はる秋黴雨《ついり》
秋霖や暗き茶の間に妻と吾れ
秋黴雨《ついり》妻と紅茶を飲む午前
正午前の浴千金や秋黴雨

ふと気が向いて、博多で買った香り高き墨を磨り、長野で買った色紙に菊の画を描いてみる。意外に面白い出来だ。「秋晴れもよし、秋霖もまたよろし」と句を賛する。秀畝の白萩の色紙で金の輪廓をとり衝立に入れ、床間の観音像の足元におく。妻を呼んで見せる——中々よろしいと彼女は賞める。そこで明子の沸かした熱い風呂に入る。菊の御手本は支那物の写真版である。

高原氏からハガキが来る。頻りに愛娘晏子さんの事が書いてある。この「晏子」という名は私がつけたものである。所でこれを何んと読むか忘れたので、辞典を引いてみる。ハル子と読むことが分る。それは好いが、図らずも〝日〟と〝曰〟の違う文字である事を発見する。即ち〝日〟はヒであり〝曰〟はエッという字で、イワクとかココニという意である。それはまだよいとして、曰ノ部の二画以下の文字は皆活字で日となっていて、曰と日の区別が何所にあるのか分らない。智は日ノ部で、書は曰ノ部など何ういう区別によるのか？　曼という字は双方に出ている。辛うじて区別のつくのは曳とか更とか曲とか〝曰〟の中に線の入る字は曰ノ部にあるという点だけだ。景も晷も双方に出ている。ヤヤコシいこと夥だしい。斯ういう点は漢字の馬鹿気たところであろう。

秋黴雨の漢和辞典の重さかな

「ラム随筆集」ヲ読ミ、神田駅下車。歩イテ鉄道博物館ニ到ル。出演マデ時間アリ。旧パレスノ辺ヲ歩ク。酒井好古堂ニモ品ナクナリタリ。須田町ノ辺軒並閉店。

始メテ鉄博ノ中ヲ歩イテ見ル。客ハ工事ヲスル人タチ。呆然トシテ私ノ話ヲ聴イテイル。斯ル人タチヲコソ大イニ慰問セネバナラヌノダガ。

地下鉄大混ミ、渋谷駅ノ目マグルシサ。

途中古本屋ニテ米国人著ノ「神ながらの道」ヲ買ウ。コノ間ニ日ハ暮レ果テ、雨頻リトナル。

頭山邸ニ入リ、真先ニ声ヲカケタルハ佐伯秀夫君ナリ。正夫君案内シテ霊前ニ到ル。泉、秀三、老夫人ソノ他ニ、アイサツヲスル。読経終リ焼香シテ辞ス。

焼香をしてすぐ帰るつもりでいたが、霊前に於て、遺族の人々とあいさつしているうち、読経が始まったので、私も覚悟をして坐り込む。この坊さんはよく頭山家で見かける人だ。新派に出てくるエロ伯爵みたいな顔をしている。この坊さんの背後斜め左に例のお鯉さん即ち妙照禅尼が、小声で合唱している。

大光院殿威誉慈山立雲大居士

と奉書の紙に書いたのが大位牌の前にある。位牌は未だ書いてない。増上寺の大僧正がつけた戒名である。

翁の大きな写真が左側にある、これは素晴しい肖像写真である。実に大らかな慈愛に満ちた顔だ。鬚に当ってる光線が好い。お供物は梨だの栗だのいろいろ上っているが、中にも目立ったのは羊羹の山もりである。

老夫人は珠数を何処かへおき忘れたと言って、可笑し気に笑っていた。このくらいの年配になると、夫の死ということも何かしら、定まることが定まったという感じなのであろう。暗いところが少しも見えない。やがて経が終り、南無阿弥ダブのくり返しとなる。途中から数えていると丁度百遍で終った。百二十回ぐらいやるものらしい。

近親の焼香があり、私も霊前に進み出で――靴下をゲートル代りにタクシ上げたままは気が引けたが――頭を下げる。部屋という部屋に血気盛んな連中や、やや草臥れた志士たちが一杯いた。これが皆、今夜この家で飯を喰い、酒を飲むのかと思うと、実に大変なことだ。あとで聴くと米の特配が一俵あったそうだが、そんなものでは到底足りないそうだ。

秋雨に濡れつつ暗き石の坂

帰宅すると玄関で富士子が塩をかけてくれる、妻は一足さきに頭山家から帰っていて、翁の臨終の模様を私に語る。

翁は東京邸に帰りたがっていたそうだ。近日出発のつもりで歩く稽古などしていたそうだ。所が、肉とかを喰い過ぎて吐血した。その時早く重態である事に気がつけば、東京から秀三氏その他を呼ぶ事も出来たし、名医を迎えることも出来た。それを傍の人たちは、さしたる事と思わなかったらしい。翁は便がある度に、すぐ浣腸を命じた、何度もそうしたらしい。想うにそれは、死の近きを自覚して、死後醜くないよう用意されたらしい。

死の一時間前、翁は家人に命じて、床の上に端坐させて貰い、宮城を遥拝された。臨終には傍にいた老夫人、泉夫妻などの他、誰れも間に合わなかった。浣腸の事で、何故周囲の人々は気がつかなかったのであろうか？

翁の死を私は前記の如く、あまり悲しみはしない。然し翁を尊敬している事は間違いないのである。尊敬している老人が、尊敬すべき死に方をしたのである。もっとも尊敬すると言っても、翁を生神様と祭り上げたり、そのお蔭を蒙るが故に尊敬したりする連中の尊敬とは違うものである。

一個の完成された老人として私は尊敬する。立派な死によってその完成ぶりが満点となったのである。悲しみという点から言えば、翁の死よりも、今自家の池にいる鯉の死体を見た方が、余計心が痛むかもしれない。だが鯉が死んだとて私の心が痛むだけだ、翁の死は日本という国から大切な一つの宝物が失われた気がする。

雨ガ激シイノデ並木橋駅カラ東横電車ニ乗リ渋谷駅マデ行ク。

帰宅、二十時。ぬるま湯ニ入リニッカヲ飲ム。肴ハカリカリニ焼イタ鯣。

九日（月曜　晴　冷）〔上野駅、新小岩工機部〕

「縷紅」ノ合本ヲ造ル。斯ウイウ仕事ハ楽シイ。畑ハ土ガ濡レテイテ手ガツケラレズ。

九時半頃、上野駅到。御徒町ノ辺ヲ散歩スル。揚出シモ何モ休業ナリ。

駅弁ノ馳走ニナリ、新小岩工機部ニ行ク。コノ辺湿地帯デ、甚ダ不気味ダ。道ニザリ蟹ガ頑張ッテイタ。町ヲ歩イテ見タガ何モナイ町ダ。

十七時半頃閉会。車台ヲソノママニ使ッタ食堂デアル。丼飯ノ馳走ニナル。

太鼓がとうとうと響いている。上野駅前は大小の円陣があちらにもこちらにも出来たり消えたり大騒ぎだ。早稲田の応援歌、明大の応援歌、暁に祈る、露営の歌、野毛の山など次々に唄われたり、同時に二ツ聴えたりする。送られる学生は日の丸の肩だすき、神妙にうつむき加減に、或は少しテレて立っている。中には送っている連中より元気よく自分が音頭をとってわめくように唄ってるのがある。八人ばかりに囲まれて歓送の歌を聴きつつ、時々指で涙をぬぐっているのもある。送る方も色々だが、日の丸扇子を両手に持って入隊者の顔のあたりを、踊るようにあおってるのは見苦しかった。最も不愉快なのは、例の公園名物の無茶女が、テキ屋の如く群集を指導し、何か演説みたいなことを言い、野球の応援みたいに、拍手をやらしている景であった。煙に巻かれた歓送の学生たちは、無茶女の言いなりになって木偶の如く動いている、――こんな女に音頭をとられて送られる学生は気の毒なものだ。また中には甚だしんみりとしている一団がある。送るもの七名ぐらい、送られる学生も一緒に何か力なく唄っていた。両手をダラリと下げたまま、仕方なさそうに手を打っていた。一人の若い見送りの生徒が明らかに泣いている。送られる学生は気のぬけたように唄っている。そのうちに元気を無理に出して、この小人数が肩を組んでアナウレシ、ヨロコバシと言いながら踊る。送られる学生はそれでもうつむき加減でいた。すると、先頭の学生が、送られる学生の腕を無理にとって、アナウレシ、ヨロコバシとピョンピョン飛び上る。すぐその傍では、三人の肩だすきが並んで、数十人の見送りが壮大に唄っていた。太鼓を打つているのは、何所かの高等学校だったと思う。概して高等学校の生徒の方が、大学生よりも豪傑みたいな風をして大人がっていた。

御通夜デアルカラ、頭山家ニ顔出シスル。宮益坂ヲ上リ、古本ヲ二冊買イ右へ曲ルト頭山家ノ前へ出タ。佐伯秀夫君ガ受付ヲヤッテイル。部屋トイウ部屋ニ、客ガ一杯詰ッテイル。知人ノ顔ガ一人モ見エナイ。私ハ遺族ニ、アイサツモセズ、霊前ニ香モ焚カズ、廿分ホドイテ辞シタ。

帰宅、入浴。蛤ヲ煮テ、ウイヲ飲ム。静枝ガ帰ッテ来タ。頭山家ニ行ッテイタノダガ、私モ彼女モ、オ互ニ知ラナカッタ。廿二時半頃寝ル。

二十一日（土曜　曇後晴　温）〔いとう句会〕

木がらしの肋骨《あばら》を透すばかりなり
あづかりし駄薔薇咲きをり秋の朝
風おちておもむろに鳴く虫のあり
豆腐汁間引き大根の葉を刻み
はうれん草播かんとすれば雨となりぬ
無花果の熟さぬまゝに冬近し
妻の手より柿を喰ふなり畑仕事

無花果ノ移植大失敗デアッタ。根ニ鋸ヲ入レテ、三ヶ所ニ分ケタノガイケナカッタカ、夕方ニハスッカリ萎レテ了ッタ。生姜ヲ全部引キ抜ク。ソノ跡ヲ一尺ホドノ深サニ耕ヤシ、オワイヲ流シコミ、二年子大根ノ種ヲ播ク。防空壕ノ上ヲ改修シタ。東西ノ土手ヲ掩蓋ノ方ニツメテ、雨水ガ流レコムノヲ少クシタ。柿ヲ全部穫リツクス。終日庭ヲウロツイタ訳デアル。昼頃カラ好天気トナリ甚ダ心地ヨロシ。

十七時頃家出。道玄坂ノ古本屋デ高田保氏ト出遇ウ。沼波瓊音追悼ノ書ヲ買ッタ。いとう句会、例の如く作句はそっちのけで、いろいろの話が出る。ルーズベルトがスターリンに「日ソ戦を始めてくれ」と言うと、ス答えて曰く「いや自分は日米戦の調停をしようと思っている」と。台湾は目茶々々に爆撃されたらしいという話。日本にも物凄い新兵器が出来た、帝大研究室はお祭り騒ぎである——どうもウラニウム爆弾みたいなものが出来たらしいという話。その物凄い爆薬をコンニャクで包んで、風船で飛ばして、これが成層圏まで上り、地球の自転による、西風でアメリカに飛んで行く、——なんでもロッキー山あたりで既に破裂したという報告があるという話。まごまごすると地球を一周して日本へ来て破裂するかもしれないと誰れか言ったので、私も言った「ロッキー山なら好いが、富士山の頭でも欠けたら大変だ」。一同大笑いである。何かのキッカケから、例の日本人ユダヤ人同祖説の本を出して皆に見せると果然大反響だ。大変な本があったものだと皆々驚ろいていた。久米正雄氏一人だけ、この本の内容を知っていて「現在日本の朝野に、この説の信者が大分ある」と言う。披講の結果私がなんと最高の成績であった。水中亭曰く「ユダヤの謀略にかかった」と。

いとう句会、集ルモノ傘雨（久保田万太郎）、五所亭（五所平之助）、水中亭（内田誠）、

渋亭（渋沢秀雄）、羊軒（高田保）、重亭（宮田重雄）、盞亭（久米正雄）、虎眠亭（槇金一）、永井竜男。席題「朝寒」「稲刈」「雁」「後の月」「紅葉」。

互選ノ結果、十七点ニテ吾レ珍ラシヤ最高点ナリ。

朝寒の椎の大木並びけり（三点）
朝寒の線路づたひに歩きけり
朝寒や貝殻の道幾曲り（三点）
朝寒や妻の門歯は欠けしまま（一点）
稲刈のお婆々手拭新らしく
雁鳴くやオホツク海に船はなく
十三夜思はず出でし欠伸かな
兵慰問十三夜てふ歌謡曲
柿紅葉するころ柿を取りつくす（四点）
草紅葉丘の彼方は網走湖（二点）
紅葉山たんぽぽ咲きてゐたりけり（四点）

二十三時頃帰宅。独酌、誰レモ居ラズ。二合五勺ホド。

十一月

一日（水曜　晴　温）〔歌舞伎座産業戦士慰問〕
六時半起。北海道南瓜ノ味噌汁。韮ヲ刻ミ入レ。妻ハ頭山翁ノ遺骨ヲ、東京駅見送リ。明子ハ髪ヲ結イニ出テ、私一人留守番デアル。十時頃、妻帰宅。柿ヲ喰イ、糸瓜ヲ採ル。
　糸瓜蔓機嫌とりつつ引き下げる
天高き糸瓜をムザと引きにけり
　糸瓜落つ直撃弾に似たるかな
大糸瓜落ちて負傷やいたましき
ひともとの未熟糸瓜を捨てかぬる
腰の辺に痣ある糸瓜逞ましき
収穫はなべてうれしや大糸瓜
糸瓜蔓とれば紅葉の百日紅
大戦果五本並びし大糸瓜
二階ノ備前焼ニぜらにうむヲ生ケル。早昼飯、素晴ラシキびふてきト甘キ南瓜、コノトコロ毎日御馳走続キナリ。
　石狩の南瓜の種や貝に似て

秋の蝿日射す畳に御満足
　秋の蝿畳に低く戯むるる
　秋の蝿忽ちおこる吾が殺意

今日煙草ノ配給第一回アリ。阿野サン来、砂糖ガ手ニ入ルトカデ、明子ト共ニ出ル。十一時過家出。四谷見附ヨリ都電。歌舞伎座表玄関ヨリ入リ、奈落ヲ通ッテ楽屋。漫才ノ染団治終リ、権太楼ガ上ルト警報発令。即ち慰安会ハ中止トナル。

註　軍需省主催ノ工場慰安会ナリ。当時歌舞伎座ハ閉鎖サレ、一般興行ハ許可サレナイ。

楽屋で柳家権太楼と語るうち、私は「なあに来年の今頃は、歌舞伎座なんて無くなってますよ」と言った。それから、ものの三十分経たないうち、警戒警報が出て、間もなく空襲警報に変った。権太楼君ヘンナ顔をして「どうも先生、あんまりお誂えすぎますよ。アッチの方と何かウチアワセがあったんじゃありませんかア」と、私を第五列扱いにした。

楽屋にいたものの中で、一番素速く姿を消したのは春日井梅鶯君だった。歌舞伎座みたいな大建築にいると危険だ、と、言っていたもんだ。私と権太楼君とは、奈落から花道へ上る階段に待避した。楽屋のお手伝いに来ていた、芸妓らしきモンぺ姿の女性二人、年増の方曰く「先生の傍にいれば安心だワ」と。

待避解除とあって外へ出る。いくら待っても電車が来ない。歩いて談譚事務所（註　私たち漫談協会の連絡所）へ行く。松井翠声、松井美明、花山、松島など来ていた。

「待避ッ！」

防護団員が怒鳴って走る。足元にある室内防空壕に入る。せいぜい三人しか入れない狭さだ。

ズーンと来たら生き埋めになること請合いという、ただ穴を掘っただけのもの。ひどい湿気でプーンと茸の香り。どうせ死ぬにしても、此所は御免である。

「高射砲の破片で、両足をやられて、血だらけになってる奴がいますよ」という報告を聞き、私は早々に事務所を逃げ出した。有楽町駅へ行こうとして、日劇の前までくると、又もや待避命令だ。人がゾロゾロ日劇地下室に入るから、私もあとからついて入る。団服を着ている爺に「早くしろッ！」と、怒鳴られる。「何言ってやがるんだ、バカヤロ」と私は小声で言った。

やっと地下室を出て、駅へたどりつくと切符売場は大変な人だ。売場は「締切り」の札が出ている。しばらくガードの下に蹐《かが》んでいた。ガードとガードの間から、晴れわたった空が見え、銀色の飛行機が高く高く飛んでいた。北口の方へ回つて見る。ここも大変な人。私はあきらめて、東京駅まで歩くことにする。

「待避ッ！」

またもや叫び声だ。何社の建物か知らないが、太い丸柱の林立している、このあたりでは低い建物、しかも酷く頑丈そうに見える頼もしい建物――その柱と柱の間に身をひそめる。私の他に数名の男女が避難している。前には七階建のビルがあり、そこの警防団員たちが入口をかためていた、時々、空を見あげては「そら来たッ」という態で逃げこむ。

長い足で歩いてきた外人が、誰れかに怒鳴られて、私の傍に蹐みこんだ。何か急ぎの用があるらしく、マダデスカ、マダデスカと妙な日本語で私に訊ねた。すると、長い長いサイレンが鳴った。空襲警報解除であろう。

丸ビルの地下室で小用を足し、地下道を通って東京駅前に出る。団員が棒をかまえて、乗車口をかためている。仕方がないから地下道の石段に腰をかけて一服やり、岩波文庫の「人文地理」を読み出した。丁度それは交通に関するくだりであった。

やっと中央線にのりこむ。ギュウギュウ詰めだ。お茶の水あたりから愈々物凄い混みようだ。私と窓との間に中学一年生ぐらいの少年がいるが、私は少年の身体が潰れそうな気がしてならなかった。赤ン坊を負んぶした女が四人ほどいるらしく、四人の赤ン坊の泣声が聴えていた。赤ン坊などつれて、こんな電車に乗りこむ母親が私には腹立たしかった。

「先生も青くなっちゃったよ」と、中学生が警報発令の時の模様を語っていた。

日没、帰宅。街路樹ノ楓、斑ラニ紅葉セルアリ。十八時頃、警報解除。

肉入もやし支那料理、一杯。二階デはがきヲ書キ、ソレカラ熱キ湯ニ入ル。富士子応接室デ「ダニューブの漣」ヲ稽古シテイル。

満月、美シ！

田無病院カラ貰ッタ、二級酒第二夜。肴ハ同ジク病院カラ貰ッタ鶏ノもつ焼キ、味ノ好サ世間ニ申訳ナシ。両方トモやみニアラズ。私ガ話ヲシテソノ礼デ得タモノ。物々交換ミタイナモノ。然シ、アマリ美味イト、ヤッパリ申訳ナイ気ガスル。

本日ヨリ、荻窪局電話モ、度数制トナル、一回五銭ナリ。

一貫目二百五十円ノ砂糖ナルモノ、計ッテミルト九百匁シカナイ。シカモ、黒々トシタ薩摩芋ノ切屑ナド入レテアリ。商人ナルモノ恐ルベキ神経ナリト言ウベシ。或ハコノ製造人ハ商人ナラズ、単ナル悪人ナルカ？

歌舞伎座の奈落を出でて秋の天

権太楼と並び見あぐる秋の空
警報に鳶舞ひてをり秋の空
秋晴れの往き来絶えたる銀座街
防空壕毒茸匂ひ居たりけり
銀座裏短冊型の天高く
天高く一点光る一機あり
退避するボロ靴の音も秋の声
雨外套越しに冷ゆるや石の上
省電の往くてに秋陽落ちんとす
警報の解けて満月身にしむ

七日（火曜）〔下関桟橋、厚狭松竹座、小郡青年寮〕
六時過起。朝飯喰イ切レズ。七時半寮ヲ出ル。トラックデ桟橋ニ到ル。
桟橋の廊下を歩いてみて、その長さに呆れた。私もこの廊下を数回渡った事がある訳だが、その時はこの長さに気がつかなかった。一列に並び、手には荷物を持ち、セカセカした気もちで、途中何回も立止りながら、今日よりも余程時間をとって歩いた筈であるが、この長さをこれほどと思わなかった。今日、人気のない廊下を、さっさと歩いてみて、行けども行けども廊下なのに驚ろいた。人生を過すにしても、この通りなのであろう。セカセカとやっていると、いつの間にか一生が過ぎて了うに違いない。
朝鮮銀行出張処ヲ楽屋トスル。聴衆八百位。船ノ関係者ダケニ輸送船ノ話ヨク分ル。

十一時十二分発厚狭行。車中大イニネムシ。厚狭駅長室デ昼弁当。エビ、飯。章魚ノ菜、頗ル美味シ。

厚狭と書いてアサと読ませる。頭の毛がバラになったのでチックかポマードが欲しいと思い、町を一通り歩いてみたが手に入らなかった。川があり、清らかな水が流れ、小さな神社があり、素晴しい老松がある。

鉄道踏切の傍の劇場、この入口に貼出した文字に「運輸通信省派遣・徳川夢声一行」までは宜しいが、三行目に「（責任付）移動演芸隊」とあるのが奇抜だ。責任付とはつまり偽物でないという意であろう。

楽屋の外は田圃で、刈りとった稲が綺麗に並んでいる。十間ほど向うに堤があり。その上をバスが通り、牛車が通る。まことに長閑な風景である。

松竹座デ開会。マレイ芝居ノ話。十五時廿分発デ小郡行。塩見旅館、三級旅館グライ。親切デ宜シ。夕食ノ味噌汁、甘ミソ、野菜沢山。

十九時ヨリ青年寮デ開。元料理兼旅館。昔ノ名残リ遊興用ノ太鼓ナドアリ。

久しぶりで、葱と玉葱のたっぷりとある牛鍋にありついた。肉は妙に黒味がかり、少々厭な香いがしていたが、葱がいくらでもあるから、美味く喰える。醤油も砂糖も充分、まったく勿体ないくらいなものである。下関管理部の厚意による御馳走だ。

十三日（月曜　晴　温）（帰宅、放送、宮本武蔵）

夜通シ殆ンド睡レナカッタ。時々ウトウトトシタノミ。静岡ノアタリデ日ノ出ヲ見ル。富士ハ雪ヲ四分通リカムリ、右ノ方ニ白イ雲ガ、竜ノ如クマツワリツイテイタ。

車内には十一体の遺骨の箱が積んである。いずれも華北交通の殉職社員の霊である。「軍属」と肩書のあるのが二体しかないが、他は申請中だそうだ。皆靖国神社に祀らるる神々である。軍と行動を共にして戦死したのである。遺族の人たちが乗っている。暗い感じが少しもない。私の左には幼児をつれた未亡人が乗っていた。顔はペシャンコであるが、何かしら精神的な美しさを感じさせる。もんぺを穿いた彼女が、崩れるように眠っていると、そのお腹のところに赤ン坊がぐったりとなって眠っている。名画を見てるような気がした。主人は北支に死し、今その遺骨と故郷の仙台へ帰る。これからの生涯を彼女は如何に送るか。私が昨夜、折詰弁当の牛肉と飯を少々、彼女と彼女の弟に配ったら、返礼としてチョコレートをくれた。そこで私は、今朝荷をつくり替える時、邪魔になるマスカット葡萄の小さな一房を贈った。彼女は途方にくれたように礼を述べた。

十時四十分頃東京駅着。

帰宅シテ早速庭ヲ見ル。大根モホウレン草モ、アマリ成長シテイナイ。電気屋サンニ貰ッタ土産ハ、柿ト小豆デアッタ。

帰宅して、さっさとかかれば好かったのだが、電話線の垂れ下ったのに竹の支柱をしたり、十日分の新聞を読んで綴じたり、手紙を見たり、茶を入れたり、妻と雑談をしたり、何やかやで、二回分の放送台本をつくる時間が三時間しか無くなった。

さて、それを始めると、今度は撮影所から三回、牛込の小野君から二回という風に、後から後から電話がかかってくる。今夜放送の分は一回読んでみただけでぶつける事になる。録音する分はロクに読んでる暇もなく、ただ色鉛筆を動かし、ペンを振って省略や書き入れを大雑把にやってのける。十七時だ、風呂に入る、飯を喰う。それから省電の中で、更に録音の方の書き入れをやってるうちに、飛んだ失敗をやらかした。即ち電車は私を乗せて一旦終点の東京駅につき、また引き返して了った。お茶の水で始めてそれに気がついた。仕方がないから四谷で下車、都電で田村町へ出る。それでも録音、放送共に大過なく済んだのは有難い。

十五、十六、十七ト撮影アルタメ、苦楽座ノ初日、二日目ガ行ケナイノデ、交渉厄介。夜放送局デ、テスト中ノ高山氏ト話シ合イヤット定マル。

帰宅、アルコールニ柚ノ汁ヲ入レ、砂糖ヲ入レ、二杯飲ム。

十五日（水曜　晴　温）（「彦左」撮影第一日）

六時過起。坊ヤヲ起スト「ハーイ」ト素晴シイ返事ヲスル。曰ク「オ父サンハ眼ザマシ時計ヨリイイ」ト。味噌汁ダケデ飯二杯。

七時過家ヲ出ル。八時半頃、撮影所着。床山サンノ部屋デ宮本武蔵ノ話ソノ他。エノケン君、私ガ放送局デオ酒ゴメンノ話ヲスル。

生れて以来、初めて馬というものに乗る。しかもその馬は、今朝のこと東条前首相が乗った逸物であるという。近所の馬事研究所（？）とかの馬で、いつも東条さんがお乗りになる代物だ。

大久保彦左衛門に扮した私が、馬上ユタカにウチマタガリ、一心太助に家を貸さないと言う家主のところへかけつけ（馳けつけるところがないから助かる）、大音声に呼ばわって、家主を面喰わせ「この者に貸してつかわせッ！」と命じて引き上げる――この撮影なのである。

研究所から馬は三頭やって来た。どれでもよろしいのをと言う訳だ。「一番元気のないのにして貰いたい」と私は申出た。ではコレが宜しかろうと、その名馬が選ばれた次第である。大久保彦左衛門が、馬からふり落されたりしては困るので、私はその名馬に近づき、顔見知りを乞うた。

裃をつけたヘンテコな爺が目の前に立ったので、流石の名馬も、妙な白眼を出して、私の方を警戒するように見る。おとなし気な馬なので、私は手を出して鼻づらを撫でてみた。あんまり名馬は喜ばんようであった——手にアブラが浮いていて、滑り具合が悪かったせいもある。「先生は馬に乗った事があるまいからてんで、みんな期待していますよ」と録音の絢ちゃんが言う。珍景を期待しているのである。

始めて乗るのではあるが、何かしら自信に似たものがあった。大丈夫だという気がしたのである。なアに、落馬したらしたでそれも宜しいではないかと思った。特攻隊の精神で行こうと思った。地面に体当りぐらい大したことはあるまい。それに私は、今日までに無数の文献により、馬の性質が如何に愛すべきものであるかを知っているし、馬事記録映画の吹きこみなどで、外面的な馬の特質なども、心得が出来ているつもりだ。

自分でも意外なほど、虚心平気でいられた。天気が素晴しい快晴であり、あたりには畑があって唐がらしが半分赤くなっていたり、様々の条件も至極平和であった。

いよいよ乗ることになる、あぶみが高くてとても足が届かない。踏台をもって来て貰う。左足をかけて、よいさと右足を向うに廻す。あんまり手際よくはなかったが、とにかく易々と馬上の人となった。

妙に馬が落ちつかないと思ったら、大刀のこじりの所が馬の横腹か腰の辺に当るのであった。

馬も斯んな人間を乗せるのは始めてに違いない。第一、馬具が昔の品で、手綱など紅白の布である。槍を小脇にかいこむと、馬がまた落ちつかなくなった――眼の前に槍の身がキラキラするので恐れたらしい。

ブヨみたいな小虫が沢山に飛んで馬を悩ましている。その度に、馬は首を振ったり、後足を蹴るようにしたりするので、馬上の彦左衛門は、重心の方に専心気を配っていた。

エノケン君の一心太助が、くつわをとると、どうも馬が動き加減になって少々困った。ただきえ、和服の着こなしの悪い私であるから、すぐに前がハダケて甚だだらしのない彦左衛門になる。槍をあずけて前をかき合せる。その槍の穂先も、馬がドシンドシンやるので、抜けてグラグラになる。

でも、どうやら馬上のまま五カットほど撮り終る。ヤレヤレである。

「どうも御苦労様」と人間にも言ったが、馬にも言ってやりたい心もちであった。

十二時過グル頃、私ノ分ハ終了。「勝利の日まで」出演料ヲ受ケトル。今回、撮影ト巡業ガ重ナッタ件ニ、俳優課ノ人々実ニ気モチヨク図ラッテクレル。

君江氏ノ宅ニ寄ル。静枝ガ未ダ居タ。ココデ弁当ヲアケル。昨夜ノ牛肉入リ。馬鈴薯ソノ他ノ野菜物ヲ二包ミ両手ニブラ下ゲ、一足サキニ帰ル。「日本諸学研究報告哲学篇」ヲ成城ノ本屋デ買ウ。十五時頃帰宅。

二十五日（土曜　晴　大寒）〔福井加賀屋座昼夜〕

六時起。高山君、紙デ火ヲオコス。館主夫人モ接待シテ、朝飯佳シ。列ヲ組ミ駅ニ至ル。大達内相ノ如キ館主、歩廊マデ見送リニクル。

小松駅の売店で新聞を買う。出ている！

——B29八十機帝都空襲！

やっぱり来やがったな、と思う。大した感動もない。なんだか「ヽメたッ」という気もちもする。うれしいという感じとよく似た心境である。

杉並区の吾家は如何？　妻は如何？　子供は如何？　などチラチラ考えてみるが、あまりピンと来ない。坊やの姿だけが一番ハッキリ浮ぶ。

——なアに、私の家は大丈夫さ。

心の底にはこの観念が納まっている。

だが万一の事吾家にあった時、私という男が、如何に狼狽てるか、また狼狽てないか、まるで予測がつかない。遅かれ早かれ、東京が半分ぐらいになるのであろうが、それはまたその時のこと。

十時半頃、福井城址近クノ但馬屋旅館ニ入ル。芸人専門ノ宿。ブロマイド、美人画、人形、大入袋、芸人ノ書ナド、矢鱈ニ貼リツケテアリ。

加賀屋座ハ大劇場デアル。大道具ナド豊富。昼ノ部、航空機会社ノ工員家族慰問、ガヤガヤトシテ芝居ハ駄目。大道具親方ヨリ鯣売リツケラル。永田靖君楽屋デ小売リヲシ大部分片ヅク。夜ノ部八分ノ入リ。客種ヨロシ、但シ洒落ハ分ラズ。

閉場後、タイコーサンナル人物ニ案内サレ、ヤミ料理ヲ喰イニ行ク。
一、刺身
一、貝酢ノ物

一、煮魚
一、白魚天ぷら
一、肉シチュー
一、蟹
一、牛肉スキヤキ
一、ライスカレー
一、柿黒焼つくり

右ニ日本酒三升。近来ノ豪遊也。

吾等コノ店ニ入ル時一人ノ男ジット見テイタリ。ソノ筋ノ者ナラズヤト薄気味悪シ。太閤サン、ワシノ責任ヤト居テクレル。奇妙ナ晩デアル。

千円近くの勘定と聴いて驚ろいた。それを太閤さんは無造作に払ってくれたのである。見たところルンペンの上等品ぐらいの風采で、身長は四尺五寸ぐらい、頭部にチョロ禿げがあって、片眼が混濁している。それが百円札でパッパッと払って女中に百五十円の御祝儀をきったと言う。

事の始まりは、この男が私たちに牛肉すき焼と酒のある所を紹介すると言った事からである。酒一升七十円、肉一人前三十円とかで、楽屋に諮ると、全員出かけるという。普通座員にまで同じように払わせては気の毒と、幹部一同大いに評議し、大いに紛乱を来した。結局、皆から多少の会費をとり、足りないところを同人で支弁するという事にした。

さて、その店に行くと、これが大した御馳走、殊に蟹の美味さ、心ゆくばかりである。これなら私も百円ぐらいの割当金をとられても仕方がないと思っていた。ところが、高山君の報告によると、前記の如くこの太閤さんがアッサリと払って了った。どうも妙なものである。こちらはこの男から御馳走になろうなどとは夢さら思わずにいた。せいぜい岐阜の興行師の使走りとしか見ていなかった。だから釜さんはこの男に大入袋入りの十円を御祝儀として与えたのである。十円の御祝儀を貰った男が、旦那衆に千円の御馳走をするとは、天下の奇観であろう。如何なる量見で太閤さんが斯んな事をしたのか一寸分らない。

帰途釜さんは「御見それ申しまして」と頻りに謝まっていた。十円の御祝儀を出した失礼に対してである。この十円をやれと言ったのは私なのである。嗚呼、われら新劇界の名優束になって、宮城千賀子一座に及ばず（興行成績に於て）、われら名優束になって、田舎の興行師の身うちタイコーに及ばず（財力に於て）。

十二月

二日（土曜　晴　大寒）（岐阜小劇場第二日目）

九州行は厭だ、断然厭だ！

私は岡山方面をすましたら、絶対に帰京しようと思っていた。すると、ブローカーの中坪君が宿へやってきて、

――ムセイさんは十七日までよろしいと言ったから、私は小倉の興行を契約して来ました。

何しろ相手が小倉の兵器廠ですから、一寸断りにくいです。

と言う。契約の時、私の名前が出ているので、私が行かないと困る、というわけ。仕方がない、目をつぶるとしよう。

ところが、それから一時間ほど後、全座員の会議を開いたら、若手連中が甚だ勝手な不平を言うので、私はとたんに九州行がイヤになった。こんな連中とのオツキアイで、何もこれ以上辛らい思いをすることはない。一日も早く東京へ帰って、家族と苦を共にすべきである。

そう心を決めたところへ、舟木君（註　私の門下生で、今は興行師となり東海林太郎をつれて巡業中なり）が宿を訪ねてきて、東京の被害とても甚大らしいと報告をした。いよいよもって帰京のことだ。

小劇場、昼ノ部満員。今日ハ電休日ノ故デモアル。

寒イ、寒イ。舞台ノ後方ハ戸外ニ筒抜ケデアルカラ、寒風ガ背中ヲ襲ウ。

宿へ帰ってから、同人の顔の揃ったところで、

「どうも東京空襲は容易ならんものらしい。私は九州行を御免こうむりたい」

と申し出た。一大決意をもって申し出たつもりだった。すると高山君が、馬鹿に静かな声で、

「あなたが行かないという事は、この旅を中止するということになりますなあ」

と言った。

「なにも中止するには当らないでしょう。私一人だけぬけるんですから……」

「しかし、兵器廠との契約に、あなたの名がふくまれていますから……」

私が行かないと、契約を破ることになると言う。

「どうぞ、この通りです。苦楽座同人に対する愛情を、なんとか持ってもらえませんか？　ねえ、御願いします」

と丸山定夫君が、畳に両手をついて、華々しく頭を下げた。そして、結局私は、九州まで行くことにされてしまった。

だらしがない！　まったく吾ながらダラシがない！　こんなことなら初めから帰京するなんて、言い出さない方が好かった。

七日（木曜　快晴　小温）（倉敷千秋座）

管理部ニ一升瓶ヲ返ス。下リ列車二十五分延着。十時頃倉敷着。静枝ヨリ速達便届イテイル。皆デ美術館行。

ゴーガン、モネ、ゴッホを前に、ミレー、シャバンヌ、モローを背に、大ソファの上で、改めて静枝の手紙を読む。正にこれは大変だと思う。どうあっても、一刻も早く東京に帰るべきだと思う。

始め千秋座前の事務所で、この速達を受取り、何気なく開いて見た時、これは大変だと思った。自宅の近くの踏切番親子が生埋めになったとあっては、もう少しで私の家の者が生埋めになるところだった事を意味する。

所で大変だ大変だは好いが、別に心臓がドキドキする訳でもない、心の何所かで、ふむ矢張り御出でなすったか、と聊か満足に似た気もちがあった。これを口実に東京へ帰れるぞという嬉しさもあったであろうが、それだけでなく、何かしら吾家にふりかかる非常事態を歓迎するに似ているのであった。

〔妻の書簡〕

毎日毎日手紙を書こうと思いながら、先月の空襲以来、午前十一時になると敵機の来る時間なので、早目に御飯やら色々の支度。午後三時頃になると少しはおちつき、又夜は十一時頃より心配が始まり、まったくおちつきません。

何しろ敵機がくる度に杉並、それも荻窪近くときて、中島（註　中島飛行機荻窪工場、田無工場、小金井工場トアリ）はそのたんび。田無は一番ひどく、大分の死人です。荻窪も宮田さん（註　宮田重雄博士邸ハ近クノ清水町ニアリ）の近所に先日は五個ぐらい落ち、若杉小学校（註　愚息ノ通学シタ校）はいつもねらわれて、三日の時は家のそばのフミキリの家に落ち、親子二人生埋めになり大変でした。それから八幡様のそばにも落ち、四、五人生き埋めで死んだ人もあります。

折角でき上った陸橋の真中にもバクダンが落ち、線路にも落ち、中央線二日間不通、歩るいて通う人、田舎に逃げる人で、大晦日の銀座通りの様でした。

今日はやっと静かになりましたが、何しろこれだけバクダンが落ちる間の気もち、ゴー（壕）の屋根の不完全さに、地ひびきや色々の音で、中に居た者は皆、生きた気持もありません。今度は家に落ちたかと、あと見廻るのも大変です。でも裕彦さん（長女俊子ノ夫）も質屋さんも見まわってくれますし、ことに質屋さん（註　近所ノ質屋ノ息子デ、ヨク遊ビニ来タ青年）はよく来てくれるので、其時はほっとします。

一雄の学校も休みになり、時々は様子により出かけます。でも今まで皆が無事なのはほんとに結構と思います。一日中何もできず、そわそわと暮します。杉並も荻窪もこんなに危険とはいがいでした。

子供たちもビクビク閉口しています。夜の時も雨は降るし、洩るし、心細いこと此上もありませんでした。私だけはゴーにも入らず外にいましたが、質屋連のおかげで少しは心丈夫でした。

空は真赤になるし、新宿あたりかと思いましたが、神田と日本橋でした。神田は千戸くらい、死人は大変だそうです、日本橋は白木の裏、阿野さんの事務所はやっと一廓のこったそうです。それで家でも急に、茶間の前に、裕彦さんと質屋さんに、丈夫なゴーを掘ってもらってます。石田さん（私のマネジャー）は三日の夜、荻窪がなくなったと言われビックリして見舞にきてくれました。今日（五日）は小島、丸山、吉井アン氏など三人きてくれ、丸山さんは旅から帰ったばかり。吉井さんは今晩と明日はゴーの手つだいをしてくれる事になっています。

頭山（註　妻の妹の嫁ぎ先）でも心配して近所にいる富岡氏と尾形氏を見舞によこしてくれました。是非、田舎に家をかりるよう言っています。私も、一坊、俊子、明子くらいは田舎にやる様にしなければいけないと思ってます。

何しろ地ひびきがダンダン近くなり、ガンガンいう音を聞くと、手足まといはまったく気になります。

一日も早く帰られる事を一同まっています。

飯田の母上は其上かるい中風になり、寝ているので閉口でしたが、空襲でびっくりして起きられたそうです。原宿駅前東郷神社にも落ちたそうです。

そろそろお時間になりますから、これで。

さて、この手紙を改めて、大原美術館の名画に囲まれて、静かに読んで見た。大変だ大変だという気もちがだんだん真物になり、何か斯う血の気が下る思いである。

劇場昼の部、漫談が終って「無法松」を開幕しようとするや地震あり、水平動であるが永い地震である。停電となる。客席から催促の喝采に私の心は甚だ落ちつかない。斯うなると、東京の空襲よりも何よりも、さしあたり早く電気がくれば好いと、そればかりが気になる。

人間の感覚というもの、眼をつむれば富士山も見えないように出来てるから仕方がない。他人の首が切られるより、自分が針で刺される方が痛いのである。東京のことをケロリ忘れている時間を、自分ながら妙なものと思う。

劇場事務所デ頗ル美味キ飯ガ出ル。白米丼飯、鶏ノ煮コミ、浅利吸物、漬物モ結構。今旅行中最上ノ昼飯デアル。

昼ノ部芝居始マル前相当大キナ地震アリ停電。四分ノ入リ。中間食芋。

劇場ノ表ニ、私ノ肖像画ガ出テイル。マルデ虫ノ如キ顔デアル。似テイルダケニイヤデアル。

夜ノ部マズ一杯ノ入リ。興行師ハ損ナラン。寒イ寒イ。

宿へ帰リ湯ヲ貰イ、アルコールヲ割ッテ飲ム。宿ノ女中ノ口ノ利キ方、甚ダソッ気ナシ。口ノ利キ方ナド気ニスベカラズ、ト思エド気ニナルモノ。

八日（金曜　晴　寒）〔福山大黒座〕

冷ヤカナル宿屋ヲ出ル。列車延着。

家が爆撃されたのならとにかく、近所に爆弾が落ちたでは、工廠の慰問を捨てて、東京へ帰る理由にはならん、と徳右衛門氏は言う。だから帰るというなら私が病気をしたという事にしよう、そんなら言いわけは立つ、と彼は言う。爆弾が落ちてからではなんにもならん、落ちそうだから帰るのである。然し、慰問する相手が軍需工場の戦士たちである、この方は公事であり、吾家の方は私事である。入場料をとる興行ならまた話は別であるが、どうもこいつは私だけ一座からぬけるという訳に行きにくい。

一方中坪の方では、委細構わず私の切符も買って了い、うやむやのうちに私を小倉に送りこむ手配をしている。

えーい、仕方がない、と諦めた。

十時頃福山着。成田屋旅館ニ入ル。甚ダ粗末ナ宿也。寒イ寒イ。

劇場ノ前迄行クト、今日昼興行ハ中止ト分ル。ハゼ焼ヲ菜に昼食。

十七時過、楽屋入。高岡ナミ汚ナイ室デアル。然シ大入、芝居ハ楽也。

閉場後、早稲田出身ノ土地ノ名士ニ招カレ、同人四名、すき焼ノ御馳走ニナリ、大イニ酔ウ。思イガケヌ喜ビデアッタ。

九日（土曜　寒烈　曇）（福山ヨリ小倉へ道中）

ガタガタ震エツツ宿デ将棋ヲサス。昨夜ノ有志二人、駅ニ見送リニ来ル。十二時七分発ノ列車十五分ホド遅レテ来ル。幸ニシテ列車ハ空イテイル。

一昨日ノ地震デ東海道線ハ不通トナリ、未ダ復旧セズ。コノ列車モ大阪仕立テ也。コレデハ今日帰京シヨウト思ッテモ、北陸線廻リデ大変ナコトデアル。ヤハリ九州ニ行クベキ運ナリシカ。

寒い寒い、足首の所が殊に冷える。ねむいので眼をつむると、寒さが肩の辺から水のように浸みこんでくる。吾家のことを想う。坊やを疎開させねばと思う。この正月は定めし厭な正月だろうと想う。俊子が赤ン坊を産んでも、空襲つづきでは母乳が止りはしないかと想う。東京の半分が無くなった時、私たちの家にも他人が強請的に割り込んで来るだろう、家庭生活なんて目茶々々だと想う。インフレまたインフレで、いくら稼いでも始まらない事になりそうだと想う。

この数日来めっきり悪くなった歯で、ポロポロの握り飯をムニャつきつつ、しみじみ味気なくなる。あれを想いこれを想いしているうち、――戦争はイヤだなア、と心の中で言う。馬鹿！　貴様は日本人か！　と自分を叱る。

敗戦は無論イヤである。然し、戦争も別にヨクはない。

握リ飯ヲ喰ウニ、歯ノメッキリ弱リシヲ知ル。飯ガポロポロノ故モアルガ、口ノ先デモグモグヤルノハ情ケナイ。歯ニ悪イ悪イト思イツツ蜜柑ヲ喰ウ。

荻窪ノ宅ノコトガ、時々チラチラト心ニ浮ブ。車窓風景モ荒涼タリ。

始メテ関門ノ、海底トンネルヲ通過スル。海底ナリト心デ思ウバカリ、別ニ奇モ変モナシ。

一時間遅レ、二十一時門司着。

門司駅の高き歩廊の寒さ、皆じっとしていられず、釜さん、丸さん拳闘の真似などするのもあわれ。

小倉着、暗い凸凹道を、さぐりて歩く。暗いと言っても一通りの暗さでない。若い女優が時々悲鳴をあげつつ歩いて行く。悲鳴こそあげないが、私の足元は甚だたどたどしい。さて宿へつく。まず風呂があると聴いてホッとする。座蒲団が全部供出されて、畳の上に坐るんだが、風呂あり更に酒ありと聴いては、もう言うところなし。

人間の思想斯の如し、平静なる時、興奮せる時、悄然たる時、同じ人間が同じ日の中に、幾度か変転する。一碗の飯、一杯の酒、寒暖五度の差よく思想を左右する。

平静なる時の思想を当人の思想とすべきか、あらゆる場合の最大公約数を当人の思想とすべきか?

十六日(土曜 曇 甚寒)〔小倉中央劇場再初日〕

八時起。中坪君ヨリ信州疎開ヲ奨メラル。十時頃平林老迎エニ来リ、高山、藤原、園井ト共ニ小倉工廠第一製作所行。工場ヲ参観。

大キナ大キナ紙風船ヲ作ッテイル所。日本紙ニこんにゃく糊ヲ塗リコンデイル所。

昼飯ポークソテ、鯛フライ、卵焼、盛込ミ芋飯。

学徒二千人バカリニ一席。マイクノ具合悪シ。然シ気持ヨロシキ慰問。

大きな大きな風船である。白い紙を貼り拡げた直径三間も四間もありそうな大海月が、女子学徒たちによって片づけられようとしていた。縦八十数米、横二十五米ぐらいの畳敷大工場で、二張ほど扱われていた。ここが私たちの慰問会場になる。私の想像していた風船は、直径数尺の小さなものであった。

次なる工場は、入口でムッと温気を感ずる。此所でも乙女たちが働いている。作業は、アルミ盤?(長さ二米幅一米)に紙を置いて、これにコンニャク糊を押しつけて塗ること。銀色の盤は厚さ六寸ばかり、中にスチームが通って、紙の糊を乾燥させる仕掛けになっている。嘗て、この工場では、旋盤か何かやっていた所と見えて、ベルトを廻す軸が残っている。

乙女らは一生懸命に糊を塗りつけている、中々力の要る仕事らしい。見ているうちに涙ぐましくなる。

いとう句会の席上で出た、アメリカを爆撃する風船の正体はこれであった。ロッキー山脈のあたりで破裂したという代物はこれであった。

女学生たちは実によく働くと、工場長の大尉は感服していた。男の工員たちがあおられる敢闘ぶりであるという。一人で一台の作業が適当であるのに、今は一人で二台受持っている。流石にこのところ疲れて、出勤率が悪くなっているそうだ。昼間勤、夜間勤とあって、廿四時間この作業が行われている。最初の注文の倍額が命令され、最近またその倍額が命令されている。二月迄に遂行されないと、ものの役に立たないそうだ。即ち夏の間はこの新兵器が使用不可能になるらしい。想うに、成層圏の風の方向が替るからであろう。この兵器は畏きあたりの御声がかりであって、もし予定量が期日迄に出来なければ、工場長大尉は切腹ものであるそうだ。

十三時過楽屋入。表ノ方ゴタゴタシテ十四時ニナッテモ開幕出来ズ。百名アマリノ客ヲ帰ス。寒威凛烈トテモ堪ラヌ。ガタガタノ雨戸ヲ閉メ、煉炭ヲ起シ、楽屋ダケ稍温カクスル。

金柑子ナルモノヲ売リニ来タやみ婆アリ。三個金二円也。二袋貰ッテ喰ッタガアマリ美味クナシ。釜サンニやみ飴ヲ一寸五分ホド貰ウ。コレハ中々甘イ、一本五十五銭也。園井君ニ薄ベッタキ人形焼ミタイナモノヲ貰ウ。甘イアンコガ入ッテイタ。恐ラク三個一円カ一個五十銭ナルベシ。

工廠の松寒うして息もつけず
十万石の旧庭寒し兵器廠
煉炭に蒸かし芋のせ眺めをり

九州というところ、温かいところという観念をもっていたが、飛んでもない間違いであった。今日の寒さなど、東京でも滅多にないくらいに思えた。九州人が頑張り強く、戦争にも強いということ、始めてその原因が判ったような気がする。九州がもし私たちの考えていたように、気候温和なところであったら、所謂九州男児は生れなかったであろう。情熱的な血が、玄海灘の寒風で鍛練されてこそ、頼もしい人格が出来上ったものであろう。吾が故郷たる石見人の性格は、たしかに日本海に流れこむ暖流の影響を受けているに違いない。

昼ト夜ト二度、すいとん汁ヲ飲ム。夜ノ部八分ノ入リ。寒イノデ客モアマリ笑ワズ。

今夜カラ防空強化デ、灯火漏洩ガ非常ニ八釜シクナル。一人デブラブラ歩キ宿へ帰ル。小倉ハ方角ノ分リ難イ町ダ。

宿ノ風呂ハ釜ガ故障デ、夜更ケハ入レズ。ビールヲ燗シテ飲ム。ソコへ中坪一升瓶ヲ下ゲテ来ル。鍋ヲ借リ雑炊ヲツクル。

十八日（月曜　晴　曇　寒）〔中央劇場再第三日目〕

工廠女子挺身隊慰問。風船爆弾ノ模型ヲ見ル。天皇陛下ガ「ソ連へ落チハセヌカ？」ト御心配ニナッタ話ヲ聴ク。昼ノ食事御馳走ニナル。

東京ヨリ持参ノ煙草ひかり二本トナリ、本日吸イツクス。今日カラ挨拶ヲ無クスル。

		良	不良
乙	浜松新歌舞伎座	宿甲下　大道具乙下	楽屋丙上
甲	静岡公会堂	大道具最上　宿乙　楽屋乙上	
乙	岡崎劇場		楽屋丙　宿丙
丁	名古屋中山工場	宿乙	楽屋丙上
甲	豊橋公会堂	楽屋乙下　大道具乙下	
乙	金沢尾山クラブ	兼六園	宿丙（ガマ口盗ラル）
乙	小松日本館	興行師甲下　楽屋乙	大道具丙
甲	福井加賀屋座	大道具甲　楽屋甲　宿甲	（剃刀忘レル）
丙	高岡歌舞伎座		楽屋丁
丁	新湊劇場	宿甲	楽屋丁下　昼客最悪
乙	富山大劇	宿甲　興行師甲	（靴盗マル）
丙	岐阜小劇場		楽屋最悪　大道具丙
丙	関劇場	弁当甲　興行師甲	楽屋丙上
丙	土岐津長久座	弁当甲　宿乙　主催者甲上	楽屋丙
甲	岡山千歳座	観客最上　大道具甲　楽屋甲	
丙	倉敷千松座	昼飯最上　楽屋乙上　美術館	宿丙　入丙
丙	福山大黒座	入乙　昼飯乙下	宿丙
丙	小倉中央劇場	入最高　宿甲下	楽屋丙上
丁上	小倉大成劇場	興行主催者甲	入最悪　楽屋丙

昼之部七分入。夜之部超満員。大詰「大キナ声デ願イマス」トヤラレル。

ヤレヤレ今日一日勤めれば、明日は東京へ発てると、ほがらかになっていると、平林老楽屋に現れて、二十日迄是非とも頼むと言う。全くうんざりして了った。平林老は私が途中からぬける事を契約の際知らずにいたのである——言わば一杯喰わされた型なのである。間に入った興行師連が悪いのであって、私には責任が無い訳であるが、老の立場として見れば気の毒でもある。頼まれてみると、イヤどうあっても帰るとは、私として言えなくなる。私の家の近くに爆弾が落ちたところで、老にとってはなんでもない事である。思えばお互様で、老の妻君が先日、天ぷらを揚げていて顔に火傷をしたという話を聴いても、私としては何等感動しなかった。こっちの爆弾は先方の火傷である、即ち他人の歯痛は自分の歯痛でない。

これは結局、二十日迄勤めさせられる事になりそうだ。放送局の事などで嘘をつけば、老も強いてとは言えなくなるであろうが、ウソはつきたくない。してみれば、工廠の兵器戦士慰問という公事の前に、吾家の心配という私事は、犠牲にせねばならない。

二日早く帰宅したところで、実は別にどうと言う事もない訳だ。東海道線は今だに不通、帰るとすれば、今のところ、信州を廻って、松沢の家へ行き疎開先を物色したりして、東京へ帰るという段取になりそうだから、明日出発として廿一日か廿二日にならないと荻窪へは着かない。廿日迄いれば、或は東海道全通となるかもしれない、それなら廿二日には帰宅出来る。

まア仕方がない。二日余計勤めたために、吾家が全滅になるという事もあるまい。一日も早く帰りたい事も事実だが、二日延びればそれだけイヤな天沼の防空壕から遠ざかる事でもある。

熊谷氏ノ招待デ、一平ナル家ニ行キ、鰤刺身、ちりナド大イニ美味。酒ハ朝日校正氏ニ貰ッタどぶろく七合。支那酒ノ如キモノ三本出ル。大酔。小生棒ヲ振リ釜サンカルメンヲ踊ル。

御馳走日録

十一月十七日　酒ナシ

静岡十八日　酒ナシ

岡　崎　十九日　酒ナシ

名古屋　二十日　生ビールジョッキ一杯（工場）梅酒アルコール合成品（宿）

豊　橋　二十一日　日本酒　アルコール　牛肉スキヤキ（薬問屋）

（道中）　二十二日　日本酒一升（冷）

金　沢　二十三日　日本酒一合五勺　牛肉スキヤキ　魚料理（牛鍋屋）

小　松　二十四日　日本酒　トリスキヤキ（館主宅）

福　井　二十五日　日本酒　料理山ト出ル　牛スキヤキ　蟹素敵（シセイ堂）

　　　　二十六日　日本酒　料理五品　蟹（シセイ堂）

高　岡　二十七日　日本酒　料理上等沢山（丸山宅）

新　湊　二十八日　日本酒　平目刺身　鰤テリヤキ（宿）

富　山　二十九日　日本酒　料理沢山　美味キ刺身（吉田屋）

　　　　三十日　日本酒　料理沢山（吉田屋）

岐　阜　一日　酒ナシ

　　　　二日　酒ナシ

関　三日　酒ナシ

土岐津　四日　日本酒　蜂ノ子　つぐみ腹わた（社長宅）白米飯

（道中）　五日　酒ナシ

岡　山　六日　酒三升

倉　敷　七日　アルコール橙皮シロップ合成品

福山　八日　日本酒　牛肉スキヤキ

九日　宿ノ酒二本ズツ

十日　日本酒　麦酒　妖支那料理（幸食堂）日本酒　スキヤキ（牛鍋屋）

十一日　酒ナシ

十二日　どぶろく一升瓶三本入手

十三日　日本酒コップ二杯ズツ

小倉　十四日　日本酒　鰯つくり　蒸あわび　牛肉スキヤキ　白米（鳥イサ）

十五日　宿ノ酒四本　一升瓶一本　牛肉大スキ焼

十六日　麦酒燗シテ一本　酒一升　牛肉入雑炊（宿）

十七日　酒二升　章魚酢　牛肉入雑炊（宿）

十八日　ドブロク麦酒瓶二本　チャンチュー三本　鰤刺身　鯛ちり

十九日　支那酒（昼）　日本酒一合

二十四日（日曜　晴　寒）（苦楽座長旅ヨリ帰宅）

立ッタリ、床ニ胡座シタリ、九時間アマリ難行苦行。イヨイヨ旅ハ考エモノデアル。朝ニナリ一時間半ホド、若キ海軍士官ノオ蔭デ席ニツキ少シ眠ル。名古屋駅デ、窓ヨリ人間ガ降リタゴタクサニ、私ノボストンバッグガ歩廊ニ出テソノママ発車トナル。中ニハシャボン、飴、豆、他人ノゲートルナド入ッテイタリ。米原、大垣ノ辺ハ雪。東海地方ノ震災、全潰家屋アリ、天竜川鉄橋破壊サレオリ相当ナモノ。

山田耕筰氏ニ似タ人ガイルト釜サン発見。ヤッパリ山田氏デアッタ。「ニーベルンゲン物語」ヲ苦楽座デ劇ニスル話ナドスル。

奇蹟的ニ小便ガ出ズ。約十時間経チテ便所ニ行ク。昨日来茶モ水モ飲マナカッタ為デアル。清水ノ辺デ山田氏ガ席ヲ譲ッテクレル。

藤沢デ私ノイル所ノ窓カラ、十人アマリ人ガ飛込ンデ来ル。若イ女二人、婆サン一人モ転ゲ入ル。

十七時頃帰宅。静枝ジンマシンデ寝テイル。他ハ一同無事ナ姿ヲ見テ安心スル。目出度シ目出度シ。

今回の旅行に於ける得失を考える。

得ノ部

○苛烈ナル時局下演劇啓蒙運動ヲ効果的ニ行イ得タリ
○苦楽座ノ債務ヲ償イ、同人各二千五百円ヲ分チ移動隊ニ三千円ノ基金提供ナド経済的大成功
○一ヶ月苦楽ヲ共ニシ同人諸君ノ美点ヲ種々知リ得タリ
○小倉工廠ニテ猍本土爆撃用兵器ノ一部製作見学ヲ始メ、兼六公園見物、倉敷美術館三度目見学、浜松地方震災ノ実況ヲ見タルナド
○地方劇場ノ汚ナラシサニ堪エ得ル修練ヲナシタリ
○牛肉スキヤキ八回、魚大御馳走六回、酒大酔十三回ソノ他

失ノ部

○吾家ノ近ク爆撃サレタル時ニ居合ワサズ主人トシテノ任ヲ果サザリシ

○金沢デ蟇口、福井デ剃刀、富山デ靴ヲ失イタリ（名古屋デ土産物入リボストン袋失イタルモ、コレハ未ダ返ルヤモ知レズ、剃刀モ然リ）
○放送ヲ数回不能ニシ、原稿注文ニ応ゼラレズ、来信ニ返事ヲセズ
○東京ニ不在ノタメ生ジタル経済的損失（出演料ソノ他）
○男性的自信大イニ無クナル

空襲の師走旅より戻りけり
無事なりし吾家の火鉢囲みけり
寒き夜の坊のいびきを聴き入りぬ
寒き夜の小さき羽虫の細き足
空襲の師走なれども吾家かな
警報を待ちつねむるや月と霜
したたかにあたま洗ひて霜の夜
霜の夜防空服に坊寝呆け

（右　床の中にて作る。右手の先氷の如く冷えたり）

俊子が十五日に出産したそうだ。空襲の影響であろう、一ヶ月ほど早産であった。女の児で、母子共に健全だと言う。目出度い。これで私も愈々祖父となった訳、人間としての、生物としての二歩前進をした訳である。

二十七日（水曜　快晴　温）（銀座金春第一日）

富士子、質屋ノ息子ト、仙台ヨリ色々食料仕入レテ帰ル。旅行中タマッタ新聞ヲ整理スル。

鉄道省ニ行キ、名古屋駅デ失ッタぼすとんばっぐノ事ヲ頼ムツモリ、早イ昼飯ヲ喰ッテルト、空襲警報ガ出タ。初メテ出ックワス本格ノ空襲ナリ。らじおノ刻々ト知ラセルトコロヲ聞イテル中、うわッ、コイツ却々凄ソウダゾト思ウ。ナンダカ大交響楽ノ序曲ヲ聞イテルヨウダ。

狐につままれたようであった。頭上少しく北北東よりに、おそろしく美くしい飛行機の編隊が、西の方を目ざしている。空襲警報があったと同時に、といっていいくらいだ。七機だったか、八機だったか数えてる余裕もなく、ただ面喰って眺めていた。敵だろうか、味方だろうか、それが分らない。写真などで知ってるB29とは、全然別のものに見える。妙に胴が細長く、煙管の雁首みたいに、尻尾の方が曲っている。ピカピカと銀色だ。しかもそれがまるっきり動かない感じで、碧空にはめこまれた銀細工のようだ。

その中にこの銀細工の近くに、高射砲の弾幕が張られたので、それではたしかに敵機だろうということになった。でも、まだ何かの間違いかもしれないという気がした。見ていると少しずつ前進している。やはり敵機だろう。味方機に高射砲をうつわけがない。それとも間違えて射ったか？

俄然、褐色の味方機編隊が、このピカピカ隊に迫った。大へんな速力である。と思ってよくよく見たら、それは高射砲の弾幕が点々となったまま、強い西風に飛ばされているのであった。

おや？　一機が段々と遅れ、やがて煙りの線を空高く残しながらツーと下ってくる。バンザーイ、ザマーミロと心の中で叫んだが、イヤ待テヨ、今のは味方機だったかもしれんという気がしてきた。落ちたやつは銀色のパイプと違った一機のような気がする。

とにかくこの銀色のピカピカ部隊が、もしも敵機だったら、私の目にふれた最初の敵機なのである。しかし、この一隊だけが東から西へ向けて行き、他の一隊は北西から東南へ向いて行った。そしてそれらは私の目にも、たしかにB29の型に見えたのである。一機としてあんな、銀の煙管みたいなのはない。

なるほどB29を真横から見たら、あんな形になるかもしれない。しかし、私は殆んど頭上に近く眺めたのだから、角度から考えてみてどうもおかしい。これは私だけでなく、その日、その編隊を見あげた人たちは、みんなヘンダと言っていた。

あとからあとからとやってくる編隊。いずれも防空壕に入らねばならないような進路ではなかった。私は二度ほど危険を感じて、防空壕に飛びこんだ。もっと馴れていたら、これとてもあわてる角度ではなかったかもしれない。

註　B29は高空を動いているので、一直線に悠々と進む。小型機のように変転しない。第七編隊の来る時など、私は便所にしゃがんでいた。ラジオによって、それが間もなくくることは分っていたが、どうも入りたくなったので構わず入厠した。すると半鐘が忙がしく鳴り出した。中途で出るわけにもいかないので、私は手をのばし頭上前方のガラス戸を左側に寄せた。とたんに美しいB29の編隊が、区切られた青空の部分を通った。面白いと言えば面白い場面だ。進行の方向は真上ではない。しかし烈風が吹いてるので、機の向いてる方向とは動きがズレている。油断はならないと思った。

正直ノトコロ、今日ノ空襲ハ面白カッタ。B29ノ編隊ハ美クシイ。味方機ラシキモノ、三機落チルノヲ見タ。敵機ラシキモノ、二機落チルノモ見タ。敵機ダト思ッテ見テイル中ニ、落下傘デ二人下リテ友軍機ト分ル。十五時半ノ解除マデ、息モツケナイ面白サダ。

頭上ニ編隊ガ来タ時ハ、少々ハラハラスルガ、コレトテモ、映画ヲ見テイテ、ハラハラスルノト大シテ変リハナイ。ソレガアルカラ一層面白イワケダ。

コノ日ノ吾家デ一番恐ガッタノハ高子デ、坊ヤハ無暗ニ見物シタガリ、富士子ハ平気、静枝モ平気デアル。

小島君ガ見舞ニクル。彼ノ家ノスグ近所ニ爆弾ガ落チタソウダ。丸山君ガ見舞ニクル。荻窪ノ方ガ火事ダト思ッタソウダ。多分ソレハ、中島飛行機工場ノ煙幕ヲ見テ、ソウ思ッタノデアロウ。

金春演芸場ハ、既ニ開演中ト聞イテ出カケル。二百人位見物ガ入ッテイタ。山野、大辻ナドニ会ウ。

帰宅シテ一杯ヤッテルト、又モヤ〝ジャー〟ト東部防空情報。敵モ却々ヤル。今朝ノ新聞ニ、荒鷲大イニさいぱんノ基地ヲヤッタト出テイタ、ダケニ感心スル。

ちり鍋の鱇に松島偲びつつ
昼も夜も敵機来りて霜柱
灯管の庭月明にあからさま
厚氷割れば水音あたたかし
寒月や星まれにして友軍機
凍月の鹿島灘より敵機来
開け放つ茶の間の暗の火鉢哉
寒月や本土上空敵機なしと

凍つる如く眼鏡の縁の割れにけり
靴下をはきたるまま凍てし床に
警報解除。今夜、明子ノ帰リガ遅クナッタノデ心配スル。旅先デ想像シテイタ程、空襲トイウモノ苦ニナラズ。

二十八日（木曜 晴）〔金春演芸場第二日〕
八時起、鶯ノ笹鳴キ。十二時半家ヲ出ル。銀座かねぼうニ行キ、国民服ノ仮縫ヲスル。敵機ガ、先刻上空ヲ過ギタノニ、至ッテ街ハ静カ、露店ガぽつぽつ出テイタ。年末ラシク、貧弱ナかれんだーナド売ッテイル。

至極のんびりと一機飛んでいる。有楽町駅東口で降りて橋の上だ。向うから来る男が、少し妙な表情で空を見上げてたので、私もその視線をたどって見ると、その一機だ。銀色の立派な双発機で、二条の美くしい煙を、長々と引いている。昨日の今日で、敵機が唯一機、悠々と銀座上空を遊んでるわけもあるまいから、これは味方機であろう。新鋭機が吾空軍にもできたというから、その一つなのであろうか、どうもヘンテコな感じだ。

突如！　高射砲が連鳴する。見るとその一機の近くに弾幕となる。更にまた連鳴して第二の弾幕――はてな、矢張り敵機であったのか？　丸ノ内から川向うへかけて引かれた二条の煙がまだ残されている。然し、サイレンも鳴らず警戒警報すら出ていない。金春演芸場に行ってみると、ちゃんと開演中だった。

演芸場楽屋ニ放送局ノ人来リ、正月三日放送「家庭音楽会」ノウチ合セ。山野君ト面白ク雑談シテルト空襲警報出ル。

三十五銭シカナイノデ、阿佐ヶ谷マデ電車デ帰リ、アトハ歩ク。友軍機盛ンニ飛ビ、背後ニ大キナ月ガ出テイタ。

帰宅。警報解除。鱈デ、酎ヲヤル。

独逸が原子爆弾を使用しているという説がある。本当ならば、米英ザマーミロというわけだが、愈々人類が原子爆弾を使用するようになれば、人類の終局も近きにありという気がする。原子爆弾が地球を破壊して、地上の生物皆成仏というのも、あながち悪くはない。アルプスに登って〝自然征服〟など甘いものだ。地球を真ッ双つに割ったら、それこそ自然の征服であるかもしれない。

もっとも新兵器が発明される度毎に、これに似た恐怖を、吾々はくり返しているとも考えられる。

午前二時頃ノ定期便ニ備エテ、十九時頃床ニ入リ、ウトウトシテルト〝ポー〟ガ鳴ル。茶ノ間ニハ質屋ノ息子氏来テイテ、女タチト火鉢ヲ囲ンデイル。

半鐘ガ鳴ルカラ、外へ出テ見ルト、B29ガらいとデ照ラシ出サレテル。高射砲ガちかちか光ルケレドモ、竟ニ命中シナイ。照明弾ヲぴかりト落シテ行ク。

二十三時半頃、解除。起キテイルノハ、妻ト私ノ二人ダケ。坊ヤハ、始メカラ起サナカッタ。

月ノ美シサ。街ハ海底ニアル如シ。

吾れは雑炊妻はケーキ警報の
解除となりて競ひつくりぬ

警報の解除となりて寒き夜の
　深夜につくる雑炊の味
松島の蠣を煮出して越後なる
　味噌にてつくる雑炊の味
妻と共にホットケーキを食みをれば
　空襲の夜の十二時は鳴る
人間に食ふてふことのなかりせば
　この冬の夜の空襲もあらじ
喰べるだけホットケーキを喰べければ
　妻は一足さきにねむりぬ

三十日（土曜　晴　寒）〔浅草松竹漫談道場第二日〕

一時半頃警報。三時半頃解除。私ハ寝テイタ、静枝ガ高射砲ノ鳴ル度ニ外へ馳ケテ出ル。焼夷弾ヲ大変ニ落シテ行ッタト報告。

八時頃起キ、今夜放送ノ台本ヲ作ル。

十二時家ヲ出ル。今日モ快晴、寒イコトハ寒イ。

浅草松竹館、早イトコロ出演。蔵前アタリ、焼野原ト聞ク、今暁ノ焼夷弾ノタメ。見物ニ行コウカト思ッタガ、電車ガ混ンデルノデ止メル。タッタ一機デ、関東全地区ガビクビクシタリ、六百戸焼カレタリシテハ、実ニ合ワナイ話。

区役所裏ノ本屋デ「菊模様集」ヲ買ウ。十六時半第二回出演。

十七時半放送局行。係リノ青年ト、一月三日放送ノ打合セ。第一ホテルノ食堂デ御馳走ニナル。青年ノ顔デ四人前出ル。中々美味シ。

第八放送室ニ早クカラ入ル。ココハ暖房。十九時三十五分ヨリ、二十時二十分迄放送スル。「ラジオ賞ノ夕」デ、私ノ後ハ酒井雲ノ「恩讐ノ彼方」デアル。

放送を終り（宮本武蔵が二刀の原理を把握し梅軒を斃す条）比較的好い心もちで、寒月の美しさを楽しみつつ、新橋駅へ来ると、出札口の少女にすっかり腹を立てさせられた。実に無礼千万な口の利き方をするのである。こんな少女を相手に怒るなぞ、甚だ大人気ないと思うが、それだけに尚更忌々しいのである。

一体斯ういう場合に、五十一歳の男として、如何なる態度であれば好いか。いろいろ考えて見た。考え込んでいたため東京駅で乗換えるのを神田駅まで乗越して了った。少女が何を言おうと、こちらの感情は微動だにしない、という境地であれば結構なのだが、中々そう行かない。少女に何をされても怒らないという境地は、少女に何をされても喜ばないという境地だとすると、こいつ考えものである。腹は立てないが、喜ぶことだけは喜ぶ、などと虫の好い境地はあるまい。

今日私は、第一ホテルの食堂で、少女たちに好遇されて、喜んでいたのであるから、その私が今度虐遇されて怒るのも至極自然なのであろう。

まったく、新橋駅のあの出札係は、ハリ倒してやりたいくらいなものであった。出札口からピストルで打ってやったら定めし好い心もちだろうと思った。

然し、彼女の立場にあって、いろいろ考えて見ると、これまた愛すべき乙女であるのかもしれない。ただ、あの時は、あの時の弾みで、あんな口の利き方をしたのかもしれない。然し相手が何であろうと、腹の立つ時は立つ、石にけつまずいて痛ければ、石に腹が立つ、これは自然である。犬に吠えられれば犬に腹が立つ、だから鼻たれ少女に吠えられて腹を立てるに不思議はない。

不思議はないが、どうも馬鹿々々しいのである。馬鹿々々しいことはしたくない。その馬鹿々々しいことをさせられたのでまた腹が立つのかもしれない。

癪に障る言葉を打ちつけられて、腹の立つという事は、ウンコを踏みつけて、ウワーッと厭な気もちがするのと同じようなものである。これは感覚的なものだ。つまり私は、今日運わるくも、出札少女の言葉のウンコを踏んだ訳である。

なアに、ウンコだって、分析して見れば、皆綺麗な原素の集りだ、などと私には済ましていられない。ウンコはウンコである。肥料にでもする場合の他は、汚ながるのが当然であろう。だから、私が腹を立てたのは、別に恥ずべきことではない。とは言え、ウンコは踏まないように気をつけるべし。

二十一時過帰宅。入浴。蠣ノ味噌汁煮デ、インチキＧＩＮヲ飲ム。

明子モ、挺身隊入リトナル。

昭和二十年

３人の孫に囲まれた夢声。左は静枝夫人、後列は四女明子と夫のヘンリー西（米ロサンゼルスのヘンリー西宅にて。昭和28年８月９日撮影、共同通信社提供）

一月

一日（月曜　晴）

零時五分、警報発令。私ハ午前中仕事がアルノデ寝タママ。静枝専ラ大活躍。三時頃ノ高射砲ト半鐘デ起キル。敵機既ニ頭上ヲ去リ、向ウノ方デ焼夷弾ヲ落シテル。大変ナ正月ナリ。娘タチ、警報解除ト共ニ八幡神社ニ初詣デ。

元暁の焼夷弾こそめでたけれ
元暁の敵機頭上を轟進す

除夜の鐘鳴らず、除夜のポー、除夜の高射砲。九州で思ったほどイヤな元日でない。少しく眠りて七時頃起きる。屠蘇、雑煮。

元朝の粛然として寒きかな
敵機去りし雲紅ひに初日かな
初放送は七十二翁元気なり

庭に小鳥がくる。木斛《もっこく》に三羽。文鳥かと思ったが、四十雀らしい。目白もくる。百日紅の梢に両種仲よく何かついばんでる。

昨夜来の背広を着たまま、その上にネルとドテラを重ねて一日中過す。娘らはモンペの晴着、坊やも新らしいズボンをつけている。

元日は華々しくB29が来るだろうと思っていたが、竟に暁の御年玉だけですむ。

　年賀状一本もなき初日かな

　元旦の栗のきんとん豪華なり

赤茶けた餅だが、とにかく家内一同、腹一杯喰う。目出度いではないか！　大根と人参のナマス、弟が送ってきた鮒で自家製フナノコブマキ、仙台からの鮑で酢のもの、栗のきんとん（黄色いザラメで充分に煮こむ）、五島のスルメ、北陸のカズノコ、八ツ頭人参牛蒡の煮しめ、黒豆、自家製カブ千枚漬など、一通りお正月の御馳走が揃ってる。目出度いではないか！

今のところ吾家には空襲被害絶無、目出度いではないか！　だが、これがいつパーになるか分らない。ちゃんとしてる間に、吾家の有難さをシミジミ味っておくことだ。

　四十雀も目白も庭に初日かな

二階デ一月三日放送ノ台本ヲツクル。丸山君来ル、一杯飲ミテ将棋ヲ指ス。馬場孤蝶遺品ノ駒ナリ。百人一首ヲトル。上ノ句ヲ忘レテルノガ大分アリ。

富士子ヲ尋ネテ兵隊サン来ル。俊子（長女）ノ家ニ初孫ノ顔ヲ見ニ行ク。酒二本御馳走ニナル。婿殿自ラふらいえっぐヲ作リクレル。

夜中ニ起サレルツモリデ宵カラ寝ル。小島君年賀ニ来リ、配給ノ合成酒ヲ四合飲ンデ行ッタトイウガ、私ハ眠リコンデ知ラズ。

九日（火曜　曇後晴　小温）〔「宮本武蔵」稽古在宅〕

（夢）大キナ劇場デ説明シヨウトシテヤレナイ、大イニ心ヲ労スルトイウ、馬鹿ゲタノヲ見ル。起キテミルト、心臓ガドキドキシテイタ。昨晩ノ焼酎トウィスキーノセイカ。

コレデ二晩空襲ガ無カッタ訳ダ。大イニ助カル。九時起。水道ノ水歯ニシミテイケナイ。新聞ヲ見ルニフィリッピンノ形勢愈々急ヲ告ゲテイル。然シ、私ハ九州デ聴イタ、吾軍七十万説ヲ信ジテイルカラ大丈夫ト思ウ。政府モ新聞モ声ヲ揃エテ、危ナイ危ナイト言ッテイルノハ、生産激励ノタメト思ウ。

朝飯二杯。二階デ「宮本武蔵」ノ台本ヲツクル。巌流トノ試合ノトコロダガ、省略ガ実ニ厄介デアル。煉炭ノ火鉢ヲ持ッテ上ッタラ上天気トナル。

昼飯ハ豆ト海苔、間モナク警報発令。

コレヨリサキ大阪放送局ニ「ユカレマセヌイサイフミムセイ」ト電報ヲウチ、速達ノ手紙ト、速達ノ台本ヲ送ル。イサイフミハ閑文字ナリト消サレル。

十三時半頃警報（空襲）。空ハ晴レ亘リ、陽ハ温カク申分ナシ。十五時過、解除トナル。今日ノ空襲ノ次第ヲ細カク日記スル。

警戒警報が長々と鳴る。昼飯の時私は「どうせ来るならありったけで来てくれると好い、半数も落せば当分来られなくなるだろう」と言った。噂をすれば影、御出でなすったかと思う。朝のうちは曇りだったが、午後は素晴しい快晴となる。私は身仕度をする。二階のガラス戸を開ける。妻もニコニコもので戸を開け廻っている。皆ホクホクと嬉しげである。

——敵ノ数目標ハ南方海上ヨリ本土ニ接近シツツアリ

とラジオが言う。そら「数目標」と来た！　今日は派手な事になるかもしれないぞと思う。演芸放送が情報の間を縫ってやっている。一時三十分から始まる療養所向「正直車夫」邑井貞吉の講談である。

──敵ノ第一編隊ハ静岡地方ニ侵入セリ、ソノ前進方向ハ未ダ明ラカナラズ

このあとで「横鎮中管区警戒警報発令」と放送。

東部軍発令と横鎮中管区発令とが何かにつけ二重に放送されるのは、吾々の区域では無意味である。いつも間延びした感じがする。

ふと頭上を見ると、東の方から七、八機さしかかりつつある。一寸B29かと思ったが、友軍機と分る。碧々とした空に黒褐色に見えた、四発のように見えたが双発らしい。

「空中戦見物には、もって来いの好天気だぞ」など怪しからぬ考えも浮ぶ。

──敵ノ第一編隊ハ北進中

──敵ノ第一編隊ハ関東西南地区ニ侵入シ東進中ナリ

間もなく空襲警報が物々しく鳴り出した。暫らくして、

──横鎮中管区空襲警報発令

──敵ノ第一編隊ハ京浜地区ニ向イツツアリ、尚敵ノ数編隊ハ南方海上ヲ依然北進中ナリ

そら、もうそろそろ上空に見える頃だぞ、と私は西の空を見る。

──関東地区空襲警報発令

これは今更間のぬけた感じである。

──敵ノ第一編隊ハ京浜地区ニ侵入スルコトナク東北方ニ向イツツアリ、第二編隊ハ北進中ナリ

パシリパシリと庭で音がしている。静枝、富士子、志賀君などで、池の氷を投げ出しているのである。私は茶の間に上り、煙草を一服吸う。二階に上って見ると、煉炭の大薬鑵が音を立

てていた。
――東北方面ニ向イタル敵ノ第一編隊ハ南下シツツアリ警戒ヲ要ス
そら〆たぞ、という気がする。何が〆たのか分らない。半鐘が鳴り出した。
飛行雲を引いた一機が西から東へ行く、どうもB29らしい。
――敵ノ第一編隊ハ東北方ヨリ帝都ニ侵入セリ、第二編隊ハ関東西部地区ヨリ少数機ニテ侵入東北進シツツアリ
と、四機編隊B29が東北の空から、見事な姿を見せる。四機とも同じように白い四条の線を引いて、まるで絣模様のように美しい、已れッという敵愾心が湧いて来ない。友軍戦闘機がキラリと光り、急に見えなくなる。高射砲の弾幕が、頼りなく張られる。
家中誰れも防空壕に入らず、これを見ている。まア憎らしいという声、まア綺麗という声、悠々たるものだワ（これは静枝の声だ）など。
「あれで時速六百キロだぞ、悠々たる訳じゃないんだ」と私が言う。だが正に悠々と見える。
西の方七十度ぐらいに四機が去った時、今度は西北方から三機現れた。銀色にキラキラしている。
――敵ノ第二編隊ハ目下関東地区ニアリ、第三編隊ハ静岡地方ヨリ関東西部地区ニ向イツツアリ
――敵ノ第二編隊ハ帝都ニ侵入シ東南進シツツアリ
この放送は先刻の三機のことらしい。三機のうち一機だけ少々遅れ加減で、風呂屋の屋根を右へ右へと進み見えなくなった。

北の空に唯一機、恐ろしく長い雲を残して東進するのが見える。味方機であろう。射たれているようにも見える。北の空一杯に線を残して、東の方に落ちて行くようである。何か虫のような感じだ。二階へ上って一服やっていると、

——敵ノ第三編隊八機ハ京浜地区ニ向イツツアリ

と来た。西向の窓から見たが、それらしいのはまだ見えない。

外へ出て見る。やっぱり見えない。

「待避しろッ」という叫び声だ。なるほど来た来た、敵の八機、これもしかしそれているようだ。然し、機首の方向と進行方向は風の影響で違うから油断はならない。

一番右側に見えるやつが、どうも真上に来そうに見えた。

私と志賀君とが東の防空壕へ入り、空を見上げていた。富士子は壕の外に立っている。他の者たちは西の壕に入った。あッ、焼夷弾が光る。

ギュルギュルギュルギュルと厭な音がする——近所へ爆弾が落ちたらしい。

味方機が体当りをやろうとしてうまく行かない様子である。高射砲の弾幕、余程たってからその爆音、でも八機のB29は何事もなく東の空へ去る。

——第四編隊ハ東部ニ向イツツアリ

さア、いくらでも来やがれである。

「アラ、友軍機よ、あれ！」

と誰れかが言う。始め焼夷弾が燃えながら落ちるのかと思っていたが、それは、錐もみ状態で落下する戦闘機と分る。火を吹きながらヒラリヒラリと落ちて来る。

「可哀そうだわ」

と誰れかが言う。恐らくもう焼け死んでいるのではあるまいか。いつまで見ていても落下傘が出てこない。青空に陽をうけて、焔の色が朱く見える。機体も煙りも黒い。

二機西方から来る。これも外れている。こいつが第四編隊であろう。

鳥が二羽その反対の方向に、アア、アア、アアと鳴きながら飛ぶ。

私は、防空壕の上のホウレン草に池の水をやる。椿の木の下のゼラニウムにも水をやる。今年はフレームが無いので、ゼラニウムは大部分枯らして了いそうだ。

――目下関東地区ニ侵入セル敵ハ四個編隊ノ他一機モシクハ二機ヲ以テ各所ニ爆弾ヲ投下シツツアリ

私は一人茶の間で、茶を入れて飲んだ。遊びに来ていてこの騒ぎにぶつかったカネボウの鈴木嬢が、私の茶を飲んでるのを見て庭から笑った。

ひさしの下に仙台の鱈が何本もぶら下り、陽を受けて飴色に輝いている。蠅が戦闘機のように光りながら鱈に飛びつく。百日紅の梢のあたりに、白く光る小虫が遊んでいる。

――南方海上ニ北進中ノ二目標アリ

おやおや、まだ来るのかと、半ば期待していたが、これは中部地区に行って了った。

間もなく十五時頃、解除のサイレンが長く鳴り響いた。

「宮本武蔵」第七巻ノ未読ノ部分ヲ読ム。世間デハ私ガ、コノ本ノ全部ヲ隅カラ隅マデ読ンデイルト思ッテルラシイガ、実ハ放送スル部分シカ読ンデイナイノデアル。

煉炭ノ火ガ消エル。忽チ寒クナル。

夕食ハ、ライスカレー。昨夜重亭カラ貰ッタ雛ガ入リ、上等ナ味デアル。高子帰リ、今日ハ田無工場ガヤラレタラシイト言ウ。重亭ノ安否ハ如何デアルカ？　昨夜ノ今日デアル、人生トイウモノ如斯《かくのごとし》。火ノ気ナキ二階デ、明日帝国ホテルデ演ル「武蔵」ノ稽古ヲスル。

十日（火曜　晴　茶）〔帝国ホテル「武蔵」講演〕

一時頃ト五時頃警報ガ出タガ、二度トモ寝タママデイタ。一時ノ際ハ高射砲ガ盛ンニ鳴ッタ。五時ノ際ハ何事モ無カッタ。富士子ガ起キテ班長ノ任ニ当ッテイタ。

八時起。九時頃、玉葱味噌汁、飯二杯。二階温カク「武蔵」の「茶漬」一回読ム。

富士子、高子、志賀君ト真鶴ニ行ク。蜜柑ヲ手ニ入レルタメ。明子ハ何トカ無線ニ通ッテイルガ、友達ガ誘イニ来テ、長ク待タセルノガ気ニナル。叱リタクナッタガ黙ッテイタ。

那須婆サン茶ノ間ニ来ル。軍人ニ部屋ヲ貸シテルノデコノ正月ハ物資豊富ト喜ンデル。

このところ数日続けさまに自分が説明者である夢を見る。それも定まって、自分が説明をしないでいるとか、怠けているとかしていて、これではクビになるだろうと怖れているところである。トーキー初期の頃、休んで説明を怠けていたころの不安が再現するのであろうか？

今日はこれから帝国ホテルに行って、砂糖会社の重役連に「宮本武蔵」を一席喋るのであるが、昨夜数回読み、今朝も一回読んだきり、まだ頭に入っていない。体当りでやっつけるつもりだ。

然し、私は何故、ものごとを充分に準備しておいてから行わないのであろうか。いつも好い加減なものである。十年たっても、説明者時代の不安を夢見るということは、私が充分に用意をして、全力をつくしてトーキーと戦わなかったせいであろう。

中途半端な心の関りが夢となるのである。

もっとも全力を尽してトーキーと戦ったところで、結果に於てはどうなるものでもなかった。要するに説明者は退陣の運命だったのである。全力を出すには馬鹿げた戦いであった。

では本日の「武蔵」の場合はどうか。これは全力をつくして準備すべきではなかったか？只今十時半だ、十一時にはもう家を出る、今更何を言ったところで始まらない。体当りで行く。それも不用意の体当り、巧く行くかどうか分らない。多分、一席終ったあとで、いつもの憂鬱に捕えられることであろう。

聴いている人々は胡麻化せても自分は胡麻化せない。用意はしないくせに、出来栄えは最高の尺度で計るのであるから、いつも満足する訳がない。

さて斯う書いてから、一寸足らずの煙草の吸殻を、梓のパイプにさして喫う。この時私は、灰になっている方を中にしてさしこむ。斯うすると、炭素がニコチンの毒をいくらか消すであろうと考える、——中途半端な科学知識でそう考える。中途半端な創意である。

とは言え、中途半端には、中途半端の楽しさもないではない。

髭ヲ剃リ、十一時過家ヲ出ル。国民服着用。十二時過帝国ホテルニ行ク。皆外套ヲ来タママ通ル。

糖業協会ノ理事長ガ、一中ノ同級生武智君ノ父ダッタノハ意外。

ロンジン相変ラズ夜中ニハ止ッテイル。今日始メテポケットニ入レ持チ出シタ。多少遅レカタガ少クナッタヨウダ。

帝国ホテルノ昼定食、此所モ竟ニ斯ノ如ク酷イコトニナリシカ。此頃デハ金持ト雖モ自宅以外デハ、アマリ美味イモノニアリツケナイノカ。

「武蔵」ノ出来、マズ及第、六点五分グライ。

漫談協会ニ寄ル。吉田老人コレデ四日、酒ニアリツカズト言ウ。銀座へ出ル、全ク何モナイ。第一書房ノ売店ガ美術骨董店ニナッテイル。

十五時半帰宅。煉炭ヲ入レサセテ、二階デ「荘子」ヲ読ム。何処ヲ読ンデモ同ジヨウデアル。

十八時頃夕食。一家全員揃ウ。雛入野菜汁。大イニ美味シ。帝国ホテルザマヲミロダ。入浴。放送落語ノ夕「雑俳」ノ最中、警報発令。

「生命の科学」第十一巻目を、好い加減に引き出して読む。類人猿の感情、意志、知識など面白い。その項の次は脳（殊に大脳）の研究だ。荘子は知ということを極度に下らながっているが、その荘子の考えも、やはり斯ういう脳味噌から湧いているのであるから妙だ。荘子もこんな脳味噌で自分が虚無の世界を思考してるとは思わなかったであろう。

放送は落語の夕が始まり、何所からか洩れてくるが、落語よりこの方が面白そうだから、厄介な条は飛ばしながら読んだり見たり（挿画を）しているとポーが鳴り出した。

武装をして外へ立つ。寒いような温かいような夜である。やがて、ライトが空に走る。いやその美しいこと、何とも言えない。薄紫色の菊一輪空一杯に出来上る。中々B29が捕まらない。頻りに急がしく探すのがある、落ちついて音の流れを探るのがある。

やッ、竟々捕まえた。飛行雲が昼より長く見える。地上近く電光のようにピカピカするのは高射砲を射っているのだろう。「頑張れッ」と警防の野次馬が声援する。私も息をつめて見守る。チカチカチカとB29の近くで光る。

さて、荘子は知を此上もなく愚かなものとしているが、今の世に生きていて、この有様を見せたらなんと言うであろう。警報も、B29も、探照灯も、焼夷弾も、みな知の産物である。愚かなものと言いきれようか。

解除となり放送は独逸の新兵器、冷凍爆弾の説明をしている。百五十米以内の生物は全部凍って了うというV3号だ。大変なものが出来たものだ。

結局この分では、原子爆弾まで行くであろう。

そして或は地球が打ち破られるであろう。

人類として、そこまで行けば、まあエライもんではないか。

荘子によれば、与えられた生命を、自然のままに生き自然のままに死ぬのが一番賢いという事らしいが、それならチンパンジーは人間より遥かに賢いであろうし、なめくじに至っては更に賢いと言える。もっとも、それを自覚しなければなんにもならんと言うなら別だが。だがそういう自覚はやはり知の領分である。

いずれにせよ、私は現在日本国民の一人である。B29に平然としていられない、フィリッピンの戦況は大いに心配である。日本国民の発展を願い、滅亡を恐れる、これまた生物として自然である。自然なら荘子も賛成するであろう。

　吾が文は焼夷弾にぞ似たるかな
　　分裂破裂出鱈目に落つ
　なめくぢに幸も不幸もなかりけり

　人間ならば笑へ苦しめ
残飯に残る味噌汁冬の夜半
　ぬくきおじやをつくる楽しさ
ニコチンの濃ゆく染みたる象の牙
　凍てつく夜半に温かく見ゆ
米鬼竟に上陸せしやルソン島
　吾が右足は今凍てんとす
荘子にもヒットラーにも子供にも
　感服をする吾れにてありけり
真理とは如何なるものぞ雑炊の
　一匙ごとの味にあらずや
(敵リンガエン湾侵入ト新聞記事アリ。)
十四日(日曜　晴　小寒)〔新宿松竹第四日〕
　八時起。十時、清水町片岡家ニ行ク(始メテデアル)。葬儀委員長菊池寛氏ノ顔ハ見エズ。親族ノ中ニ岡成志氏ヲ見出ス、横光利一、川端康成、新居格、斎藤竜太郎、和気律次郎、大宅壮一、高田保、小島政二郎、宮田重雄、浜本浩、佐々木茂索ノ諸氏見ユ。
片岡鉄兵氏の告別式に行く。入口の路地に立てる、宮田重雄、浜本浩、佐々木茂索など、故人の追悼談など全然なく、専らB29の話。
例の新兵器「風船」が米本土で爆発の気配ありという。それかあらぬか、敵は「報復爆撃」

をやると言っているそうだ。(本日B29が、豊受大神宮を爆撃したのは、それかもしれない。)
毒ガスは米が世界第一だと言う。米は日本本土にそれを使用したがってウズウズしていると
いう。米が、サイパンその他の小さな島に使用しなかったのは、この毒ガス後々まで残り、上
陸した米兵まで死ぬからだと言う。真ならば恐るべし。
松竹館楽屋で聴いたデマ、——野間清治父子はスパイであったので、憲兵に殺されたのだと
言う。こいつは全く意外であった。まさか!
帰途、宮田家ニ寄ル。色々トデマ交換ス。小島政二郎氏ニ、伯竜中風ノ事ヲ話ス。今日ハ
B29編隊来ソウダト皆々言ウ。
十三時頃、松竹館楽屋入リ。昼モ夜モ満員。昼、電車話。夜、楽長話。
昼夜ノ間ニ帰宅。武蔵君ノ海苔デ食事。帰リノ省電切符ヲ買ウタメ、五円札ヲ崩スベク、
長岡井口家売立ノもくろくヲ買ウ。二円五十銭也。
今夜モ酒ナシト、思イ込ンデイルト、意外ヤ食卓ニ「爛漫」ノ一升瓶アリ。妻曰ク「二百
円頂戴」ト。竜夫君ノ持ッテ来タノヲ、隠シテアッタノダト言ウ。何ニ致セ、結構々々。
入浴。好イ心モチデ二合ホド、吸イコムヨウニ飲ム。肴ハ鰯ト、味噌汁ノ野菜。
チビチビやって陶然となる。ラジオを聴く。軍国歌謡甚だ面白くなし。放送局か情報局か、
どちらかが馬鹿の証拠である。次は楠公の誠忠を唄う浪曲、聴いていて甚だ不愉快である。そ
の理由いろいろあり、考えてみる。
1　あの男の面が気に喰わぬ
2　あの男の大阪弁が気に喰わぬ

3　インテリみたいなことを言うのが気に喰わぬ
4　なかなか稼ぐのが気に喰わぬ
5　人を人とも思わぬところが気に喰わぬ
6　巧そうな台辞廻しが気に喰わぬ
右は彼個人に対する気に喰わぬこと。
1　浪花節が日本一の人気ものであること
2　浪花節があんな声を出すこと
3　浪花節語りが多く下劣人なること
4　浪花節が出鱈目な芸であること
5　浪花節が六代目以上に儲かること
6　浪花節語りが最高人と自惚れていること
右は浪花節の一流人に対する〝気に喰わぬ〟こと。所で、私自身の漫談はどうか？
1　私の面が気に喰わぬ人も沢山あり
2　私の東京弁が気に喰わぬ人も沢山あり
3　インテリみたいなことも言うネ
4　世間並から言えばなかなか稼ぐよ
5　私の芸は出鱈目である
6　私自身も下劣な点あり
まア同じようなものか？　ただ敵わないのは向うの方が余計金をとるという点だけか？

今夜モ妻ハ奥ノ炬燵デ寝ル。Ｂ29ハ吾等夫婦ノ寝室ヲ別ニシタリ。
（大本営発表）Ｂ29六十機名古屋地区襲来。

十五日（月曜　曇後雪　寒）〔新宿松竹第五日、放送「武蔵」最終回〕

午前中一回「武蔵」朗読ノ稽古。
米竟に神域を侵し、戦は用捨なき冷面を見せたり。比島の大野戦こそ、日本が何うなるかの境目である。即ちルソン、レイテ、ミンドロなどの地図をパラフィン紙に写し、茶の間の襖に貼る。戦況の進展につれて、随時書き入れをなし、妻や子供らに分らせんとする也。

悴かめる指に比島の図を写す

さきに此の襖にはＢ29来襲の際放送「東部軍情報」を解り易く見せんため関東地図を貼りつけてあった。

雪の夜襖に比島江戸の地図

帰宅シテ食事。買ッタバカリの古本「フィリッピン紀行」ニ黒キ紙ノ包紙ヲツケ、白絵具デ背文字ヲ書ク。雪盛ンニ降リ出ス。

第八放送室にて約一時間自分の番が来るのを待つ

雪の夜長き「武蔵」を終るかな
雪の夜聴くや長唄越後獅子
雪の夜比島紀行の面白き

雪チラチラ。都電日比谷迄。十九時前局着。放送時間四十分ト思ッテ居タラ三十五分シカナイ。

二十時五分ヨリ放送。出来栄七十五点。肝腎ノ武蔵ノセリフガ、レロレロニナル。

雪止ミ、空ハ、水羊羹ノ如ク黒シ。星ノ光モ、湿リタリ。二十二時帰宅。海軍配給「爛漫」ノ有難サ。

十七日（水曜　快晴　寒）〔新宿松竹第七日〕

警報デ起キ外ニ立ツ。星ガ矢鱈ニ沢山見エル。敵機帝都ニ入ラズ退散。再就床。

八時過起。大根味噌汁、飯。

九時半家出。運通省錬成課ニ行キ、廿五日ヨリノ慰問ノ件ヲ確カメル。

帰途日大病院ニ石田ヲ見舞イ、特攻慰問行ヲ決定。

大映から片岡千恵蔵、松竹から高峰三枝子、東宝から轟夕起子、吉本から三亀松、これに私が一枚加わって、陸軍特攻隊慰問に出かける、と言う話。二十五日に出発して二十九日羽田に帰って来る予定だそうだ。飛行機二台に分乗して往復するとか。何処から何処へ行くのかこれは不明である。この不明なところが、また楽しみでもある。日程から考えて、あまり遠くではないように思われる。小笠原島、硫黄島あたりではあるまいか？

いずれにせよ、死を見ること帰するが如く、体当りする若き勇士たちに目見《まみ》えるということは、得難い機会である。大いに光栄と言うべしである。

だが、死を目前に控えた若人たちに、一体如何にして慰めを与えられるか、うっかりした話などして、意外な逆効果にでもなったら大変である。高峰、轟など美人を連れて行けば、一応勇士たちは喜ぶに定っているが、よく考えてみると、勇士たちは廿歳から廿数歳に到る、言わばまだ少年みたいなものだ。それも少年航空兵として、数年間峻厳な生活をして来た人々だから、世間の廿歳に比べると、女性に対する感情も子供っぽいものであるに違いない。さて、こうした無垢の人々に、年長のあでやかな女を見せて何ういう影響を与えるかである。もっとも、軍人というものの女性観は、吾々とまた異ったものがある。天晴れ名将と崇められる人が、芸妓などに対して甚だ単純というか、原始人的というか、至極他愛のない喜び方をしたりするものである。何はともあれ、飛行機で太平洋を行くのは有難い。

十二時半帰宅。門ノ扉ヲ直ス。高子特配ノ豚肉少々デ飯三杯。新宿ノ露店デ「虎」ノ絵ヲ買ウ。廿五円ヲ十五円ニ値切ル。実ニ馬鹿々々シイ顔ヲシタ虎デアルガ、ソコガ宜シイ。ソレニ今度飛行機デ、一寸危険ナ旅ヲスルカラ、コノ絵ハ縁起ガ好イ。妻モ安イノデ驚ロイテイタ。大キナふくデアル。今夜デ海軍ノ酒ヲ飲ミキル。肴ハ鯣ト豚肉。床ニ入ルト警報ガ出タ。

二十日（土曜　快晴　小温）〔新宿松竹館最終日〕

八時起。味噌汁ト海苔デ朝飯。ナントイウ事モセズ午前ヲツブス。

比島ルソンノ図ヲパラフィン紙ニ描キ、取替ル。ベイ軍意外ニ南下セルヲ知ル。昼飯雑炊。

風呂屋デ貰ッタ餅ト共ニ喰ウ。

片岡飛行士が死んだ。私はその新聞記事に気がつかないでいたが、妻が発見した、――四新聞のうち「読売」だけにしか出ていない。去る十二日の新聞には片岡氏が閑院宮殿下から関兼行作の名刀を拝受している光栄の写真が出た。それから一週間しかたたない十九日に殉職死である。どうも試験飛行中の空中分解によるものらしい。民間人としてB29三機まで撃墜した勇士がこの死に方は残念であろう。しかも氏は午前に死し、それから数時間して阪神方面にB29

八十機が侵入しているのである。

妻が煙草の配給を受けに（？）出かける時、近所の山の神連が口五月蠅くて困るとコボしたから、私は言った「なアに、そんな連中も今に皆無くなっちゃうよ」と。これは冗談である。冗談ではあるが、甚だ近き将来に、東京が殆ど無くなるであろうことを、半分ほど覚悟してる言葉である。

この度飛行機で、何所かの基地に私は運ばれる。太平洋上を飛んでいる時、敵機に出現し、やられる事がないとは言えない。私は、これも結構な死にかたと考える。所で、妻が言うのである「中気で死ぬより、よっぽど気が利いているよ」と。

静枝が日を勘違いして、今日が坊やの誕生日だと皆思い込んでいる（実は明日であった）。赤の御飯が小豆の煮かた失敗で、おしるこになりかけたが、竟にお萩となる。小島君と合成酒の盃をあげる。徳利の中へ鯣の裂片を入れると味が上酒の如くになることを発見。本日、坊やは英子から大飛行機、小島君から小飛行機を貰う。

富士子ノ縁談ニツキ妻ト相談ス。静枝アマリ進ンデイズ、私モ然リ。ダガ満更悪イ縁談デモナシ、当節トシテハダ。

十五時前松竹館行。昼ノ部結婚譚。夜ノ部放送話、アト口悪シ。

十八時過帰宅入浴。小島君来ル。彼ノ父ノ工場認可オリタレバ中島ヲ引キタイ、院長ニ話シテクレト言ウ。寝テイルトコロヲ起サレ、合成酒ヲ皆飲ンデ了ウ。愚カデアルガ、久シブリノ飲ミ方。

二十五日（木曜　晴　寒）〔鉾田部隊慰問〕

眠リガ中断サレテ、二時モ三時モ時計ヲ聴ク。トロトロトナリ五時、小用ニ起キテ五時半起床。寒シ。

六時四十分家出。日比谷日航本社ニ七時半頃着。女軍皆遅レル。女ノ神経ハ別ナリ。バスニテ羽田へ送ラレル。

　海軍練習機多数アリ、意外。

九時十五分、ダグラス旅客機ニ乗込。同十八分動始。同廿二分離陸。

二回目ノ飛行也。東京湾風景珍ラシ。


空より眺める冬の風景。

空と水は碧、陸地は褐色。

お噺話の国を思う。

一千米離れて見れば、ゴタゴタの町も美しい。

瓦屋根の整然たる、道路のラクダ色に走れる、赤屋根白壁の洋館などお菓子の如し。

田圃は凍てて半透明、麦畑は細かくならせる灰の如し。

田圃の周囲は白く氷り、羊羹の隅砂糖に返るが如し、麦畑は微かに緑黄の線を引きて、上等の干菓子の如し。

杉の森暗緑の中に、所々赤色に焦げたるもよろし。

海に浮ぶ標塔は西洋将棋の駒なり。

九時五十一分着。鉾田飛行場格納庫デ開会。
　1　司会　夢　声

2　歌曲　三枝子
3　漫才　道　雄
　　　　一　歩
4　舞踊　小　菊
5　剣技　千恵蔵
　　　　竜之介
6　小唄　小　梅
7　浪曲　虎　造
8　都々逸　三亀松
9　歌曲　夕起子
　　　　勝　彦

アコーディオン伴奏ハ長内端デ、一曲ダケ独奏ヲヤル。私ハ一々出デ司会シタ。

十四時十五分発、同二十分離陸、同二十八分着。常陸飛行部隊、部隊長古屋少将ノ部屋デ、ウィスキー御馳走ニナル。（鉾田デハ昼飯ヲ喰イ、会ノ後デウィスキーガ出ル。飲ミキレナイノデ、一本貰イ、ボストンニ入レテオク。）

此所ノ会場ハ兵舎ノ講堂ノ様ナ所。士官、下士官ノミデ演リ易イ。バスデ湊町ホテルニ送ラレル。

特攻隊の勇士たちと宴を共にすることが出来た。

生きながらの若き神々たちである。

出発前には、この神々に対し、如何に応待すべきか、いろいろ惑っていた。何う考えても、吾々汚れたる俗人が、共に語る資格はないような気がしていた。然し、眼のあたり、神々の楽しげに飲むさまを見、青年らしき朗笑を聴くうち、私もすっかり寛ろいだ気分になれた。

外形的には、普通の青年将校と、少しも変ったところは見えない。強いて言えば、普通の将校よりも無邪気で、おとなしやかで、親しみ易い感じが異なるだけだ。

私の卓はポートダービンという席で（卓の上にそれぞれワシントンだの、メルボルンだの、パールハーバーだのと記した札が立ててあった）、部隊長閣下（少将）が居た。やさしい、とても物分りの好さそうなオヤジ殿であった。

私の斜め右手に大尉がいた。見たところ甚だ風采の上らない人物で、軍服をつけていなければ、そこらの酒屋の主人程度である。これがなんとB29三機撃墜二機撃破の猛者であった。

「今晩は、皆さんの壮行会でありますから、私どもも隣組の人間のつもり、女性たちも婦人会の幹事のつもりで、これからそれぞれ卓子を替えて一杯ずつお酌をすることにしましょう」と私が言うと、大喝采であった。

部隊長閣下が立ち上って、面白い童謡みたいな踊りをやる。勇士たちが合唱して伴奏する。この神鷲たちは、今日まで帝都空襲があると、吾家の上空に来て護ってくれた人たちであると聴き、一層有難くなった。

中には「僕は一中出身です」と私の傍に来て名乗る勇士もあった。「僕は島根県出身です」と言った人があるように思うが、これは判然としない。宴の終りにサイン攻めに遇ったが、これは今迄のサイン攻めで一番嬉しいものであった。

二十二か二十三の若武者に、年増女や、中年増女の芸人や女優をさしむけるのは、どうかと心配したが、これは杞憂であったらしい。やはり、これが一番喜ばれたように思われる。

三枝子や、夕起子や、小菊など、出撃前の佳きはなむけであったかもしれない。

三亀松ガ司会シテ、小梅ノ黒田節ヲ始メ、漫才、灰田勝彦ノ歌、アコノ軽騎兵ナド出ル。果然三亀松、ワイ談ヲヤリ出シタ。

宴終了後、奥ノ間デ閣下ト飲ム。月形竜之介モ逃ゲ出シテ、私ダケ踏ミ止マル。晩飯ヲ喰イソビレテ寝ル。

二十八日（日曜　晴天　寒風）（明野航空隊慰問）

閣下ガ宿泊スル部屋デアルソウダ。ココへ漫才両君ト寝タ。ナル程、佳キ部屋、過日ノ地震デビクトモシテイナイ。犬養木堂ノ余リ出来ノヨクナイ書ガ掲ゲテアッタ。女中タチモ親切、礼儀ヲ知ッテイル。此宿デ私ハ始メテ、金十円也ノ心ヅケヲ女中ニヤッタ。今回ノ旅行デ、私ガ使ッタ小遣イハ、コレト往復ノ省電賃ダケデアル。

バスニ迎エラレテ浜松飛行場ニ行ク。

今日モ晴天ダガ、恐ロシク寒イ風ガ吹イテイル。私ハ武谷少佐ト一足先キニ軍用機デ出発。灰田君同乗。時ニ十時五十五分。

浜名湖ト知多半島ト渥美半島ヲ見テ、十一時半明野飛行場着。

温カイ混ゼ飯ノ馳走ニナル、美味シ。サテコレカラデアル。待テドモ待テドモダグラス機ハヤッテ来ナイ。一時半（午後）カラ人ハ集メテアル。仕方ガナイカラ、今日ハ私ノ漫談ダケニシテ改メテ明朝八時半カラ開演スルカ、ナド相談スル。ソノ内ダグラス機離陸ノ報ガアル。

十四時五十分頃カラ、私一人デ幕ヲ開ケタ。舞台ハ此所ガ一番広ク立派デアル。ヤガテ後続部隊着。即チ司会ニトリカカル。終了ハ十八時過ギ。

満月ガ出テイタ。ココノ部隊長ハ天沼ニ留守宅ガアルト言ウ。副隊長トモ言ウベキ松村大佐ハ、下志津飛行場ノ楽屋ニアッタ、飛行機ノ燃エテイル図ノ主人公ダソウダ。片手片足デ教官ヲヤッテイル。接待係ノ大尉ハ廿四歳デ、ニューギニア歴戦ノ荒鷲デアル。

柄沢少尉

副隊長　前田少尉

隊　長　藤山中尉

副　監　柴田少尉

立川少尉

井上少尉

伊東少尉

島津少尉

竹下少尉

西長少尉

大上少尉

これはこの夜宴を共にした特攻隊の連名である。私の左隣にいた副隊長前田少尉にコの字型の下の線左から順に記して貰った。皆二十二歳、二十三歳の若武者たちである。皆好い人ばかりであった。一人だってヒネくれた感じの者はいない。私はこの人々の名を今後の報道に注意していよう。この人々の武勲を確認したい。

隊長藤山中尉は剣道四段である。

私はこの勇士たちから一盃ずつ酒を貰おうと思いたった。私の愚かなる酒史に、今宵の一団こそこの上もなき輝きを加えることになるからである。そこで私は立ち上り、コの字陣の中に立って、その趣意を述べ、そして柄沢少尉から順に一盃ずつ貰った。

一盃うけて私が酌をして貰い、それを返盃して私が酌をする。酌をしながら「赫々たる御武勲を……」と小声に言いそえた。

勇士たちは、私が前に膝を移すと、言い合せたようにキチンと坐り直し、恭々しく私の盃をうけてくれたのである。なんたる光栄の酒ぞ！

中程までは一杯ずつであったが、それがいつか二杯となり。三杯四杯と重ねたところも出来た。

或る勇士は広島県人であった、――それでは私の生れた島根県と背中合せですね、と私は言った。

或る勇士は岡山県人であった、――映画の撮影で二週間も岡山にいました、と私が言う。すると勇士は「自分は児島郡で、経師屋藤吉の生れた近くです」と言う。

或る勇士は長崎県人であった、――そこで私は、私の家内は長崎県人でして、と言う。

或る勇士は、なんとアメリカ生れの第二世で、しかも彼の両親は敵に抑留されているという話。

私に続いて轟夕起子が、同じ順で一盃ずつ貰って廻った。

さて、余興が始まる。高峰三枝子、轟夕起子、赤坂小梅、波平暁男、灰田勝彦など、三亀松の司会で代る代る唄った。伴奏楽器が無いので、間のぬけたものであったが、それがまたこの席には適わしくも思われた。長内端はクルリとでんぐり返りをやり、片岡千恵蔵は酔って失恋物語をやらかした。私も拙い唄をやった。

主客共に酔いが廻って来た。勇士たちは立ち上り、肩と肩を組み、円陣をなして軍歌をやり出した。私も勇士から誘われて、肩を組み、足を踊らせた。

これが間もなく死にに出発する人々であろうか。元気一杯、学生が寮で騒いでいるようであり、また子供が遊んでいるようでもあった。

女たちはこの態を見て皆泣き出し、折角の御化粧が台無しとなり、両眼のところが丸く剝げて赤くなり、お猿さんか、梟の化物みたいになった。命令一下、勇士たちはさっさと引上げて行く。私たちは玄関まで送り、別れの万歳を声を限りに叫び合った。

私は涙が流れなかった。それどころでなかったのである。

二月

十日（土曜）

夜中ニ赤ン坊ノ泣声ヲキク。ナツカシキモノ。
八時前起、味噌汁、海苔デ飯二杯。俊子モ一緒ニ。赤ん坊、オ機嫌デアア、アアト母チャンニ何カ言ウ。
「新太陽」ノ原稿ヲ書ク。
東風吹くや警報の戸を開け放つ
明朗敢闘の原稿を書いていると、朝の警報が出た。その事を早速原稿に書き入れる。一機ずつ二機来て退散。原稿を書き上げ、いざこれから届けに外出しようと思っていると、またもやポーである。
〰敵ノ数編隊〰
〰敵ノ第一編隊十機ハ〰
〰敵ノ第二編隊二十機ハ〰
〰敵ノ第五編隊ハ房総方面ヲ北上中〰
なかなかラジオは派手であるが、今日は一向に敵影が見られない。先日中から太田方面を偵察しているようだったが、今日の攻撃目標は其処らしい。
俊子、赤チャン、坊やなど防空壕に入っていたが、この調子では大丈夫と出て来た。
約九十機ノ大編隊ガ来タガ、全部一直線ニ太田ノ方へ行ッタラシク、一機モ見カケズ了イ。
「新太陽」社ニ原稿ヲ届ケニ行ッタガ、扉ガ閉ッテイタ。
銀座ヲ歩イテ見ル。
東京駅、有楽町駅、新宿駅ノ混雑ハ大変ナモノデアル。

かつて、銀座尾張町に立ち、今のうちに見ておかないと、この景色は無くなるぞ、と言ったことがあるが、その通りであった。

足のぬけ落ちそうな山下橋を渡り、銀座へ出たのは、もう夕方も夜に近かった。人通りも殆ど無いに等しい。ただ、電車停留場と電車とに人が沢山いた。

資生堂のあたりは別に異状はない、――勿論平時のそれに比べては異状だらけだが、――元あった建物が、暗く並んでいるだけだ。

西側を歩いて行くうち、清和会館のところへ来て、なるほど、これはと目を見張った。外側だけ残って、中は何んにもなくなっている店が並んでいる。森永も、不二屋も、鳩居堂も跡方なし、カステーラの文明堂だけが頭山翁の金文字で残っている。電車道を越して、服部から教文館までの間、これはまた実に綺麗にガランとなっている。服部のビルが嘘みたいに、平然と屹立している。もっともガラス戸は大分傷められたらしく、灯火は一つももれていない。

地下鉄の修理工事をしているところだけ、灯火が赤々と照っていた。土方らしいのが多勢いて、何やら外国語のように喋っていた。

交叉点を私が渡る時、服部の時計が殷々と六時を打ち出した。時計の面には板が打ちつけてあるんだが、その音色は妖しきまでに冴え返っていた。(翌々日見ると、他の二面は無事であったと分る。)

演芸放送ガ九時十分頃マデカカリ、ニュースヲヤッテイルト警報デアル。間モナク解除。

句ヲ分類書キ入レシテイルト、廿三時頃又警報。又、一機デアル。

私ハ表へ出テ見タ。向ウ側ノ家ガ全部空家ニナッタノデ、至極静カデアル。星座ノ名ガ気ガカリダ。

警報　9時、13時、21時30分、23時ト四回ナリ。

十二日（月曜　快晴　小温）

八時起、快晴、赤ン坊昨夜モ泊ル。原稿「神鷲ノ盃」五枚書ク。「現場異門」全部二十枚也。南京豆ヲ焼イテ喰ウ。早昼ヲ喰イ、出カケル。

坊やの昼飯の菜に、妻は気前よく卵を二つ割り、砂糖を大匙で一杯入れて、煎り卵をつくった。私はギョッとしたのである。富士子が可笑しがって笑った。「おいおい坊やの昼飯に三円のおかずを喰わせるのかい」と言った。若いものは一円五十銭の卵にあまり驚ろかない。そういうもんだと素直に思い込めるものらしい。

特攻隊の若者たちが、至極当り前みたいに体当り、必死必中をやるのも、何所か似たところがあると思う。ヤミ卵と特攻隊を並べては申訳ないが、ヤミが今度の戦争の産物であるように、特攻隊も然りである。

若者のこころ、あっさり命をなげ出すように、あっさりヤミを認めて了う。今日の牛肉は一貫目百六十円也。

十三時頃文芸春秋行、原稿ヲ渡ス。永井氏ニ会ウ。

事務所ニ寄リ、鈴木嬢ニお年玉ヲヤル。前後ニ爆弾ガ落チタノデ相当ヤラレテイル。

十五時頃帰宅。俳句ノ整理。小島君牛肉ヲ持ッテクル。

十九時頃入浴。塩氏ニ貰ッタ焼酎ヲ飲ミ、牛肉ヲ醤油デ煮テ喰ウ。

警報　9時、19時ト二回。

十七日（土曜　晴曇　小温）〔終日、警報騒ギ〕

七時〝敵機来ル〟デ起サル。家内一同、急ギ朝飯。敵機ガ来ルト庭イジリスル癖ガツク。ヘルス・キャット、ヘルス・ダイバー、未ダニ見分ケツカズ。高射砲部隊ハ時々、敵味方ヲ間違エテ射ツノデハアルマイカ？

今日マタ、茶ノ間ノ貼紙ガ増ス。即チ、二種類ノ敵機ノ図ト、東京ヲ中心ニシタ太平洋ノ円周距離ノ図也。

空襲の合間の日向ぼつこかな
春の空丸き煙の幾団々
敵機来春の午前も忽ちに
弾幕を敵機かすみて横に逃れ
敵機見えず春の霞を憎みけり
春がすみ敵機遊ぶが如くにて
煙幕の南へ流れ春あさく
空襲下水仙の芽を見つけたり
春がすみヘルスキャットの横すべり
春の土叩きつ見れば敵機あり
一千機来襲の春となりにけり

厭なレコードが聞える。ジャズ風な唄い方である。甘ったるい疲れたような声。どうも少々不謹慎なようだ。止めさせようと思って、行ってみると明子が蓄音機にかがみこんで聞き入っている。富士子も仕事をしながら、縁側で聞いている。止めなさい、と言うのは可哀そうな気がする。然し、近所ではフンガイする人もあろう。

明子はつまり年頃の娘で、世が世なら恋を求める年頃だ。華やかな空気にあこがれる年頃だ。のんきに愉しく暮したかろう。それが連日の空襲で脅やかされ、防空壕に出たり入ったり、あわれと言えばあわれだ。況んや、彼女は耳が遠く、ツンちゃんと呼ばれている。一層あわれである。本来彼女は岩崎無線に出勤してる筈だが、省線が切符を売らないので今日は休んでいるのだ。

空襲の数時間が過ぎて、年頃の娘のヤルセナイままレコードを聞いて、はかなき思いにふける。これを無下に叱れようか。仕方がない、私は耳をふさいでいよう。その中に止めるだろう。

午後ハ割合ニ静カデアル。紅茶ヲ飲ミ、南京豆ヲ噛ル。「東京新聞」ノ安藤君カラ電話アリ、「防空壕ニテ」ト題スル一枚。早速書ク。

池ノ氷解ケタリ。

十九時半カラ隣組常会ヲ奥ノ間デ開ク。私ハ生レテ初メテ国民儀礼ノ号令ヲカケル。今度転宅シテ来タ、加藤、豆生田、天野ナドノ諸君ト顔ツナギ。自家製ノ菓子、蜜豆ナド出ス。常会ガスミ、雑談シテイルト、マタモヤ警報発令、今度ハB29デアル。

この夜、志賀君（質屋の息）の話によると、東京無線とかの工場で、学徒が三十人ほど、空中戦を見物していると、機銃掃射で全員殺された由、明子も岩崎無線に通勤しているから、ヒトゴトでない。

アメリカ人を憎むという気もちが若い女たちには殆ど無いように見える。吾々自身にしてもアメリカ人を憎悪する点においては未だしであるが、娘たちの場合はそれが甚だしい。

牛肉ヲふらいぱんデイタメテ、さんとりいヲ三杯ノム。

警報　7時、10時、12時、13時、21時。

十九日（月曜　快晴　寒）

今日モ二階デ、句ノ集成。面倒デアルガ、一応片ヲツケナイト気ガスマナイ。石田（私ノ支配人）退院後初メテ来ル。無精髭白ク光レリ。鉄道省カラノ謝金持参。共ニ語ル妻ノ頭モ白毛光レリ。

昼飯ニ鶏卵一個宛、海苔一枚宛、ゼイタクヲ極メル。飯田家（俊子嫁入先ナリ）ノ井戸カラ釣ッタ鮒、二尾宛二個ノ用水槽ニ入レル。

B29ノ編隊到ルト放送アリ。庭ノ半分ハ凍リ、半分ハ解ケタリ。一回ダケ防空壕ニ入ル。志賀君、桑ノ根（燃料用トシテ桑ノ樹ノ根株買ッタガ、モテアマシテイタモノ）ヲ割ッテイル、御苦労様ナリ。オ蔭デ、二日続ケテ風呂ガ沸クトハ有難シ。

天高くところてんをば押し流し

B29は逃げ失せにけり

寒空にB29が残したる

八十キロのところてんかな

ささ蟹の蜘蛛の精かやB29

縦横に吐く白絹の糸

十機編隊のB29が三編隊、各々異った方向に進みつつあるのを、一時に見る事ができた。まさに壮観である。今日のはどの編隊も吾家の真上からそれていた。

高子の話によると、其所に敵兵が二人、落下傘で降りて来たら、百姓の婆さんがその一人を鍬で撃ち殺したという。凄いババアがあったもんだと皆笑ったが、どうも何かしら不愉快なものをそこに感じた。

私とても、目の前にヤンキー兵の姿を見たら、或は殺したくなるかもしれない。しかし殺人者が爺イならとにかく、婆アが殺したというのが、なんともイヤである。

勇ましき婆さん、と賞める気には到底なれない。私の敵愾心が足りないせいか？

もっとも婆さん自身にしてみると、やむにやまれぬ事情があったのかもしれない。

例えば婆さんの息子なり、孫なりがフィリッピンで戦死しているとか、あるいは可愛い孫が機銃掃射でやられてるとか、それなら満更無理でない気もする。

しかし、これがただ日頃から気の強い婆アで、亭主の爺を尻に敷いてる婆アで、そのクソ鬼婆アが得意になって、ヤンキーを殺したとなると、どうにも不愉快千万である。

だが、私の家が爆撃されていたり、家族のものが殺されたりしていれば、婆さんの行為に対しても喝采を送るかもしれない。従って、私自身の時局に対する考え方が、他人よりも遅れているのだとすると、これは、大変だ。

高子はこの話をする時、面白そうであった。日頃、家内第一の小心者である彼女が、空襲中最もキャアキャア悲鳴をあげる彼女が、そして今まで少し残酷な話には、顔をしかめる彼女が、この婆アの話は平気でいるとは、どういうもんだろう？

私には三十人の学徒が、機銃掃射でやられた話よりも、この話の方がゾーッとなるものを存している。その時の、老婆の表情を想像すると、まったく悪鬼のようにしか思えないのである。
オ三時ニ、寿司ヲツクル予定ガ、B29デ延ビテ、夕方カラ始マル。職人ハ裕彦君。私モ海苔巻キナド手伝ウ。干瓢ニ、奈良漬、油揚ナド芯ニシタ海苔巻デアル。却々美味ク出来タ。私ハ新ラシイ風呂ニ入リ、サントリー二杯飲ンデカラ食ウ。コンナコトハ、ソノ中ニ全然ヤレナクナルダロウ。ヤレル中ニ、家内一同デ大イニ愉シンデオクベシ。
大島伯鶴ノ放送「快男児」ヲ聞キナガラ眠ル。
警報 2時30分ヨリ4時30分。
(大本営発表) B29百機帝都来襲。
二十五日(日曜 曇 小雪 寒)〔赤羽英工社中止〕
どんよりシタ曇。ヤガテ、チラリチラリ又モヤ粉雪トナル。今日ハジャ〰〰ノ天下デアル。雪ノフリシキルガ中ヲ、ヘル・キャット、ヘル・ダイバーナド御入来。デモテンデ姿ガ見エナイ。東ノ防空壕ニ行ク途ノ雪カキナドスル。
玄能で氷を割れば顔に撥ねる
よれ〳〵に八ツ手凍つ朝敵機来
凍て返る曇りの日砲声殷々
頭上行くは敵か味方か凍て返る
敵主力鹿島灘より凍て返る
十時三十分解除になったが、じゃ〰〰によると敵機は未だウロウロしているらしい。果然昼飯を喰い終った時、

〰〰B29大挙来襲ノ兆候アリと来た。寒い、またも粉雪がチラチラ降り出した。試みに寒暖計を風呂場において見ると二度である。近所で氷を割る音が頻りに聴える。――あとで分ったがこれは氷の音ばかりでなく、八百大工場を解体してる音だったらしい。

昼飯ハ、那須婆ヨリ貰ッタ、ヘンテコナ長イ魚ノ干物デ食ウ。坊ヤウマイウマイト言ウガ、厭ナ臭味アリ。

「満州良男」ノ原稿九枚ニ書キ上ゲル。「エラいぞ水仙」トイウ一文。

放送局ニヤル作詞、三曲完成スル。

明朗敢闘ノ注文歌、一遍ニ三ツ出来タ。

　　ハアーイ　　（返事ノアル唄）

1　笑う門には福の神
　嘆く門には貧乏神
　ソンナコト知ッテマス
　そんなら笑って朗らかに
　笑って勝ちぬけこの戦さ
　ハアーイ

2　楽し顔すりゃ気も軽い
　渋い顔すりゃ気も重い

ソンナコト知ッテマス
そんなら楽しく朗らかに
楽しく乗っきれこの時局
ハアーイ

3
ニコ〳〵顔なら蝶が来る
泣きっ面なら蜂が刺す
ソンナコト知ッテマス
そんならニコ〳〵朗らかに
ニコ〳〵働らけこの職場
ハアーイ

4
明るい顔には白い星
暗い顔には黒い星
ソンナコト知ッテマス
そんなら明るく朗らかに
明るく守れよこの国土
ハアーイ

蠅

1
ブン〳〵五月蠅い蠅ながら

叩けば潰れる蠅ながら
あとから〳〵飛んでくる
よくも斯んなに殖えたもの
ピシャリ叩いたそのあとで
五月蠅い蠅にも学びましょう

2

ブン〳〵無礼な蠅ながら
叩けば潰れる蠅ながら
油断はソレ〳〵急降下
御馳走ねらうにくらしさ
ピシャリ叩いたそのあとで
無礼な蠅にも学びましょう

3

ブン〳〵不様な蠅ながら
叩けば潰れる蠅ながら
反転オヤ〳〵逃げて行く
雲を霞のあざやかさ
ピシャリ叩いたそのあとで
不様な蠅にも学びましょう

4

ブン〳〵不潔な蠅ながら
叩けば潰れる蠅ながら

他所見はソラ〳〵赤チャンの
顔にとまって這い廻る
ピシャリ叩いたそのあとで
不潔な蝿にも学びましょう

5
ブン〳〵不埒な蝿ながら
叩けば潰れる蝿ながら
金蝿銀蝿胡麻の蝿
さてもいろ〳〵来るものよ
ピシャリ叩いたそのあとで
不埒な蝿にも学びましょう

6
ブン〳〵五月蝿い蝿ながら
無礼で不様な蝿ながら
不潔で不埒な蝿ながら
もはやすっかり分ったぞ
ピシャリどころか今に見ろ
五月蝿い蝿どもみなごろし

6番ハ元々無イモノダッタガ、万一「蝿ニ学ブダケデハイカン」トイウ意見ガ出タ場合ニ備エル。

頑張る水仙　私ノ庭ノ水仙ノコトヲ唄ニシテ見タ。荅ハ果して出テイルカ何ウカ分ラナイ。

1

可哀そうです水仙は
お花が散ったすぐ後で
防空壕を掘るために
放り出されたそのままで
だん〳〵萎れて行きました
いよ〳〵萎れて行きました

2

あわれなるかや水仙は
暑い真夏の太陽に
ジリ〳〵焼かれし球の根を
放り出されたそのままで
だん〳〵縮んで行きました
いよ〳〵縮んで行きました

3

みじめなるかや水仙は
塵埃にまみれて干からびて
カンラカラ〳〵秋の風
放り出されたそのままで
だん〳〵崩れて行きました

いよ〳〵崩れて行きました

4
あきれましたよ水仙は
枯れたとばかり思わせて
いつか根を出す雪の下
放り出されたそのままで
だん〳〵元気になりました
いよ〳〵元気になりました

5
えらいものです水仙は
草さえ生えぬ寒の明け
一番槍の葉を出して
放り出されたそのままで
だん〳〵莟をふくらます
いよ〳〵莟をふくらます

今日ハ南ノ防空壕ニ三度ホド入ル。茶ノ間デ南京豆ヲ煎ッテ喰ウ。娘三人勤務行。妻ト坊ヤト三人ダケノ日デアル。

十九時ニュースヲ聴キツツサントリー。娘共ノ報告ニヨルト、四谷本村町ノ辺ヤラレ、中央線モ不通ノ由。

八百蔵放送「谷干城夫人」ヲ聴ク。女ノ言葉ガイケナイ。

（大本営発表）艦載機六百、B29百三十来襲。

二十七日（火曜　快晴　温）〔金谷飛行基地慰問〕

朝飯、パン、日本食ノ副食物。九時頃静岡発。

金谷下車。航空隊ニ行ク。昼飯、ハム、丼飯喰イキレズ。

ココハ先日明野ヨリ帰途、上空ヨリ見タル高台ノ飛行場デアッタ。好天気、温カ、申分ナシ。

十三時ヨリ、格納庫ニ於テ慰問演芸開催。聴衆二千人位。ナカナカ好イ客デアッタ。

十七時頃カラ士官食堂デ会食。大キナグラスデ大イニ飲ム。

自動車デ静岡湖月迄送ラレ、芸妓ラシキモノ来リ第二次会。前後不覚ニ酔ッテ了ウ。

若い海軍の士官たちと話していると、甚だ心丈夫になる。斯ういう軍人が命がけで戦っているんだから、断じて負ける筈はないという気がしてくる。

然し、この軍人たちが酔っぱらった姿を見ると、やはりどうも、少しいけない気がする。私の頭というものが、よくよく野暮天なせいなのであろうか？　いや、野暮天なら、野暮天だけなら、そんなことは考えないのかもしれない。私の頭にいろいろのものが、連絡もなく雑居しているせいかもしれない。

酔う時は大いに酔う、そして戦う時には大いに戦う、それで宜しいではないか、——とも思う。そう行けば全くそれで差支えない訳だ。だから、斯ういう席で戦う時には、私も一緒に酔って、大いに愉快になって、さて、この士官たちが赫々たる武勲をたてた場合は、私は国民の誰れにも劣らぬ、崇敬の念をもつ——それで宜しいではないか。美人を見て、脱糞する光景をすぐ連想するのは愚かな事である。美人を見ている時は、ただその美しさに酔わされていれば幸福な訳ではないか。

ところが私は、悪い癖がある。美人を見て、脱糞を考えないまでも、美人に相対した場合、すぐその欠点を見つけたがる。よくよく因果な性である。

だが、そこがまた私の真理に忠実なる所以ではあるまいかとも考える。

真理に忠実なるものは、因果な性を存する、——こいつは可笑しい。してみると私の忠実なるものは、単に忠実に対する憧れとか願望とか言うものに過ぎないのかもしれない。

三月

一日（木曜）（終日在宅）

朝起キテ気分ノ悪イコト甚ダシイ。汁カケ飯一杯、無理ニツメコム。吐気アリ。リンゴ汁ナルモノ一杯ヤッタラ、忽チ腹ガ痛クナッタ。

コノ態デ今日四回喋ルナドヤリキレナイノデ、遊ビニ来テイタ丸山君ヲ使イニヤリ休演スル。

大映の人が来る。船長の役、顔はどうやら扮せるが、身体が到底モノになりませんからと断わる。それもその通りだが、それよりも、この際廿日間も九州ロケは閉口である。坊やでも疎開させてからでないと、そんなに長く東京は空けていられない。

新聞を見る、やりきれない。松沢の親切な手紙を見る、これもやりきれない。昨夜の吾が酔態を憶う、甚だもってやりきれない。

しかも今日からは一滴の酒もなしである。これもさびしき限りである。とはいえ、戦局はもう酒で元気をつけていたりしても、どうにも胡麻化せなくなっているようだ。いっそ、酒なしで、正面から苦難にぶつかる方が楽であろうと思う。日本も、愈々大変なことになったもんだ。

ヤリキレナイ気分ノ時ハ、ヤリキレナイ文学ガ宜シカロウト芥川作「阿呆ノ一生」ナド読ム。

風呂ヲ沸カサセ、ガタガタ震エツツ入ル。両手両足先シビレル。豚入焼飯ヲ喰ウ。

〔松沢修一郎君ノ書簡〕

拝復、速達見た。東京は大分ひどいらしいね。同情に堪えぬ。そこへ行くと当地は山の中だけに至極ノンビリしていて、小生など毎日ゲートルも巻かずに赤穂へ通っている次第。

さて駿子さん母子及一雄君三人の疎開の件、時期既に遅く空いている一軒屋など鉦太鼓で探してもありっこない。疎開がぞくぞく入り込んで来るので空いた貸間なども殆ど無い。あったって知らぬ他人などには面倒がって貸してくれそうもない。といって君が小生を見込んでの頼みをムゲに断ることも出来ないので、母や女房と鳩首研究の結果、当田畑の小生宅筋向いの小松屋（松沢重治氏）の座敷一間を無理に頼んで借ることにした。小松屋は小生宅の子分で六十位。老夫婦と十七、八の男の子との三人暮らしで、ひっそりとして居て家も田畑としては比較的キレイな方だ。それにこの老夫婦は当区一番の親切者で正直者と来ているから疎開してくるには大いに都合のいい家である。それに野菜つくりの名人だから、何かと都合のいい事が多いと思う。おれの家とは三十米位しか離れていないから、駿子さんも坊やも始終おれの処へ遊びに来ていてもかまわない。炭や薪など小生多少のストックがあるから困る時は応援もしよう。医者も村医があり、電車で五分ばかりの伊那町には心易い医者も二三あるからその点も安心出来るかと思う。部屋代は、先年君が二度も当方へ来た事を小松屋も知っていて、夢声さんの御子さん達であって見れば、門屋から頼まれた上はお貸ししない訳にはいかないと言って、本当の親切心で貸してくれるのであって、全然問題にはしていない。田畑という処は君も御承知の如く人々の親切な処で、且つ総本家の小生がついているから駿子さん達疎開して来てもそう困る事やいやな思いもしなくても済むと思う。食糧は大いに窮屈になって来たが、皆援け合って何とかしてくれるだろう。四月以降になれば天竜で魚も大いに釣れるから、小生名人の腕を発揮して御裾分けもしよう。

それでこの小松屋の座敷でいいとなったら可及的速に君一度来て座敷を見たり、小松屋や小生らと談合しては如何。駿子さん達今直ぐ疎開して来ても差支えないが、目下の信州はまだまだ相当寒いから少々無理かと思う。身がらは二三週間おくらせて、荷物は直ぐ送ってもいい。小生の蔵か小松屋の物置きで保管しておく。とにかくこの時節に余り贅沢を言ってもいい家や部屋は絶対に無いと思う。小松屋というものが幸あったればこそだが、他には小生として全然当てがつかないのである。飯田市には小生妻の姉がおって広い部屋があって頼んだら貸さない事もないが、何しろ子供も多いし、都市はまずい事も多く、小生の処から電車で一時間四十分かかるから余り感心しない。

では右至急御返事迄。信州で錬えると坊やも丈夫になるよ。信州教育は将来性のあるいい人間を作るからその点も一雄君の為にはいいと思う。

松沢修一郎

二月二十七日

福原駿雄君

二伸、こちら二月三月と酒の配給なし、薄いようなブドー酒が一、二度配給されただけだから、そのつもりで来てくれ。母、女房からもよろしく言った。二人とも君達の為には力を入れている。

十日（土曜　晴　温）

凄観！　壮観！　美観！

B29が青光りに見える。いつもより低空を飛んでいるので、いつもの三倍ぐらい大きく見える。それが炎の色の補色だろう、青く見える。時々、眩ゆいほどに、照空灯の光を全反射する。一機ずつ、赤い空のあたりを、思い思いに飛んでいる。そして焼夷弾を落す。光りの球がフワリフワリ、燃えてるあたりに落ちる。

今夜、初めて見たが、あれは多分、吾が高射機銃の弾の光りだろう。まるで花火のように、数十の光る玉が、赤黄色の光りの珠が、B29目がけて昇って行く。

いずれも高速度で、落ちたり昇ったりしているのだが、遠いのでそれが夢のような、ゆっくりした運動をする。美しい！　と言ってはいけないのだが、他にそれを現わす言葉がない。

ただ、凄いのは火の手だ。私は陸橋に上って見たが、大体、四ヶ所から燃え上っていて、その中の一つがズバぬけて大きい。その大きな火の手の上方には、関東大震災の時現われたような、不気味な入道雲みたいな、猛煙の聚団が、モクモクとむくれていた。

北西の烈風が吹きまくっている。この風ではたまらない。ウマイ時に来やがったもんだ。まるでB29と申し合せたような風で、彼等が東方海上にトンソウすると同時にピタリと止んでしまった。

静枝たちは、B29が高射砲で撃墜されるのを、二機も見たそうだ。照空灯の中に光りつつ、俄然、真赤に燃え、空中分解をして、エライ勢いで落ちたそうだ。

あたり一体が、焔の光と、帯のような雲の反射とで、夕暮れのように薄明るく、白い壁が桃色になって見えた。

私は茶の間の火鉢に、メクラ探しに、木炭をつぎ、火をおこして湯をわかし、お茶を入れた。茶というものは実に美味いなあとあらためて感心した。

今夜の大火では、また数万の人が焼け出されるであろう。甚だ気の毒である。その人たちにとっては、美しいどころか、お茶どころか、正に地獄の責苦だろう。

だが私は、自分が斬られるまで、痛がることは止めよう。

三時半頃、警報解除トナル。床ニ入ッタガ、東側ノ硝子戸ニハ、尚一時間以上モ赤ク映ッテイタ。

七時起床。放送ニヨルト、東海道線ハ品川発、常磐線ハ松戸発ナリト。

汁カケ飯、二杯。新聞却々来ラズ。

昨日、軍隊が来テ壊シタノデ、大通リノ前方ノ家、奇麗ニナクナル。

空襲ノ被害ガ知リタイノデ、正午ノ報道ヲ聞ク。ガ、ソノ事ニハ触レズ、仏印ト戦争状態ニ入ッタコトヲ、細カク述ベテイタ。ソレカラ宮様御出産ノコトナド。

今日ハ、興行物ハ休ミダロウト思ッタガ、念ノタメ出カケル。一ツニハ、新宿松竹ノ小母サンカラ、百四十円ノ一級酒ヲ手ニ入レヨウガタメデアル。

新宿松竹へ行ッテミルト、本日休ミニスルカドウカ、今ヤ相談中デアル由。

自分が斬られるまで、痛がるのは止めと書いたが、斬られた人の傷を見ると、やはりこちらもイタミを感ずる。そのイタミを今日、銀座、新宿と往復して、否応なく味わされたのである。

省電は飯田橋止り、都電で日比谷まで行く——都電もここ止りであった。その都電の車窓から、警視庁の裏（武徳殿その他）が焼けているのを見た。司法省や裁判所も焼けて、あの美しい色をした、緑青のあるスレートの屋根が落ちてしまっている。大震災で残った、吾ら少年時代からお馴染の建築物、それがやられている。同じく震災で残った商業会議所が、黒く焼け焦げている。これは大変な被害だと思いながら、数寄屋橋にさしかかると、実業之日本社ビルが黒く燻んでいた。

事務所は幸いにして残っていた。夜番の男の話によると、此処ばかりは烈風のお蔭で助かったそうだ。丁度、日劇の上あたりで落した焼夷弾が、風に流されて築地の方に行ったので、助かったという。

ガスが止っているので、鈴木女史が七輪でお粥かなんか煮ていた。

そこへ漫才のリーガル千太君が来る、石田支配人が来る。みな度を失ってる顔つき。いろいろ語り合った結果、浅草観音が焼けてしまったこと、白木屋が焼けたこと、海軍病院が焼けたこと、汐留駅に山積してあった疎開の荷が焼けたこと、神田は全部キレイに無くなったこと、洲崎まで焼けぬけたこと、浅草も殆んど無くなったこと、巣鴨のあたりも、この前焼け残った所が皆焼けたこと、等々で大変だ。もっとも、あの火の手では、そのくらいのことは当然かもしれない。

本所、深川、浅草などは、夥だしい焼死者を出したらしい。防空壕に入ったまま、蒸し焼きになったもの、子供を抱いたまま母親が焼けて、腕は骨だけになっているもの、惨憺たるものであるという。

私は念のため、金春演芸場に行ってみたが、表にも楽屋にも誰一人いなかった。これでは到底、開演どころでない。

老人の両脇に、若い女がヘタヘタと寄りかかって歩いてる。女は二人とも、目を繃帯している。老人はニタニタ笑っていたが、顔は赤紫色になっていた。

再び数寄屋橋のところへ来ると、実業之日本社ビルが、烈風のためまた燃え出して、三階四階の窓からメラメラと、赤い舌を出していた。

罹災者が三々五々通る。みな眼をやられているようだ。日比谷から新宿行に乗る。

母校一中の建物（今や大政翼賛会）が焼けていた。カッパ校長や、ギャボ校長の、倫理を聞いた大講堂も、無惨に焼け落ちた。これからは、この前を通っても、甘いような、苦いような感傷は起るまい。

三宅坂の所を電車が半蔵門に向いて登る時、右側の車窓から、陸軍のトラックが沢山休んでいるのを見た。一人の美男兵士が、厳然と歩哨に立っている。なんと黒川弥太郎（註、東宝映画二枚目なり）君であった。よほど下車して、声をかけようかと思ったが、止めにした。

新宿では映画館は興行していた。実演の松竹館は休みだ。出演者の大部分が、焼け出されたからであろう。

伊勢丹の前で、東宝大橋社長に会う。「これが僕の母です」と紹介された老婆は、故大橋新太郎夫人であろう。番町の邸宅を焼け出されたのだそうだ。

新宿駅には、罹災者が沢山いた。頭を繃帯した女児が、ギャアギャア泣くので、母親が仕方なく抱ッこする。その母親の背にも赤ン坊がいる。あわれである。

しかし、今日逢った罹災者風景で、一番私の胸を打ったのは、父親に連れられた、小さな男の児が、さも大切そうにヒョットコのお面をぶらさげている態であった。

四十男の罹災者が、貴重品のように唐菜の一株をもってるのがあった。腹が空ったら一葉ずつ、むしって食うつもりなのであろう。

これらの惨禍をもち来した前夜の光景は、なんと、恐ろしくもまた、美しかったことであるか。災の上に、あんな花がパッと咲くものであろうか？

美とは何んだ？　偽・悪・美なんてものがあるのか？

新宿ニテ、ヤミ酒手ニ入ラズ。帰宅。十六時入浴。

吾家コノゴロ、風呂屋ノ如シ。今夕、家族以外ノモノデ入浴セルモノ、飯田老夫人、飯田裕彦、飯田俊子、阿野女史、志賀君ナド。私ノ神経モ少シズツ馴レタルモ、多勢入ルノハアマリ有難クナイ。

浅草区ノ罹災者デ、寄ル辺ナキモノヲ杉並区デ引キ受ケルソウダ。三百人トカ吾ガ町会ニ割リ当テラル。私ノ家デモ、二人カ三人ハ引キ受ケズバナルマイ。

無論、出来ルダケ親切ニシテ上ゲネバナラナイ。ソレハヨク分ッテル。ガサテ、イカナル人物ガ来ルカ一寸心配デアル。図々シク半永久的ニ、居座リヲ極メコムヨウナ連中ニコラレテハ閉口デアル。私ノ精神ハソレヲ歓迎スルガ、神経ハソレヲ恐レル。自分ガ焼ケ出サレタラドウダ、ト考エレバ如何ナル世話デモ出来ソウナモンダガ、人間トイウモノ却々ソウハイカナイ。

晩飯ハ、牛蒡ノ煮タノニ、浅草海苔。焼ケ出サレヲ思エバ、コレデモ大御馳走。ゼイタクハ国家ノ敵デモアルガ、自分ニトッテモ大敵デアル。

宮田院長(註、重雄画伯ナリ)ガ「浜松町ハ焼野原ダ」ト皆ニ語ッテルノヲ、憲兵ニ咎メラレ、コッピドク憲兵ニ叱リ飛バサレタ、トイウ報告ヲ高子カラ聞ク。私ハ重亭ガ気ノ毒デ、ソノ憲兵ノ馬鹿野郎ヲ憎ンダ。私ハ、憲兵上リノ爺デロクナ奴ハイナイコトヲ知ッテル。ナルホド、毒ヲ以テ毒ヲ制ス、イヤナ兵隊ドモノ取締リニハ、超イヤ野郎ガ必要ナノカモシレナイ。

(大本営発表)　B29百三十機襲来。

十四日(水曜)

七時半起。終夜電灯点カズ。

風呂屋ノ主人餅ヲ持ッテ来ル。彼ガ呑気ニ田舎へ行ッテル間ニ、煙草ノ配給ハ番頭ガ喫イ、親セキハ焼ケ、二人死ンダトイウ。風呂屋営業ヲ、番頭主人ノ二人キリデヤッテルノニ、主人ガ長イ間旅行ナドシテルノガイケナイ。死ンダ細君ガ、金ヲ残シテクレタノデ、当人風呂屋業ヲ面倒臭ガッテイルノデアル。

静枝が運送屋に荷物を頼みに行ったら「もうヒトの荷物どころじゃない。焼跡を見たらもう東京なんて所へはいられない。俺の家が田舎へ引込むよ」と、自分の家の荷物をジャンジャン荷造りしていたという。

前の洗濯屋も、細君子供たち疎開、何所かへ主人も転宅というので、昨夕来物干台を壊していたが、今日は完全に取外して了った。目障りな物干台が無くなったのは有難いが、これも少々心細い話である。

今日も、神田あたりの焼跡を見、ノソノソしている罹災者を見、動産保険会社の前の行列を見、さて事務所に行って芸能人たちの罹災ぶりを聴く。太神楽、奇術などは九割の罹災、講談落語が六割から七割位、吾々漫談が一番少くて三割の罹災者である。漫才などは全滅らしい。

十日東京、十二日名古屋、十四日大阪と、B29の大編隊は一日おきでやってくる。来る度に大火災を起している。中々やりおるものである。この分では、近日また東京へ来て、今度は新宿、渋谷など焼野原であろう。

B29だけでこの成績では、硫黄島が敵手に渡ってからが思いやられる。

帰途、省電の窓から、吾家のあたりを眺め、はて、此の辺もやっぱり早晩いけないかも知れないという気がして来た。俺の家は大丈夫という自信が、時々怪しくなるのである。

浅草や本所深川に住んでいた連中も、吾々から見ると、よくもあんな危ない所に無神経に住んでいたもんだ。馬鹿な連中だと見えたが、或は五十歩百歩かもしれない。あの連中とても、自分の家がパアになるまでは、オレの所は大丈夫と思っていたのであろう。

小島君来ル。浅草ノ彼ノ父ノ家丸焼ケトナリ、三噸ノ石炭一噸残レリト。コップナド、カットグラスノ好キ方ハ崩レ、下ラヌコップハ無事ニ残レリト。

今日モ鈴木女史来ル。静枝ハ、阿野サンノ兄サンガ借リタトイウ、西荻窪ノ家ヲ見ニ行ク。鈴木女史私ニ自分ノ身ノ上相談ヲスル。考エ方ガ妙デアル。

阿野サンノ兄サンノ家ハ、疎開ニモ何ニモナラズト分ル。

事務所ニ行ク。松旭斎天洋ト会イ、会長代行ノ件ヲ決メル。天洋老矢鱈ニハリキリ。山野一郎君ニ会ウ、痩セテシマッタ顔ニナル。今日モ切符ガ見込ミ立タズ。

帰宅スレバ松沢ヨリノハガキ速達。荷物早クモ着イタトアリ、ホット安心スル。部屋モタシカナリ。

おのが死ぬ話春の夜高笑ひ

貞山が死んだという話も、一向に悲しく響かない。名調子でパリパリの頃、死んでいたなら、吾々にも迫るものがあったのであろうが、晩年心身共に怪しくなってから、若手落語家の真打披露に口上など言いに出演、その上高い割をとったなどということが、評判を悪くしていたので、どうも同情が少ない。それも平時ならとにかく、斯ういう時局になってみると、人の死ということが大体、あまり悲しくない。

吾家の近所でも、死んで可哀そうに思われる人間は、一寸考えて見ても、洗濯屋夫妻、TB夫人、それから幼ない子供たち、それ以外は、死んでも可笑しがられる人々である。私なども、あまり可哀そうに見られる方でない。愚妻なども然りである。吾等夫婦が焼死んだ時の状態を想像し、近所のそれに対する噂など、創作して語ると、娘たちは転げ廻って笑った。志賀青年も顎が痛くなったというくらい笑った。勿論、当の吾ら夫婦も笑う。あんまり可笑しいので、何うして斯んなに笑えるのかと、不思議になるほどであった。

〝死〟は決して可笑しいものでない。然し、或る者が死んだという話は斯んなに可笑しくなる。〝生〟は決して悲しいものではない。然し、或る者が生きているという話は、此の上もなく悲惨な場合がある――それと同じ理由に依るのであろう。

とにかく近来、吾家の茶の間で、これほど高らかな笑い声が爆発した事はないのである。病死というと、これほど可笑しくないであろう。空襲による死であるところが、可笑しい所以であろう。殺す方に個人に対する殺意が働いていない、という事も可笑しくなる所以の一つであろう。

「十五日は新宿へ参ります」ト敵機ガビラヲ落シタトイウ。本当カ何ウカ分ラナイガ、ソノ噂専ラデ、高子モ富士子モ会社デ聴イテ来タ。本当ダトスルト、

一、思イキリ敵ガ当方ヲなめテルカ

一、謀略デ十五日ハ来ナイノカ

何方カデアル。来ルナラ、イッソジャンジャン来テ貰イタイ、トイウ気モスル。吾家ガパアニナル気分モ味ッテオイテヨロシイ。

（大本営発表）Ｂ29九十機大阪来襲。

十六日（金曜　曇　温）〔放送局嘱託トナル〕

七時起。何モセズ、ウヤムヤト午前中終ル。履歴書ヲ書ク。丸山章治君来。彼ノ母、中気ニ倒ルト。

海苔デ昼飯ヲ喰ウ。

十四時頃放送局行。副部長ニ履歴書ヲ出ス。コレデ嘱託トナル。

ドイツ降伏ノ報。

デマとなると超大デマだが、事実とするとこれまた超悪ニュースである。

——独逸が愈々手をあげたらしい。三国に申入れをしたという!

これは大変である。放送局で聴いたことで、教養部とかから出た報である。

「愈々日本はフクロ叩きじゃないか!」音楽部のマ君が言う。正にその通りである。

独逸が手をあげることは、早晩あるかもしれないと予想していた事に違いないが、今朝迄の新聞を見ていた吾々には、甚だもって急変である。今朝の新聞にはドイツのV5号(殺人音波を放射する爆弾)の記事が出ていて、大いに私を喜ばせたばかりのところである。ヒットラーやゲッベルスやリッベントロップやゲーリングは一体何うしているのであろうか?

局から外出しようとした某君が、も一人の某君から「外へ洩らさないように」と注意されていた——無論その事に違いない。

事務所(漫談協会)によると、

——今度は新宿と荏原をやる。

という情報(?)を聴かされた。昨夜のは新宿、中野、杉並である。こいつも正にデマである。日本製のデマか、アメリカ渡りのデマかいずれか分らないか、とにかくデマである。近々、新宿、荏原、五反田、大森などいかれるであろうことは、常識でも判断される。

ドイツの事、もし事実としても、落ちつけ落ちつけである。袋叩きもまた、成り行きとあらば、大いに結構、叩かれても音をあげなければよろし。

子供ラ門前デ、木ヲ燃ヤシ、防空ゴッコ、物騒ナリ。ハガキ沢山出ス。

入浴。焚きたて御飯ニもやしノ菜、三杯、オイシク頂ク。十九時ノニュースヲ聴ク。

再度入浴して温まったところで床に入り、またラジオを聴く。海防艦の猛訓練の文化映画みたいな放送が終り、杵屋六左衛門の長唄「連獅子」が始まる。時々音痴みたいな声を出すが、実に好い感じである。小鼓と大鼓との音は甚だ精神的であるが酷く智恵のない感じだ。笛はよろしい。唄と三味線の間を往ったり来たり、先廻りをしたりでこれは中々智恵がある。さて、煙草を喫いたくなって茶の間へ出る。茶を入れて貰って、蜜柑を喰う。

そこへ高子が帰って来て、障子を開けるや「情報よ、今晩十時より一時半まで敵機大挙来襲の公算大なり」と言う、(ナル程、コノ夜午前二時頃カラ警報ガ出タ。ソレ来タト、私ハ支度ヲシテ起キル。所ガ、B29ハ伊豆カラヤッテ来テ皆西へ行ッテ了ウ。神戸ニ行ッタノデアル。)どうも近来、情報の洪水である。再び床に入りラジオを聴く。

二十一時のニュースの終りに「皆様お休みになります時は必ず防空準備を点検してから」と言っている。

十八日(日曜　晴　温)
久しぶりで天野の叔父と語る。妙に爺むさくしなびた感じで髭など真白になっている。大いに時局を語り、日本不敗を語り、互いに力をつけ合った。
放送だけのためにも、東京に踏み止まるべし、と始めは景気よく叔父に説いたのであるが、あとでよく考えて見ると、叔母が出雲に疎開して了えば世話をするものがない。さらばと言って、私の宅へ引きとったら、それこそ世話がやけて大変である。

「わしも、よく考えてみたら、今年六十七じゃ」と笑いながら言ったが、この笑いには、何所か切迫したものがあったようだ。叔父の語るところによると六十四歳の叔母が食膳に向ってしみじみと、

「思えば長い青山じゃった」

と落涙したら、孫のリュー坊やが、

「長い青山って、青山に長いのがあるの？」

と質問して、一家失笑したという話。なるほど、叔父夫妻青山に住すること四十年だというから、全く長い青山に違いない。

爆弾の落ち方について色々話が出る。青山警察に落ちた弾はポンと屋根にはずんで隣りのカモジ屋を焼き、その隣りの下駄屋を焼いた、頭から足へ焼け移った話。東郷神社に落ちた弾は、分捕品の大砲の上に落ちた、――御神体は日本海海戦でも大いに弾を呼び寄せたが、弾には当らなかった、ここもその通りという話。香取神宮に落ちた弾は、牛一頭と葱畑三反をブッ飛ばし、流石にアメリカの爆弾は洒落たことをすると、土地の人を感服させた話。千駄ヶ谷の八幡様の前で整列した警防団の前にドカンと落ち、団員全部引っくら返ったが一人も負傷をしなかったという話。いろいろと出たが、一番感動させた話は、天野の家でいつも厄介になる町医者のところへ、去る大爆撃の日、患者が沢山かつぎ込まれたが、「一番始めの患者は自分でやって来た」という話。即ち爆弾で身体が上下真二ツとなり、上の半身が、医者の家の庭へ、天から降って来たという訳だ。この患者は、出征軍人の妻であって、既に一度罹災し、子供をつれ

て青山に疎開して来たのだそうだ。この日も五反田とかへ、荷をとりに行って、その青山の家へ帰りついたトタンにポンと来た。子供が途中で小便でもしていれば、助かったところである。よくよく運の悪い人である。

やがて、ものものしい防空頭巾をかぶり叔父は帰って行った。

林美都《ミツ》叔母ハ、福島ノ方へ疎開シタソウダ。東京ニ食物ガ無クナル事ヲ、叔父ハ大イニ恐レテイル。

叔父ト昼飯ヲ喰ウ。二杯デ遠慮シテイルカラ、勧メテ三杯喰ッテ貰ウ。飯ガ終ッテカラモ、海苔ヲ醬油ニツケテハ、勇マシク喰ウ。海苔ノ美味サヲ激賞シテイタ。

五十米道路ノコト、判然トシテクレヌト、何事モ手ニツカナイ。

今日一日、叔父ト数時間ニ亘リ喋リ合ッタ以外ニ何モセズ。コノ喋リ合ッタ事ハ、コノ時節ガラ無意義デナイ。或ハ、コレガ喋リ合イノ最後カモ知レナイノダ。

コノ頃ノ飯ノウマサトイウモノ、少々恨メシクナルクライダ。米ガ佳イセイカ、腹ノ工合カ、マズ両方デアロウ。晩餐ノおかずハ味噌汁ダガ、コレガマタ美味イ。勿体ナイ。美味イウチニ、美味サヲヨク味ッテオケ、今ニヒドイ事ニナルデアロウ。家ノ者ニモ時々ソウ言ッテ聞カセルノデアル。

(大本営発表) 艦上機九州南部東部来襲。

二十六日 (月曜　晴　寒) 〔坊ヤ信州へ疎開〕

坊ヤモ、高子モ、リュックサック。手ニハ風呂敷包、皮ボストンバッグ。私ハ大スーツケース。十時過発ノ列車ヲ、二時間以上モ前カラ待ツ。俊子ハ赤チャンヲ負ウテ、一時間ホド前ニヤッテクル。静枝、裕彦送リニ来ル。

ギュー詰メ。吾等ノ前ニ、城東区ノ罹災一家アリ。甲府デ多少楽ニナル。握リ飯ヲ喰ウ。

辰野着、十四時五十分頃。

コレカラガ亦大変。待ツコト二時間近ク、棒立チノママ也。田畑駅デ降リタ時ハ、実ニヤレヤレト思ウ。

月夜。木曽駒白ク、空ニ浮キ、空気美味シ。十九時半頃松沢家ニ着ク。主人ハ若キ陸軍士官ト一杯ヤリイル所。無電隊ノ演習ニテ、松沢家ハ本部ニ割リ当テラレ、兵六、七名泊リイル。

炬燵ニテ、日本酒一杯ヤリ、小松屋ニ挨拶ニ行ク。亦、帰リテウィスキーナドヤリ。炬燵デ眠ル。

坊やが信州で暮すようになろうとは、実に奇々妙々な世の中である。いろいろ無数の条件が、かかる必然を生んだ。
1　大東亜戦争。これなくば坊やは信州疎開など思いも寄らぬのである。従って、日支事変、欧州大戦、ユダヤ金権主義など大東亜戦の因はすべて坊やの信州行につながる。
2　松沢修一郎との交際なくば、これまた信州田畑行は成立しない。彼との交際は東京府立一中なかりせば存在しない。
3　静江も坊やも、嘗て一度田畑へ泊り、其の地を好んでいたので、静江もやる気になり、坊やも行く気になった。さもなくば、斯くも事はスラスラ運ばなかったであろう。
4　彼等が一度泊りに行くに到った径路は、私がその前に一度講演に出かけて厄介になり、佳き印象を与えられていたので、その気になったのだ。
5　それはまた私が喋る稼業をしていたからである。という事になると、つまり私が一高の入試に落第して芸能人となっていたからである。
6　一高の入試に落第したのは、これまた無数に原因がある訳だが、それらが皆、坊やの信州行につながる。
7　坊やが無ければ坊やの信州行は無論ない訳だ、してみると静枝と結婚した、ということもやはり重大な原因である。
8　静枝と結婚したのは、肺病で両人の配偶者が死んだ事による。さすれば結核のバイキンもまた坊やの信州行には大関係がある。

二十七日（火曜　快晴　月明）〔赤穂蚕糸工場慰問〕

木曽駒ヲ見上ゲツ、流レデ顔ヲ洗ウ。

鉢巻ヲシタ松沢母堂に引率サレ、村内挨拶巡リ。

兵隊サンニ記念写真ヲ撮ッテ貰ウ。

松沢の婆さんの案内で、村内の顔出ししておかねばならぬ家々を廻り歩く。今度、娘と孫と、小さい坊やと疎開して参りましたから何卒よろしく、とのあいさつである。

最初に村の鎮守様にお参りした。婆さんは坊やたちのことを神様に御願いしてくれる。私が蟇口を出し賽銭を置こうとすると、婆さんは止めて曰く「そんな事しねえが好いズ、銭なんかおいたって乞食が持ってっちまうだよ」と。

それから松沢家の分家（村一番のモノモチだという）に寄る。八十一になる老婆がいて、これが大いに私たちをモテナスのであるが、有難すぎて閉口した。腰は曲っているが、休みなく動き廻って、次から次へとオモテナシである。何か斯う勤勉な昆虫みたいな感じである。まず、炬燵の掛け布団を替える、座蒲団を替える。それから茶が出る。向うの方でガタンピシンやってると、お皿に信州名物コロ柿にビスケット数ヶが載せられて来る。今度は牛蒡の煮たのが出て、配給の佃煮みたいなものが出て、これで終りかと見ると、コワ飯が出て来た。朝飯がまだ胃袋の中に詰ってるところへこれであるから、何ともはや弱った。漬物が出たので、これを喰ってオコワを喰えばいくらか消化が好かろうと、俊子も私も精一杯の辛抱で喰べる。

この婆さんは、無暗に人にものを喰わせたい病気だそうで、自分では少しも喰わず、人にあるだけ並べて出さないと承知しないという。

もう少しゆっくりして行けば、芋を煮て喰わせるという、この上喰わされては大変である。午後に仕事があるというのを口実に退却した。

それから、十軒ほど、立ったままの挨拶で切り上げて帰り、松沢夫人に大根おろしを造って貰った。

高子ヲ連レテ、赤穂蚕糸工場ニ行ク。松沢ハ此工場ノ青年女子学校ノ校長。工場内ヲ参観。繭カラ糸ガホグレテ行ク偉観ニ感服、出来上ッタ絹糸ノ見事サ。

夕方ヨリ大食堂デ女工、挺身隊ナドニ話ス。空襲ノ事、昭南ノ事ナド。

月ノ下ヲ、料亭ニ行ク。蠣鍋デ酒ヲ飲ミ、大イニ語ル。何ヲ語ッタカ覚エズ。

二十八日（水曜　晴　曇　冷）

松沢ハ卒業式ガアルノデ、私ヨリ一足先キニ家ヲ出ル。

ウィスキーヲ飲ミ朝飯ヲ喰ウ。

松沢家ノ人々ニ色々頼ミ出発。

坊やは途中まで送って来て「左様ナラー」と元気よく叫んで、松沢坊やと廻れ右をして、さっさと田圃の間の坂道を上って行った。元気よくは叫んだが、思いなしか、自分の寂しさを紛らせようとする努力が、微かに感じられた。俊子は駅まで来て、電車が出るまで、じっと見送っていた。高子はチッキの蒲団カバーを東京へ持って帰るため、後へ残るので、これも見送りに来た。私は二人の娘に挙手の礼をして別れを告げた。

車中大イニ気分悪シ、飲ミスギ也。甲府カラ物凄イ混ミヨウトナル。

疎開ノ仕損イト称スル五月蠅イ家族三等切符デ洗面室ニ頑張ル。

殺人列車で十六時頃帰宅。未だ無事に存在する吾が家を眺め、吾家の茶をのむ。さて、坊やのいないということ、斯うまで違うものか。恐ろしく静かな家となった。いや町内が一遍に静かになった感じだ。「よろいかぶと」と書いた坊やのお習字が、障子に貼ってあるが、それを見ると胸がやるせなくなる。

軍令部勤務ノ海軍中尉（外語出）遊ビニ来ル。

入浴。頭ヲ洗ウ。二合ホド残リイル日本酒ヲ飲ム。赤飯ノ甚ダ軟カキヲ二杯喰ウ。

三十日（金曜　晴　曇　温）〔練馬飛行隊慰問〕

大塚駅前デ待合セ、トラックニ運バレ、飛行基地ニ行ク。

車中海桜隊ノ人ニ「佐生正三郎ガ強疎ニ遭イ、全家具ヲ都ニ買上ゲテ貰ッタラ、ピアノガ三円」トイウ話ヲキク。オソロシイ事デアル。

コノ辺ノ街モ強疎騒ギ。

意外なところに基地がある。豊島園のすぐ向う側で、大根畑の跡らしい。此処に東部第百七部隊と第百十九部隊がある。部隊長は少佐である。

この意外なところにあった基地で、実に意外な人物に出遭った。即ち明野で過日遭った特攻隊の少尉である。演芸が終ると、先方が面会を求めて来た。西長少尉である。もう一人、あの壮行会の夜盃をとり換した竹下少尉もこの部隊に来ているという。竹下少尉は機の故障で負傷しているので、私に遭うのを避けたという西長少尉の話である。

この夜また、更に更に意外な事があった。夜更けて帰宅した妻が「一寸起きて頂だい」と言う。只事でないと直感して茶の間へ出る。なんと、彼女の弟竜夫君が死んだ報告だ。

海軍大尉森田竜夫君ハ飛行機ノ事故デ死ンダトイウ。

仏壇ニ写真ヲオキ、線香ヲ焚ク。

三十一日（土曜）（川口ピストン工場慰問）

茶間ニ線香ノカオリアリ。鈴木リリアンさん、森田大尉ノ死ヲ聴イテ大イニ泣ク。

川口駅カラ、四十分モ歩カセラレル。ソノ代リコップ酒ガ出ル。

ダダッ広イ会場ニ、工員ガ三千人ホド。落語ナドテンデ通ジナイ。馬鹿ナ踊リハ馬鹿ナ受ケヨウ。ヤリニクイヤリニクイ。

途中デ酒ガ出ルノハドウモイケナイ。寝酒ガ倍モ要ルコトニナル。

工場慰問演芸の控室で早川燕平夫妻の罹災談を聴く。二人とも大いに元気である。燕平君は慾張りという評判で、前線慰問の時なども、わざと穴のあいた靴下を穿いて、兵隊の同情をそそり、その靴下をせしめて何ダースも集めた、というような噂を聴いていたが、焼け出されて斯う朗らかでいるところを見ると、一寸分らなくなる。二人が焔をくぐって避難した国民学校も、正に焼け始めたが、此所を宿舎としていた兵隊が必死となって、避難民を叱咤号令し、辛くも喰い止めたという。この話を聴いていた、桂小文治の下座の女が、「あすこには火薬が沢山あったんですってさ、私の親戚があの晩あすこに歩哨になっていたんですよ。避難してる町の人に、これを知らせる訳にも行かず困ったそうですよ」と語った。

解説

濵田研吾

昭和十六（一九四一）年十二月八日、徳川夢声《とくがわむせい》は四十七歳の働き盛り。省線（現・JR）荻窪駅北口そばの杉並区天沼《あまぬま》に自宅があった。同十三日、吉川英治《よしかわえいじ》原作『新書太閤記（桶狭間の条）』を語るため、内幸町《うちさいわいちょう》の東京放送会館で打ち合わせを終えて、帰りに神田へ立ち寄り、古本を買う。《文房堂で帳面式の日記を五冊買う。分量の定った日記帳は不自由でいけない。大いに文学の如き日記をつけることにしよう》（同十三日）。

『夢声戦争日記』の概要は、本文庫の「まえがき」に詳しい。夢声が「第〇巻」と記しているのは、昭和三十五年七月から十一月にかけて中央公論社が発行した『夢声戦争日記』の初版本を指す（昭和五十二年に全七巻で文庫化）。第五巻は《終戦の年の十二月あたりまで》と書かれているが、実際には十月十八日までの日記が収録された。

今回の復刊では、昭和十六年十二月八日から同二十年三月三十一日の日記より、適宜選別し、『夢声戦中日記』として一冊にまとめた。『夢声戦争日記』の初版本を底本とし、重大時局と考えられる日の日記、芸能史的に資料性が高いと思われる記述、夢声のプライベート上の重大事を中心に、底本の原文に手を加えず、本解説者の判断で選んだ。終戦前後の日記がなく、違和感を覚える読者はいるはずだが、昭和二十年四月一日から八月三十一日までの日記は、『夢声戦争日記　抄——敗戦の記』（中公文庫、平成十三年十月発行）に収録されており、今回の復刊では省いている（本解説では、本書と『敗戦の記』を合わせて『夢声戦争日記』表記で統一）。

当時の夢声の仕事ぶりについては、昭和十九年七月一日の日記が参考になる。大切にしていた千手観音が壊れてしまった日の記述である。《原稿に、舞台劇に、映画劇に、新劇に、アチャラカ劇に、漫談に、放送に、行くとして可ならざるなきを期して、買い求めた千手観音なのである。然し、原稿まずダメになり、新劇もダメになり、映画の方もだんだん不景気になり、目下のところは漫談と放送の中の物語が一番の仕事みたいになった。二十四本の手のうち十本欠けたのは、正しく私の現状そっくりである》。

昭和十七年、十八年の仕事をみると、「東宝古川緑波《ふるかわろっぱ》一座」への客演、吉川英治原作『宮本武蔵』の語りなどのラジオ出演、東宝映画への出演、劇団「苦楽座」の旗揚げ（南方慰問団参加のため第一回公演は不参加）、「日本宣伝技術家協会」の依頼で吹き込んだ『勝利への近道』（大東亜レコード）など幅広く、充実している。執筆業も盛んで、昭和十七年には、『五ツの海』（興亜書房）、『爆雷社長』（錦城出版社）、『吾家の過去帖』（萬里閣）と三冊の著書を刊行した。

いっぽうで南方や軍需工場への慰問など、さまざまな制約が仕事に生じてくる。開戦当初こそ、戦勝を報じる新聞記事をスクラップする気持ちの余裕を見せているが、戦況は急速に悪化し、都市部への空襲は激しさを増す。昭和十九年以降は、地方への慰問が増え、旅先で夢声は、東京に住む家族のことが心配になり、精神的に追いつめられていく。心穏やかならざる胸の内は、本日記に連綿とつづられている。

夢声が非常時のなかで、日々を記録しようと励んだのは事実だが、《昭和四年頃からずっと今日まで、途切れ途切れながら、私の生活の記録となっている》（昭和二十年五月二十一日）と書いたように、日記歴は古く、戦争を意識して特別につけていたわけではない。また、戦争日記に関しては、終戦直後の段階で日記風随筆としてまとめられ、世に出ている。そのことに触れる前に、戦争前までの夢声のキャリアについてふりかえってみたい。


徳川夢声こと本名、福原駿雄《ふくはらとしお》は、明治二十七年四月十三日、島根県美濃郡益田町《ますだ》（現、益田市）に生まれた。三歳のとき、母親と祖母に連れられ上京し、四歳のとき母と生き別れになる。以後亡くなるまで東京で暮らした。府立一中（現、東京都立日比谷高校）を卒業した駿雄は、第一高等学校の入試に挑戦するが、二度続けて失敗する。あきらめきれない駿雄は、落語家をやりながら一高を目ざそうとするが、父親から反対され、仕方なく選んだのが、落語家と同じく話す商売である映画説明者（活動写真弁士）だった。大正二年夏、新橋の「第二福宝館」主任弁士、清水霊山に弟子入りし、見習い弁士の福原霊川としてデビューを飾る。十九歳であった。

二十一歳のとき、「赤坂葵館」に移り、館名の「葵」にかけて「徳川夢声」と名を改めた。この名を決めたのは、葵館で働く同僚たちであった。赤坂葵館は、外国映画の封切り館として知られた。夢声は、それまで主流だった美文調ではなく、リアルな語り口で名画の数々を説明し、映画説明者として頭角をあらわしていく。二十三歳で同館の主任弁士となり、新進気鋭の花形弁士として、映画界の注目を集める存在となった。

映画説明者の仕事の合間をぬって、本格的に執筆業を始めたのは、新宿武蔵野館の主任弁士となった大正十四年頃である。この年、編集長の川口松太郎《かわぐちまつたろう》のすすめでプラトン社の雑誌『苦楽』に「キネマ殿堂物語」を連載。同じ年、本名の福原駿雄の名で同人誌『映画音楽愚談雑誌錯覚』（錯覚社）を創刊し、短篇小説「映画劇筋書　通夜」（大正十四年九月号）を掲載するなど、映画界を舞台にしたユーモア小説とエッセイを矢継ぎ早に発表した。そのかたわら、漫談家として舞台に立ち、本放送が始まったばかりのラジオに出演し、人気弁士や映画スターが隠し芸を披露する「ナヤマシ会」を企画するなど、夢声は多彩な才能を発揮する。

日記をつけはじめた昭和四年頃、すでに数冊の著書を出すなど、書く仕事は軌道にのっていた。反対に、映画説明者の仕事は過渡期を迎えている。一九三〇年代に入ると、サイレントからトーキーへの流れが加速し、夢声はそれに抗うものの、昭和八年二月、武蔵野館から解雇の通達を受け、映画説明者を廃業せざるを得なくなった。

結果的にこれが、キャリアの転機となった。昭和八年、古川緑波らと「笑の王国《わらい》」を旗揚げするとともに、P・C・L（東宝の前身）第一回作品『音楽喜劇　ほろよひ人生』に出演し、喜劇俳優としてデビューする。寄席やラジオへの出演、レコード発売、新聞・雑誌への寄稿など、ほかの仕事も好調である。順風満帆な仕事は、昭和十年代に入っても変わらず、昭和十三年には「文学座」の創立に参加、昭和十四年からはライフワークとなる『宮本武蔵』のラジオ放送が始まり、二十四本の手をもつ千手観音のごとく、多彩なキャリアに磨きがかかる。そして時代は、戦争日記の頃へと突入していく。

『夢声戦争日記』は、戦時中の夢声の仕事を知るうえで、欠かせない資料である。丸山定夫《まるやまさだお》、高山徳右衛門《たかやまとくえもん》（薄田研二《すすきだけんじ》）、藤原鶏太《ふじわらけいた》（藤原釜足《かまたり》）、八田尚之《はったなおゆき》らと昭和十七年に創立した「苦楽座」の経緯はその一例である。思惑が入り乱れて遅々として進まない劇団づくりに苛立ちつつ、内心では新劇俳優として期するものを感じている。ところが、二年ほどで苦楽座は解散し、夢声が敬愛した丸山は、移動演劇「さくら隊」の隊長として赴いた広島で、園井恵子《そのいけいこ》や高山象《しょう》三《ぞう》（高山徳右衛門の息子）ら、ほかの劇団員とともに被ばく死する。短命に終わった苦楽座の記述は、当時の演劇界と演劇人夢声を知るうえで、貴重な証言となった。

苦楽座だけではない。昭和十七年七月、夢声は「国民劇　珊瑚座」（築地国民新劇場）旗揚げ公演に出演し、菊岡久利《きくおかくり》作『大東合邦論―花や夢や―』（横光利一演出）で樽井藤吉《たるいとうきち》を演じた。樽井は「大東合邦論」を標榜したアジア主義者で、珊瑚座自体、国粋主義の色濃い劇団であった。その千秋楽（昭和十七年七月二十八日）、観劇した長谷川伸《はせがわしん》からおおいに褒められた夢声が、その喜びをつづった箇所は印象ぶかい。

その多くがそうであったように、夢声は国策寄りの活動を続けた芸能・演劇人だった、そこに本人なりの葛藤と反省があったことは、本日記の随所からうかがえる。雑誌『演劇界』（日本演劇社）から、決戦非常措置に伴う苦楽座の方針についての執筆を依頼され、夢声は「個人として」と題し、所信を述べた（昭和十九年四月号掲載）。日記にはこう記す。《あまり立派な言葉を、良心に恥じずには吐けないという性癖が、斯ういう文章には邪魔である。或る程度まで無責任に最大級の言葉を並べ得る鈍感さが必要のようである》（昭和十九年三月十七日）。『夢声戦争日記』にはこうした、演芸・映画・演劇・放送・出版界をめぐる様子が、夢声の仕事の記録として書かれていく。こなした仕事が幅広いゆえに、さまざまなジャンルの人間と接し、それが日記に登場し、読み手を飽きさせない。映画界の描写ひとつとっても、撮影所で長《は》谷川《せがわ》一夫《かずお》や原節子《はらせつこ》に向けた視線、古川緑波と高峰秀子《たかみねひでこ》との食をめぐる世間ばなし、飯田蝶子《いいだちょうこ》へのプレゼント選びなど、枚挙にいとまがない。

芸能慰問史の視点から見ても、興味ぶかい記述が多々ある。昭和二十年一月二十五日、夢声は茨城県の鉾田《ほこた》陸軍飛行学校を訪れ、鉾田飛行場の格納庫で慰問演芸会を開いた。夢声の司会、高峰三枝子《みえこ》や轟夕起子《とどろきゆきこ》の歌曲、花柳小菊《はなやぎこぎく》の舞踊、片岡千恵蔵《かたおかちえぞう》と月形龍之介《つきがたりゅうのすけ》の剣技、広沢虎《ひろさわとら》造《ぞう》の浪曲といった豪華なプログラムである。そのあと一行は、出撃を前にした特攻隊の若者たちと宴の席をともにする。本日記は、戦時中のこうした芸能慰問を記録することとなった。

トーキー化の流れで映画説明者を廃業するなど、仕事に躓《つまず》きはあったにせよ、トータルで考えると、成功をおさめた夢声である。ところが、プライベートは必ずしもそうではない。三十歳のとき、次女の篠枝をかわいい盛りの二歳で亡くしたあたりから、生活のバランスを崩していく。自らの不摂生もあって、三十代はアルコール中毒、腎臓炎、糖尿病と病に苦しんだ。四十歳のときには、妻の信子が肺結核により三十四歳の若さで亡くなってしまう。あとには長女の俊子、双子で生まれた三女の高子、四女の明子、幼い三人の娘が残された。夢声は、信子が病に倒れた頃から、人生に無常を感じ、俳句を詠むようになる。昭和九年からは、久保田《くぼた》万太郎《まんたろう》を宗匠とする「いとう句会」に同人として出席するようになり、俳句にのめり込んでいく。戦時下においても、それは変わらない。

妻の信子を弔《とむら》って二年後の昭和十一年、夢声は四十二歳で再婚した。相手は、昭和八年に四十四歳で亡くなった親友の東健而《ひがしけんじ》（翻訳家）の未亡人、森田静枝《もりたしずえ》である（静枝の妹の夫・頭《とう》山秀三《やまひでぞう》は、国家主義者の頭山満《みつる》の子息)。再婚の翌年には、静枝との間に長男の一雄が生まれ、生活バランスを欠いていた夢声は、生きる張り合いを見出した。

戦争日記は家庭人夢声にとって、かけがえのない生活の記録となった。当時の時代背景や仕事の業績から離れ、一市井人の日記として読むと、夢声の人柄、人間的な側面が見えてくる。日記に「坊や」と書いた長男の一雄や三人の娘たちに対する情愛には、胸をうつ記述が少なくない。昭和十七年七月十三日、夢声は、日本語の吹き替えを担当した中国のアニメーション映画『鉄扇公主』の試写に俊子を誘う。父と娘、ふたりきりの外出を、夢声は心をこめて日記にしたためた。その俊子は昭和十八年冬、めでたく結婚する。その前夜(二月二十日)の日記では、娘を送り出す父親の心境を切々とつづり、私小説を読むかのようである。

家族に愛情を寄せ、妻への不満を述べ、花木を愛で、俳句を詠み、本を買い、友と語らい(「牡丹亭」の名で日記に登場する獅子文六《ししぶんろく》こと岩田豊雄《いわたとよお》はその一人)、夢声は心の穏やかさを忘れず、なにげない日常に対して、研ぎ澄まされた感性を働かせ、観察の眼を向ける。それは同時に、時代に対しても向けられ、それが本日記の大きな魅力となった。慰問先で感じた軍関係者への嫌悪感と冷めた視線、市井の人々の噂話、新聞とラジオが報じる戦況、慰問先で見た外国映画の感想など、本日記からはいろいろな発見ができる。

『夢声戦争日記』が刊行された昭和三十五年、夢声は六十六歳だった。テレビとラジオにレギュラー番組を持ち、映画・テレビドラマ出演、著書の出版、講演、対談・座談、大小さまざまな団体の役員など、各方面で活躍する芸能界の大物であった。

知名度のある夢声が、戦時中の日記を公刊することは、大きな話題となった。装幀を手がけたのは武者小路《むしゃのこうじ》実篤《さねあつ》で、同年に中央公論社が刊行した『実録太平洋戦争』（全七巻）を受けての企画だったようである。『夢声戦争日記』の販促用パンフレットには「太平洋戦争中の誠実な一市民の記録！」のコピーがつけられ、国文学者の池田弥三郎《いけだやさぶろう》、評論家の大宅壮一《おおやそういち》、仏文学者の河盛好蔵《かわもりよしぞう》の三者がコメントを寄せた。池田は《一市民が、直接はだで感じ、胃袋でうけとった戦争の記録》、大宅は《戦時中の日本世相史、飲食史、物価史、人物史、芸能史などを兼ねたもの》、河盛は《戦争の記録として貴重であるのみならず、人間夢声の面目の躍如とした立派な文学》とそれぞれ評した。

　さまざまな読み方のできる『夢声戦争日記』だが、《私は、明らかに後日、他人から読まれることを、予想し希望し、これが何らかの意味で人類に役立つことを願っている》（昭和二十年五月二十一日）との言葉からは、日記に対する並々ならぬ情熱が伝わってくる。夢声にとって日記を書くことは、自身や家族のことを記録するとともに、生活バランスをとるための欠かせない作業であった。それとともに、随筆を執筆するためのメモであった。新聞、雑誌、PR誌、各種プログラムなど、頼まれるがままに執筆に応じたが、その多くを占めるのが身辺雑記であり、自らの生い立ちであり、仕事をめぐるうらばなしであった。身辺雑記をユーモア小説に仕立てたものは少なくない。

　出版業界全体が空前の出版ブームにわいた昭和二十一年十二月、夢声は随筆集『柳緑花紅録』（イヴニングスタア社）を上梓した。同書の「はしがき」に《私という頼りない男が、如何に戦争を迎へ、如何なる程度に戦争に協力し、如何なる気持で敗戦を見ているか、など自然に分って貰えると思う》とあるように、自身の戦争中の記録であり、その内容は『夢声戦争日記』をそのままエッセイにしたものである。

戦争日記自体、昭和二十六年九月に『負るも愉し』（二十世紀日本社）として公刊されている。これは昭和十六年十二月八日から二十年八月十五日までの日記より抜き出し、一冊にまとめたもので、帯には《開戦の詔勅より終戦の玉音放送に到る『門外不出の戦争日記』》とある。もともとこの本は、昭和二十一年に檜書房という版元が出版を進めていたもので、当時のＧＨＱが発行を許可しなかったという経緯があった。『夢声戦争日記』には、ところどころの日記の末尾に「註」が追記されているが、『負るも愉し』には同じ文章がすでに書かれていた。

『負るも愉し』と『夢声戦争日記』を読み比べると、それぞれ元は同じ日記でありながら、異なる記述があることに気づく。昭和二十年八月十五日の部分より、その一部を抜き出してみる。

《敗けて好かったのである。日本民族は、兵器による戦いに於て、徹底的に敗北したという貴重なる経験を得て、これで始めて一人前の民族になれるのである》（『負るも愉し』）。

《これで好かったのである。日本民族は近世において、勝つことしか知らなかった。近代兵器による戦争で、日本人は初めてハッキリ敗けたということを覚らされた。勝つこともある。敗けることもある。両方を知らない民族はまだ青い青い。やっと一人前になったと考えよう》（『夢声戦争日記』）。

『負るも愉し』は元の日記を夢声が編集したものと思われるが、日記の原本を閲覧する機会がなく、詳細はわからない。はっきりしているのは、いずれも夢声の存命中に刊行されたもので、日記に登場する関係者への配慮以上に、本人が手を加えた可能性があることである。

わずかな記述で済ませた部分に、エピソードが隠されていることもある。昭和二十年二月二十七日、夢声は静岡県にある大井海軍航空隊（日記には「金谷飛行基地」と明記）へ慰問におとずれ、格納庫で慰問演芸会を開いた。その日記のなかに、《昼飯、ハム、丼飯喰イキレズ。（略）十七時頃カラ士官食堂デ会食。大キナグラスデ大イニ飲ム》との記述がある。

大井海軍航空隊には当時、文芸評論家の十返肇《とがえりはじめ》が召集されていた。十返は、「擬似インテリの悲喜劇―徳川夢聲論―」（『人物往来』昭和二十八年七月号「特集　問答無用！・徳川夢声を斬る」）と題した文章で、夢声が慰問に訪れた二月二十七日のことを書いている。主計科の一等兵だった十返は、烹炊場《ほうすい》で働いており、慰問団を歓迎するため、食材を調達しようと奔走し、徹夜で調理に励んだ。しかし、当日は余興を見ることが許されず、夢声らと宴の席に列席することも叶わない。《こうした兵隊たちの苦しみの結果できあがった料理に舌鼓をうち、上官連中だけを歓ばして帰り、「国家に御奉公しました」なんていっているのが芸人の慰問団というものなのである》。そう批判した十返が、『負るも愉し』を読んだかどうかは不明だが、読んだとして、いい気分はしなかったはずである。

《大キナグラスデ大イニ飲ム》とわずかな記述で済ませたところに、反省にも似た遠慮を感じなくもない。先行する『負るも愉し』には、《昼飯、ハム、丼飯喰イキレズ》の一節はないが、《十七時から士官食堂で会食、大きなワイングラスで、一級日本酒をグイグイと飲む》と、『夢声戦争日記』より詳細な記述がある。これも不可解な相違である。

こうした疑問が残るにしろ、夢声の存命中に公刊された『夢声戦争日記』が得がたい昭和史の史料であることに間違いはない。夢声の足跡を丹念に辿った放送タレントの三國一朗《みくにいちろう》は、本日記を集中的に分析することで、夢声という人物と時代についての本が書けると著書『徳川夢聲の世界』（青蛙房）で述べた。のちに『戦中用語集』（岩波新書）を著した三國の意識のなかには、『夢声戦中日記』の存在があったように感じられる。

『夢声戦中日記』として今回編んだ本文庫は、昭和二十年三月三十一日の日記で締めくくる。その前日、夢声は妻の静枝の弟で、霞ヶ浦海軍航空隊の教官であった森田竜夫の死を知る。新型機のテストフライト中に起きた事故死だった。同年五月二十九日には、「天野の叔父」として慕い、日記にもたびたび登場する童話作家の天野雉彦《あまのきじひこ》（夢声の生母、天野ナミの弟）の急逝を知った。東京の青山で空襲（五月二十五～二十六日）に遭い、消火活動に努めるなか、心臓麻痺で倒れたのである。八月二十日には、敗戦の悲しみが癒えぬなか、丸山定夫の死に衝撃を受ける。これらの日々については、『夢声戦争日記　抄――敗戦の記』に譲りたい。

昭和四十三年七月二十七日、夢声は日比谷の東宝ビル試写室で、岡本喜八《おかもときはち》監督『日本のいちばん長い日』（戦後七十年の今年、原田眞人《はらだまさと》監督でリメイク）を鑑賞した。昭和二十年八月十四日正午から翌十五日正午にかけての政界と軍部、その一日を描いた大作である。《その日（十四日）私はどうしていたか。当時の日記を出して見る》。同映画のパンフレットに寄せたエッセイ「敢て絶讃する」の一節である。戦争日記の一番の愛読者は、誰でもない、夢声その人だったかもしれない。

昭和四十六年八月一日、夢声は七十七歳で逝く。終戦から二十六年、暑い夏の日であった。

編者略歴／濱田研吾
一九七四年大阪府生まれ。京都造形芸術大学芸術学科卒業。ＰＲ誌や社史の編集・執筆を手がけるかたわら、昭和の芸能・文化史について研究。著書に『徳川夢声と出会った』（晶文社）、『脇役本　ふるほんに読むバイプレーヤーたち』（右文書院）、『三國一朗の世界　あるマルチ放送タレントの昭和史』（清流出版）、『鉄道公安官と呼ばれた男たち』（交通新聞社新書）などがある。

『夢声戦争日記』全五巻　一九六〇年七月～十一月、中央公論社刊
本文には今日の人権意識に照らして不適切と思われる表現が使用されていますが、刊行当時の時代背景および著者が故人であることを考慮し、発表当時のままとしました。

中公文庫

夢《む》声《せい》戦《せん》中《ちゅう》日《にっ》記《き》

2015年8月25日　初版発行

著　者　徳《とく》川《がわ》夢《む》声《せい》

発行者　大橋善光

発行所　中央公論新社
〒100-8152　東京都千代田区大手町1-7-1
電話　販売 03-5299-1730　編集 03-5299-1890
URL http://www.chuko.co.jp/

DTP　嵐下英治
印　刷　三晃印刷
製　本　小泉製本

Published by CHUOKORON-SHINSHA, INC.
Printed in Japan　ISBN978-4-12-206154-5 C1123

定価はカバーに表示してあります。落丁本・乱丁本はお手数ですが小社販売部宛お送り下さい。送料小社負担にてお取り替えいたします。

中公文庫既刊より

各書目の下段の数字はＩＳＢＮコードです。978－4－12が省略してあります。

と-28-1
夢声戦争日記抄　敗戦の記
徳川夢声
活動写真弁士を皮切りに漫談家、俳優としてテレビ・ラジオで活躍したマルチ人間、徳川夢声が太平洋戦争中に綴った貴重な日録。〈解説〉水木しげる
203921-6

あ-48-1
バラと痛恨の日々　有馬稲子自伝
有馬稲子
命がけの引揚げから、宝塚、人気映画スターを経て舞台の世界へ……仕事に恋に、ひたむきに生きてきた女優が綴る波瀾の半生の全て。〈解説〉川本三郎
203084-8

い-103-1
ぼくもいくさに征くのだけれど　竹内浩三の詩と死
稲泉連
映画監督を夢見つつ23歳で戦死した若者が残した詩は、戦後に蘇り、人々の胸を打った。25歳の著者が、戦場で死ぬことの意味を見つめた大宅壮一ノンフィクション賞受賞作。
204886-7

か-2-3
ピカソはほんまに天才か　文学・映画・絵画…
開高健
ポスター、映画、コマーシャル・フィルム、そして絵画。開高健が一つの時代の類いまれな眼であったことを痛感させるエッセイ42篇。〈解説〉谷沢永一
201813-6

か-56-12
昭和怪優伝　帰ってきた昭和脇役名画館
鹿島茂
荒木一郎、岸田森、川地民夫、成田三樹夫……。今なお眼に焼き付いて離れない昭和の怪優十二人を、映画狂・鹿島茂が語り尽くす！　全邦画ファン、刮目せよ！
205850-7

く-11-1
昭和幻燈館
久世光彦
第二次世界大戦末期に少年期を過した著者が、記憶の回廊で反芻する建築、映画、文学など、偏愛してやまない昭和文化の陰翳を記す。〈解説〉川本三郎
201923-2

し-31-5
海軍随筆
獅子文六
海軍兵学校や予科練などを訪れ、生徒や士官の人柄に触れ、共感をこめて歴史を繙く「海軍」秘話の数々。小説『海軍』につづく渾身の随筆集。〈解説〉川村　湊
206000-5

た-46-4
旅は道づれアロハ・ハワイ
高峰秀子
松山善三
住んでみて初めてわかるハワイの魅力。ホノルルに部屋を借りて十年、ひたすらハワイを愛するおしどり夫婦が紹介する、夢の島の日常生活と歴史と伝統。
205567-4

た-46-5
旅は道づれガンダーラ
高峰秀子
松山善三
炎暑の沙漠で過ごした日々は、辛かったけれども無性に懐かしい。映画監督と女優の夫妻が新鮮な感動を綴るパキスタン、アフガニスタン旅行記。〈解説〉加藤九祚
205591-9

た-46-6
旅は道づれツタンカーメン
高峰秀子
松山善三
悠久の歴史に静かに眠る遺跡と、異様な熱気で煮えくり返る街で、あるいはたくましく、あるいは慎ましやかに暮す人々の様子を伝えるエジプト見聞録。
205621-3

た-46-7
忍ばずの女
高峰秀子
昭和の名女優が明かす役作りの奥義。小津、成瀬、木下、黒澤の演出比較や台本への取り組みまで。自ら手がけた唯一のテレビドラマ脚本『忍ばずの女』併録。
205638-1

た-46-8
つづりかた巴里《パリ》
高峰秀子
「私はパリで結婚を拾った」。スター女優の座を捨て、パリでひとり暮らした日々の切ない思い出。そして人生最大の収穫となった夫・松山善三との出会いを綴る。
206030-2

た-30-39
潤一郎ラビリンスXI　銀幕の彼方
谷崎潤一郎
千葉俊二編
映画という芸術表現に魅了されその発展に多大な期待を寄せた谷崎。「人面疽」「アヱ・マリア」他、映画に関するエッセイ六篇を収録。〈解説〉千葉俊二
203383-2

た-30-43
潤一郎ラビリンスXV　横浜ストーリー
谷崎潤一郎
千葉俊二編
〝美しい夢〟の世界を実現すべく映画制作に打ち込む主人公を描く「肉塊」、横浜時代の暮しぶりを回想したエッセイ「港の人々」の二篇。〈解説〉千葉俊二
203467-9

は-54-3
戦線
林芙美子
内閣情報部ペン部隊の記者として従軍した林が最前線の日々を書き記す、『北岸部隊』に先駆けて発表されたルポ。「凍える大地」を併録。〈解説〉佐藤卓己
206001-2

各書目の下段の数字はISBNコードです。978－4－12が省略してあります。

ま-11-4
上海時代（上）ジャーナリストの回想　松本重治
満州事変、第一次上海事変の後、中国の抗日活動が盛んになる最中、聯合通信支局長として上海に渡った著者が、取材報道のかたわら和平実現に尽力した記録。
206132-3

ま-11-5
上海時代（下）ジャーナリストの回想　松本重治
抗日テロが相次ぐなか、西安事件を経て、ついに蘆溝橋で日中両軍が衝突、両国の和平への努力にも拘わらず戦火は拡大していく。〈解説〉加藤陽子
206133-0

も-10-6
あの日あの夜　森繁交友録　森繁久彌
名優森繁久彌がかつて同じ舞台で切磋琢磨し、スクリーンをともにした原節子、伴淳三郎、三木のり平、山茶花究らとの交友を語る珠玉のエッセイ集。〈解説〉松本幸四郎
204519-4

や-59-1
沖縄決戦　高級参謀の手記　八原博通
戦没者は軍人・民間人合わせて約20万人。壮絶な沖縄戦の全貌を、第三十二軍司令部唯一の生き残りである著者が余さず綴った渾身の記録。〈解説〉戸部良一
206118-7

S-23-1
昭和史の天皇 1　空襲と特攻隊　読売新聞社編
特攻隊の戦果に対し天皇は「そのようにまでせねばならなかったか」と呟いた……。延べ一万人・六千時間に及ぶ証言で構成する歴史ドキュメント。
205556-8

S-23-2
昭和史の天皇 2　和平工作の始まり　読売新聞社編
鈴木貫太郎新首相はソ連を仲介とした和平工作に踏み出す。空襲は激化し皇居正殿が炎上。松代大本営の建設が始まった……。証言で綴る歴史巨編第二巻。
205583-4

S-23-3
昭和史の天皇 3　本土決戦とポツダム宣言　読売新聞社編
銃器が十分に配備できず、竹槍や弓までが武器として想定されていた本土決戦の内幕、東京ローズの悲劇を生んだ日米宣伝合戦、そしてポツダム宣言の衝撃。
205609-1

S-23-4
昭和史の天皇 4　玉音放送まで　読売新聞社編
原爆、そしてソ連参戦。鈴木内閣はポツダム宣言受諾を決意する。それに対する陸海軍そして外務省の動きは？　玉音放送に至る様々なドラマを活写。
205634-3